Véu do Tempo

Claire R. McDougall

Véu do Tempo

Tradução
Jacqueline Damásio Valpassos

JANGADA

Título do original: *Veil of Time.*

Publicado mediante acordo com a editora original Gallery Books, uma divisão da Simon & Schuster, Inc.

Texto de acordo com as novas regras ortográficas da língua portuguesa.

1ª edição 2017.

Editor: Adilson Silva Ramachandra
Editora de texto: Denise de Carvalho Rocha
Gerente editorial: Roseli de S. Ferraz
Preparação de originais: Marta Almeida de Sá
Produção editorial: Indiara Faria Kayo
Editoração eletrônica: Join Bureau
Revisão: Nilza Agua e Vivian Miwa Matsushita

Dados Internacionais de Catalogação na Publicação (CIP)
(Câmara Brasileira do Livro, SP, Brasil)

McDougall, Claire R.
Véu do tempo / Claire R. McDougall ; tradução Jacqueline Damásio Valpassos. – São Paulo: Jangada, 2017.

Título original: Veil of time.
ISBN 978-85-5539-066-1

1. Ficção escocesa I. Título.

16-06684 CDD-823.92

Índices para catálogo sistemático:
1. Ficção : Literatura escocesa 823.92

Jangada é um selo editorial da Pensamento-Cultrix Ltda.

Direitos de tradução para o Brasil adquiridos com exclusividade pela
EDITORA PENSAMENTO-CULTRIX LTDA., que se reserva a
propriedade literária desta tradução.
Rua Dr. Mário Vicente, 368 — 04270-000 — São Paulo, SP
Fone: (11) 2066-9000 — Fax: (11) 2066-9008
http://www.editorajangada.com.br
E-mail: atendimento@editorajangada.com.br
Foi feito o depósito legal.

Em saudosa memória do meu pai,
Kenneth James McDougall

Dentro dos nossos sonhos
Cruzamos os obstáculos
Dos nossos dias finitos,
Reunimo-nos, amamos, vivemos;
Se a morte significasse tal sonho,
Então, a vida sem você,
Pior do que a morte,
Trocaria a si própria
Por um sonho imortal
Muito mais do que a vida.

Agradecimentos

A despeito de um escritor ser, por natureza, um solitário, um livro publicado é sempre uma colaboração entre muitas pessoas, e eu sou muito grata pela ajuda e apoio que recebi durante a escrita e publicação deste livro. Antes de qualquer coisa, devo pedir ao meu marido e à minha família perdão por minha disposição taciturna enquanto estava escrevendo este livro e meu mau humor quando não estava. Quero muito agradecer ao meu agente, Esmond Harmsworth, e ao meu editor, Abby Zidle, pela coragem com que defenderam e apoiaram este livro. A Aspen Writer's Foundation merece sincero crédito por apoiar essa escritora local e ajudar a transmitir minhas palavras ao mundo. E também os amigos que doaram o seu tempo e energia criativa: Gail Holstein, Paul Jones, Naomi McDougall Jones, Kent Reed, Ross Douglas, George Lilly, Barbara Bartocci, Deborah Lieberman.

Tapadh liebh, Allan Turner, que supervisionou, da Escócia, minhas investidas no gaélico escocês, e *gratias maximas tibi ago* a Esmond Harmsworth, que socorreu o meu reles latim com sua formação clássica. Obrigada a todos os habitantes de Dunadd, do passado e do presente. Mas, principalmente, estou em dívida com a Escócia, por toda a sua história e sua contínua busca por independência.

1

Muito antes de meu distúrbio receber um nome, eu já tinha sonhos. Não sonhos passageiros, mas o tipo de sonho, em sono profundo, que se entrelaça no tecido da mente e não vai embora. Mesmo na cama ao lado de Oliver Griggs, não era com Griggs que eu sonhava, mas com poetas, reis e guerreiros escoceses como Robert Burns, Robert Bruce ou William Wallace. Eu estava lá, não estendida como um cadáver ao lado do meu marido, mas sim nos campos ou abrigada numa casa de pedra com telhado de palha e uma lareira. Eu via Burns adormecido com a cabeça apoiada na escrivaninha, depois de uma noite de lutas, despertando lentamente para erguer a pena; era eu nos bosques, fugindo dos ingleses, de mãos dadas com Wallace.

Portanto, sei como fugir. Não pense que eu não sei. Eu sei, mas não consigo controlar. Uma síndrome que está em meus genes é a porta, e não tenho meios de escolher quando atravessá-la. Não com muita frequência, com certeza; nem sequer na mesma frequência das crises convulsivas, porque elas nem sempre terminam em sono.

Acabei me afastando do professor Griggs. Os sonhos eram demais para ele.

— Você sempre parece um pouco distante — disse ele certa vez, olhando para mim por cima dos óculos, como fazem os professores. — Eu nem tenho certeza se habitamos o mesmo mundo.

Oliver se casou comigo antes de realmente saber o que significava ter que depender de fenobarbital para chegar bem ao fim do dia.

Eu tentei viver no mundo dele, experimentar o jogo da "normalidade" e o que isso exige. No dia do nosso casamento, tomei o dobro de comprimidos para evitar as crises, só para ter certeza de que conseguiria chegar ao momento do "sim", e Oliver também. Suponho que ele estivesse guardando o "não" para mais tarde.

Eu me casei com Griggs quando ele era outra pessoa, antes de ele aposentar o jeans e trocá-lo por um terno, e suas ideias por um currículo. Os anos se arrastaram entre nós, os intermináveis dias de cuidar das crianças, das reuniões e compromissos na universidade, dos filhos que chegaram e se foram, cada um de um jeito diferente.

Porque um dia ela esteve presente, minha filha, minha Ellie. Ela esteve presente, mas agora eu não tenho como chegar até ela, seja através da névoa produzida pela medicação ou dos sonhos; ela se foi. Meu filho, Graeme, foi para o colégio interno após a morte de Ellie. Eu não estava mais lá e já não havia mais razão para ele ficar. Então, eu também deixei Glasgow, vendi a casa onde todos nós morávamos na ilusão de sermos algo estável e imutável. Mas não éramos. O cenário explodiu ou implodiu, só sei que o núcleo não aguentou. Depois que Ellie morreu, Oliver não conseguiu falar comigo por semanas; na verdade, não conseguia nem mesmo olhar para mim, abrir a boca e produzir um som. Ele me culpou, porque esse meu gene não parou em mim. Ellie morreu durante uma convulsão, e, apesar de as pessoas saberem muito bem que não, não podiam deixar de achar que a culpa era minha, como se eu quisesse ter legado a ela esse DNA terrível.

Talvez Graeme tenha chorado com o pai, no entanto nunca chorou comigo. Ele juntou os pedaços de seu ego de 15 anos e disse que tinha que ir embora. Todos nós tínhamos que ir, por isso não discutimos. Seu pai já tinha saído, talvez não de casa, mas ele não estava mais lá. Então, como todos nós interiormente já havíamos partido, Graeme mudou-se para a costa leste e eu vim com minhas malas para Dunadd.

E como é este lugar chamado Dunadd? É todo em matizes de verde, coberto de samambaias; tem cheiro de musgo e a chuva cai durante dias a fio. Tem paredes de pedra cinzentas, céu enevoado, pântano e lesmas pretas. Tem mar e guinchos de gaivota, e o rude chamado para acasalamento do faisão. Tem todas essas coisas e não é tão longe de Glasgow, se você for um corvo. Se você for um pássaro, pode passar voando por sobre um vale nas montanhas, sobrevoar cachoeiras e lagos salgados, vastidão que uma pessoa leva três horas para atravessar de carro. Dunadd é uma grande rocha que se eleva num amplo vale que se estende das colinas que o rodeiam até o mar, em Crinan. Já não é o lugar que foi, quando Crinan era o principal porto da Escócia, e vinho e especiarias, joias e escravos eram trazidos para Dunadd para serem negociados.

As manhãs no meu chalé ao pé de Dunadd são tão tranquilas, agora; as nuvens são baixas e cai uma chuvinha fraca. Glasgow, onde vivi uma outra vida, com um marido e filhos, não tem nada a ver com este lugar. Meus filhos, que olham para mim de seus retratos quando acordo, não são conhecidos aqui. Tampouco Oliver Griggs, da Universidade de Glasgow. Nem mesmo Margaret Griggs é conhecida nestas paragens, porque eu desenterrei a antiga Maggie Livingstone da infância e a substituí pela Margaret que eu havia me tornado.

Eu passeio por Dunadd numa espécie de sonho desperto. Não há muito trânsito humano por aqui desde a Idade Média. Naqueles dias, quando era mais fácil viajar por mar, não havia estradas sobre as montanhas, apenas trilhas a pé ao redor dos lagos. Hoje em dia, existe a A83, que liga Glasgow a esta terra pantanosa, povoada agora principalmente por relíquias antigas: menires, túmulos pré-históricos de pedras empilhadas, sambaquis cobertos de conchas e ossos.

Quando tudo desmoronou em Glasgow, eu empacotei toda a minha vida e vim para cá com caixotes de livros e de pesquisas de pós-graduação sobre a caça às bruxas, que tinha começado havia muito tempo. Sendo eu própria uma desajustada, acho que me identifiquei um pouco com as bruxas, porém larguei tudo isso quando me casei e, por um tempo, não me senti como uma pária.

No entanto, todas as coisas passam, e aqui estou eu, de manhã bem cedo, com minha xícara de chá, na poltrona forrada com um padrão floral, perto da janela com vista para o rio Add, que contorna o sopé de Dunadd. Trago meus joelhos ao peito e puxo a camisola para baixo, cobrindo meus pés calçados com meias, enquanto observo a água cor de turfa formar redemoinhos nos pontos mais profundos. No jardim na parte de trás do chalé, há um solitário menir em que a extremidade de um varal foi amarrada.

Existe apenas um outro chalé na trilha até o topo de Dunadd. A não ser pelo senhor idoso que vive lá e eu, ninguém mora nestas terras. À noite, não há nada além do vento, da escuridão e da lembrança das muitas ilhas ali perto, na costa. Assim que amanhece, entretanto, os turistas começam a chegar, subindo a trilha até o cume ventoso do castro, onde o forte — primeiro dos pictos, depois dos celtas e, por último, dos *vikings* —, jaz em ruínas. Nem mesmo os arqueólogos sabem ao certo o que havia lá em cima, uma vez que as ruínas são antiquíssimas, e não faz muito tempo desde que o forte foi entregue ao Scottish National Trust pelo antigo proprietário das terras.

Escavações arqueológicas são feitas de vez em quando e levam os tesouros de Dunadd para o museu na extremidade do vale, na cidade de Kilmartin. O que resta para os turistas verem é um javali picto gravado na rocha, e uma pegada onde os reis costumavam colocar os pés nas primeiras cerimônias de coroação na Escócia. Os turistas sorriem para a câmera com uma bota na pegada de pedra. Passam os dedos ao longo dos contornos quase apagados do entalhe do javali, que acabou se tornando o emblema da Escócia.

Mas, à noite, quando o sol se põe por trás do mar, só eu permaneço aos pés da ventosa colina. Lá em cima, não há nada que lembre o ritmo nem a pulsação da vida. Nas bordas desse vale, os abetos escandinavos que foram trazidos para cá no passado para serem explorados comercialmente estão recuando aos poucos para as florestas de carvalho antigo. Nada por aqui se move rápido, fora os caminhões que transportam a últimas toras de madeira.

Veja só, há apenas um meio de sair da minha névoa de fenobarbital. Fico aqui em Dunadd por três meses, de outubro a janeiro, para voltar a trabalhar nessa tese sobre as bruxas e aguardar o meu dia de acerto de contas.

— Para o seu tipo de epilepsia, Margaret, uma lobectomia pode ser a melhor solução. — Meu médico me chama de Margaret, porque ele faz parte da minha vida em Glasgow.

Sei de tudo isso. Sei o suficiente sobre o meu problema para entender o perigo que convulsões repetidas representam para o meu cérebro. Eu sei, porque foi isso que matou minha filha. E o que será de Graeme sem uma mãe? Ele está em seu último refúgio, e eu devo a ele essa cirurgia. É a última coisa que me resta para lhe dar. Se tudo der certo, talvez eu me mude para um apartamento em Edimburgo e me torne uma mãe de verdade novamente. Se isso não acontecer, então, esses três meses em Dunadd serão o fim de Maggie, de Margaret, de mim.

Eu vim para esse chalé de férias em Dunadd porque costumava vir para cá de Glasgow, quando era criança. Naquele tempo, minhas convulsões eram leves e não diagnosticadas. As freiras da minha escola costumavam me colocar para fora, no corredor, se eu tivesse "um episódio", como minha mãe costumava chamar minhas crises. Elas lhe diziam que eu estava apenas querendo aparecer. Levou anos, até a minha adolescência, para que os médicos diagnosticassem a minha epilepsia, e outros tantos anos para conseguirem controlar as convulsões... mais ou menos.

O chalé de férias era diferente naquele tempo, com um cheiro de mofo e cômodos acanhados. Os novos proprietários derrubaram paredes, abriram a cozinha para a sala e substituíram as janelas por portas de vidro de correr. É onde eu me sento agora, com o meu pãozinho e minha xícara de chá, à espera do Dia da Lobectomia. Eu vim para cá porque estou com medo de seguir em frente, e o tempo passa mais devagar aqui. Às vezes, em Dunadd, o tempo sequer parece existir.

2

O homem no outro chalé em Dunadd é Jim Galvin, um *highlander*, um típico montanhês das Terras Altas, um homem de sorriso irônico e poucas palavras, um homem que tinha uma esposa, pelo que deduzi — só não sei por que ele não tem mais. Costumo vê-lo no museu em Kilmartin, ele próprio uma espécie de relíquia. Acena para mim com a cabeça e, em seguida, desvia o olhar.

Sempre que estou a caminho de Dunadd, quando piso ruidosamente os degraus da escada de metal por cima da cerca, próximo ao seu jardim, ele ergue os olhos, com um dos pés e as grandes mãos apoiados na pá, ocupado em adubar o terreno, a julgar pelo cheiro. Atrás dele, rosas e rododendros crescem viçosos em arbustos ou sobem pelas paredes caiadas de seu chalé. Do lado de fora da porta do meu chalé em Dunadd há um cocho antigo com resquícios de amores-perfeitos do verão. Apesar do frio, um esperançoso amor-perfeito roxo esticou sua face para o sol através das folhas murchas.

Vim para Dunadd pouco antes do Halloween e tinha me dado por satisfeita por ter sido recebida com acenos de cabeça e não com conversas, até mesmo pela velhinha atrás do balcão da única lojinha de Kilmartin, que vende de tudo, de cereais a galochas. Entretanto, passar o Halloween sozinha é um pouco triste.

Quando cheguei, entalhei um sorriso num nabo, iluminei-o por dentro com uma vela e coloquei-o em minha janela. Ainda assim, depois de uma semana eu gostaria de falar com alguém além de mim mesma, e acho que seria bom conversar com Jim Galvin, o homem da colina. No entanto, não sei como lidar com o lance da escavação e da jardinagem e dos acenos de cabeça que, supostamente, lhe dizem tudo o que você precisa saber. Eu não tenho habilidade para lidar com as pessoas; se tivesse, teria lidado com meu marido.

Que fique bem claro: não estou à procura de homem algum, muito menos um velho e rústico escocês que olha para mim como se eu não fosse de confiança por ter vindo da cidade. Tenho certeza de que ele já sabe de onde eu sou. A informação por aqui viaja em ondas curtas, como programas de rádio, e é simplesmente absorvida. Pode ser que tenha havido murmúrios de desaprovação e olhares tortos sobre mim na loja de Kilmartin e até mesmo, creio eu, na cidade maior, a uns dez quilômetros de distância. Os registros históricos dessas pessoas estão sempre sofrendo atualizações. *No ano de 2014 da Era Comum, uma mulher da cidade de Glasgow passou a residir em Dunadd. Ela chegou com livros e papéis e colocou um nabo aceso em sua janela. Continua...*

Eu nem sei mais como lidar com um homem. Talvez nunca tenha sabido. Talvez seja por isso que Oliver Griggs foi capaz de me pegar de surpresa. No entanto, tenho apenas 38 anos e não sou de se jogar fora, acho. Herdei um gene útil que até agora tem mantido o grisalho longe dos meus cabelos. Continuam com a mesma cor de ferrugem antiga, como Oliver costumava dizer, como no tempo em que tais coisas não eram uma preocupação. Nos últimos tempos, passei a precisar de óculos para leitura, mas, se eu quisesse, ainda poderia enxergar bem o suficiente para aplicar um pouco de delineador e sombra nos olhos. Minha mãe sempre me disse que meus olhos são meu melhor atributo, já que meu nariz é um pouco largo para ser bonito. Os olhos verdes, ela dizia, herdei da minha tia-avó Ginny. A epilepsia ela não disse de onde veio.

Meus livros estão empilhados contra a parede do meu quarto. Um quarto pequeno e solitário, porque tudo o que eu quero é ficar sozinha. Sinto-me ansiosa entre os meus próprios lençóis nesses últimos dias. Acho que um homem até viria a calhar. Se ele pudesse simplesmente vir e depois ir embora; se eu não tivesse que olhar para ele na mesa do café da manhã e me perguntar o que ele estava pensando. Mas não seria o Jim Galvin da colina. Espero que ele não acorde no meio da noite e pense em mim, a única mulher em quilômetros.

Ainda assim, apenas pelo prazer da conversa, eu poderia lhe preparar um bolo de Halloween; dá-lo de presente como uma espécie de política de boa vizinhança, de modo que não parecesse uma tolice viver enfiada num lugar tão remoto com outro ser humano, apenas com um aceno de cabeça rolando entre nós. Eu costumava fazer bolos de Halloween para os meus filhos, que lambiam seus dedinhos lambuzados de glacê preto e decoração laranja.

Jim Galvin não responde quando eu bato na porta com uma das mãos, equilibrando o bolo sobre um prato na outra. O vento está soprando em círculo ao meu redor, fazendo-me pensar que eu deveria ter prendido o cabelo para trás de modo mais respeitoso para uma visita de boa vizinhança. No caminho de volta para casa, quando começa a chover, uma gatinha preta magricela cruza o meu caminho. Eu paro e tento chamá-la de volta, mas, como não posso colocar o bolo no chão, sou obrigada a deixar a gatinha no aguaceiro.

Eu me olho no espelho do banheiro, prendo o cabelo úmido no alto da cabeça e fico parecendo um espanador, mas pelo menos tiro ele da frente; afinal de contas não estou mesmo esperando ver ninguém hoje. Exceto a gatinha, que eu vejo agora sentada na minha janela, miando tão baixinho na chuva que tudo o que percebo é sua boca se abrindo. Ela vem correndo quando eu a chamo da porta e lambe avidamente o pires de leite que coloco no chão, perto da entrada. Não sei de fato se é fêmea, mas, se ela não pertencer a ninguém, eu poderia adotá-la e chamá-la de Winnie, porque rima com míni e com a minha tia-avó Ginny.

Ela me segue até a cozinha, onde deixei o bolo intocado. Só que os bolos têm uma maneira de se comunicar e este está me dizendo que ele não deve ser deixado de lado até estragar. Deixo a faca afundar em seus macios redemoinhos de chocolate e baunilha e escorrego uma fatia fina para um prato. Estou tão concentrada no garfo, separando as partes marrons e amarelas do bolo, e também tão desacostumada a ter qualquer coisa em minha janela, que pulo de susto quando Jim Galvin aparece. Com um chapéu de bruxa.

Eu tento sorrir quando abro a porta para ele.

— Me desculpe — diz ele, enquanto deslizo a porta de vidro. Ele ri. — Não queria assustá-la.

Quando ele entra, Winnie vai para fora e, em seguida, volta de novo. Enquanto Jim tira as galochas, ela se esfrega na perna dele, que já está livre do calçado.

Eu aponto para o espanador no alto da minha cabeça.

— Eu também não queria assustá-lo.

Acho que aquilo em seu rosto é um sorriso:

— Com certeza.

Aponto para o bolo agora cortado, sentindo-me culpada. O sentimento de culpa é algo que surge em mim naturalmente.

— Você aceita uma fatia?

— Com uma xícara de chá, seria ótimo.

Giro em direção à minha cozinha americana e pressiono o botão na chaleira elétrica, fazendo uma luz roxa se acender e a coisa começar a rugir como se tivesse projetos grandiosos para si própria.

— Vejo que você está recolhendo os animais da fazenda — ele comenta.

— Ela não é sua, é?

Ele faz menção de colocar Winnie para fora.

— Não mesmo.

— Ah, deixe-a aqui dentro. Está ventando muito.

Jim sorri seu sorriso irônico, como se eu devesse ter um parafuso a menos por pensar que um gato não aguenta um pouco de vento. Eu realmente tenho um parafuso solto, mais do que um, imagino. Seria engraçado se tivesse sido esse o diagnóstico depois de todos esses anos e testes: um parafuso solto. Oliver, sem dúvida, concordaria.

Jim foi, pelo visto, criado numa época em que os homens tinham que receber um convite para poder se sentar na presença de uma mulher. Eu o deixo ficar ali por um incômodo momento, chapéu de bruxa na mão, até que a chaleira se desliga.

Ele baixa os olhos para suas meias de lã, sem jeito.

— De onde você é?

Eu derramo a água fumegante numa caneca sobre um saquinho de chá.

— Leite?

— Por favor.

— De Glasgow.

Ele pega o chá, ainda à espera de ser convidado a se sentar.

— Você não está tão longe de casa, então.

Faço um gesto em direção ao espaçoso sofá azul. Ele não pode se sentar na poltrona florida perto da janela. Essa é minha. Winnie o segue e se estica ao longo da coxa dele, como se ele talvez realmente gostasse de gatos.

— Longe o suficiente — respondo, tomando meu próprio assento. — Você viveu por estas bandas a vida toda?

— Afora uma temporada na marinha mercante, *aye*. Gosto muito daqui.

Observo-o tomar um gole de chá, naquela espécie de transe que entro, estudando as pessoas quando deveria estar sendo educada. Faz parte de viver na névoa da medicação; você tem que se esforçar muito para ver aonde está indo.

— Eu vi você da janela do banheiro. Com o bolo preto.

Eu me sobressalto, sentindo-me culpada mais uma vez.

— Desculpe, acabei me esquecendo. Gostaria de uma fatia?

Desta vez, coloco uma generosa fatia do bolo colorido em um prato e entrego a ele. De volta à minha poltrona, vejo-o catar as migalhas errantes com a ponta dos dedos antes de atacar a fatia.

Jim me conta que seu pai tinha uma fazenda de porcos ao sul de Dunadd. Diz que construiu a própria casa em Dunadd sozinho, quando ainda tinha condições de alavancar pedras do chão e levantar uma parede com elas.

Ele coloca a palma da mão contra a base de sua espinha.

— Mas isso acaba com a coluna. Agora não sirvo para muita coisa, além de escavar o solo.

— Seu jardim deve ser adorável na primavera.

Quero perguntar sobre sua esposa, mas algo me diz que não devo. Então, pergunto sobre seus filhos. Duas meninas, responde ele, crescidas agora, com suas próprias famílias.

— E você? — ele pergunta.

Limpo a garganta. A conversa mudou de rumo e agora está avançando em minha direção. Pude perceber que ele notou minha aliança de casamento, algo que até agora não consegui deixar de usar.

— Dois.

Jim parece constrangido. Tenho certeza de que ele não sabe por quê, no entanto não sou do tipo que consegue reorganizar emoções e fingir que não estão lá.

— Suponho que deva ser separada — diz ele. — Não se preocupe, não vou sair fofocando por aí.

Tento me recompor.

— Divorciada. Dá na mesma.

A questão dos filhos fica pairando na pausa da conversa, então recorro a uma estratégia muito utilizada pelos seres humanos civilizados: mudo de assunto.

— Você saberia me dizer se alguma bruxa foi queimada em Dunadd?

— Bruxa? — Ele faz que não com a cabeça. — Foi a Igreja que queimou bruxas. O forte estava aqui antes de tudo isso, num tempo em que as suas bruxas eram mulheres druidas. "*Ban-druidhe*", eles as chamavam em seu antigo idioma, o gaélico. Era uma posição de destaque.

Eu ainda não tinha pensado no fato de que o cristianismo foi lento e esporádico em sua propagação pela Escócia, e que as bruxas, antes disso, eram quem davam as ordens.

Jim abana a cabeça outra vez.

— Não, não houve bruxas queimadas aqui, que eu saiba, embora não faça muito tempo que os padres costumavam acender fogueiras sob os menires.

Jim está se revelando mais interessante do que eu pensava.

— Por que diabos faziam isso?

— Para parti-los. — Jim põe a mão no pescoço e o puxa, como se para colocar a coluna no lugar. — As pedras datam de milhares de anos antes da época de que estamos falando, remontam aos tempos pagãos. A Igreja via tudo isso como adoração ao diabo. Ainda vê.

Aponto para o chapéu de bruxa de Jim.

— Eles não acham que isso é adoração ao diabo, também?

Jim ri.

— *Aye*, provavelmente acham, mas, o Dia das Bruxas é uma daquelas questões da Igreja que ficaram presas a uma antiga festa pagã. O "Dia de Todos os Santos" costumava ser o *Samhain* celta, o Dia dos Mortos, e vou te dizer uma coisa, não tinha nada de santo. — Ele ri. — Pelo menos, não no sentido cristão.

Estou envergonhada por ter presumido, muito injustamente, percebo agora, que esse *highlander* fosse um ignorante.

— Eu vi você no museu — digo. — Trabalha lá?

— Dou uma ajuda lá dois dias por semana. Eles não me pagam, porque não tenho nada melhor para fazer com o meu tempo e porque eu tomo minhas próprias decisões sobre o que devo ou não fazer.

Ele diz que precisa ir embora, mas não tenho certeza se quero que ele se vá. Parece que Jim vai ser uma boa fonte sobre a história local. E é boa companhia.

Depois que Jim vai embora, ligo para Graeme, em Edimburgo. Aguardo com o telefone na orelha, pensando no que dizer. Entretanto, é sempre algum estudante sem fôlego que atende, interrompendo a correria para tirar o fone do gancho quando passa esbaforido por ele.

— Graeme Griggs, por favor? — peço para chamá-lo, esperançosa.

O estudante grita pelo corredor:

— Griggs! Sua mãe.

Seja lá o que ensinam no colégio interno, não é etiqueta ao telefone. Eu não conheço esse menino, mas ele obviamente reconhece uma mãe pela voz. Eu ainda estou imaginando como consegui transmitir isso, quando a voz de Graeme chega apressada aos meus ouvidos.

— Oi, mãe!

— Olá, meu amor! O que você está fazendo?

— Tô atrasado para a aula.

Ele está sempre correndo. Oliver passou por essa fase também. Nunca tinha tempo para conversar, não até que certa noite ele me fez sentar e me veio com esse discurso de rompimento: muito disso e muito daquilo, muito tempo, muita preocupação, muito pouca liberdade para ser quem ele era. Meus "muito disso e muito daquilo" não pareciam entrar na equação. Mas só para constar: muita ausência, muita culpa, muita incapacidade de superar no final, quando Ellie se foi.

— Só queria dar um alô, saber como você está.

— Está tudo bem, mãe.

— Sim, eu sei. Você está comendo bem?

Ele ri. Obrigada, Deus, por essa risada.

— É claro que estou.

Eu rio também, porque a conversa é sempre tão igual, e imagino que seja por isso que o outro garoto foi capaz de adivinhar quem eu era. A mãe com suas perguntas. Ele provavelmente tem uma dessas, também.

— Eu acabei de fazer um bolo de Halloween.

Há uma pausa e a pressa volta à sua voz.

— Tenho que ir, mãe.

— Eu sei.

— Telefono para você assim que puder.

Eu não respondo. Sei que ele vai querer me ligar, e sei que vou temer a ligação. Eu vou querer ligar de volta, e ele estará correndo apressado por algum corredor, precisando estar em algum outro lugar.

— Tchau, então.

— Tchau, mãe.

E ele desliga, rindo aparentemente de alguma coisa que outro garoto lhe grita, enquanto se apressam.

Deito no sofá com a gatinha ronronando ao lado da minha cabeça, como um motorzinho. Sorrio, lembrando-me de Jim Galvin em seu ridículo chapéu de bruxa. Sorrio, também, porque está tudo bem entre mim e Graeme. As palavras só servem para complicar as coisas. Ele sabe que está tudo bem, e eu também sei. Isso é apenas um hiato até que as coisas se ajeitem.

Fecho os olhos. Desde que descarreguei minhas caixas e malas na sala de estar do chalé em Dunadd, uma semana e meia atrás, tive apenas uma convulsão, e leve. No entanto, sinto o calor na sola dos meus pés e sei que um ataque vem por aí.

Talvez seja o ronronar da gata ou uma alteração na pressão atmosférica, ou talvez eu tenha me esquecido de tomar uma daquelas pílulas esta manhã, mas o calor sobe pelas minhas pernas e logo tudo começa a se dissolver de volta aos átomos de onde veio. As partículas se tornam cada vez maiores, até eu começar a ser espremida por elas e, então, estou caindo no abismo que resta depois que se remove o material do qual tudo é feito. Não vejo mais nada até acordar com uma espécie de ressaca. Posso apenas imaginar a deprimente cena que ocorre nesse meio-tempo, com todas as características da epilepsia que fazem as pessoas normais se afastarem.

Depois do ataque epiléptico vem o sono, e, talvez, devido à minha conversa com Jim, sonho que estou em Dunadd — não na Dunadd atual, porque no meu sonho há muros altos em toda a lateral da colina, onde hoje em dia a trilha serpenteia através de urzes e samambaias. Estou parada onde a casa de Jim Galvin deveria estar, olhando para o rio lá embaixo, só que desta vez há uma pontezinha de madeira e do outro lado do campo não há ovelhas, e sim uma aldeia de casas com telhado de palha e chaminé fumegante, mas não habitações retangulares de pedra, e sim construções redondas feitas de taipa, que lembram as de um vilarejo africano.

Tive sonhos antes, no rescaldo das convulsões: já discuti teologia com a rainha Maria da Escócia, que não era bem o que a história retrata. Passeei ao longo das praias de Santa Helena com Napoleão, que insistia em dizer que estava sendo envenenado. Mas nada me afetou tanto quanto ver Dunadd dessa maneira, com cabras amarradas e crianças correndo de pés descalços, com grandes ondas de percussão e canto, e ao fundo de tudo isso, um murmúrio baixo que soava como um didjeridu. Devo ter chegado durante algum tipo de festival.

Eu me pergunto se Jim sabia que havia uma grande pedra no local onde a casa dele agora se assenta. Eu me apoio nela, tentando me equilibrar e conformar minha mente em torno do fato de que a casa de Jim e de qualquer antepassado que ele pudesse nomear ainda está a mais de um milênio à frente no tempo.

O sol está se pondo atrás da colina de Dunadd quando olho para cima e percebo dois homens se aproximando de mim. À luz crepuscular, eles se parecem com um esboço a lápis de trajes medievais. Eles vêm em minha direção com cautela, como se não tivessem certeza do que estão vendo. Eu olho para trás, para a pedra, para ver se posso me esconder atrás dela, porém os homens já estão falando comigo.

Estão falando gaélico:

— *Co as a tha sibh*?

Faz muito tempo desde que ouvi o idioma, na voz da sra. Gillies, que costumava cuidar de mim quando eu era pequena. Sei o suficiente para entender que eles estão me perguntando de onde eu venho, mas não tenho certeza de como responder a essa pergunta nem mesmo em inglês.

Quando os homens me seguram pelo braço e puxam a parte inferior do meu moleton, começo a desejar que esse sonho acabe.

Coloco-me fora do alcance deles e começo com o meu nome.

— *Is mise Maggie Livingstone.*

Eles abanam a cabeça. Não há nenhum Livingstone na Dunadd dessa época.

Eles repetem a pergunta a respeito de onde eu venho, só que agora parecem mais desconfiados.

Luto para reunir as palavras em gaélico que preciso:

— *Tha mi a Glaschu.*

A menção a Glasgow faz com que se aproximem mais de mim. Isso não os torna rudes, eles simplesmente me tomam pelos cotovelos e me fazem acompanhá-los pelo caminho de pedras planas logo acima da casa de Jim, onde começa a trilha até o morro. Um dos homens é menor do que o outro, por isso é uma marcha desigual através do que se revela serem grandes portões de carvalho presos na fenda natural da rocha e iluminados de cada lado por tochas. Já subi aqui várias vezes, mas tudo que existe é apenas uma abertura estreita.

Rio ao ver essa entrada grandiosa. Muitas vezes me perguntei como ela deveria ter sido. Meus captores entreolham-se e apertam mais meus cotovelos. Eles gritam em gaélico com alguma urgência a quem está por trás do portão. Olho para cima e constato que estamos parados sob uma espécie de pórtico; na porção superior do portão há uma portinhola de correr que se abre agora.

O homem por trás dela parece outra imagem saída de um livro de História Antiga, com seu capuz de couro ligado a um manto curto que lhe bate um pouco abaixo dos ombros. Seu bigode cai por sobre o lábio superior e agarra em seus dentes enquanto ele fala. Ele quer saber quem sou eu e onde eles me encontraram. Ouço as palavras *ban-druidhe*, e me lembro de que foi assim que Jim se referiu às bruxas.

Enquanto prosseguem as negociações sobre o nosso ingresso, consigo dar um passo atrás e olhar melhor os portões e os meus captores, com suas túnicas na altura dos joelhos e pesados xales castanhos presos aos ombros com grandes fivelas. O forte cheiro da cera das tochas queimando carrega o ar, e os homens estão rindo agora, quase como se houvessem se esquecido de que estou aqui. Parte de mim quer fugir, porque eu sei quem vive na colina de Dunadd. Sei que estou sendo levada para os que exercem a autoridade, e talvez eles não tenham uma boa impressão a meu respeito, com minhas roupas modernas. Mas, mesmo se eu pudesse fugir, para onde correria?

Quando um lado do portão se abre, entramos em uma parte do forte plana e relvada, que na minha época é repleta de escombros, mas que agora está cheia de construções. Tudo isso eu já vi na minha imaginação, e no museu, onde eles procuraram reconstruí-lo, porém, este é o verdadeiro forte de Dunadd, de pé, alto e sólido, dando ao lugar a sensação de um castelo aberto. De certo modo, espero que tudo pareça muito novo, porém há líquen nas paredes, e eu percebo que esse lugar é antigo, mesmo para essas pessoas.

O canto e a percussão que vêm da aldeia soam mais fracos aqui no alto, e consigo ouvir o crepitar de uma fogueira num nível acima de nós. Meus captores me puxam para fora do caminho, para deixar passar um grupo de homens e mulheres curvados sob grandes cargas de lenha e gravetos, ao que parece, combustível para o fogo. Outro homem, cambaleando devido ao peso dos grandes jarros de pedra que carrega em cada braço, passa atrás deles. Fica claro que toda a ação acontece acima de nós, e eu estou ficando tão nervosa sobre o que essa ação possa significar que paro de caminhar e tento me desvencilhar dos homens. Eles ficam observando eu me debater e parecem estar em certo desacordo quanto ao local para onde eu deveria ser levada. Por um momento, seus dedos afrouxam a pressão, e eu estaria livre para escapar agora se não fosse pelo guarda no portão. Começo a me mover na direção de um espeto, que está exalando cheiro de carne assada, mas os homens parecem ter chegado a um acordo e me puxam para trás.

O homem mais baixo, à minha esquerda, aponta para o topo do morro.

— *Ban-druidhe.*

Não sei se estou sendo levada para uma bruxa da Idade das Trevas ou se, ao contrário da opinião de Jim, uma está sendo queimada lá em cima. Quando considero que a bruxa em questão poderia ser eu, começo a lutar. Esse sonho sem dúvida deveria chegar ao fim agora.

Entretanto, continuamos a subir para o topo de Dunadd por um caminho que não existe na minha época. Acompanhamos um muro que contorna a colina e, em seguida, subimos mais e chegamos a uma casinha meio afundada no chão, perto do cume, com telhado de urze e localizada sobre um pequeno ressalto do muro no qual às vezes eu me sento durante meus passeios por aqui.

O fogo está tão perto agora que posso sentir o calor, mas uma multidão de figurantes de algum filme medieval em volta dele encobre a minha visão.

Como a casinha redonda está parcialmente incrustada na colina, o guarda tem de descer alguns degraus para chegar até a porta. Mas, em vez de bater, ele grita do lado de fora. Em pouco tempo a porta se abre e eu sou entregue à escuridão, onde apenas uma vela laranja queimando fumarenta na parede lança alguma luz. A porta se fecha pesadamente atrás de mim.

No interior, o ar é denso e pungente. Volto-me para a porta, tentando fugir, mas algo me chama a atenção: uma sombra se move e eu vejo uma velha inclinando-se sobre um pequeno lume. Pressiono as costas à madeira áspera da porta, avaliando a distância entre a minha mão e a tocha, para ver se eu poderia usá-la em minha defesa, porém a mulher mal nota a minha presença. À luz do fogo, vejo várias mantas de cores vivas nos ombros dela, sobre os quais os cabelos grisalhos caem em cachos macios. Ela está ocupada com seu fogo, cantando numa língua que eu não reconheço. Meus olhos vagueiam dos potes de diferentes tamanhos encostados ao longo da base da parede para as folhas que secam penduradas nas vigas. Se ela é uma bruxa, não usa chapéu preto; seu nariz não é cheio de verrugas nem adunco, mas ela tem unhas compridas e sua linguagem é mais gutural do que o gaélico. Ela é alta e ágil enquanto se move em círculos em torno do fogo, no qual de vez em quando joga flocos de algo que enche o aposento com o cheiro de madeira perfumada.

Ando em direção à única coisa familiar para mim, uma pequena saliência que se projeta da parede, e esbarro com a cabeça nas folhas penduradas. Pela primeira vez, ela olha para mim, estende a mão e toca meu braço. Em seguida, dá tapinhas curiosos sobre o tecido do meu moleton. Seus dedos experimentam a elasticidade dele e depois investigam a minha calça jeans; ela se inclina para passar as mãos sobre os meus tênis. Ela se levanta, vira meu rosto para a luz do fogo e, em seguida, toma as minhas mãos, virando-as e examinando as minhas unhas, a aliança de ouro no dedo. Seus dedos estão sujos e tatuados com desenhos celtas. Há linhas tatuadas sobre suas bochechas e um círculo de nós celtas em torno de seu pulso.

— *Ban-druidhe*? — ela pergunta. Ela vira o rosto para mim e eu vejo que sua expressão é gentil.

Aceno negativamente com a cabeça, sorrindo para a ironia de ela me tomar por uma bruxa.

Ela coloca a mão no peito.

— *Is mise Sula. 'S mise ban-druidhe. Sula.*

Sula. Seu nome fica na minha cabeça, assim como a fumaça. Os dedos enfumaçados de Sula sobre as minhas bochechas fazem meus olhos arderem até que sou obrigada a desviar o olhar para as frestas de luz em torno da porta. Ainda posso ouvir a fogueira crepitante na colina e a comemoração intermitente da multidão. Ouço a palavra *Sula* e ouço o fogo. Eu os ouço alto, e, em seguida, eles se perdem na distância e tornam-se um sussurro. Eu luto para permanecer com Sula, a bruxa, mas o sofá azul impõe a sua presença; sinto o peso da pequenina gata preta sobre meu ombro.

3

Fergus tinha se ausentado de Dunadd por meses. Após a longa viagem, sua égua estava cansada, por isso ele não queria forçá-la. Mas ele estava quase em casa; daqui, da parte superior do Vale das Pedras, podia ver o fogo na colina de Dunadd. Os homens com os quais havia cavalgado em suas rondas assegurando a lealdade dos senhores do reino haviam retornado uma semana antes dele. Fergus os tinha enviado de volta a Dunadd com o gado e a prata, enquanto ele andava pelo sul por algum tempo, não muito longe, entre os bretões, a fim de se encontrar com uma jovem que seria uma boa aliança para o futuro, conforme seu irmão, o rei, havia lhe dito.

A mulher era de fato boa e gentil, e bela e sadia o bastante. Não houve nenhum problema quanto a esses aspectos. O problema estava com o próprio Fergus, ele sabia disso; tinha ouvido o suficiente de seu irmão e de sua mãe, a rainha. Que proveito poderia haver, disseram-lhe eles, em manter o seu coração fiel à antiga esposa, a esposa morta? Saraid.

Mas ele teve uma filha com essa mulher. Não era fácil desapegar-se e lançá-la no esquecimento, como se o coração pudesse dar meia-volta e ir embora. Fazia dois anos desde a peste, dois anos desde que a druida Sula lançara suas pedras e vira o manto da morte abater-se sobre sua princesa. Ela tentou evitar a calamidade com seu fogo e seus encantamentos, porém, até os druidas têm que se curvar diante da deusa. Fergus sabia disso na época, e sabia disso agora, mas ele ainda não conseguia perdoar nenhuma das duas: Saraid por se reunir aos seus antepassados, Sula por não conseguir mudar o curso dos acontecimentos.

Dois anos sem uma mulher. Murdoch, o rei, ordenara-lhe que encontrasse uma antes que ele próprio garantisse alguma companhia para o irmão. Sula disse: *Não, espere.* Murdoch respondeu: *chega de esperar.* Sula disse *Espere,* por causa de alguma coisa na maneira como as pedras caíram no chão quando ela as lançou, alguma coisa no padrão que formaram, ela não sabia bem o quê.

Fergus correu os dedos por entre as orelhas de sua égua preta, mantendo diante dele as estrelas do guerreiro, o grupo de sete astros tremeluzentes à sua direita, que quase não podiam ser avistados esta noite por causa da lua. A escuridão havia trazido com ela um aguçamento na percepção dos sons, que fazia o lombo de sua égua se contrair a cada estalar de galho ou guincho de alguma gaivota retardatária voltando ao seu abrigo nas rochas.

A grande fogueira ardendo no alto da colina de Dunadd era para comemorar o *Samhain,* o Dia dos Mortos, e seu cavalo não se importava com o Vale das Pedras numa noite como aquela. Tampouco ele. Seu pônei o havia derrubado neste lugar, havia muito tempo, quando ele tinha menos de 10 anos de idade, e Murdoch havia cavalgado atrás dele com um pedaço de pau coberto de teias de aranha e de ervas daninhas para assustá-lo. Neste Dia dos Mortos, Fergus atinha-se às aveleiras cobrindo o fundo do vale, medindo a distância entre ele e Dunadd em árvores e sombras. Fergus se inclinou para a frente e acalmou o animal com um "shhh" tranquilizador, e também para ele próprio se acalmar, já que a égua não era a única a sentir os pelos eriçados.

À sua esquerda, ele passou o primeiro dos antigos círculos de menires que tinham dado ao vale o seu nome, postos ali não por seu próprio povo, mas pelos pictos, que tinham governado antes. À distância, os gritos e o vozerio em Dunadd tiraram-lhe o fôlego. Dentro de instantes, a comemoração chegaria ao seu ápice, quando a tocha seguisse seu caminho ritualístico, descendo a colina para iluminar as casas da aldeia, para o início do inverno. Mas, por ora, na escuridão, apenas os uivos de um lobo ao longe podiam ser ouvidos, apenas estalidos por entre as folhagens ressequidas, talvez o som dos próprios mortos, já que era justamente a época do ano em que o véu entre os vivos e os mortos tornava-se tênue o suficiente para permitir que os espíritos o atravessassem.

O dorso da égua estremeceu sob as coxas de Fergus. Ele se endireitou e jogou o cabelo para trás sobre os ombros, tentando livrar-se das vozes daqueles antigos pictos, que poderiam exigir a devolução de suas terras. Por dentro da gola de sua túnica ele encontrou o amuleto de pedra no colar de bolotas de carvalho que a druidesa lhe dera antes de partir. Ele o havia protegido em sua longa jornada; esperava que tivesse força o bastante para mantê-lo seguro ao longo desse último trecho desabitado.

O pio de uma coruja abafou os outros sons mais sutis; escutou um bater de asas de repente à sua esquerda. Um bom presságio, Sula diria. Ele não tinha a intenção de ficar longe tanto tempo, tempo demais desde o dia em que deixara sua filha nos braços da avó. Durante sua ausência, perdera a comemoração do oitavo aniversário dela. Fazia dois anos que a peste lhe tomara a mãe, e agora os bretões estavam falando de uma nova onda de peste vindo dos *sassenachs*, saxões do sul. Se ela se espalhasse tão ao norte, ele iria levar a filha e entregá-la aos cuidados das pessoas que moravam longe de Dunadd, nas casas nos lagos, até que o perigo houvesse passado. Illa era tudo que lhe restara de Saraid, e ele faria qualquer coisa para não perdê-la.

Fergus inclinou-se para a frente, sentindo o cheiro da égua, passando os fios grossos da crina dela por entre os dedos. Os cavalos eram como os druidas em certo sentido, ouviam e viam mais do que deveriam. Só mais um pouquinho agora e ele estaria em casa, não a casa que havia compartilhado com Saraid, da qual ele trancara a porta dois anos antes, depois que o corpo da esposa tinha sido cremado. Ele dormia agora sob o teto de sua mãe, assim como fazia o próprio rei às vezes, embora ele tivesse esposa e filhos e um bocado de outras mulheres.

São como pedra e areia esses dois irmãos, dizia o pai. Ele falecera antes que Murdoch ou Fergus tivessem idade suficiente para tomar uma esposa. Ainbcellaig era o seu nome, embora os filhos fossem conhecidos pelo nome MacBrighde, uma vez que sua ascendência real viera da mãe, Brighde. Murdoch era moreno e tinha olhos castanhos como o pai e a linhagem de escotos — povo gaélico da Irlanda — que navegara de Erin (Irlanda) até lá, duzentos anos antes de ele nascer. Mas a mãe descendia dos pictos, de quem seu segundo filho havia herdado os olhos azuis, motivo de desprezo para o orgulhoso rei, que não queria ter nada a ver com os pictos que compunham metade de seu reino.

Bastava Murdoch gritar "Picto de olho azul!" para despertar a ira de seu irmão e os dois rolarem pelo chão, brigando.

Ainda assim, Fergus desposou uma mulher entre os pictos, e sua filha — de cabelos ruivos, olhos claros e longas pernas como a mãe — era mais picta do que escota, contrastando acentuadamente com os filhos de olhos escuros e pele clara de Murdoch. Pois os escotos descendiam de Scotta, uma princesa morena que viera para Erin de uma remota terra ao leste. Foi ela quem levou para Erin a pedra sagrada que os escotos, por sua vez, tiraram de lá e trouxeram para esta terra, duzentos anos atrás. *Gaels*, era como os pictos chamavam aqueles marinheiros de Erin. *Estrangeiros*.

A égua de Fergus parou de chofre diante de um ramo que pairava baixo no escuro. Ela empinou, e tudo que Fergus pôde fazer foi agarrar as rédeas e escorregar por suas costas. Seu pé bateu com força sobre o musgo macio, fazendo-o gritar mais alto do que deveria naquele lugar, naquela noite. Ele desembainhou o punhal.

Fergus esperou e escutou.

— Sssh.

Nem mesmo os mortos de seu próprio povo deveriam saber o seu paradeiro nesta noite, no caso de eles tentarem arrastá-lo de volta com eles. Ele tinha afundado sua lâmina no peito de um nortúmbrio, arrancado o coração ainda trêmulo de um *sassenach* moribundo, porém não tinha defesa alguma contra os mortos; nenhuma outra coisa poderia fazer seu próprio coração tremer. Enquanto seus dedos ansiosos buscavam mais uma vez o amuleto no pescoço, a égua se soltou e saiu em disparada.

Tudo que Fergus podia fazer era correr, não pelos campos abertos, mas se embrenhando por entre as frondosas aveleiras, e agora ele não sabia se eram as árvores ou os mortos que agarravam seu cabelo, com o sangue dos arranhões escorrendo-lhe pelo rosto, pelas canelas, e estava ofegante, não por causa da corrida, e sim pelo aperto na garganta, e por certo aqueles demônios noturnos iriam sugar até sua última gota de vida. Se ao menos ele pudesse alcançar as casas, mas seu tornozelo irradiava dor por toda a canela, e ele não era páreo agora para os espíritos.

Ele invocou a deusa Cailleach, que havia amparado seu povo todos esses anos, embora agora ela estivesse em fase de transformação, deixando o aspecto da bela ninfa do verão e entrando em sua fase de anciã do inverno. Ela poderia estar surda agora à sua súplica, mas ele continuou a rezar, arrastando o pé, pedindo com todas as forças para que pudesse voltar para a filha.

Sua égua se fora, num tropel noite adentro, mas o fogo na colina de Dunadd se aproximava. Dava para ele ver a tocha sendo retirada da grande fogueira no morro e se movendo para baixo, em direção às casas; se ele conseguisse continuar, poderia atravessar o fogo correndo e purgar aquele toque da morte.

Chegando, por fim, à vila de muitas choupanas de telhado de palha na beira do rio, Fergus arrastou-se por entre um leve fedor de fumaça e esterco. Sem oferecer qualquer saudação, passou por donzelas empenhadas em fisgar um marido rico e manteve o ritmo até estar profundamente imerso no cheiro de chouriço e nabos cozidos. Foi nos braços de Talorcan, irmão de sua esposa, que ele caiu, um Talorcan risonho até perceber que na expressão dos olhos do viajante sem cavalo não havia motivo algum para riso.

— Fergus, prefiro me arriscar com um exército de *sassenach* do que andar sozinho pelo Vale das Pedras esta noite.

Fergus se inclinou, tocando o solo do assentamento com os dedos, sentindo a necessidade de reafirmar a si mesmo que estava a salvo ali. Os moradores vieram em bando rodeá-lo, sabendo quem ele era, por suas roupas finas, o irmão do rei Murdoch. Talorcan afastou-os com severidade.

— A minha égua — disse Fergus.

Talorcan bateu de maneira amigável nas costas dele:

— A égua chegou trotando há pouco tempo. Ela está contente agora entre os fardos de feno preparados para o *Samhain*. Venha, vou conduzi-lo pela ponte até os portões, a menos que você queira descansar um pouco e comer com a gente.

Fergus se levantou, encarando pela primeira vez o alto irmão de sua esposa, aqueles olhos verdes e a tatuagem de javali na testa.

— Eu preciso ver Illa. Como ela está?

Talorcan sorriu.

— Ela cresceu um bocado na sua ausência.

Ele indicou a altura no seu gibão onde o topo da cabeça de sua sobrinha batia. Fergus sorriu.

— Pernas compridas como as da mãe — disse Talorcan. — Você se lembra?

Fergus assentiu, embora preferisse que Talorcan não o torturasse daquele jeito.

— Sim, eu me lembro.

Talorcan riu.

— Mesmo assim, ela era capaz de derrubá-lo no chão.

Fergus não respondeu. Queria chegar à druidesa e ver se ela poderia encontrar o espírito de sua esposa de pernas compridas esta noite, antes que a ocasião para isso passasse.

— Onde está Murdoch?

Uma expressão de desdém cruzou o cenho de Talorcan, ao longo das linhas da tatuagem.

— No forte. Sua alteza real só entra na aldeia quando fica sem mulheres.

Ele passou um braço sobre o marido de sua falecida irmã e o conduziu por entre as casas ao longo das trilhas em direção à ponte de corda que atravessava o rio e separava o forte da aldeia. O povo, uns pictos, outros escotos, abria caminho para deixá-los passar. Eles gostavam desse irmão do rei Murdoch, um tipo mais afável, bom guerreiro, embora abatido com a morte da esposa. Muitas mulheres ficariam felizes em assumir o lugar dela em sua cama, mas ele era um sujeito estranho, esse Fergus MacBrighde.

Antes de chegarem à ponte, Talorcan o cutucou.

— Uma mulher foi encontrada. Eu não a vi pessoalmente, mas os guardas que a levaram para a druidesa disseram que ela usa ouro e está vestindo roupas estranhas, diferentes de todas que já vi em amigo ou inimigo. Ela diz que vem de Glasgow.

Fergus parou de andar.

— Então, por que veio de tão longe até aqui? — Ele colocou as mãos sobre os joelhos e inclinou-se para apalpar o tornozelo. — Onde foi encontrada?

— Logo abaixo de onde estamos agora. Ela já não é tão jovem, mas é bastante formosa. Disseram que ela tem o cheiro das cortes romanas.

— Mas os únicos romanos por aqui hoje em dia ou são escravos ou monges. Por acaso ela é uma escrava fugida?

Talorcan riu.

— Talvez seja melhor vê-la por si mesmo, se estiver interessado.

Fergus concordou com um gesto de cabeça.

— Talorcan, é só mais uma mulher, e eu já tive muitas delas nos últimos tempos. — Um sorriso vincou suas bochechas. — E uma sugestão como essa não deveria vir justamente de você. Você é o irmão da minha esposa. Deveria saber melhor do que ninguém.

— Eu sei — disse Talorcan. Ele bateu nas costas de Fergus. — Entretanto, a sua druidesa viu algo para você nas pedras dela, algo estranho. E essa mulher, pelo que dizem, é diferente de qualquer outra.

4

Algo dentro de mim me atrai para o fogo. Eu me encolho em minha capa de chuva e subo até o topo do forte, em meio à ventania de hoje, detendo-me na fenda da rocha onde, no meu sonho, estavam os portões. Lembro-me bem deles, de seu forte cheiro de madeira e do nó nos veios acima da portinhola de correr. E percebo dessa vez, enquanto subo e fico me perguntando por que nunca havia notado antes, vários buracos na rocha onde as colunas dos portões devem ter sido afixadas no passado. Há uma mancha de ferrugem que escorreu das barras de ferro que ainda devem existir em algum lugar no fundo da rocha. Eu chego à área plana e gramada onde estavam as casas em meu sonho, mas agora, em vez de construções, estou em pé entre as ruínas, em parte tomadas pela grama, indistinguíveis.

No cume, sento-me na pequena saliência de pedra que restou do assento original na cabana da bruxa. Se eu fechar os olhos, consigo ouvir o crepitar do fogo, o aroma das ervas que secam penduradas nas vigas. Mesmo nos dias de hoje dá para entender por que aquelas pessoas elegeram Dunadd como forte, pois ele fica bem de frente para o Mhoine Mhor, uma extensa faixa de turfa que vai até o Atlântico. Na direção sul, por entre os declives dos vales, dá para ver as montanhas; ao norte e ao leste, grandes florestas se elevam a perder de vista, e ao longo do fundo do vale o rio Add contorna o forte antes de sair serpenteando o mais que pode pelos verdes campos, como se realmente preferisse jamais chegar ao mar. O sol está se pondo atrás das ilhas, inundando o mundo da cor laranja. Lá embaixo, apenas o assobio estridente do faisão corta o silêncio.

Quando eu desço o morro, Jim Galvin está parado junto à porta dos fundos de sua casa. Ele levanta a mão em saudação e desvia o olhar, o gesto típico de um montanhês. Entretanto, ele está perto da cerca quando eu desço os degraus.

— Eu vi que você vai até lá todos os dias.

Eu não sabia que estavam me espionando. Puxo para cima a gola da minha capa de chuva.

— Havia uma grande pedra no lugar em que sua casa fica agora?

— *Aye*. — Ele afirma com a cabeça. — Foi tentando deslocar essa rocha que arrebentei as minhas costas. No final, tive que dinamitá-la. Mas como é que você sabe disso?

Dou de ombros.

— Eu costumava vir aqui quando criança.

Sorrio por ter encontrado uma resposta, tanto para a indagação dele quanto para a minha própria. É claro que devo ter guardado da época da infância a lembrança daquela pedra.

— Você tem um sorriso bastante bonito — diz ele —, quando decide usá-lo.

Isso parece muito ousado para um montanhês, e eu não tenho certeza de como responder. E, de qualquer modo, tenho outras perguntas.

— Do que você acha que a parede curva lá do topo da colina fazia parte?

Ele funga, esfregando o nariz com as costas do dedo indicador.

— Pode muito bem ter sido a morada de um líder druida, mas os livros de História não lhe dirão nada do tipo.

Eu o encaro. Com uma expressão um tanto na defensiva, creio, porém dura o bastante para que ele desvie o olhar.

— Eu tive um sonho com uma *ban-druidhe* esta tarde.

Ele olha para mim.

— É mesmo? — O jeito montanhês de cortar o assunto.

Dessa vez, sou eu quem desvia o olhar. Quando volto a olhá-lo, ele está me convidando para entrar pelo portão com um gesto. Não quero dar a esse homem o menor incentivo, mas sigo-o através da porta dos fundos de sua casa até a cozinha que, pela aparência, sua esposa conservava bem, embora, desde então, muito pouco fora feito para mantê-la. Passando a cozinha, encontro uma pequena sala de estar iluminada por uma lareira acesa, com as paredes forradas de estantes de livros.

Fico parada no meio da sala, lutando para encontrar algo para dizer.

— Você deve ser um erudito, hein?

Por causa dos livros, tenho que admitir, eu passo a encará-lo com respeito renovado. Não posso evitar, porque essa é a maneira de pensar no Hemisfério Ocidental.

Sinto vontade de lhe perguntar se ele leu todos eles, mas isso pareceria rude, e eu tenho a capacidade de ofender as pessoas apenas pelo modo como faço minhas perguntas. Oliver costumava dizer que eu deveria pensar melhor antes de falar, e, dessa vez, eu consigo:

— Isso tudo é muito impressionante. Vou ter que ir até o museu e apreciar o seu trabalho.

Ele para perto do fogo esfregando a parte de trás das calça, não tenho certeza se é um gesto para mim ou apenas para se aquecer, o que, neste clima, muitas vezes é necessário.

— Você será bem-vinda a qualquer hora.

Sento-me no braço de uma espreguiçadeira de couro que deve ser do tempo de sua esposa.

Ele se afasta da lareira um passo, aparentemente tendo se aquecido o suficiente.

— Então, você costumava vir a Dunadd quando criança?

Eu me acomodo por fim na poltrona.

— Havia uma velha senhora que morava no andar abaixo de nós, que era de St. Kilda. Quando o governo evacuou a ilha na década de 1930, mandaram todos para Argyll, para trabalhar na terra.

— Eles fizeram mesmo isso — confirma Jim. — Consegue imaginar, ilhéus que nunca tinham visto uma árvore, colocados para trabalhar na floresta? Eles também não falavam uma palavra de inglês.

Não parece existir alguma coisa que Jim não saiba, então eu o deixo divagar.

— É claro que o velho modo de vida na ilha tinha desaparecido havia muito tempo, mas eles ainda não comiam nada além de aves marinhas.

Minha mãe pagava à senhora de St. Kilda, a sra. Gillies, para tomar conta de mim depois da escola. Eu provavelmente sabia mais sobre St. Kilda do que sobre Glasgow.

— A sra. Gillies foi a última moça a se casar na ilha. Ela tinha orgulho disso.

— *Och*! — exclama Jim. — É uma história e tanto, com certeza. E você chegou a aprender gaélico com essa sra. Gillies?

— Eu aprendi um tipo de gaélico — respondo.

— Era o antigo gaélico. Esse povo de St. Kilda ainda vivia na Idade das Trevas. Quando eles foram trazidos para Argyll, até os mais velhos tinham dificuldade para entender o que diziam.

Eu ficava com a sra. Gillies até as cinco e meia durante a semana de aula e muitas vezes os sábados inteiros, também. Ela foi uma avó para mim, já que eu não tinha nenhuma. Em alguns verões, ela me trouxe para Dunadd, para visitar o irmão, que morava perto, no Canal de Crinan. Eu, com toda a probabilidade, aprendi mais gaélico durante aquelas duas semanas à mesa de Hugh Gillies, em sua minúscula cozinha, do que depois da escola em Glasgow, com a irmã dele.

Meus pais não tinham certeza se aprovavam que a filha aprendesse gaélico, que eles achavam ultrapassado, mas a sra. Gillies era "uma conveniência", como certa vez ouvi minha mãe dizer.

Olho para o fogo.

— Suponho que você não tenha um dicionário de gaélico.

Jim balança a cabeça.

— Não, o pouco que sei, devo à minha mãe, e isso já faz um tempinho. A gente apanhava de cinto se falasse gaélico na escola, por isso, com um incentivo como esse, era melhor esquecer. Mas estou sendo mal-educado em não lhe oferecer um chá.

Se isso foi uma pergunta, Jim não esperou pela resposta, e lá foi ele para sua cozinha, onde eu o escuto agora pegando a chaleira e riscando um fósforo.

Estou intrigada com todos esses livros, então levanto-me da poltrona e vou até a estante mais próxima, onde logo bato os olhos em títulos como *A Consciência Celta*; *Os Druidas*; *A Vida na Antiga Escócia*. Há, sem dúvida, mais coisas a respeito de nosso sr. Galvin do que ele deixa transparecer.

— Aqui está, tome — diz ele, entregando-me uma caneca com uma colher de chá enfiada nela. — Minha esposa deve estar se revirando no túmulo. Ela jamais serviria chá em outra coisa que não fosse uma xícara e um pires.

Sento-me de volta na poltrona, envolvendo a caneca quente com as mãos. Ele arrasta um banquinho para perto da lareira e se empoleira sobre ele. Faz barulho quando sorve o chá, algo que, tenho certeza, sua esposa também não teria aprovado. Ele deve ter sido muito bonito quando mais jovem, um bom tipo de pai para se ter.

Fico observando-o tomar o chá por um tempo, até que ele percebe que eu estou olhando.

— Quem eram as pessoas que viviam no forte? — pergunto.

Ele inspira fundo por entre os dentes, antes de começar a falar. É uma coisa típica das Highlands.

— Bem, os livros de História dizem que foram os pictos, até os scotti chegarem da Irlanda pelo mar.

— Scotti? Quem são eles?

— É deles que vem o "Scot" de Scotland. Os scotti eram imigrantes irlandeses, embora eles chamassem sua terra naqueles dias de Erin, não de Irlanda. Os irlandeses pensavam, e ainda pensam, que eram descendentes de uma princesa egípcia chamada Scotta. A Irlanda, como você pode ver do topo de Dunadd num dia claro, fica a menos de vinte quilômetros a oeste, e, provavelmente, sempre houve comércio entre as duas costas. Se quer saber minha opinião, sempre houve uma mistura de pictos e scotti por aqui, às vezes mais de um, às vezes mais do outro. Os scotti trouxeram o gaélico com eles da Irlanda, e lá pela época de William Wallace, o gaélico já era a língua da Escócia. Ele vai, sem dúvida, acabar se extinguindo no final, assim como aconteceu com a língua dos pictos.

— Você já ouviu falar do nome Sula? — pergunto a Jim.

Ele responde que não e me mostra uma lista de reis que governaram a partir de Dunadd, nomes estranhos, que em sua maioria nada me dizem, nomes da Idade das Trevas, como Ainbcellaig, Fiachne e Eochaid.

No meu caminho de volta para o meu chalé, a chuva está batendo no lado da minha cabeça. Eu paro para vadear numa poça rasa, observando as ondulações provocadas por minhas botas lamberem o cascalho para, então, recuarem e desaparecerem. Culturas inteiras vêm e vão como elas, impérios ascendem e caem. Os pictos afastaram-se para o norte e não deixaram nada, exceto algumas palavras estranhas no inglês do nordeste da Escócia. Hoje são apenas ecos, como os monumentos neolíticos e os druidas.

De volta às minhas páginas, no dia seguinte, estou contando execuções de bruxas, em grandes números: no ano de 1515, mais de quinhentas bruxas queimadas em Genebra; em 1518, 64 queimadas em Vale Camonica; 1.700 bruxas escocesas queimadas na fogueira entre 1563 e 1603. Penso sobre Sula em sua cabana no topo da Dunadd. Ela não tem ideia do que seria de suas semelhantes no futuro. Ainda não há clérigos "bem-intencionados" para arrastá-la para fora de sua cabana, nem decretos sobre o mal que as mulheres representam.

Deixo os meus óculos sobre a mesa e vou até a janela, para ver o rio. A chuva parou esta manhã, e um pouco mais ao longe, na margem, vejo Jim Galvin com uma linha de pesca esticada ao sabor da corrente, como se quisesse ficar longe dele. Já que ele sabe tanta coisa, gostaria que me dissesse por que a Igreja fez isso com as mulheres. Quero saber o que ele próprio tem a dizer sobre isso como homem.

Berro minha acusação contra ele do outro lado do rio, as águas turvas por causa da lama, do mesmo jeito que fazia há mil anos ou mais, pelo menos no meu sonho. Jim olha para cima e encolhe os ombros. Depois de um tempo, ele grita:

— Atravesse a ponte e pare de berrar.

Não é fácil caminhar pela margem, ou o semipântano que é na verdade, cheia de montes de vegetação herbácea que fazem as galochas deslizarem para os lados. Como se em solidariedade, Winnie, a gatinha, segue atrás de mim.

A ponte é antiga e feita de pedra, a parte inferior formando um caprichado arco romano, não porque tenha sido inspirada por uma grande visão artística, mas pela praticidade do agricultor que a ergueu da lama, pedra sobre pedra. É uma bela ponte, mesmo assim, a mítica ponte levadiça em minha mente, que me mantém segura ao abrigo da sombra do forte, uma reclusa com os meus papéis e as minhas perguntas.

Jim olha para mim de seu assento na beira do rio.

— O que você estava dizendo? Baixinho agora, para não assustar os peixes, e leve essa maldita gata daqui ou ela vai comer todos.

Eu rio.

— É quase inverno. Você não vai conseguir pescar nada e, mesmo se conseguisse, eles teriam que ser peixes muito pequenininhos para que a gata representasse uma ameaça. É atrás de peixinhos que você está?

Ele volta a se concentrar em sua pesca. Olho para baixo, para o rio escuro que abriga, assim espera Jim, algum vestígio escamoso de vida. Uma gaivota pousa e se acocora contra o vento. Eu suspiro. Aqui, na presença do rio, nem mesmo a queima de bruxas parece valer a pena mencionar.

— Eu não estava dizendo nada — minto.

Sento-me ao lado dele e puxo os joelhos contra o peito. Winnie se esfrega nas minhas pernas, como se eu tivesse me sentado ali para lhe dar prazer.

Ele ri.

— A mim me pareceu muita coisa.

— Eu só estava falando do meu trabalho, da minha pesquisa.

Ele olha para mim, como se eu lhe desse uma medida pela qual me avaliar.

— *Aye*, eles estavam comentando na vila que você estava fazendo algo do tipo.

A boa e velha fofoca.

— Algo de que tipo? O que isso quer dizer?

Ele se vira para sua linha, que, de repente, está balançando.

— Não precisa se preocupar.

Jim puxa o peixe para a terra, uma pobre coisinha mirrada que ele deveria jogar de volta na água, enquanto eu fico pensando no meu sonho. Não posso deixá-lo para lá, porque quero saber a razão da fogueira e quem eram os poucos privilegiados que compunham a multidão que aplaudia. Quero ir para aquela aldeia na base da Dunadd no campo de ovelhas e observar a vida lá. De repente, pego-me perguntando que efeito teria sobre mim se eu pulasse um dia de medicação e, dessa maneira, talvez me encontrasse de novo no mesmo sonho. Eu não sei em que ano da Idade das Trevas eu estava, ou mesmo se isso importa.

— Jogue o maldito peixe de volta — digo, observando o coitado se contorcer, suas guelras sugando em vão. Chego perto o suficiente de sua cauda para erguê-la com a ponta da minha bota. Usando o meu pé, o peixe salta de volta para a água.

— Ei! — Jim grita. — Esse era o meu jantar!

Eu não tinha a intenção de jogar o peixe de volta, mas de repente fico feliz por ele ter conseguido fazer isso por conta própria.

— Não ria — diz ele. — Agora vai ser feijão na torrada.

— Você não teria mesmo encontrado nenhuma carne naquele peixinho de nada. Vou cuidar do seu jantar para compensá-lo por isso. Tenho certeza de que o peixe vai aprovar. Pelo jeito era a mãe de um coitado de um peixinho ainda menor.

— Uma mãe magra de doer, se quer minha opinião — diz ele. — O que você vai preparar para mim?

Eu não tinha a intenção de lhe prometer nada, muito menos algo que me roubasse mais tempo do meu estudo.

Eu suspiro:

— Sardinhas no pão? — Não posso deixar de rir.

— Oh, *aye*, muito engraçado. Estarei lá às seis.

— Tudo bem — concordo e vou embora.

Ele chega às cinco para as seis, e está usando uma gravata boba, uma espécie de lenço enfiado no colarinho da camisa. Isso pode ter dado certo quando ele estava cortejando sua esposa na década de 1950, porém não funciona comigo, e não porque as "damas são muito exigentes", mas pelo simples fato de eu não estar a fim de ser cortejada por ele. Tenho 38 anos, e não estou tão desesperada ainda a ponto de levar em consideração um traseiro velho e enrugado.

Ele me trouxe flores da loja local, algumas rosas brancas misturadas com samambaia:

— Era o mínimo que eu poderia fazer depois que você jogou o meu peixe de volta na água.

Levo as flores até a pia; elas se espalham num arranjo agradável num vaso.

— Não joguei de volta exatamente. Além disso, você deveria deixar o pobre peixe em paz. Pode comprar um arenque defumado na mercearia.

Ele balança a cabeça.

— Não é o jeito mais viril.

Eu suspiro.

— Acho que a humanidade já teve sua cota suficiente de homens e seu jeito viril. Vocês não podem apenas deixar essas coisas de lado?

Ele toma um assento na mesa e coloca os cotovelos sobre ela, da maneira que eu tenho certeza que sua mãe lhe ensinou a não fazer.

— Você não é uma daquelas feministas, ou seja lá como os americanos as chamam, é?

Ele me desarmou. Sacudo a cabeça negativamente e sorrio.

— Não, não sou uma feminista.

Ele acena com a cabeça em direção aos meus livros e papéis transferidos da mesa de jantar para uma cadeira.

— Do que se trata tudo aquilo, então?

— Esse é o "algo do tipo" que a fofoca local tem comentado em que trabalho. Trata-se de bruxas, na verdade.

— Ah, entendo — diz ele, me examinando, como se de repente eu fizesse sentido para ele. Queria fazer sentido para mim mesma.

Coloco o vaso sobre a mesa, diante dele.

— Você saberia me dizer se os antigos faziam fogueiras no topo de Dunadd?

— *Aye*, eles faziam. Mesmo na minha época, todo Halloween nós fazíamos uma fogueira lá em cima. Costumávamos saltar sobre ela, e isso era uma reminiscência da Antiguidade, embora não soubéssemos disso na época.

Eu volto para a cozinha.

— Para que faziam isso?

Ele dá de ombros.

— Um rito de purificação de tempos pagãos imemoriais. Eles costumavam fazer seus animais saltarem também a fogueira, para garantir a segurança deles ao longo do inverno. Mas a maioria do gado, eles tinham que abater, porque não havia alimento suficiente para manter vivos tanto os seres humanos como os animais. Era uma grande quantidade de carne, vísceras e tudo mais que desse para salgar, para preservar para o inverno, como tripas e tendões; eles aproveitavam tudo. Com o que não era possível preservar, incluindo o sangue, eles faziam salsicha, e é por isso que temos morcela hoje em dia. E *haggis*, o prato tradicional escocês, que é bucho de carneiro recheado com vísceras.

Eu rio.

— Você gostaria de redigir minha dissertação para mim?

— Não — ele diz, claramente satisfeito —, eu não sei tanto assim, nunca fui para a universidade.

Eu tiro o jantar do forno e coloco-o entre nós.

— Sardinhas no pão. Pensei que você estava brincando.

Eu faço que não com a cabeça.

— Nunca brinco. É contra a minha natureza.

Não sei se ele acha que estou brincando agora, mas não acho que eu esteja.

Ele espeta um pedaço de peixe com o garfo e mete-o na boca, seguido de um pedaço de torrada. Lembro-me agora da metade de uma garrafa de vinho tinto guardada na geladeira e ofereço-a a ele.

— Você poderia aquecê-lo? — pede ele. — Não gosto de bebidas geladas.

Vou para a cozinha, despejo a improvável bebida vermelha numa panela e acendo a chama sob ela.

— É isso o que você faz por aqui? Bebe vinho sozinha?

Derramo o vinho tinto quente em duas xícaras e retorno à mesa com elas.

Respondo:

— Eu chamaria isso de bisbilhotar. Que tal o gosto?

— Horrível. Ainda assim, desvia o foco da conversa embaraçosa.

Experimento o meu vinho quente e faço uma careta.

— *Bah*. Não acho que tenha sido embaraçosa.

— Não até eu começar a bisbilhotar.

— O que você quer saber? — pergunto. Tomo outro gole de vinho quente e tento reunir forças.

Ele se inclina para trás em sua cadeira, que range um pouco sob a tensão.

— Bem, aqui está você, divorciada e sem seus filhos. Duvido que os agricultores por aqui possam ser de grande interesse para você, e você é um pouco jovem demais para desistir da vida.

Pelo menos, estou contente que ele esteja colocando a si mesmo do outro lado da cerca dos meus interesses românticos. Talvez esteja esperando que eu diga que prefiro homens mais velhos. Mas há muito a explicar sobre as minhas razões para querer ser solitária.

Suspiro.

— Seus filhos estão com seu marido?

Aqui vamos nós. Esvazio a minha xícara de vinho. A bebida raspa na minha garganta.

— Não.

— Se você não quiser me contar, tudo bem.

— O problema é que você pelo jeito vai me perguntar de novo.

Ele ri, completamente alheio ao que está prestes a ouvir.

— Olhe, não há nenhum segredo nisso. Oliver Griggs, meu marido, ensina História na Universidade de Glasgow.

Sinto que Jim está começando a perceber, ao que tudo indica, pela minha expressão — ou ausência dela — no que se meteu.

— Que chique — ele diz, num esforço para aliviar o clima.

O vinho está sendo mais competente nesse quesito.

— Temos dois filhos, como eu disse: Graeme, que tem 17 anos e está num internato em Edimburgo. E Ellie, que tinha 8 anos de idade, há dois anos, quando faleceu. Então, essa é a minha história.

Jim volta a se inclinar sobre a mesa. Ele não fala nada, e por isso eu lhe sou grata. Volto para a cozinha e vasculho o cesto de pão, enquanto tento me recompor, e retorno à sala com uma caixa de bolachas cobertas de chocolate. Jim me para no caminho de volta para a mesa pondo uma mão no meu braço.

— Sinto muito por tudo que você passou — diz ele. — Minha mãe costumava dizer, *Cha do dhùin doras nach do dh'fhosgail doras.*

Ofereço-lhe uma bolacha.

— Meu gaélico não é bom o suficiente para entender isso.

Ele aceita uma.

— Nenhuma porta se fecha sem que outra se abra.

Sento-me de frente para ele e tento avaliar o que ele quis dizer com esse provérbio da mãe, se está achando que ele próprio é a porta pela qual eu estou procurando.

— Bem, se há alguma outra porta, eu ainda tenho que encontrá-la.

— Então, vá em frente e procure-a.

Mordo a minha bolacha. Não estou à procura de portas. Não estou à procura de nada. Há momentos em que não há sentido fazer qualquer esforço, quando você só precisa se afastar e esperar que a dor diminua. Isso é o que Dunadd significa para mim. Foi essa a razão que me levou a vir para cá.

Não comento com ele sobre a minha cirurgia em janeiro, porque eu teria que contar sobre a epilepsia. Não é algo de que eu saia falando por aí. Tomo minha medicação e tento fingir que sou uma pessoa normal. Meu marido poucas vezes presenciou uma convulsão; meus filhos, nunca. Não é o tipo de coisa que você deseja que a equipe da Universidade de Glasgow saiba, então, você toma os remédios e fica longe de luz fluorescente, como um vampiro. E agora quase que por instinto escondo o assunto, e, de qualquer maneira, não há sentido em desnudar minha alma por completo, já que só tenho alguns meses até que não haja mais sonhos, porque essa parte da minha vida vai ser corrigida.

5

Talorcan bateu nos portões do forte com a palma da mão.

— Abram agora. Estou com Fergus MacBrighde ao meu lado.

Ecos daquele nome se propagaram colina acima, e não demorou muito para que a trava fosse puxada e os homens atravessassem o portão. Tochas iluminavam a subida íngreme até a borda da clareira onde se situavam as residências reais, o celeiro, os depósitos e as cozinhas adiante. O cheiro de carne de veado assada no espeto lembrou a Fergus que ele tinha comido muito pouco desde os pães de aveia e mel com que seu anfitrião o provera para sua jornada. Mas, por enquanto, algo mais urgente do que a fome se impunha. Ele procurou em volta por sua filha, Illa.

Ele a ouviu antes que pudesse vê-la.

— Pai!

Ela veio correndo para os seus braços com um gritinho. Fergus ajoelhou-se à altura da filha, embora quase não houvesse necessidade disso.

— Você continua crescendo. — Ele passou a mão pelos cabelos cor de ferrugem da menina e voltou-se para Talorcan. — Ela vai ficar tão alta quanto aquele gigante, Finn MacCool, antes de chegar à idade adulta.

Olhando para o sorriso da filha, Fergus se perguntou por que haveria de procurar por sua esposa entre os mortos, se ela com certeza ainda estava ali entre os vivos. O cabelo de Illa havia crescido bastante, e estava puxado para trás e enrolado na altura da nuca. Ela olhou para o pai com seus olhos azul-celeste, que havia puxado mais dele do que da mãe.

Illa deslizou a mão pequena e fria na dele e o puxou em direção à casa mais próxima ao cume. Eles podiam divisar a mãe de Fergus, Brighde, parada ao lado da cortina na porta, ereta, imponente, seu toucado derramando-se sobre os ombros.

Ela abraçou o filho.

— É bom vê-lo de volta a salvo. — Ela deu uma batidinha no peito dele como sempre havia feito desde que ele era um menino. — Você deve estar com fome.

A Talorcan ela dirigiu um mero aceno de cabeça.

Illa aguardou pacientemente enquanto o pai colocava sua bolsa no chão e ia aquecer-se junto ao fogo na extremidade oposta do único aposento da casa. A menina não podia deixar de esperar que uma jornada de tantos meses pudesse ter lhe rendido um presente. Mas a avó mandou que fosse até o espeto para trazer carne para o pai.

Fergus observou-a sair.

— Onde está Murdoch?

— Está lá em cima, perto da fogueira — respondeu Brighde. — Mas fique aqui um pouco e converse comigo. Diga, como era a bretã?

Fergus riu.

— Bela, claro, ou não teria sido empurrada para cima de mim. Saudável e generosa, mas jovem demais para ter algo de importante a dizer.

Brighde endureceu o rosto.

— Você precisa de uma esposa, não de um ministro da guerra. Nem de uma druidesa, ou de um bardo... alguém que possa lhe dar filhos. Nossa linhagem só vai ter valor se tiver descendentes.

Talorcan, que estava em pé ao lado da porta, mexeu os pés, atraindo o olhar de Brighde e fazendo-a suspirar, já que aquele homem picto era um parente seu forçado. Ela tinha dado a contragosto sua bênção ao casamento de Fergus e, agora, nem isso, pois seu filho não via com bons olhos a ninguém mais. Ela sabia que Saraid tinha sido uma preciosa conselheira para o marido, mas Fergus, ao admitir somente uma esposa que se assemelhasse de certo modo à primeira, estava pedindo demais, e acabaria tendo de sucumbir à escolha do irmão, o rei, se não agisse logo.

Illa retornou, com os frágeis braços carregados de pratos e uma caneca de *fraoch* "para um viajante empoeirado", dissera ela, fazendo o pai sorrir. A menina havia passado grande parte da vida com a avó e apenas um tio como pai.

— Illa, traga a minha bolsa!

Talorcan aproximou-se com a bolsa e a entregou à menina. Ela foi dançando até o pai e colocou a mão sobre sua coxa, enquanto ele vasculhava os bolsos fundos de sua bolsa de pele de veado, fingindo frustração. Mas, quando ele percebeu a tristeza no rosto da filha, apanhou a pequena caixa de madeira que lhe fora dada pela mesma bretã da qual sua mãe agora há pouco quisera saber. Illa pegou a caixa e a beijou.

— Ela não é mesmo uma boa mulher? — perguntou Brighde.

Fergus levou as mãos ao alto. Tantas perguntas, sempre o mesmo interrogatório por parte da mãe que tinha sobrevivido ao marido, mas que às vezes, ele sentia, deveria ter ido em seu lugar.

— Me disseram que ela é jovem e bonita — disse a mãe.

Fergus riu.

— Beleza... o que isso significa para mim? Um enfeite para o homem cujos olhos não veem longe. Juventude é algo que eu próprio já não possuo. O tempo me trouxe cicatrizes e sabedoria. Como eu poderia confiar a mim mesmo ou minha filha à juventude que nada sabe sobre isso, que não tenha propriamente vivido?

Ele apanhou a caixa das mãos de Illa e mostrou-lhe como deslizar a porta secreta para abri-la. Illa ficou surpresa.

— Muito engenhoso! — disse Talorcan. — É do Oriente, sem dúvida.

— Do Extremo Oriente, creio eu. Uma bugiganga para fazer barganhas.

Illa pegou a caixa e deslizou a tampa para abri-la ela mesma. Ela sentou-se no colo do pai e riu quando ele fez cócegas em sua barriga e esfregou o nariz em seu rosto.

Depois de lutar para se soltar e endireitar as dobras da túnica, ela disse:

— Tem uma estranha com a Sula, a *ban-druidhe*. Ela veste uma túnica curta e calças de homem.

Fergus olhou para a mãe.

— Você a viu?

Brighde fez que não com a cabeça.

— Ela foi encontrada vagando na base do forte, com roupas estranhas, talvez seja um desses viajantes, embora ela use ouro no dedo e nos dentes. Murdoch mandou que a levassem para Sula. — Ela gesticulou para o ar com a mão. — Não ouvi mais nada desde então.

A mãe tentou sorrir para ele, mas seus olhos não demonstravam felicidade. Fergus caminhou até onde ela estava, próxima ao fogo, e arrumou o xale de lã sobre os seus ombros com o broche que havia sido de seu pai, um pequeno escudo dourado cravejado com pedras vermelho-escuras, granadas.

— Então, irei eu mesmo até Sula e descobrirei o que ela sabe.

Illa levantou-se num pulo.

— Posso ir também?

Fergus puxou-a para si e colocou-a ao seu lado.

— Antes, me deixe comer. Então vamos ver o que fazer com a mulher com calças de homem.

Illa riu. A mesma risada, a mesma boca e agora os dentes de adulto iguais aos de Saraid. Brighde tirou de um pesado baú um copo dos gauleses que traziam o vinho em navios e levavam joias finas feitas pelo saxão Oeric na forja, o mesmo artesão que tinha criado o broche que Brighde usava em seu xale. Pelos copos, ela havia trocado dois escravos trazidos em incursões ao sul.

Fergus, no entanto, não apreciava muito o vinho tinto da Gália. Ele gesticulou para que Illa lhe passasse a *fraoch*, cerveja feita de urze, a bebida do homem comum. Ele a engoliu em generosas goladas, deixando a bebida amarga descer pela garganta e aquecer sua barriga. Os bretões haviam lhe servido o doce hidromel que não caíra bem em seu estômago. Próximo ao calor do fogo, os olhos de Fergus começaram a se fechar, mas ele ainda tinha que subir a colina para saudar o irmão, Murdoch. Mais do que isso: precisava visitar Sula e aproveitar essa noite dos mortos.

Fergus limpou a boca com as costas da mão enquanto saía da casa fumacenta para a noite agitada por tambores e cânticos do campo lá embaixo, o ar negro impregnado pelo cheiro de sangue dos animais e das raízes cozidas dos camponeses. Illa já havia tomado a dianteira, como se seu pai precisasse de um guia. Ao passarem pela casa onde

Fergus morara com a esposa, ele buscou por ela na porta. Esta noite, ele viu apenas a porta.

Com a filha correndo à sua frente, Fergus puxou Talorcan para perto.

— Já ouvi falar de criaturas metade mulher, metade homem. Talvez seja isso que tenham encontrado.

Talorcan parecia confuso.

— Você quer dizer nas histórias cantadas pelos bardos?

Fergus meneou a cabeça.

— Não em histórias, mas de verdade, uma criatura com todas as partes de uma mulher e também com as partes de um homem.

Talorcan bateu nas costas dele.

— *Fraoch* demais e muito rápido?

Fergus cutucou seu cunhado nas costelas.

— Estou lhe dizendo apenas aquilo que ouvi.

Eles subiram mais, seguindo Illa, para onde a fogueira ardia alta e quente contra o céu escuro, esta noite quase sem estrelas por causa do rosto brilhante da lua. Murdoch os viu e veio correndo com suas passadas largas, a cintura de sua túnica retesada em torno de uma barriga cada vez maior. O cabelo escuro e encaracolado, os olhos afundados por baixo da testa protuberante, ele era mais baixo do que o irmão uns quatro ou cinco centímetros.

— Venha! — ele gritou. — Venha aqui. — Ele agarrou o irmão pela mão, ignorando Talorcan. — Quem liga para suas viagens? Venha aqui e dê o seu salto. O fogo está apagando.

Fergus e Illa o seguiram, Talorcan arrastando-se logo atrás. Fergus ainda não tinha se purificado do toque da morte próximo às pedras, por isso correu direto para a fogueira e deu um salto que foi suficiente apenas para que chegasse ao outro lado. Mal conseguiu ultrapassar a madeira carbonizada e escorregou numa tora, que rolou e o fez desabar, sujando de cinzas a parte de trás da túnica.

Fergus levantou-se, envergonhado, ouvindo Murdoch e a garotinha rindo.

— Ele precisa é de uma mulher — disse Murdoch. — Ela iria colocar um pouco de vigor nesse salto dele.

Fergus espanou a túnica com as mãos.

— Essa conversa nunca tem fim?

A expressão de Murdoch murchou também.

— A bretã não agradou a vossa majestade?

Fergus deu um empurrão no irmão, de modo que agora ele também estava caído entre as brasas e coberto de cinzas. Talorcan riu. Illa recuou; ela conhecia o rei bem o bastante para esperar a raiva que muitas vezes se seguia aos músculos retesados de sua mandíbula. No entanto, Murdoch apenas se levantou e se recompôs.

Ele bateu no ombro de Fergus com a mão aberta.

— Da próxima vez, meu amigo, você vai pagar por isso.

Fergus acenou para ele e partiu em direção à cabana da druidesa. Illa tomou a mão de Talorcan; ela sabia que tinha que ficar longe quando seu pai estava com aquele olhar. Talvez o que ele tivesse a dizer a Sula não fosse para ninguém ouvir.

Fergus parou à porta e chamou pelo nome de Sula. Demorou um pouquinho antes que ela abrisse a porta. Se ela sentiu prazer em vê-lo, pouco demonstrou em seu rosto, velha avó do povo, avó de verdade para alguns deles. Ela fez um sinal quase imperceptível com a cabeça, convidando-o a entrar, e, depois do fulgor do fogo e a claridade do luar, foi difícil para ele distinguir aonde a anciã havia ido. Fergus captou um cheiro estranho sobrepondo-se ao fedor de mofo do incenso de Sula. Ele tinha ouvido falar que as mulheres romanas banhavam-se com essência de flores, mas aquele perfume não era de nenhuma flor que ele conhecesse, e, quando a estrangeira entrou em foco próximo à parede do fundo da cabana, ela não era como qualquer mulher que ele já tivesse visto, tampouco.

Ele começou a se mover em direção àquela sombra, entretanto Sula o deteve, estendendo a mão para o amuleto de pedra no pescoço dele, sorrindo quando seus dedos o encontraram.

Fergus segurou a mão dela.

— Obrigado — disse ele. — Suas bênçãos me mantiveram a salvo, mesmo no Vale das Pedras, durante o *Samhain*. E a pé.

Ela deu um tapinha no braço dele.

— Você é uma presa fácil para os mortos errantes na noite de *Samhain*, já que está meio morto.

— Não — ele retrucou —, ainda há vida aqui, apenas um pouco menos ardente.

Ele queria contar mais a ela sobre a cavalgada noturna, sobre a coruja e as vozes que ouvira. Entretanto, seus olhos continuavam se desviando para a estrangeira que entrava e saía de foco perto da parede oposta. Seu cabelo era curto para o de uma mulher.

— O que é isso? — perguntou. — Homem ou mulher?

Ele avançou na direção dela, para um exame mais atento. A mulher não parecia jovem, mas, mesmo assim, ainda tinha o rosto suave e atraente. Em torno dos olhos ela usava as linhas escuras que ele havia visto em desenhos de Scotta, a princesa egípcia. Seu olhar desafiador encarou-o, esperando que ele desviasse os olhos. Mas ele não desviou.

— Tire o que lhe cobre as pernas — disse ele —, e vamos ver se ela também é homem além de mulher. Tenho ouvido falar dessas coisas.

A estrangeira lutou contra as mãos de Sula, proferindo palavras que Fergus nunca tinha ouvido antes. Ele ouviu a palavra "não". Como o "non" dos romanos. Talvez uma espécie de romana, então. E pescou também uma palavra que tinha ouvido dos *sassenachs*, "fuck"... sim, ele tinha certeza de que ela havia dito isso.

No entanto, Sula era menor do que a mulher e, embora ela fosse muito boa com encantamentos, não tinha força física. Fergus desviou-se das mãos da estrangeira, que se debatiam, segurou-lhe os braços e levantou a criatura para que pudesse tocá-la entre as pernas. A mulher ficou imóvel.

Ele a soltou e se afastou. Agora que sabia que era uma mulher, sentiu-se envergonhado por sua falta de modos. Isso era mais costume de seu irmão, e ele não gostou. Deu mais um passo para trás, os dedos ainda quentes do contato com ela.

Sula riu.

— Uma mulher, então. Mas, por que os seios dela são tão elevados no peito?

A mulher perdeu a calma de novo quando Sula se voltou em sua direção e tentou puxar sua túnica curta para cima. À luz do fogo, Fergus podia ver seus olhos disparando do rosto da druidesa para o seu próprio, e ele tocou o braço de Sula, incapaz de suportar a visão de uma mulher assustada como um coelho.

— Deixe-a em paz — disse ele, em voz baixa.

A mulher murmurou uma palavra. "Ok." Fergus trocou olhares com Sula, sabendo que eles deveriam ter cuidado. Talvez isso pudesse ser um feitiço. Mas, quando ele deu um passo atrás, a mulher sorriu e levantou a túnica ela mesma. Por baixo, seus seios estavam erguidos por um tipo de funda puxada para cima, em direção aos ombros. Fergus percebeu os contornos do mamilo por baixo do tecido fino. Sula se inclinou para a frente e puxou uma das cordas que pareciam esticar como tendões.

A mulher disse "Bra".*

Na língua de Erin, *bra* significava para sempre.

Sula bateu na mão de Fergus e riu.

— Ela quer você para sempre.

Fergus tentou rir, mas havia algo na estrangeira que tinha deixado sua boca seca.

— De onde você acha que ela vem? Ela é escota ou saxã? Escrava ou mulher livre?

A desconhecida puxou a túnica para baixo e desviou o olhar. De qualquer modo, que espécie de túnica era aquela que cobria tão pouco, que protegia tão pouco do frio? Ela devia vir do Oriente, onde era sempre quente, segundo ele ouvira falar. Tal clima não serviria para os escotos, que eram resistentes desde o nascimento, cujos pés eram fortalecidos por uma infância sem sapatos, que dormiam enrolados apenas em seu manto xadrez.

Os sapatos dela também não se pareciam com nenhum outro, com cordões pretos que vinham da frente, subiam e eram amarrados perto dos tornozelos. A sola era forrada, não com couro como eram os dele, mas por outra coisa que resistiu à compressão dos dedos de Sula, quando ela se ajoelhou e tocou-os. Eles eram calçados finos e se moldavam aos seus pés, não como os que os plebeus usariam. Nem mesmo como os que ele podia usar.

Fergus se aproximou e pôs a mão no ombro da mulher, para mostrar sua vergonha por tê-la tratado de forma tão rude. Ela estava toda envolvida por aquele tipo de tecido estranho que se esticava sob as pontas de seus dedos.

Ele sorriu um pouco:

— *Co as a tha sibh*?

---

* Abreviatura de *brassiere*, "sutiã" em inglês. (N. T.)

Um sorriso brincou nos lábios da mulher, mas desapareceu rapidamente. Seu olhar firme não se desviava do dele, mesmo quando ele se forçou a olhar para aqueles olhos que eram claros como os seus próprios e não livres de dor. Sua voz era calma e seu gaélico incerto quando ela lhe disse que veio de Glasgow, que ele conhecia como um pequeno povoado num vale do sul, popular entre os cristãos, mas sem importância estratégica. Ele perguntou se ela tinha vindo da igreja, mas a mulher não pareceu compreender. Parecia improvável que o gaélico fosse sua língua nativa.

Fergus rodeou-a e surpreendeu-se por sua túnica curta sequer cobrir suas nádegas:

— *A bheil Gaidhlig agaibh*?

— *Tha, beagan* — ela respondeu.

Se ela só falava um pouco de gaélico, então, talvez sua língua fosse o saxão.

Ele perguntou:

— *A bheil Sasunnaich agaibh*?

Ela encolheu os ombros, então balançou a cabeça.

Fergus estava confuso. A mulher não parecia saber que língua ela falava. Ele tentou outra tática:

— *De an t-ainm a th'oirbh*?

Dava para ele ver que ela tinha entendido, porém demorou a responder:

— *Is mise Maggie.*

Fergus se voltou para Sula.

— Ma-khee? Você já ouviu esse nome antes?

Sula descartou a pergunta com um aceno de mão.

— Não, mas e daí, se ela é uma druidesa de outro lugar?

Fergus voltou-se para a mulher e repetiu o nome dela. Ma-khee. Ele nunca tinha ouvido o nome antes, mas gostou.

Ma-khee colocou a mão em seu braço:

— *De an t-ainm a th'oirbh fein*?

— Fergus.

Seu nome fez Ma-khee sorrir e ele gostou da maneira como ela o murmurou baixinho, como se fosse um segredo entre eles. Ele ergueu a mão dela e girou uma argola dourada em seu quarto dedo. Esta mulher com certeza não era nenhuma mendiga. Perto assim dela, ele podia sentir o cheiro de flores de sua pele; estava prestes a levar a mão dela ao nariz quando Sula puxou-o pela manga e levou-o até a porta.

— Você deve sair agora. Se essa Ma-khee é uma druidesa, é melhor você não tentá-la com aqueles seus olhares.

Quando Fergus se virou, a mulher tinha saído da sombra da parede e estava parada com sua vestimenta masculina perto do fogo. Sula abriu a porta e empurrou-o para fora. Ma-khee. Ele disse o seu nome enquanto saía à procura de Illa, e se perguntou num pensamento fugidio se ela poderia ser a mulher que Sula vira para ele em suas pedras.

Fergus encontrou Talorcan e a filha no topo da colina, brincando com uma bexiga de cabra.

— Ela é uma mulher — ele anunciou. — Isso é tudo que sabemos.

— Pegue! — gritou Illa.

A bexiga, porém, veio muito rápido para ele e bateu em sua bochecha. Talorcan riu.

— É de uma mulher que ele precisa.

Illa também riu: a imitação do rei que seu tio Talorcan fez havia sido muito boa.

Fergus chutou a bexiga, acertando a cabeça de Talorcan e, em seguida, quando ela voltou para ele, arremessou-a delicadamente para a filha. Ele olhou de volta para a cabana de Sula, tentando entender o que tinha visto. Se a mulher fosse uma druidesa, como Sula parecia achar, então ela não seria liberada para ele e não poderia ser quem

Sula havia visto em suas pedras. Fergus esticou o pé quando a bola passou voando por ele. Illa queria sua atenção, e ele sabia que lhe devia isso e muito mais. Seu tornozelo machucado doía quando corria, e ele não ficou decepcionado quando a bola acabou acertando a quina de uma pedra e se rompeu.

— Não fique triste — gritou ele —, haverá muitas bexigas hoje à noite.

O abate lá embaixo trazia os gritos de cabras, porcos e gado que tombavam sob o punhal. O estoque de alimentos para o inverno não seria suficiente para manter esses animais vivos. Sua carne teria de ser salgada nos próximos dias e armazenada nas pequenas celas de pedra que pontilhavam o campo entre as habitações.

Como Fergus fazia na época de sua esposa, ele foi com Talorcan até a aldeia para a celebração do *Samhain*. Ele ansiava por *haggis* — entranhas frescas do abate e boa aveia da colheita —, que podia ser comida de plebeus, mas constituía uma mudança saborosa da carne assada que estaria sendo servida no forte. Ainda assim, sua mente estava na mulher, quando eles pediram passagem nos portões. Havia algo na estrangeira que continuava trazendo seus pensamentos de volta à sua imagem, meio escondida no escuro, orgulhosa, embora machucada pela vida, ao que parecia.

Desceram os rochedos e lajes até onde estavam todas as cabanas agora iluminadas dos moradores, uma sucessão de telhados de palha até onde a vista podia alcançar no escuro, separadas por estreitas trilhas entre elas; em cada porta, um nabo esculpido e iluminado por dentro, para evitar que os espíritos dos mortos entrassem. Fergus levou Illa pela mão através da ponte balouçante e foi se juntar à dança em torno de uma das fogueiras menores. Os muitos tambores faziam seu corpo vibrar com o ritmo; as trombetas soavam alto, porém não tão alto quanto o canto, que se elevava em grandes ondas, como só os pictos sabiam fazer.

Talorcan correu sob a palha do telhado de sua própria porta de entrada para buscar o *haggis*; seu povo havia ensinado aos escotos tantas coisas, que era difícil para Fergus pensar neles como algo separado. E, no entanto, se sua irmã não tivesse entrado para a linhagem de Fergus por meio do casamento, Talorcan poderia ter pensado de modo diferente. Teria se juntado à conversa sobre o novo rei dos pictos no norte, Oengus. Alguns homens sob o signo do javali já tinham fugido de Dunadd para se juntar a esse reino picto onde, por causa de sua própria linhagem real, Talorcan teria uma posição de poder e destaque.

Os dois homens terminaram de comer o *haggis* que dividiram e, em seguida, jogaram a pele para os cães. Eles se deram os braços e beberam *fraoch* dos chifres dos bovinos abatidos, Talorcan rindo tanto que o javali tatuado em sua testa parecia correr por conta própria. Fergus dançou apesar da dor no tornozelo e adormeceu na casa de uma escota com duas filhas. Entretanto, ele manteve Illa ao seu lado, a fim de que a mãe não levasse as filhas para a sua cama enquanto ele dormia. Uma coisa assim havia acontecido com seu irmão antes, uma garota alegando carregar um filho dele depois de uma noite da qual não se lembrava.

Enquanto fechava os olhos e sentia sua respiração tornar-se lenta e pesada, Fergus lutou para se lembrar do rosto da mulher com roupas estranhas. Ele puxou os joelhos para perto da barriga e pensou no contorno de seu mamilo na funda que segurava os seios. Lembrou-se de seu cheiro, e só então é que lhe ocorreu que ele tinha se esquecido de perguntar a Sula sobre sua esposa, Saraid. Os mortos, assim como esta noite dos mortos, estavam começando a ficar para trás.

6

A perspectiva de pular aquela dose diária de anticonvulsivante extrai o melhor de mim, e eu o faço quase sem pensar, à noite: o pecado da omissão, diriam as freiras. Já houve gatilhos desencadeadores antes. A luz fluorescente tinha sido um deles, batucadas, qualquer coisa rápida e intermitente. A chuva ricocheteia na janela enquanto permaneço acordada, mas apenas o suficiente para me levar a um breve cochilo antes de eu acordar no escuro e vagar pelo corredor até a porta de vidro de correr. A noite tira seu próprio cochilo, as árvores carregadas da chuva fina que consegue de alguma forma pairar no ar sem jamais cair. Todos os cheiros também estão pairando por lá, o confrei e a hortelã apanhados ao lado da porta num mundo entre o sono e a vigília. Dou um passo para fora da casa, apenas o suficiente para não quebrar o encanto; tudo está indescritivelmente calmo. Arranco uma folha de um galho de hortelã e a esmago entre os dedos.

Quando volto para a cama, sinto-me sonolenta, registro mentalmente o espasmo no joelho, precursor do sono. Acordo tarde e passo uma manhã normal na minha escrivaninha coletando informações sobre Joana d'Arc, uma das primeiras bruxas a serem queimadas na fogueira, e uma sobre a qual a Igreja mudou de ideia depois e decidiu canonizar. O inebriante cheiro de hortelã ainda está nos meus dedos, e eu fico tão zonza com esses óculos que mais tarde tenho de me deitar no sofá azul-cobalto com a gata ronronando ao lado da minha cabeça.

Com a noite caindo melancolicamente através da janela da cozinha, subo a Dunadd e assisto ao sol mergulhar por trás das ilhas. É quando estou sentada com os joelhos puxados contra o peito na pequena saliência de pedra na cabana de Sula que eu começo a ter aquela inconfundível sensação de calor nas solas dos pés. Ela se alastra pelas pernas, mesmo enquanto minhas costas permanecem frias contra a parede em ruínas da cela da bruxa. Aqui não é lugar para se ter uma convulsão, mas eu não vou voltar para a casa. Meu campo de visão já está diminuindo, diminuindo...

Quando dou por mim, estou deitada no chão com um galo na cabeça. Tudo que quero fazer agora é dormir. Outra coisa que percebo é que há um homem na cela da bruxa, não muito mais alto do que eu, e vestido com roupas mais finas do que as dos homens que me trouxeram até aqui. Sua túnica está mais para uma jaqueta com os braços afilados, e, embora a vela emita uma luz fraca, sou capaz de distinguir padrões coloridos na parte da frente. Seus sapatos são, para minha surpresa, bem confeccionados, de couro marrom pintado com losangos coloridos, e amarrados na parte lateral do tornozelo com um fecho de madeira. Um tecido marrom está enrolado em torno de cada perna, preso no lugar por cordões cruzados.

Ele poderia ser o filho de Sula, embora tenha pouca semelhança com ela. De qualquer maneira, os dois parecem ter a intenção de descobrir o meu sexo. Eu posso repelir as mãos de Sula, mas fico tão surpresa com a mão do homem subitamente em torno da minha virilha que desisto de lutar. Ele parece descobrir o que queria saber, então se afasta, quase constrangido. Eu deveria estar irritada, mas não consigo deixar de olhar para ele. Ele evita o meu olhar passando as mãos nos cabelos.

Mas Sula é mais persistente, e sua curiosidade dessa vez a conduz até debaixo do meu moleton. Estou afastando-a com tapas quando o homem avança e lhe diz para parar. Percebo que no dedo médio de sua mão direita ele usa um anel de ouro com algum tipo de insígnia. Debaixo do anel há uma tira celta tatuada. Um nó celta tatuado em seu pulso me faz querer traçar seu *loop* infinito com a ponta dos dedos.

Fico-lhe tão grata por sua intervenção que ofereço mostrar-lhes o que está debaixo do meu moleton, para que todas as questões relativas ao meu gênero possam ser postas de lado. Por alguma razão, sinto-me querendo que esse homem não tenha dúvidas quanto a isso.

Ele continua olhando para mim, e eu continuo a queimar os miolos procurando dizer alguma coisa no meu gaélico enferrujado. Ele quer saber de onde venho. Tudo o que posso lhe dizer é que o meu último endereço foi Glasgow, ainda que eu não saiba se Glasgow existe nesta época. Mas eu o ouço pronunciar o nome da cidade com uma entonação gaélica, *Glas-chu*, e acho que ele deve ter ouvido falar dela. Consigo dizer meu nome quando ele pergunta, e mais uma vez o sotaque gaélico transforma aquilo em algo mais. *Ma-khee*. Ele se aproxima de mim mais do que as pessoas costumam fazer nos tempos modernos, mas eu não sinto nenhuma necessidade de me afastar. Tomo a liberdade de tocá-lo, já que ele me tocou em lugares que nenhum estranho jamais o fez. Não consigo deixar de perguntar seu nome.

Fergus. Ele diz que seu nome é Fergus, assim como qualquer outro Fergus que eu conheço no século XXI. Quando eu repito o seu nome, ele dá um sorrisinho e desvia o olhar. No entanto, não por timidez. Eu repreendo a mim mesma quando ele ergue minha mão e percebe a aliança de casamento, porém ele parece implacável e leva a minha mão para mais perto do rosto. Talvez seja só porque estou num sonho, mas começo a me perguntar qual seria a sensação de passar as mãos nos cabelos dele.

Entretanto, Sula tem outros planos para Fergus. Ela o segura pela manga e o conduz para a porta. Quero ficar mais tempo com esse homem de sorriso fugaz e olhar firme. Mas a druidesa, que estivera observando o joguinho entre nós, o empurra para fora e fecha a porta.

Ela ergue minhas mãos e alisa as minhas palmas com os polegares, inspecionando-as, ao que parece. Gostaria de saber o que ela vê ali. Ela leva minhas palmas até o nariz e cheira o ar à minha volta, aproximando-se das minhas axilas, às quais eu aplicara desodorante esta manhã. Enquanto Sula realiza sua inspeção, eu continuo olhando para a porta e fico me perguntando se Fergus está voltando.

A velha pega uma pitada de alguma coisa de uma tigela de vidro e a atira nas chamas, produzindo aquele cheiro quente e amadeirado do qual me lembro do primeiro sonho. Ela caminha ao redor do fogo três vezes no sentido horário, então apanha uma adaga da parede ao lado e desenha na terra uma linha vertical e três linhas paralelas que a atravessam. Estou estudando as linhas, porque sei que elas devem ter algum significado, mas não tenho certeza qual seja. Ela busca em seu xale por um punhado de coisas que estalam em suas mãos; Sula as sacode e assopra sobre elas. Eu vejo, quando caem levemente a meus pés, que são pedras coloridas. Elas se esparramam dos dois lados das linhas que ela desenhou, e tudo parece ter um significado para a mulher. Vejo que há doze pedras. Sula olha para mim e ri. Eu sorrio em resposta, como se conhecesse suas intenções, mas, pelo que sei, estou rindo de alguma coisa maligna que está para ser feita comigo. Estou numa terra estrangeira aqui, neste lugar que conheço tão bem.

Sula usa a linguagem de sinais para fazer o gesto universal de *comer* para mim. Concordo com a cabeça, porque, por mais incrível que isso pareça num sonho, sinto uma fome repentina, e não acho que Sula pretende me causar qualquer mal. Ela é uma velha bruxa boazinha, provavelmente igual às velhas bruxas boazinhas que iriam queimar nos próximos anos, aquelas que a Igreja decidiu que não deveriam viver.

Quando ela abre a porta, eu me esforço para ver se Fergus está ali parado, montando guarda. Mas ele não está lá entre os que ainda estão ao redor da fogueira. Saímos para a brisa no topo da colina, e eu tenho que parar. Sula para comigo, observando a minha surpresa com o que parece ser o som das ondas logo abaixo do penhasco.

Sula deve estar se perguntando por que eu estou sorrindo para ela, mas o que posso dizer? Ela pode ser uma druidesa, mas não lhe faria sentido algum se eu afirmasse que um dia o mar não chegaria a Dunadd. Eu desço a colina atrás dela, passando pelo ponto da rocha com a marca do pé e o javali picto, mas nenhum dos dois está lá.

No lugar onde no meu tempo há um platô gramado em torno de um poço abandonado, deparamo-nos com um barraco de madeira. Somente quando entramos é que eu me dou conta de que ele está erigido sobre o poço, e que, nesta época, o poço não está seco, muito pelo contrário: é uma fonte que flui com um murmúrio, exalando um cheiro úmido de pedra molhada. Nas paredes de acácia do barraco pendem fitas e pequenos pedaços de pano, e ali e acolá um ou outro rastro de pé ou mão no barro. A druidesa apanha uma tigela de madeira e, quando inclina minha cabeça em direção à água, vejo que estou prestes a receber meu segundo batismo, dessa vez, creio eu, no paganismo. Sinto um prazer momentâneo ao pensar como isso seria visto por certas freiras da minha infância, porém a água fria escorrendo com suas garras de gelo pelo meu pescoço me afasta desse pensamento. Eu tremo e, então, tremo mais. Sula ri. Ela gesticula para que eu beba da tigela. A ideia de tênias passa pela minha cabeça, outros perigos como esse que me foram ensinados se escondem na ausência de civilização, mas as tênias vêm das ovelhas, e eu não tenho muita certeza se eles têm ovelhas nesta época. Seja lá que época for esta. A água é gelada e tem um sabor turfoso e picante.

Uma fileira de porcos e cabras mortos está disposta do lado de fora da porta da cozinha, como se esperassem pacientemente que a vida lhes fosse concedida de volta. Ao longe, algo está sendo assado no espeto. Essas pessoas por certo aproveitam mais o Halloween do que nós. Todo mundo está aglomerado em torno da druidesa, falando tão rápido que eu não consigo compreender. Suponho que possa ser picto, e não gaélico. Depende de quem está dominando o forte nesta época.

Uma mulher que saiu de uma cozinha, vestida com uma longa túnica, me entrega um par de peças acinzentadas em formato de pães que mais parecem algo do Oriente Médio do que um pão escocês. No espeto, um homem corpulento e barbado corta um pedaço da carne de um pequeno animal que eu espero que não seja um cachorro e o estende para mim na ponta da faca. Que bom ele não ter segurado a carne com a mão, mesmo na Idade das Trevas. A druidesa também pega um pedaço de carne e, com uma concha, tira de um vaso de barro assentado no solo um líquido cor de urina encimado por espuma e o derrama numa tigela de madeira. É quente e fermentada, uma bebida nada desagradável. Quando esvazio minha tigela, Sula já se foi. Sou deixada sozinha nesta noite pagã de *Samhain*, agachada na grama, procurando em volta por Fergus, sentindo-me vulnerável e mordendo o pão tosco, que é feito de grãos menos moídos do que eu estou acostumada. Abaixo a cabeça e mastigo a carne macia.

Um cachorro late, de repente, lá embaixo, fora dos portões, um latido fraco de um cão pequeno, mas, surpreendentemente nítido mesmo com todo o festejo e a estranha música e, é claro, os tambores. Um homem vem por trás e enche a minha tigela com mais da bebida fermentada e quente. Vejo, quando ele se agacha ao meu lado, que tem uma tatuagem de um javali bem na testa. Ele me olha com o canto dos olhos enquanto eu bebo da minha tigela e tremo de frio nas minhas roupas modernas.

Quando me levanto, o homem permanece agachado. Tento andar, mas aquela espécie de cerveja me deixou cambaleante, fazendo com que os homens perto do espeto riam. Eu vejo um sorriso no rosto do homem tatuado, quando me viro e fico nas pontas dos pés para procurar Sula. Ou Fergus. O homem da tatuagem não me segue quando volto para a rocha nua onde a marca do pé e o javali ainda não foram cravados. Não há nada aqui além do que Deus escolheu para decorar o morro. Não parece ser Dunadd sem a única parte dela que restará para os turistas. Enquanto subo até o cume e o calor da fogueira, continuo olhando para trás para me certificar de que não estou sendo seguida.

As pessoas estão pulando sobre as chamas lá em cima, assim como disse Jim. Uma fila de homens em frente a uma fila de mulheres que saltam das extremidades uns em direção aos outros através do fogo. Uno-me à fila de mulheres, só para que não haja dúvidas. Só que agora percebo que fui notada. Uma silhueta escura contra a luz do fogo está vindo em minha direção. É um homem vestido de maneira muito parecida com a de Fergus, mas ele usa uma faixa fina de ouro no cabelo. Acho que é por isso que ele age como um rei, gesticulando e gritando:

— *Siuthad! Siuthad!*

Eu de fato me apresso, mas descendo a colina em direção à cabana de Sula, para onde ele está me empurrando. Ele se certifica de que entrei e fecha a porta atrás de mim.

Demora um minuto para eu recuperar o fôlego e me acostumar com a fumaça de turfa e o cheiro quente de ervas de novo. Leva mais tempo ainda para eu me recuperar da violência do rei. A druidesa está lá, calma em seu assento perto do fogo, e eu preciso me sentar junto à parede porque estou tremendo agora, não tanto por causa do frio, mas pelo fato de que tudo isso é um pouco demais para mim, encontrar-me nesse lugar com um rei, mas nenhuma impressão de pegada na rocha, com uma druidesa em seu lugar de proeminência em relação a todos os outros, com uma *druidesa de verdade* enquanto passo os meus dias às voltas com fatos e dados sobre como as últimas dessas pessoas foram simplesmente varridas das páginas da História.

Sula esfrega meus braços e pega um cobertor de lã tecido de maneira tosca para envolver meus ombros. Ela se senta de novo e me observa tremer. Quando começo a sentir um calor nos pés, suspeito que o que eu estou fazendo não seja tremer, embora quando isso por fim acaba eu ainda esteja sentada e este tenha sido um ataque leve, se foi isso mesmo. Que eu possa ter uma convulsão num sonho induzido por uma convulsão é um enigma, e um que eu não quero desvendar agora.

Sula está sem dúvida interessada em mim agora. Está pairando as mãos em torno da minha silhueta, como se pudesse sentir alguma coisa. Já que uma convulsão nada mais é do que uma tempestade elétrica, talvez ela possa mesmo. Certa vez, antes de Oliver e eu termos filhos, subimos a montanha mais alta da Escócia durante uma tempestade, e eu consegui gerar barras roxas de estática entre as mãos. Oliver ficou gritando sobre o vento para eu parar, que eu corria o risco de me eletrocutar, mas, como eu digo, tenho essa atração pelo fogo. Eu pus fogo no armário do meu quarto quando era pequena, brincando com fósforos e folhas enroladas do meu dever de casa. A única chama na minha vida que eu não consegui acender foi no coração de Oliver.

As mãos frias de Sula envolvem as minhas e soltam em minhas palmas em concha suas doze pedras polidas. Ela pega um punhal e repete seu traçado de linhas no chão e, em seguida, gesticula para mim, indicando que eu sopre sobre as pedras e jogue-as como um par de dados. Sentindo-me uma tola, faço o que ela manda, lançando as pedras sobre as linhas.

Elas caem numa espécie de linha inclinada, o que faz Sula murmurar e, sem dúvida, isso tem algum significado para ela. Ela dá um tapinha no meu ombro e corre para fora. Sem guardas na porta, suponho que eu poderia fugir, mas não tenho para onde ir, exceto a vigília, e eu prefiro ficar para ver se Fergus volta. Eu me agacho ao lado do fogo e atiço a lenha com uma vara chamuscada, ainda sem ter certeza se essas pessoas pretendem me causar algum mal. Se eles me matarem, eu me pergunto, será que morreria de verdade durante meu sono?

A porta se abre e Sula entra apressada, seguida por um homem pequeno. Ela o chama de Oeric e aponta para mim. Ele se aproxima e olha para mim sem pressa, andando à minha volta, tocando minhas roupas, porém, sem me maltratar. Oeric é muito, muito sujo, como um mineiro de carvão, com manchas no rosto, mas sem tatuagens. Ele se vira para Sula e sacode a cabeça negativamente. Ela o empurra para mim de novo e, dessa vez, ao que parece, ordenando-o que fale, porque ele começa a dizer algo que não soa como gaélico, mas, aqui e ali, um pouco como o escritor Geoffrey Chaucer. Se eu tivesse prestado mais atenção nas aulas de Literatura Inglesa e nos *Contos de Canterbury*, poderia ter uma ideia do que ele está me perguntando.

Eu lhe ofereço algo para ver se alguma coisa faz sentido para ele, mas lembro-me apenas de um verso de Chaucer e, mesmo assim, só porque tem o seu equivalente em inglês moderno: *Every thing which schyneth as the gold, nis nat gold, as that I have heard it told.**

Por um instante, ele fica ruminando a palavra "ouro" e, em seguida, levanta a mão e aponta para a minha aliança de casamento.

— Sim — confirmo —, ouro.

A comunicação se estabeleceu. Temos uma palavra em comum.

Ele se vira para Sula e fala:

— *Or. Ouro.*

Ele coloca sua mão imunda no meu peito.

— *Wiffman.*

— *A'bhean* — diz Sula.

— Mulher — digo.

Oeric balança a cabeça.

Sula coloca a mão sobre o peito de Oeric.

— *Fir.*

— *Mann* — diz ele.

— Sim — digo —, homem.

Olho para o rosto quadrado de Oeric com a covinha no queixo, mas não entendo uma palavra quando ele começa a falar no que deve ser saxão. Afinal, centenas de anos separam o inglês moderno de Chaucer, e *Os Contos de Canterbury* já foram bastante difíceis para mim. Faço um gesto com as mãos mostrando que não estou entendendo nada do que ele diz.

Oeric desiste e vira para Sula, sacudindo a cabeça. Eles devem estar concluindo que eu não sou do sul da fronteira, se é que a fronteira sequer existe nesta época. Em sua conversa, capto as palavras *francos* e *godos*.

— Não — eu digo. — Eu sou escocesa!

---

* Nem tudo que reluz é ouro, foi o que ouvi dizer. (N. T.)

Sula vai embora com o saxão e não retorna. Eu me ajeito na borda estreita o máximo que consigo com o cobertor em torno de mim. Foi um dia longo, bebi demais aquele líquido cor de urina, e eu preciso fechar os olhos para não sentir a fumaça. Como dormir num sonho que já acontece num sono é outra coisa sobre a qual não ponderarei por enquanto, mas, quando acordo sozinha no cômodo, as velas se apagaram, e a única luz fraca vem lá de fora. A porta está destrancada, e as coisas se acalmaram, então ninguém irá me flagrar correndo até o topo da colina, nem mesmo Fergus. A fogueira ficou reduzida a brasas e a uma ou outra súbita chama. Atrás de mim, na borda da colina, o sol está produzindo uma faixa de luz a leste do firmamento.

Sigo o som das ondas e me posiciono na borda do penhasco, alinho meus dedos ao longo da borda e olho para baixo, como tenho feito em tantas outras ocasiões quando acordada. Nunca fez sentido algum para mim, se Dunadd era um porto tão central, os barcos terem de aportar a quilômetros de distância em Crinan Bay ou seguir rio acima. E não me admira isso não fazer sentido algum, pois eis a razão: esta noite, a brisa que vem de encontro à parte inferior da minha blusa e sobe pelo meu pescoço até chegar aos meus lábios é salgada. Lá embaixo, na época de Fergus, no meu sonho, o Atlântico não para em Crinan Bay como acontece no meu tempo. Esta noite as ondas estão arrebentando contra a lateral do forte Dunadd.

7

Não há lua cheia e não há mar quando começo a descer a trilha até o estacionamento na base da colina de Dunadd. Eu paro perto dos degraus e inclino a cabeça para o teto negro da noite, tentando escolher uma constelação: Ursa Maior, Órion, as Plêiades. Pontinhos minúsculos de luz que chegam até mim de distâncias grandes demais até para imaginá-las. Mas eu estive no forte por horas, e preciso mergulhar num banho quente. É quando estou mergulhada até as orelhas em água quente que penso em Fergus. Eu o vejo agachado ao meu lado com os dedos sujos na minha água, com aquele sorriso fugaz e sua relutância em encarar. Se as mãos dele estivessem aqui de fato, eu poderia tirá-las da água, beijar cada uma e, em seguida, colocá-las contra o meu coração, sobre a parte que ainda está viva. E, então, eu as soltaria para descobrir se há algo mais além de dor em seus olhos.

Esperaria que houvesse desejo neles e que a água da banheira esfriasse muito tempo antes de nossos corpos se separarem e nós nos darmos conta do que havíamos feito.

Com apenas metade da medicação correndo em mim, acordo na manhã seguinte com uma agradável clareza. Tomar uma xícara de chá pela manhã na minha janela, observando o rio correr, me faz cantarolar algo da minha infância ou da de meus filhos; provavelmente não há muita diferença. Suspiro com a cabeça encostada no alto da poltrona, enquanto meus pensamentos começam a brincar com o personagem Fergus do meu sonho. Ergo minha mão para cheirar qualquer vestígio que ele possa ter deixado. Mas a lógica se apressa a me informar que os sonhos não deixam nenhum rastro na pele.

Eu me sinto uma tola por conjurar meu cavaleiro medieval, mas fazia muito tempo que eu não ansiava pelo toque de um homem. A medicação anticonvulsivante em minha vida adulta cobrou seu preço sobre a libido. Como Oliver cansou de me acusar. Mas a escolha estava entre ser uma mulher consciente ou uma mulher ardente, e, no final das contas, com todas as exigências de ser uma esposa e mãe, a frígida tomou as rédeas. Mas, no meu sonho, com minhas mãos prestes a tocar os cabelos de Fergus, frigidez era a última coisa que eu estava sentindo. Pela primeira vez desde que Ellie morreu, eu captei uma pequena insinuação de esperança, logo abaixo do esterno.

Jim Galvin aparece em minha janela, dissipando a minha cena medieval. Tenho certeza de que olho para ele um pouco impaciente, porque, como sempre digo, não tenho uma máscara para interações sociais, uma desvantagem na opinião da maioria, embora eu suspeite que não seja algo que preocupe Jim.

— Eu vi você descendo a colina na noite passada. O que estava fazendo lá em cima, tão tarde?

Olho para ele avaliando a possibilidade de ele não pensar que sou completamente maluca se lhe contar a verdade, mas decido que não quero abusar da sorte.

— Correndo por aí só com a roupa de baixo?

Ele ri.

— Ah, só isso?

Ele fica ali parado, criando o tipo de pausa que força qualquer pessoa de origem britânica a trazer à tona o tema "chá".

— Aceita uma xícara de chá?

Ele aceita com um aceno de cabeça.

— Será que você poderia aquecer o leite também? Eu gosto de uma xícara de chá pelando.

Eu rio.

— Essa é novidade.

Winnie, a gata, arqueia o corpo perto da chaleira quente e, em seguida, aproxima-se para ser acariciada.

— Você nunca mais vai se livrar dela agora — comenta Jim.

Tenho vontade de lhe dizer que eu não quero me livrar da gatinha, que, na verdade, aprecio muito a companhia dela, mas percebo que não me encaixo na maneira como os interioranos veem os gatos. Afinal, sou uma garota de Glasgow Toun, onde os gatos vivem nas janelas dos prédios entre os vasos de plantas.

— Ela é legal — respondo —, me faz companhia.

Jim me olha de um jeito como se quisesse dizer que ele seria melhor companhia, e não há dúvida de que seria, mas tenho certeza de que, tomando ou não medicação, a mão dele sobre a minha virilha não seria bem-vinda.

Eu lhe entrego o chá numa caneca branca com a palavra "ALBA", Escócia em gaélico escocês, estampada em letras vermelhas.

— O que você acha que eles costumavam beber no forte quando não era vinho?

Ele equilibra a caneca na palma da mão.

— Chá?

Lanço-lhe um sorriso sarcástico:

— Muito engraçado. Outra coisa, alcoólica.

Quando ele olha para a janela, noto que tem um belo perfil.

— Ah, você quer dizer *fraoch*, a cerveja de urze.

Isso explicaria o sabor terroso. Eu rio.

— Esperava que fosse algum tipo de uísque. Isso não surgiu nas colinas da Escócia?

Jim sacode a cabeça.

— O uísque? Não, isso veio com os mosteiros. Eram eles que tinham as destilarias, sabe?

Vejo-o saborear o chá e, em seguida, girá-lo dentro da caneca, como se estivesse lendo alguma coisa nele.

— Por acaso você sabe me dizer se o mar chegava até Dunadd? — pergunto.

Ele olha para mim por um instante.

— Você já leu esse artigo, então?

Eu faço que não com a cabeça.

Ele limpa a garganta.

— Um dos lordes do condado, o coronel Malcolm, levantou justamente essa hipótese, a de que o mar costumava chegar até aqui. Foi no *The Royal Geographical Journal*, tenho o artigo lá em casa, pensando bem. Ele achava que um terremoto em algum momento no século VIII inclinou a Terra e fez o mar recuar até Crinan Bay.

Jim se acomoda melhor.

— Mas isso foi na virada do século, e, segundo dizem, o homem era um pouco maluco. Ninguém o levou a sério.

No meu sonho, o maluco não era assim tão maluco. Pelo que vi, ele estava coberto de razão.

— Por que pergunta? — Jim quer saber.

Eu dou de ombros:

— Então nunca houve terremotos?

— Ah, sim, houve terremotos, sim. Na época, terremotos foram registrados na ilha de Islay e vários na Irlanda, um deles chegou até a causar uma espécie de tsunami.

Não consigo encontrar nada para dizer enquanto terminamos nosso chá. É tudo muito estranho. Afinal de contas, foi apenas um sonho. Suponho que a questão do mar um dia banhar Dunadd é bastante óbvia e poderia ter me ocorrido naturalmente.

— Olhe, tenho que ir até Glasgow. Você pode cuidar da Winnie para mim?

Ele faz que não com a cabeça.

— Cuidar de um gato? Se toda a raça humana desaparecesse amanhã, ainda haveria gatos parasitando qualquer vaca no campo com uma teta gotejante. Ela vai ficar muito bem entre os fardos no celeiro.

Eu já aturei o bastante dele por ora, e recolho sua caneca vazia:

— Vou ficar fora por uma semana, para assinar os papéis do meu divórcio e visitar meu filho no internato, em Edimburgo. Há comida de gato no armário embaixo da pia. A porta ficará destrancada.

Depois que ele se vai, eu me esforço para sair da letargia e fazer o que tenho de fazer, tomando o número correto de comprimidos para voltar aos trilhos a fim de pegar a estrada até Glasgow. Não quero ver Oliver, mas, dessa última vez, não tenho como escapar. Tudo o que ele tem que fazer é assinar a papelada, eu também, e então o casamento está acabado da mesma forma como começou.

A assinatura, de qualquer modo, parece superficial: não é a maneira como os casamentos na verdade acabam. O fim é algo mais parecido com *slides* a partir de nenhum ponto específico e que deixa você se perguntando se chegou mesmo a amar, se você algum dia soube de fato o que era o amor. Agora já não sei dizer se algum dia eu e Oliver nos amamos. No início, tudo era agitação e excitação; depois, as crianças trouxeram uma espécie de vínculo. O restante do tempo pareceu um longo processo de descoberta do que cada um de nós de fato era, e eu suponho que não gostamos do que descobrimos. No final, perder Ellie foi demais para nós dois, e tudo se tornou apenas um atoleiro, um entorpecimento, um nada.

Enquanto eu passo a segunda marcha, logo após a ponte de pedra, algo me faz olhar para trás, por cima do meu ombro, quem sabe a esperança de um vislumbre de Fergus? Entretanto, tudo que vejo é um bando de turistas subindo a trilha para o forte em fila indiana, indo até a marca da pegada na pedra onde os reis eram coroados, embora não o rei da Escócia em meu sonho. Acho que a Escócia do meu sonho é anterior aos reis escoceses, anterior aos cristãos, ou, do contrário, Sula não daria conselhos aos homens de finas vestimentas. As Sulas daquela época não poderiam ter adivinhado o que as aguardava virando a esquina da história.

Depois de uma hora na estrada, de parar no supermercado para comprar batatas fritas, suco de caixinha e jujubas, e após um pouco de contato de verdade com as pessoas, começo a me preocupar comigo. Eu nunca brinquei com dosagens antes e, sem dúvida, nunca tentei induzir uma convulsão. No momento em que pego o tráfego ao longo dos muros de cimento e das garagens fora de Dunbarton, começo a me perguntar se eu deveria voltar para Dunadd. Antes de chegar a Glasgow, saio da autoestrada e paro numa lanchonete para saborear um café com leite, como que me preparando psicologicamente para a provação à frente. Que tudo seja rápido e fácil. Que Oliver não me envolva com amabilidades sociais. Que ele não diga que estou com ótima aparência.

A Glasgow da minha infância era mais escura e taciturna do que é hoje. A Câmara Municipal vem tentando adequá-la ao padrão de outras cidades europeias. Removeram as camadas de fuligem industrial dos prédios e descobriram algumas belas estruturas de arenito de séculos passados, que se elevam contra a linha do horizonte. Uma vez que você passa pelo horror dos conjuntos habitacionais com as suas impessoais fileiras de casas cinzentas, você encontra a Glasgow que vale a pena: museus e parques, bairros de casas eduardianas em ruas arborizadas. Acrescentaram vidro e arquitetura moderna agora, limparam o rio e declararam a cidade um centro artístico.

Estaciono o carro e fico sentada ali, porque tenho tempo de sobra, e porque esta é, afinal de contas, a minha cidade, a que me educou e me fascinou todos os anos no Natal com as luzes ao redor da George Square e ao longo das ruas de lojas. Eu pegava o ônibus de dois andares no centro da cidade e me sentava no andar de cima, na parte da frente, sentindo a inclinação do ônibus nas curvas, a batida dos galhos das árvores e a vertigem que aproximava a viagem de um passeio num parque de diversões.

Desço a janela do carro, porque Glasgow tem seu cheiro peculiar, remanescente dos dias de pó de carvão, como se uma fina névoa preta ainda pairasse no ar. Vejo os habitantes de Glasgow, seguros em sua aparência de classe trabalhadora, com seu dialeto, protegidos nesta cidade que enriqueceu com o comércio de escravos. Eles são o que são, glaswegianos, nada mais, o que me faz pensar por que isso nunca foi suficiente para mim, por que eu não poderia ser mais uma mulher com meu lenço na cabeça, meu marido do lado e minha sacola de compras, inclinando-me contra o vento úmido que sopra do Atlântico até o rio

Clyde, onde antigos estaleiros jazem sob silêncio e ferrugem, um vestígio da antiga glória britânica.

Oliver e eu nos encontramos no corredor do lado de fora do escritório de advocacia e ficamos desconfortáveis enquanto esperamos, olhando para o vidro opaco da porta que leva o nome do advogado. Ele parece diferente sem mim, não do mesmo jeito como quando nos conhecemos, mas, com a diferença da meia-idade, tentando se agarrar a algo que não tem nada a ver comigo. Ele parece um pouco mais calvo, excessivamente preocupado com a aparência.

Oliver olha para o relógio, o mesmo que lhe dei de presente de aniversário, há alguns anos. Olho para o objeto e vejo-o em sua caixa. Vejo até mesmo a vendedora que o vendeu para mim. Ele vê apenas o mostrador, as horas e a conversa que precisa tocar até o momento de entrarmos na sala:

— Acho que estamos um pouco adiantados — ele comenta.

Eu observo como a linha do seu cabelo recuou, a ponto de exibir agora uma verruga na testa que eu não sabia que existia.

Ele me pergunta como a tese está indo. Eu faço parecer que ela está fluindo muito melhor do que na verdade está. E que contar as mortes de bruxas é muito mais fácil do que parece. Não menciono nada sobre minhas viagens à antiga Dunadd.

— Fico feliz em ouvir isso — Oliver diz.

Ele olha para o relógio novamente. E me pergunta como é a vida em Dunadd, só que ele a chama de Duntrune, e eu tenho que corrigi-lo.

— Não é um pouco solitário por lá? — pergunta.

— Não. Bem, poderia ser, se não fosse por minha gatinha. E por Jim Galvin.

Ele muda a posição dos pés.

— Quem é ele?

— Um historiador local, um homem bastante interessante. Você sabia que o mar costumava chegar até Dunadd?

Ele não responde, porque há um padrão aqui que ambos reconhecem: eu fazendo perguntas aleatórias, ele fervendo de raiva sobre o desperdício de seu tempo. Eu me pergunto por que ele não menciona a cirurgia, uma vez que sempre me instigou a fazê-la. Mas suponho que isso não tenha nenhum interesse para ele agora. Estou nessa sozinha.

Nós assinamos os papéis no escritório do advogado e depois apertamos as mãos num ato impensado, que deveria me deixar fula da vida. Por que fico enxugando as lágrimas do rosto com um lenço de papel semidissolvido no meu carro depois, eu não sei. Pode ser por alívio. Mas eu na verdade tenho saudade de nossa casa em Kelvingrove. Sinto falta do que foi seguro por um tempo. Nós a vendemos e dividimos o lucro. É graças a isso que posso passar essa temporada em Dunadd; embora provavelmente, como um gato, eu ficaria muito bem entre os fardos de feno no celeiro. O povo de Fergus não faria nenhuma objeção quanto a isso.

Mais uma parada antes de deixar Glasgow: o dr. Javed Shipshap, meu neurologista. O próprio nome deveria me fazer rir, mas nunca acho graça em coisa alguma quando estou no elevador seguindo até o seu andar no edifício de consultórios, nem ao longo do corredor que leva ao dele.

Ele é jovial. Indiano. Sempre parece feliz em me ver.

— E como você tem passado, Margaret?

Espero ele dar uma olhadinha na minha ficha em busca do sobrenome correto alguns segundos antes de entrar. Lembro-o de que me divorciei há pouco tempo, como ficou comprovado pela minha visita ao advogado esta manhã; que eu não sou mais Margaret Griggs, e sim, Maggie Livingstone, da qual me afastei por completo.

Ele balança a cabeça afirmativamente.

— Ainda bem, dadas as circunstâncias.

Mas o que é que ele sabe? Ele, é bem possível, teve um casamento arranjado. Sorrio ao pensar nele dançando em trajes indianos sob toldos multicoloridos. Vendo-me sorrir, ele sorri também.

— Você está com uma boa aparência, Margaret.

Falamos sobre medicamentos, dosagem, efeitos, tudo isso. Uma perfeita reprise de visitas anteriores. Ele volta a me lembrar da data da minha cirurgia. Três de janeiro.

— Você mal terá tempo para superar a ressaca do Ano-Novo — diz ele, alegremente.

Digo-lhe que tenho tido sonhos estranhos.

Ele parece curioso.

— Ah, é?

— Quer dizer, eu sempre tive. Mas estes parecem mais vívidos, de certa maneira.

Ele balança a cabeça, compreensivo.

— Bem, a epilepsia é de fato um grande mistério. Uma vez que o cérebro entra em sobremarcha, um estado de intensa atividade, não há como prever o que pode produzir.

Este é um território novo para nós.

— Mas o que dizer das coisas que o cérebro não poderia saber?

Sua risada é um pouco condescendente.

— Ah, bem, nunca sabemos o que nosso cérebro capta num nível subliminar... algo que você ouviu, mas não chegou a registrar, coisas que esquecemos completamente. Muitas das experiências que os epilépticos acreditam ser clarividência podem ser explicadas dessa maneira, creio eu.

Tudo bem, ele foi tão longe quanto poderia na questão. Eu recuo.

— Você tem certeza de que está tudo bem? — ele pergunta.

Eu suspiro. Não, não está tudo bem, mas a maior parte disso está além da sua competência.

— Se viver numa névoa permanente é estar tudo bem...

Ele coloca a mão no meu ombro. Posso até ver a linha em seu livro de faculdade onde esse gesto é sugerido:

— Margaret, após a lobectomia, a vida será muito diferente para você.

Eu odeio a palavra *lobectomia*. Gostaria que ele não a tivesse dito.

Ele morde o interior de sua bochecha.

— Você sabe que a cirurgia foi aperfeiçoada.

Já ouvi tudo isso antes.

— Entretanto, não há garantias, não é?

Eu não deveria encurralá-lo. Ele é só um médico. Há coisas que ele pode dizer, e "não há garantias" não é uma delas. Mas eu li toda a literatura a respeito. Eu sei que essa cirurgia funciona em 85% dos casos. É uma cirurgia no cérebro, afinal de contas, e muitas coisas podem dar errado. Eu poderia perder a capacidade de falar, por exemplo. Mas o que é quase certo é que vou perder meus sonhos.

Ele reúne alguns folhetos, como se eu estivesse prestes a passar as férias na Espanha.

— Tome. Talvez isso ajude a acalmar seus temores.

Dou uma olhada neles durante o almoço, em algum lugar fora da autoestrada entre Glasgow e Edimburgo. E, tenho que admitir, o pensamento de nunca mais ter outro "episódio" é tentador. No entanto, uma cirurgia no cérebro não é. Eu não gosto da ideia de meu cérebro sendo pinçado do meu crânio por algum especialista em remoção de cérebros.

— Não seja ridícula! — ouço Oliver dizer, — Eles só removem a parte doente; seja como for, nada que esteja funcionando bem agora.

Edimburgo é uma cidade diferente de Glasgow. Para começo de conversa, a capital cheira a lúpulo e cervejarias, uma espécie de odor acre, característico de Edimburgo. A cidade abrigou a realeza escocesa depois que ela abandonou Dunadd, e a industrialização, que deixou marcas em outras cidades britânicas, poupou Edimburgo. As acomodações construídas para os trabalhadores foram bem escondidas e, assim, Edimburgo manteve o seu aspecto grandioso e nunca precisou remover camadas de fuligem mais tarde para revelar sua beleza escondida.

A escola de Graeme fica na periferia, entre campos gramados para a prática de esportes e ruas arborizadas com imponentes prédios de pedra. Parece mais um castelo medieval, com uma cúpula sobre a torre do relógio e pequenos domos e torreões por todos os lados. Ele vem ao meu encontro descendo correndo por uma escadaria de pedra, parecendo feliz e acenando para mim no estacionamento da escola. Fico olhando para ele pelo espelho retrovisor enquanto coloco o carro na vaga, e mal posso conciliar esse rapaz de 17 anos com o bebezinho que, não muito tempo atrás, se encaixava tão bem em meu colo. Há uma fotografia num dos muitos álbuns com fotos dele, na qual aparece com cerca de 3 anos de idade, olhando para trás para a câmera, por cima do meu ombro, segurando-se em mim como se soubesse que aquele era o lugar ao qual pertencia. Agora ele pertence ao internato, pelo jeito. Abraçando-o, deslizando minha mão sobre o seu rosto rude de homem, espero sentir alguma familiaridade. Eu não era boa em equilibrar o amor pelo primogênito com o senso de proteção à filha caçula doente. Talvez tenha sido um ato de autodefesa para Graeme o fato de se afastar para um mundo próprio, um mundo tão pequeno como é este aqui, essa vida no internato. Este lugar foi um estabelecimento concebido para transformar meninos em homens, porém, hoje em dia, eles estão transformando meninas em homens, também.

Sou obrigada a ter uma conversa com o diretor, que tão prontamente abraça o estereótipo dos mestres de estabelecimentos como esses, em seu gabinete isolado numa alta torre e trajando sua túnica preta. No colégio de freiras em que estudei, os hábitos negros dominavam, feitos de um pano preto grosso que cheirava a mofo e a coisas guardadas há muito tempo. O diretor dá um tapinha no meu ombro quando estou indo embora e me diz que eles têm grandes expectativas para o jovem Griggs, com sua mente aguçada e tão grande ambição. Ele trará glória para sua *alma mater*. Murmuro que ele é um menino inteligente, porque Graeme está esperando meu comentário, e eu o invejo só por causa dos mestres trajados em negro que o incentivam e encorajam.

Ninguém me incentivava. Os hábitos negros não queriam nada, apenas obediência. E castidade e humildade, enquanto, escondidas pelos cantos, cantávamos Beatles: "Oo you were a naughty girl, you let your knickers down".* Coisas travessas e picantes sussurradas por trás das portas dos banheiros da escola. Ou você poderia tornar-se uma Noiva de Cristo e parar com todas essas coisas e bloqueá-las do pensamento, até que vazassem e encharcassem o seu hábito, arrastando-o pelos corredores repletos de meninas comportadas e noivas da igreja. *Perdoe-me, padre, porque pequei.*

Aperto a mão do bom homem, mas abstenho-me de agradecê-lo. Seguro no braço do meu filho e encaminho-me para fora do prédio, onde fileiras de alunos uniformizados com seus austeros blazers caminham em direção ao refeitório.

Olho para o céu azul-escuro e trovejante.

— Você está indo bem. Estou orgulhosa.

Ele me olha de esguelha.

— Mas você gostaria que fosse Ellie, não gostaria?

Olho para ele e me pergunto o que foi que eu fiz. Ele precisa desviar os olhos, porque a verdade do que disse está estampada em meu rosto: eu gostaria de ter parado o carro neste estacionamento e ser saudada por minha filha de cabelos cor de ferrugem, com seus 17 anos,

---

* Você é uma garota levada. Deixa as calcinhas abaixadas. (N. T.)

num blazer e sapatos sisudos, assistir seu rabo de cavalo balançar em suas costas enquanto ela caminhasse. Gostaria de ter apertado a mão de sua diretora e ouvir sobre quanto ela era brilhante e quanto iria longe.

Limpo a garganta.

— Se quisesse, seria só porque isso já não é mais possível. Você sabe disso.

Ele concorda com a cabeça. Estamos pisando em ovos.

— Estou fazendo isso por ela também, sabe? — ele diz.

Desejo me prostrar no concreto e cair em prantos. Ele não quer olhar para mim, não pode suportar o nó que sente na garganta e tenta sorrir para os rapazes que passam e para os quais é um exemplo. Graeme nunca chorou quando Ellie morreu.

Janto com ele no refeitório da escola. Uma comida patética na qual nada é fresco, mas tenta parecer. Isso faz você pensar: afinal de contas, para onde vai todo o dinheiro que está sendo pago? Graeme diz que a comida é melhor nos fins de semana. Ele diz que o pai veio visitá-lo na semana passada. Isso é novidade para mim.

Graeme nunca me viu tendo uma convulsão; sendo assim, para todos os efeitos, eu sou uma mãe normal, exceto pelo fato de que, depois que Ellie morreu, nada nunca mais foi normal, embora houvesse um grande esforço para isso. Foi por ele e por mais ninguém que eu atravessei aqueles dias depois que ela morreu, lavando pratos, limpando banheiros, incapaz de pegar de novo o livro que eu estava lendo no dia em que tudo aconteceu. Oliver estava se refugiando por trás de suas próprias camadas de esquecimento, que eram diferentes das minhas, em algum canto diferente do universo. Mas eu tinha que prosseguir por causa de Graeme.

— Vamos tomar um sorvete — sugiro. — Há algo que eu quero lhe mostrar.

Graeme balança a cabeça.

— Eu não posso perder aula.

Ele está falando como um verdadeiro aristocrata, não como um trabalhador braçal. Não que a gente venha de uma família da classe operária. Minha mãe trabalhava, mas era gerente de uma confeitaria na Argyle Street, e não uma confeitaria qualquer, e sim, uma que estava no ramo desde a rainha Vitória. Por isso, ela saía de casa todas as manhãs trajando um *tailleur* elegante e um chapéu de domingo, deixando-me aos cuidados da sra. Gillies de St. Kilda, em seu mundo gaélico de peixes e *bannocks*, o pão de aveia escocês. Seu apartamento sempre cheirava a peixe.

Aliso uma mecha de cabelo para trás da testa do meu filho, sobre a pequena cicatriz de catapora que ele tem desde os 7 anos:

— Que tal amanhã?

Ele concorda em matar aula antes do almoço, o que nos dará duas horas. Eu o abraço rapidamente e, em seguida, saio com o carro, sentindo-me como uma mãe que acaba de abandonar o filho recém-nascido nos degraus de um orfanato. Ele tem 17 anos e acha que tem o direito de viver sozinho desse jeito. Talvez tenha, mas não consigo enxergar isso na figura que acena para mim e vai diminuindo em meu espelho retrovisor, até desaparecer por completo.

Sou uma mulher sozinha num hotel no centro da cidade, nada chique, apenas o básico que um hotel econômico de rede irá proporcionar. Uma xícara de chá com leite artificial em recipientes de alumínio. Sento-me na cama que não desfiz, mas espero que a camareira tenha trocado os lençóis do último ocupante. Acho que é o tipo de coisa que você não pode ter certeza, a menos que dê de cara com a mancha seca de alguma coisa. Por essas e outras é que me deito por cima da colcha, bebendo o meu chá e assistindo a um filme na televisão que me fez chorar quando eu tinha a idade de Graeme, mas que agora só parece bobo. A garota que está morrendo diz: "Amar é jamais ter que pedir perdão". Eu quase enrubesço por ter achado isso profundo, entretanto, acho que na ocasião isso contrastava com as freiras me dizendo que eu deveria pedir perdão por tudo, especialmente por mim mesma. Assisto ao filme até o fim, em nome dos velhos tempos, mas adormeço sem me despir e acordo quando ainda está escuro do lado de fora da minha janela, e o tráfego da cidade reduziu-se a um fluxo intermitente.

Cinco da manhã. Os números vermelhos do relógio digital de cabeceira declaram o tempo e o fato de o televisor ter chiado sem imagens nas últimas horas. E seis horas de sono devem ser contabilizadas como uma boa noite, ao menos para mim, num quarto de hotel, com ou sem lençóis limpos. A chaleira elétrica ronronando baixinho diz que eu não estou sozinha. Levo o meu chá para perto da janela e espio o crescente tráfego lá fora, que, suponho, não é menos vivo do que o meu rio em Dunadd. E o que é que tudo isso tem a ver com um Fergus do século VIII, conjurado pela minha necessidade de algo quente para me aconchegar? Todos esses carros e a guerra pelo petróleo, e o bom senso que dá um tapa em sua mão como punição só por você pensar em tempos anteriores a isso tudo. Fergus parece mais real do que esse fluxo sem vida, das camas para o relógio de ponto, dos coquetéis para as camas.

Comer em restaurantes sem companhia é desconfortável, não importa que seja apenas um restaurante de hotel e que muitos outros estejam sentindo o mesmo, em seu próprio círculo de solidão — homens com seus jornais, mulheres com seus celulares, todos tentando ser alguém sozinhos, o que não é fácil, pois somos animais sociais, não importa como você encare isso, não importa que alguns de nós não se encaixem tão bem nos padrões da sociedade.

Não dá para evitar amar uma cidade que tem tão pouco apreço pelo comércio e é mais dedicada a jardins e castelos, e a ônibus de dois andares na cor vinho. Edimburgo simplesmente parece ter suas prioridades. Passeio pelos gelados Princes Street Gardens e, em seguida, aqueço-me com um chá servido num decente conjunto de xícara e pires, no terceiro andar da Jenners, a chique loja de departamentos. A livraria que encontro no caminho de volta para o meu carro não dispõe do dicionário inglês-gaélico que procuro, mas tem (e em promoção) um livro de frases em gaélico.

Enquanto me sento no estacionamento da escola esperando por Graeme, folheio o livro, tentando as pronúncias improváveis. Seja qual for o gaélico que aprendi sentada no colo da sra. Gillies, ainda fico estupefata quando o vejo escrito. O gaélico foi uma língua apenas oral até o século XIX, e isso fica claro, porque essa confusão de letras parece não ter qualquer relação com os sons que produz. E, ainda por cima, esse é o gaélico moderno, preocupado com trens e listas de compras. Tem, em termos relativos, pouco a ver com a natureza em toda a sua rudeza como era a vida levada em St. Kilda, e, por certo, nada a ver com a Dunadd na Idade das Trevas. Em vez de pedir a lista de vinhos, por favor, o que me seria útil é conhecer uma expressão idiomática para explicar como saí machucada dos meus relacionamentos com os homens, como aquele olhar de Fergus me fez sentir que ele também tem suas feridas. Em vez de saber como perguntar onde fica a lavanderia mais próxima, seria útil encontrar as palavras para descobrir até que ponto esse homem poderia estar disponível. Apenas no caso de eu precisar saber.

Eu mal reconheço "*Is math ur faicinn*", que significa "É bom ver você". Preciso fechar os olhos para conseguir me lembrar exatamente como a frase soava quando a sra. Gillies a dizia para mim depois do fim de semana.

Graeme bate na janela do carro, trajando seu blazer e gravata, calça vincadas, sapatos engraxados. Gostaria de afrouxar essa gravata, deixar entrar um pouco de ar.

Ele entra no carro e pergunta:

— Você não dormiu?

Dou risada.

— Minha aparência está tão ruim assim?

Ele dá de ombros.

— Não, eu só sei que você não se dá bem com hotéis.

Eu sorrio por ele ainda me conhecer tão bem.

— Correu tudo bem. Adormeci durante *Love Story*. E você? Como você dorme com todos os outros garotos roncando à sua volta?

Ele bate no meu joelho:

— Dois outros garotos, e só um deles ronca. Estou acostumado com isso. Que livro é esse?

Ergo o livrinho de frases para ele.

Ele ri:

— Ninguém fala inglês lá em Argyll?

— Alguns deles não — respondo, e deixo-o conjecturar o que ele não pode conjecturar. De qualquer modo, essas frases em gaélico não vão me ajudar muito com os escotos da Irlanda do século VIII. Eu ligo o carro e entrego o livro para o meu filho. Ele o aloja entre a coxa e o banco.

Vamos para o centro de Edimburgo e eu estaciono na extremidade da Royal Mile, que dá em Holyrood. A rua de paralelepípedos é estreita e antiga, e ainda passa a sensação dos bairros apinhados em que as pessoas costumavam viver, com as suas apertadas e úmidas vielas e suas pesadas construções no estilo Tudor. O que restou disso hoje em dia é explorado pelo turismo, e, ainda por cima, desembocando lá adiante no nobre castelo escocês, isso seria simplesmente inevitável. O castelo foi construído numa colina atarracada, muito parecida com Dunadd, embora esta seja maior e a fortaleza mais grandiosa. Costumava ser chamada de Dunedin, mas o nome caiu em desuso, como tantas outras coisas, sob a influência do inglês.

Nossa primeira parada é a nova Praça do Parlamento, e eu mostro onde a antiga Prisão Tollbooth ficava, local agora marcado por um mosaico em forma de coração nas pedras do calçamento, ao lado da grande igreja de Edimburgo, St. Giles, que hoje ocupa o lugar. A Igreja sempre se ocupou de "encobrir" as coisas, um trocadilho que faço para Graeme enquanto pisamos sobre o coração de mosaico.

— O Tollbooth — explico — era usado para prender as mulheres que mais tarde seriam queimadas por bruxaria na esplanada do castelo.

— Quantas bruxas? — pergunta ele.

— Em toda a Escócia? Quantas você acha?

Ele dá de ombros:

— Eu não sei. Trinta? Cem?

Dou risada. Eles não ensinam sobre isso em seu colégio interno chique. Quando eu estava na escola, eles não ensinavam nada da história escocesa, a não ser sobre as partes que afetaram a Inglaterra. Eu aprendi sobre a Guerra das Rosas e as casas da realeza inglesa. Aprendi sobre Cromwell, entretanto, não me ensinaram nada sobre William Wallace, que lutou pela liberdade da Escócia, cuja estátua fica na entrada do castelo real da Escócia, um pouco além do ponto onde as bruxas eram queimadas. A história é uma filha da mãe bastante seletiva.

— Em toda a Escócia — conto —, mais de quatro mil, mas essa é uma estimativa modesta. Se o caso chegasse ao Superior Tribunal de Magistratura em Edimburgo, haveria um registro, mas a maior parte desses casos foi julgada em tribunais locais, e quase nada restou. Em toda a Europa, ao longo de trezentos anos, as estimativas mais amplas falam em milhões, as mais comedidas em centenas de milhares. Seja como for, foi um número chocante.

Compro sorvetes para nós dois no caminho até a esplanada do castelo, onde a rua de paralelepípedos se torna mais íngreme e se estreita ainda mais. Graeme está calado.

Quando eu paro ao lado do poço que marca o local das fogueiras, ele se afasta para encontrar uma lixeira e jogar fora a embalagem do sorvete. As flores vistosas na pequena arandela de bronze parecem ser um gesto desesperado para que o que ocorreu aqui não seja esquecido – a multidão sedenta para assistir, os hipócritas oficiais da Igreja. Fico parada ao lado do muro como um tijolo extra, imaginando Sula, numa daquelas toscas gaiolas de madeira sobre uma carroça, sendo trazida para morrer. Imaginando como ela estaria se sentindo, sabendo ser inocente, talvez ansiando para que o fim chegasse logo.

Quando Graeme volta, ele pergunta:

— Mas por que eles matavam as bruxas?

— A razão é bem simples: "*Não deixarás viver as feiticeiras*", diz a Bíblia. E foi o que eles fizeram.

— Sim, mas por que exatamente naquela época?

— Teve muito a ver com a Reforma, voltando-se para a letra da lei em oposição ao catolicismo. Isso num primeiro momento, e depois um medo profundo das mulheres e da sexualidade... que remetia ao Jardim do Éden. Na verdade, havia um manual elaborado por dois monges dominicanos para "detectar" bruxas, chamado *O Martelo das Feiticeiras*, que dedicava uma extensa parte à malignidade das mulheres. Muito do que eles extraíram das chamadas bruxas tinha a ver com sua suposta conduta sexual com Satanás.

Mas estamos aqui em terreno delicado entre mãe e filho. Graeme caminha a poucos passos de distância de mim enquanto atravessamos a esplanada, sob o olhar de William Wallace, e entramos no castelo propriamente dito. A torre que guarda as joias da coroa da Escócia também é a morada da Pedra do Destino, um antigo bloco de arenito liso, que veio com os celtas da Irlanda, e, segundo a lenda, da terra de Jacó, uma relíquia que remonta aos primórdios da Escócia e é alvo de muita consideração e estima, sendo justamente por isso que o bom rei inglês Eduardo I, conhecido como o Martelo dos Escoceses, mandou levá-la para a abadia de Westminster, em Londres, como espólio de guerra, onde permaneceu por oitocentos anos. Parece um corpo estranho entre veludo e joias, porém, esse rude bloco de pedra restituído há pouco tempo, com suas argolas de metal afixadas em cada extremidade, passou a significar mais do que as joias.

A história da Escócia, agora que a conhecemos, é uma história cativante. No Grande Salão abaixo, vemos uma exibição de luta com espadas protagonizada por uma dupla de homens barbudos vestidos com trajes elisabetanos, e, assim, a conversa retorna, com algumas piadas sobre braguilhas metálicas e homens de meias-calças.

Na saída do castelo, nós nos limitamos a olhar para o local das fogueiras; no carro, as palavras me faltam. Não consigo afastar da mente a imagem da sacolejante carroça transportando a bruxa algemada, muitas vezes um grupo de bruxas, ou druidas, chacoalhando sobre os paralelepípedos, na subida em direção à barricada do castelo, a ávida multidão atrás dela. Às vezes, as bruxas eram garroteadas antes; com frequência, iam vivas para a fogueira.

Talvez seja isso que me faz derramar uma lágrima quando tenho que dizer adeus a Graeme. Talvez seja o sentimento de fracasso. Ele coloca os braços em volta de mim como o homem que ainda não é.

— Vou ficar bem — assegura ele. — Você sabe que vou.

Abano a cabeça:

— Não, eu não sei.

Ele me dá um lenço, como faria um cavalheiro. Está passado e engomado, de um modo que eu nunca teria conseguido fazer.

— Você ainda acha que pode se mudar para Edimburgo, depois que tiver feito a cirurgia? — ele quer saber.

Eu lhe devolvo o lenço.

— Acho que poderia, se conseguisse arrumar um emprego aqui.

— Mas, mesmo se não se mudasse, você poderia vir para cá e usar a biblioteca da universidade.

Encaro aqueles olhos cinzentos que costumavam ser mais cristalinos, com menos perguntas neles:

— Você gostaria disso, não é?

Ele balança a cabeça confirmando, tenta rir e me faz sorrir.

— É um pouco triste ficar aqui sozinho.

Eu abraço esse meu filhinho, desesperada para fazer o que puder por ele. Esta é a primeira vez desde que Ellie morreu que ele admite alguma necessidade.

Ele acena para mim, enquanto deixo o estacionamento, parecendo tão pequeno e perdido, de repente, de modo que tudo que eu consigo fazer é ligar o pisca-pisca e virar à direita, para a estrada principal. Ligo o rádio e sintonizo um DJ de Edimburgo. Entretanto, a rápida tagarelice não combina bem com o nó que sinto na garganta e preciso desligá-lo.

Antes de sair de Edimburgo e voltar para a costa oeste, tenho mais uma parada. Oliver diria que quero chafurdar na tristeza, mas sinto a necessidade de visitar a seção de Estudos Escoceses da biblioteca da universidade para localizar alguns nomes e tentar dar rostos aos corpos daquelas mulheres na fogueira. De certa maneira, sinto como se devesse isso a elas.

Bibliotecas universitárias são lugares sufocantes, não tanto por causa do ar, mas por causa das expressões dos frequentadores, faces torturadas de estudantes diante dos tomos que precisam devorar ou rostos arrogantes por causa do que alcançaram. Fico olhando para as pessoas que passam pela minha mesa, com o indicador sobre a listagem das bruxas, as Bessies, as Isobels e as Joans, pessoas com uma rede familiar e amigos, e, ao que tudo indica, inimigos também. Estes, muitas vezes, foram os vizinhos nervosos que as denunciaram, as igrejas que as julgaram, os tribunais itinerantes que as sentenciaram. As piras, das quais se tem o registro ou não, que as queimaram. Seja qual for o ano que estou visitando em meus sonhos, parece que a Igreja não apitava muito na Escócia, ainda preparando-se nos bastidores para o seu grande fragor pelo corredor da história.

Quando criança, eu ia à missa. Coloria as figuras de Jesus de Nazaré com as chagas nas mãos voltadas para os pobres e desamparados. Por um tempo, eu até desejei morrer criança para que pudesse me sentar no colo de Jesus como as crianças do livrinho de colorir. Acho que parte do meu interesse pelas bruxas é só para entender como fomos de um Jesus manso e meigo para essa bolha infernal na História do mundo.

É difícil deixar essas mulheres para trás em Edimburgo, embora a História há muito tempo tenha seguido em frente. A última bruxa queimada na Escócia foi Janet Horne, em 1727, uma velha demente que não entendeu que a fogueira era para ela e pensou que estava sendo levada para um piquenique.

Meu Deus, minha vontade é de estrangular alguém, enquanto conduzo essa geringonça moderna através das gargantas das montanhas em direção à costa em que Dunadd se encontra. Com toda certeza, eu mesma teria sido vítima de uma caça às bruxas; as freiras ou os vizinhos teriam me denunciado por causa da minha doença. Fico me perguntando quantas mulheres foram queimadas apenas por terem epilepsia.

Todas as luzes em Dunadd estão apagadas quando o motor do meu carro ronca pela estradinha longa e solitária e sobre a ponte de paralelepípedos em direção à tênue luzinha noturna na cozinha do meu chalé.

Depois de eu descer e bater a porta do carro, os campos e o rio me parecem muito quietos. Não há som, apenas o cheiro da Terra e do rio. Eu me inclino para trás contra o carro, a fortificação da colina elevando-se adormecida sobre mim, como todas as coisas de bem a essa hora. Espero que Winnie venha me saudar, porém, as únicas formas animais que consigo divisar no escuro são as silhuetas de ovelhas no campo do outro lado do rio, onde ficava a antiga aldeia.

Mas estou cansada e não só de dirigir. Há Ellie e o divórcio; há o filho com quem falhei; há a irremediável brutalidade da caça às bruxas. Olho em volta procurando Winnie, mas, pelo jeito, ela ainda está abrigada no meio dos fardos de feno, aquecida, de volta ao seu estado ingênito.

Na manhã seguinte, ainda estou meditando sobre a minha viagem a Edimburgo, saindo para o alpendre atrás da casa vestindo o meu roupão, com as mãos em torno de uma caneca quente. Chamo a gatinha, mas não ouço nada em resposta. Então, por entre os fardos de feno, avisto seu dorso negro enrodilhado, imóvel, de maneira não natural.

— Aí está você, Winnie!

Coloco a caneca no chão de concreto, esperando que ela me note, mas o seu corpo enrolado não se move. Quando estendo a mão e a toco, ela está fria. Aproximo o rosto de sua barriga e sinto o seu peito subindo e descendo contra a minha pele. No entanto, seus olhos estão baços e ela não olha para mim.

Estou correndo para o carro quando Jim Galvin vira a esquina.

— A gata — digo, ainda correndo —, o que ela tem?

— Diarreia — ele grita, enquanto eu abro a porta do carro e salto para dentro.

Sou forçada a deixar Jim entrar e sentar-se ao meu lado, porque eu não sei onde fica o veterinário. Coloco Winnie em seu colo, e ele sabe pelo meu olhar que não há chance de objeção.

Eu sempre evitei correr nas pistas de Dunadd, como que para me harmonizar com a antiguidade do lugar, mas, a essa altura, estou passando a terceira marcha quando me aproximo da ponte, e a quase oitenta quilômetros por hora quando pego a estradinha para a rodovia principal.

— Se você sabia que ela estava doente, por que não a tirou do frio?

— Você queria que fizesse cocô pela casa toda? Não se preocupe. Ela vai ficar bem.

Mergulho a toda no tráfego.

— Ela parece bem pra você?

Nós rodamos em silêncio, a não ser quando ele dá as indicações sobre o caminho que preciso seguir para chegar ao veterinário. Minhas pernas e braços estão bambos de nervosismo, e é quase sem força que piso fundo o pedal e minha mão passa a quarta marcha. O veterinário fica a treze quilômetros de distância. Olho para os olhos semicerrados de Winnie, e não tenho certeza se vamos conseguir chegar lá a tempo. Dormi toda a noite passada com ela morrendo lá fora no celeiro, no frio. Tremo com a culpa já tão familiar de "não estar presente".

— É apenas um gato — Jim está dizendo.

Apenas um gato, mas outra vida pela qual eu era responsável.

— Cale a boca.

Nós dirigimos em silêncio, a não ser por um "vire aqui" e, em seguida, "pare atrás do carro verde".

Corro para o atendimento ainda vestindo o meu roupão, com meu embrulhinho de pelo preto, e tento explicar, mas não posso responder de maneira correta sobre os detalhes. Eu não estava lá. Já passei por isso antes. Já vi esse filme.

Eles me fazem esperar numa cadeira com ela no colo, e então ouço:

— O veterinário irá vê-la agora.

Eles abanam a cabeça, me fazem esperar, injetam-lhe fluido com uma pitada de eletrólitos. Não me oponho a nada, não faço perguntas. Eles me dão antibióticos, probióticos. Não faço objeções. Eu me agarro à esperança de que tudo isso possa ter algum efeito, e eu dirijo para casa com Winnie assustadoramente quieta no banco traseiro.

Encho a seringa, sem agulha, e seguro Winnie firme para derramar a medicação em sua garganta. Mas ela nem sequer oferece resistência.

Deito-a de volta sobre a mesa, onde ela permanece inerte. Ela não ronrona.

À noite, ela levanta a cabeça quando eu entro na cozinha. Seus olhos parecem mais vivos. Entretanto, ela não consegue se levantar para tomar a água que eu lhe ofereço. Então, uso a seringa sem agulha para hidratá-la um pouco mais.

Jim Galvin bate na janela e pergunta:

— Como ela está?

Dou de ombros. Ele entra, embora eu ainda não o tenha perdoado.

Ele começa a preparar um chá, enquanto eu fico ali sentada, observando a débil vida de uma gata de rua que eu preciso desesperadamente que sobreviva e, de repente, isso é muito mais importante do que a minha própria vida.

Alguém tem que ser responsabilizado.

— Como você pôde deixá-la lá fora no frio? Ela quase morreu.

— *Aye.* — Ele deixa cair um saquinho de chá em cada caneca. — Todos nós morremos.

Eu suspiro. Ele tem razão. Parece que desperdiçamos a maior parte da vida tentando não morrer. Mas, no fim, a morte acontece de um jeito ou de outro. O tempo é uma medida tão inútil para quantificar qualquer coisa... O máximo que você pode dizer é que nascemos e que morremos. O que vem no meio é uma pequena pausa. Na grande expansão do universo, a pausa não é nada mais do que algumas respirações. Tentamos fazer com que isso signifique alguma coisa, acrescentando-lhe anos, mas os anos não a tornam maior. Estamos aqui, partimos. Outra coisa qualquer toma o nosso lugar.

Levanto-me da mesa e inclino-me sobre o balcão da cozinha. Jim desliza a caneca de chá em direção às minhas mãos e, então, vai embora.

No dia seguinte, Winnie consegue se levantar e caminhar até a tigela de água. Meu coração pula de alegria, e eu estou sorrindo quando Jim entra pela porta.

— Eu lhe disse que ela ia ficar bem — ele diz.

— Não graças a você.

Passo-lhe uma tigela e uma caixa de sucrilhos.

— Você quer seu leite aquecido para isso também?

— Se não for dar muito trabalho.

Dá muito trabalho. A vida dá muito trabalho, entretanto, não temos escolha a não ser levá-la. Começo a comer o meu cereal sentada à mesa, diante dele.

Ele pergunta:

— Você ainda está de mau humor?

Eu suspiro.

— Nem vou perder o meu tempo em agraciá-lo com uma resposta.

Oliver também não podia suportar minhas alterações de humor, mas, também, quando eu as tinha, tampouco podia suportá-lo. Elas eram, com frequência, o prenúncio de uma convulsão, o que lhe dava mais motivos para odiá-las. Eu me pergunto o que Jim Galvin faria se eu começasse a ter uma bem na frente dele, e estou começando a sentir aquele calor na sola dos pés, por isso é melhor eu me livrar dele antes que eu constate que estou certa.

Tomo sua tigela de cereais.

— Estou com uma terrível dor de cabeça. Você se importa de ir embora?

Ele está dizendo que não se importa nem um pouco e que compreende, mas estou vendo apenas a parte dele que fala, os lábios e os dentes; tudo o mais está nadando numa luminosidade difusa, e mal ele sai pela porta começo a tatear o meu caminho até o quarto e desabo sobre os travesseiros.

8

Illa tinha ido embora quando Fergus acordou da celebração do *Samhain* na residência do plebeu, com a cabeça no colo da filha mais velha da casa. As coxas de uma mulher formam um travesseiro bastante macio, e ele ainda estava cansado da viagem até os bretões, e um pouco enjoado da *fraoch* que tinha bebido em excesso. Ele fechou os olhos de novo e fingiu dormir, pois não havia nenhum mal ali no colo de uma garota, aquecendo-se em seu cheiro feminino ao lado da lareira.

A mãe da casa entrou pela porta e colocou uma panela de água sobre o fogo, cantando uma canção de súplica ao sol para que ele continuasse a nascer todas as manhãs, e para Cailleach, a deusa, ficar por perto através das longas noites de inverno. Ela cantava nos estranhos tons graves dos pictos, embora essa mulher, com seu cabelo escuro e pele amarelada, não fosse um deles.

A música trouxe-lhe recordações de Saraid e também, acompanhada de um aperto no coração, a lembrança de que ele não havia tentado entrar em contato com ela na noite anterior. Seus pensamentos haviam se embaralhado e escorregaram de Saraid para a mulher em roupas masculinas lá na colina, com Sula. Talvez estivesse acontecendo o que sua mãe havia lhe dito, o desvanecimento que com o tempo sobrevinha após a morte de entes queridos.

Sentou-se e se espreguiçou, atraindo os olhares das mulheres camponesas. A mãe entregou-lhe uma tigela de *brose*, aveia não cozida misturada com leite ao natural, que ele tomou, mas não sabia se teria condições de segurar no estômago. Embora ele preferisse que o leite fosse aquecido, agradeceu com um gesto de cabeça, arrotou um pouco e se sentiu melhor; afinal de contas esse fora o alimento de sua infância. Aquilo o confortou, uma vez que a comida tinha sido feita exatamente para isso, embora o que ele exigia de seu corpo naquela manhã fosse retornar ao forte para localizar o paradeiro do escravo romano, um dos poucos que tinha trazido com Murdoch, havia alguns anos, de uma batalha com os nortúmbrios. Se algumas das palavras que ele havia ouvido a mulher falar eram da língua romana, então o escravo seria capaz de descobrir de onde ela tinha vindo e o que pretendia em Dunadd. Ela poderia muito bem ser uma druidesa enviada pelas colônias de druidas que haviam sido removidas da ilha sagrada de Iona.

Primeiro ele foi se certificar de que Illa estava com a mãe dele. Fergus sabia que deveria ser mais agradecido à mãe, mas ele se ressentia da sua intromissão e havia, no momento da morte do pai, desejado que ela tivesse morrido em vez dele. Ainda assim, ela era a razão pela qual eles estavam vivendo no alto de Dunadd, a razão de Murdoch agora ser rei. Ela era a única "mãe" que Illa tinha agora, e isso não era muita coisa.

Ele encontrou Brighde, um infeliz embrulho de xales perto do fogo, naquela manhã, bebendo seu creme de ovos. Illa colocou-se de pé num salto quando viu o pai entrar pela porta.

— Vá buscar um pouco de carne para o seu pai — disse Brighde.

Os olhos de Illa encontraram os de Fergus num momento de protesto, mas ele acenou para ela sair.

Fergus foi para perto do fogo, estendendo as mãos para o calor.

— Será que você sempre tem de mandá-la sair para buscar coisas? Temos escravos para isso.

— Não nesta manhã, depois do *Samhain* — retorquiu Brighde. — Eles estão todos como você, dormindo onde não deveriam. Você vai tomar outra esposa plebeia?

Fergus atiçou o fogo. Suspirou.

— Dormir foi tudo o que fiz na casa de um plebeu. E Saraid não era nenhuma plebeia, como você bem sabe.

Sentou-se e olhou para o rosto da mãe, ainda bonito apesar das rugas, com o longo cabelo grisalho puxado para o alto e enrolado em torno da cabeça, o xale vermelho e amarelo de tecido grosso, que escondia a fragilidade de seus ombros.

— Onde está o escravo, o romano, que trabalhava na cozinha?

Brighde olhou para o filho.

— Ainda na cozinha, suponho. Você precisa de um escravo?

Fergus encontrou Illa na porta, pegou um pedaço de carne de seu prato e levou-a de volta para fora.

Ele segurou a menina pelos ombros e beijou o topo de sua cabeça.

— Depressa. Vá e diga ao romano na cozinha para vir até mim.

Illa saiu em disparada; a distância era curta, e suas pernas eram longas. Fergus se aproximou de Murdoch, que estava bebendo *fraoch* ao lado do que sobrara da noite anterior no espeto. Seus grandes cães cinzentos estavam liquidando a carcaça onde ela jazia, jogada fora sobre a urze. Fergus ajoelhou-se para colocar as mãos mais perto das brasas.

— Como foi sua noite? — perguntou Murdoch. — Você sumiu.

Fergus não respondeu. Ele pegou um osso e atiçou as brasas com ele.

— A mulher que foi encontrada. Você já a viu?

Murdoch cuspiu.

— Eu a persegui.

Fergus viu Illa retornando com o escravo romano e quis falar antes que eles se aproximassem.

— Perseguiu-a fora do forte?

— Somente em torno da fogueira. Ela pode render uma boa negociação.

Murdoch riu da expressão séria do irmão.

— Por que você não a leva para a sua cama, em vez de se deitar com as plebeias da aldeia?

— Eu não me deitei com ninguém na aldeia. — Fergus pronunciou tais palavras antes de Illa e o escravo chegarem.

Os olhos de Murdoch deixaram o irmão e se fixaram na sobrinha.

— O que é isso? Você tem o seu próprio escravo agora, Illa?

Fergus levantou-se e fez um gesto para que Illa o seguisse. Murdoch e sua mãe eram iguais, sempre arranhando as garras em suas feridas.

Do lado de fora da cabana de Sula, Fergus perguntou ao romano o seu nome. Ele viera de uma das terras quentes e falava a língua gaélica com um sotaque estranho, como ondas quebrando e recuando.

Sua voz era aguda, como a de um menino pouco antes de ele atingir a idade adulta:

— Marcus Paullus.

Fergus empurrou o cabelo para trás e postou-se imponente diante da porta da druidesa, embora ele não se sentisse nem um pouco forte por dentro.

— Sula!

Lá de fora, dava para eles ouvirem a velha mulher se movendo, antes de a porta se abrir para o espaço escuro com o pequeno fogo em seu centro. Quando seus olhos se ajustaram, Fergus pôde divisar a estrangeira num canto. Ele ficou para trás, ao lado da porta, e manteve Illa com ele. Ainda não sabia coisa alguma sobre aquela mulher, e estrangeiros eram conhecidos por trazer doenças.

A druidesa parecia registrar a presença deles apenas vagamente.

Fergus deixou Illa perto da porta e empurrou o escravo para a frente.

— Trouxe Marcus Paullus para ver se a estrangeira consegue se comunicar com ele.

Sula olhou para cima.

— Eu a fiz lançar as pedras, e vi mais uma vez que ela não vem do nosso mundo.

Fergus deu um passo adiante para que pudesse ver melhor a mulher. Ele a surpreendeu olhando para ele, no entanto ela desviou o olhar quando isso aconteceu.

— Mas ela não tem a pele escura como os de longe — disse Fergus. — Ela parece mais com o povo picto, como algumas das mulheres da aldeia.

Sula o interrompeu:

— Mais como Saraid, você quer dizer?

Ele balançou a cabeça. Ele não queria se entregar dessa maneira, antes mesmo de ter tempo para avaliar os próprios sentimentos.

— Tal como o povo dela.

Sula deu tapinhas no braço dele.

— Ela é estranha e veio até nós no *Samhain*. Só posso pensar que ela vem do mundo dos mortos.

Fergus pôde sentir seu coração acelerar da mesma forma como na noite anterior, no Vale das Pedras. Como fora descuidado da parte dele agarrá-la como uma mulher. Quão rápido tinha sido em saborear o calor em seus dedos. Ele temia o que poderia ter atraído sobre si ao fazer isso.

Eles se viraram para a estrangeira agora, porque ela estava proferindo algumas palavras. Estava olhando para ele e dizendo que era bom vê-lo de novo, em sua própria língua. *Is math ur faicinn.* Não soava exatamente como deveria, mas isso fez Fergus sorrir.

Ele se aproximou.

— Não tenha medo.

Fergus fez sinal para que Marcus também se aproximasse.

— Fale com ela. Descubra de onde ela vem.

Marcus parecia ter um pé machucado. Ele mantinha o seu peso fora dele e puxava a bainha de sua túnica como uma criança que deve responder por seus atos.

— *Ubi domus tua*?

Os olhos da mulher foram para Fergus e depois voltaram para o escravo. Fergus gostou do fato de que ela parecia confiar nele.

— Não se preocupe — tranquilizou-a Fergus. — Ele é um eunuco.

Um sorriso surgiu no rosto dela. Fergus deu um passo para trás, pois foi apanhado de surpresa quando ela colocou as mãos nos cabelos e sacudiu a cabeça. Ela fazia força para não rir e sacudia a cabeça de forma cômica. Ela com certeza tinha algo de Saraid, não se podia negar.

Ela colocou a mão sobre o peito.

— *Caledonia.*

Marcus estava animado.

— *Tu es romana*?

Ela respondeu:

— *Non sum romana.*

Marcus perguntou:

— *Tu venisti per mare*?

A mulher balançou a cabeça.

Marcus olhou para ele.

— Ela diz que não é romana, e ela não veio por mar.

Fergus avançou mais uma vez.

— *De tha sibh as iarraidh*?

Fergus gostou de ela ter enrubescido quando perguntou o que ela queria em Dunadd.

Isso fez Sula rir.

— Parece que ela quer você, Fergus.

O escravo romano riu também, o que fez com que Fergus se virasse para ele e o mandasse sair da cabana.

Ele puxou Sula para o lado.

— Diga-me o que tudo isso significa. Essa mulher, foi ela que você viu para mim nas pedras? Olhe para ela. Não acredito que ela venha do *Samhain*. Ela não tem nada da aura dos mortos.

Ele voltou a se aproximar da mulher e encostou os dedos na carne quente do centro da palma da mão dela.

— Olhe, há calor vindo dela.

Ele ficou surpreso quando a mulher enrolou os dedos em torno da mão dele.

— *Tha mi a Glaschu. Tha mi a Dunadd. Is mise Maggie Livingstone.*

Ela parecia querer tanto que ele a entendesse que Fergus estendeu sua outra mão em torno da dela. Entretanto, quando perguntou como ela chegou a Dunadd, a mulher desviou o olhar. Quando ela colocou a mão em seu ombro e falou numa língua que ele não entendia, Fergus se virou para Sula.

No entanto, Sula apenas deu de ombros:

— Será que essas palavras são encantamentos de sua terra natal?

Fergus soltou a mão da mulher e deu um passo em direção à porta. Ele colocou o braço em volta dos ombros de Illa e levou-a para fora. Se essa mulher era uma druidesa, era melhor ele tomar cuidado, mas, mesmo assim, alguma coisa nela o fez se inclinar contra a porta depois que ela já havia sido trancada atrás deles.

Illa olhou para ele.

— Você descobriu de onde a estrangeira vem?

Fergus pegou a mão da filha e levou-a a uma boa distância da cabana. Ela olhou para ele com os olhos da mãe. Fergus começou a falar, porém, as palavras demoraram para sair.

— Não sei de onde ela vem. Mas Sula diz que ela não entendeu o saxão de Oeric, e o romano não conseguiu falar com ela em sua própria língua.

Illa apertou a mão do pai.

— Ela vai morar com Sula agora?

Fergus se agachou ao lado da filha. Ele estava confuso com o peso ímpar de seus pensamentos.

— Você se lembra de sua mãe, Illa?

A garota pareceu perplexa, e por que não estaria, já que ele raramente falara com ela sobre a mãe? Brighde nunca fazia isso.

— O rosto dela já não está tão claro para mim. Mas eu me lembro de ficar sentada em seu colo em nossa casa, de como ela fazia brincadeiras com os meus dedos. Talorcan diz que ela tinha uma voz muito bonita.

— Talorcan?

A menina deu de ombros.

— Ele vem até a muralha, de vez em quando, onde ninguém pode ver. Eu consigo escalar e passar por cima, embora eu saiba que não deveria.

Fergus notou seus olhos se enchendo de lágrimas e acarinhou-lhe o braço.

— Talorcan é um bom homem, sua mãe o adorava. Você deve vê-lo sempre que puder. Mas não deixe que sua avó ou Murdoch a pegue escalando a muralha ou acabará levando uma surra. — Ele fez cócegas na barriga dela, fazendo-a soltar um gritinho. — E eu.

Illa assentiu. Ela precisava deste mundo secreto com o pai dela mais do que qualquer outra coisa.

— Você vai me ensinar o jogo de contas azuis no tabuleiro?

Fergus olhou por cima do ombro para a cabana de Sula. Ele voltaria mais tarde, para tentar descobrir mais sobre a mulher. Sula era teimosa quando encasquetava com algo, e Fergus temia que ela persistisse com sua crença de que a estrangeira não era deste mundo. Ele quase desejou que também sentisse o mesmo, porque não conseguia tirá-la da cabeça. Ela poderia ser a mulher que a druidesa previra, e, ainda assim, tinha saído do nada e era mais estranha para ele do que qualquer pessoa de outras terras que ele vira, mesmo as de pele negra. Ele não sabia como abordar essa mulher. Tudo o que sabia era que ele queria que ela fosse da terra dos vivos. Enquanto observava a filha descer correndo o morro na frente dele, Fergus esperava que essa mulher Ma-khee ficasse em Dunadd e não quisesse mais voltar para o lugar de onde viera.

9

A primeira coisa que vejo é a luz irrompendo dentro da cabana através de pequenas frestas, e Sula na porta envolta no que parecem ser uma meia dúzia de cobertores. Quando ela se afasta para o lado, reconheço a figura por trás dela como Fergus e meu pulso acelera como se eu estivesse praticando corrida. Meus olhos ainda não estão ajustados para o brilho da luz do dia, entretanto, consigo divisar uma menininha atrás dele, do outro lado da porta. Não dá para vê-la bem, mas, a julgar por sua altura, ela deve ter a idade de Ellie. A última idade que Ellie atingiu.

Fergus conduz um homem mais baixo e mais velho para a frente e me diz que é Marcus, o romano. Ele emenda logo em seguida que o romano é um eunuco, o que me faz sorrir. No entanto, estou mais interessada em Fergus parado ali na minha frente, com seu gibão de couro ajustado na cintura, sua túnica chegando ao meio da coxa e as calças justas amarradas com cordões entrecruzados. Parece que ele tem caprichado um pouco mais nos cabelos, puxando mechas de fios da frente e prendendo-os atrás com tiras de pano. O cabelo curto em torno da testa e da nuca é encaracolado.

Fergus me surpreende olhando para ele e desloca o peso do corpo de um pé para o outro, parecendo um pouco sem jeito. Eu me pergunto o que este homem da Idade das Trevas acha de mim com minha roupa andrógina, surgindo do nada, falando uma língua que ainda não existe. Digo-lhe que sou daqui, mas, logo em seguida, há coisas que eu não consigo dizer em seu gaélico nativo. Quando ele toca a minha mão, meus dedos se fecham instintivamente em torno dos dele, de modo que me encontro aqui de mãos dadas com esse homem que eu mal conheço, mas já planejando levar comigo esse sentimento quando partir. *Fergus, eu não sei como cheguei aqui e eu nem sei quem sou na verdade, só que tenho 38 anos e fico nervosa como uma adolescente diante de você.*

Ele vai se afastar, mas eu seguro sua mão. Agora estou agindo como uma adolescente.

— Está tudo bem — digo.

Entretanto, essa tentativa em minha própria língua o faz recuar como se eu estivesse lançando feitiços malignos. Com apenas conhecimentos mínimos de latim, não consigo resultados muito melhores com o romano. De repente, todo mundo está concordando com a cabeça e falando rápido demais em seu gaélico para que eu possa entender qualquer coisa. Fergus retira-se em direção à porta, fazendo-me desejar que nunca tivesse dito coisa alguma. Ele se foi, e tudo que me restou foi o espaço vazio na minha frente onde ele estava. Sula tira um cobertor dos ombros e o coloca nos meus. Estou tremendo e não sei por quê.

Pergunto-lhe em gaélico qual é o nome completo dele.

Ela responde:

— Fergus MacBrighde. — E, então, ela me conta toda uma história sobre o homem, da qual só consigo entender algumas partes.

— Ele é o rei? — indago.

Sula balança a cabeça.

— Não, ele não é o rei. Ele é irmão do rei Murdoch.

Príncipe Fergus, então. Sula está me observando, estudando o meu rosto, o que é uma desvantagem para mim, porque eu posso muito bem ter EU GOSTO DE FERGUS tatuado na testa. Ela vai até a porta e chama o eunuco de volta. Ele se senta perto do fogo e desamarra o calçado de couro muito desgastado. Há um corte na parte interna do pé, e Sula se ajoelha para tratá-lo. Ela aponta para um dos vasos no chão e me pede para entregá-lo a ela, só que eu simplesmente não consigo seguir a direção do seu dedo nessa semiescuridão.

Levanto-me e aponto para um deles.

— *Chan e* — diz Sula. "Não."

Continuo a passear entre os vasos, farejando. Cravo. Aneto. Coentro. Açafrão, para minha surpresa. Algo muito malcheiroso, como pés suados. Casca de árvore. Camomila. Menta.

Quando levanto a tampa de um pote contendo folhas secas muito fedorentas, Sula diz:

— *Tha*!

Ela pega um punhado de folhas e as tritura na palma da mão, cospe nelas para fazer uma pasta, que ela passa ao longo da linha do corte irregular de Marcus. Ela sopra sobre ele e canta um verso. O romano fica muito satisfeito e continua repetindo:

— *Math, math.*

Ele até se vira para mim e diz "*Tapadh leibh*", "obrigado".

Não sei por que ele estaria me agradecendo. Mas ele é um eunuco muito simpático.

Sula despacha Marcus e se agacha perto do fogo, me encarando. Eu me pergunto se ela tem alguma coisa em seus potes para o meu mal. Talvez nessa época isso não fosse encarado como um mal, mas como uma bênção. Desejo desesperadamente perguntar em que ano estamos, mas se o cristianismo ainda não chegou aqui, não terei meios de calcular a época deles pela minha. Não daqui, de qualquer forma.

Marcus retorna com um jarro envolto num pano e pão besuntado por cima com algo que tem gosto de queijo cottage. O jarro contém *fraoch* quente. Qualquer coisa quente é bem-vinda, então, repito a bebida algumas vezes no mesmo recipiente que compartilho com os outros dois. Mas é muita bebida para o meio do dia, e eu cochilo.

Quando acordo, Sula se foi e Marcus está me observando, quase como um homem que não é eunuco. Quando eu me sento, ele me oferece mais comida, mas eu sei que minha sonolência não vai passar a menos que eu tome um pouco de ar fresco.

Eu me dirijo para a porta e Marcus me segue de perto. Ele me acompanha até o topo da colina e posta-se diante de mim quando chego perto da borda do penhasco. O vento forte que sopra do mar infla meu moleton como um balão que eu tento puxar para baixo e, em seguida, solto, abrindo os braços como uma súplica para o mar. Só agora percebo Fergus sentado mais adiante, lá embaixo, na encosta do morro. Ele devia estar ali o tempo todo, e não está sozinho, pois seu braço está sobre os ombros de uma garotinha.

De repente, um repicar de sinos faz com que todos nós olhemos para trás, e a menina se liberta de Fergus e corre pela crista da colina em sua túnica que vai até os tornozelos, com os cabelos avermelhados balançando nas costas. Sem pensar, eu começo a correr atrás dela. Eu já vi essa garota antes, mas não por muito tempo, e não quero perdê-la de vista por nada neste mundo.

Ouço a minha voz sair como se pertencesse a outra pessoa, menos um chamado ou um nome do que um arquejo:

— Ellie!

Mas estou deixando o escravo em pânico. Ele abre os braços como se estivesse pastoreando uma vaca fugitiva. Eu paro porque estou começando a engasgar com nada além de minha própria respiração. De qualquer modo, a menina não me ouve e desce a colina, sumindo de vista.

Viro-me para Marcus:

— *Puella quisnam est*? — "Quem é a garota?"

Marcus segura o meu braço para me impedir de segui-la.

— *Puella filia Fergi est*. — "A menina é filha de Fergus."

Enquanto Marcus me leva de volta para a cabana, capto um último vislumbre de Fergus em sua borda, mais abaixo no penhasco. Apenas por um momento, ele vira a cabeça e me surpreende, em meio à minha angústia e confusão, com meu rosto molhado de lágrimas.

Sula está de volta na cabana quando retorno. Ela me manda agachar perto do fogo, onde toma os meus braços e corre as mãos pelo interior dos meus pulsos. Depois que Ellie morreu, eu costumava encontrá-la, às vezes, nos sonhos fugazes, aqueles sonhos que caçoam de você e o deixam do outro lado do sono com um peso de chumbo no peito.

Viro-me para Marcus:

— *Puella nomen*? — "Qual é o nome dela?"

Sula dá tapinhas em meus pulsos e, em seguida, devolve-os para onde estavam, dos lados do meu corpo.

— Illa.

— Quantos anos ela tem?

Quase não quero ouvir. Acho que já sei a resposta.

— Ela nasceu há oito anos — Sula diz.

Eu deveria perguntar sobre a mãe dela, mas, ao menos por este instante, eu quero ser a única mãe neste sonho.

Quando Marcus nos traz carne e mais *bannocks*, começo a desejar que as batatas já tivessem chegado à Escócia, porque carne seca e pão precisam de uma enorme quantidade de *fraoch* para ajudá-los a deslizar goela abaixo, e esta cerveja quente do passado é mais forte do que iria se tornar. Eu caio no sono e, quando acordo, Sula está roncando perto das brasas e Marcus está usando seu corpo como obstáculo em frente à porta.

Puxo meu xale sobre os ombros e pego o graveto para atiçar as brasas, porém, não consigo trazer nenhuma chama de volta à vida, o fogo foi deixado de lado há muito tempo. Lembro-me de que havia uma pilha de blocos de turfa apoiada na parede externa da cabana, e tenho que passar por cima de Marcus para alcançar a porta. Lá fora parou de ventar e um brilho rosado está subindo no horizonte, então sou capaz de encontrar a turfa e começar a fazer uma pilha menor para levar para dentro. Começo a me apressar, porque tenho a sensação de que alguém está me observando, e eu não quero ser perseguida de volta para a cabana pelo rei Murdoch novamente.

Mas não é o rei. É seu irmão. De repente Fergus está agachado ao meu lado, me empurrando gentilmente para o lado e levantando os blocos de turfa nos braços.

— Ainda é noite — eu sussurro. — Por que você está aqui?

Não pretendia questionar sua aparição. Todos os tipos de coisas têm aparecido nos últimos tempos.

— Eu estava esperando você — diz ele.

Eu fico lá, sem saber o que dizer na minha própria língua ou em gaélico.

Ele leva a turfa até a porta e a deixa cair.

— Quero lhe mostrar uma coisa.

Ele parece constrangido, como se eu pudesse feri-lo se recusasse o convite. Entretanto, isto é um sonho, e, como nos sonhos, eu estendo a mão para ele. Ele ergue minha palma e passa a mão sobre ela, um gesto que pode ter um significado nesta época, mas eu não estou muito certa de como interpretá-lo. Tudo que sei é que eu não vou soltar a mão dele dessa vez, mesmo que ele esteja me levando morro abaixo, passando pela cozinha, que está começando a se agitar, pela muralha, onde uma pequena fenda na alvenaria nos permite passar. Do outro lado, nós nos agachamos, prestando atenção a qualquer sinal de vida.

— Não venha aqui sozinha — diz ele.

Uma cabra berra na aldeia, seguida por uma resposta de outro membro de sua espécie. No entanto, as pessoas ainda estão à espera do raiar do dia, e a aldeia está escura quando descemos para a trilha que leva do forte até a ponte. Do nada, um homem bastante tatuado aparece na nossa frente montado num pequeno cavalo baio. Com a pouca luz que há, posso ver o cavalo bufar quando o homem desmonta e passa as rédeas para Fergus.

De repente, as mãos de Fergus estão sob um dos meus pés, e eu estou sendo erguida sobre o cavalo enquanto o homem que o trouxe até aqui desaparece na escuridão. Fergus salta atrás de mim e instiga o cavalo para um trote. Ele não o conduz para a ponte, e sim, em direção às colinas ao sul de Dunadd. Eu não monto um cavalo desde a adolescência, mas o corpo de Fergus por trás do meu consegue me manter no lugar.

Assim que estamos fora da vista do forte, Fergus retarda o passo do animal. Eu posso sentir o rosto áspero de Fergus contra a minha orelha.

— Para onde estamos indo? — pergunto.

Ele sussurra as palavras contra a minha bochecha.

— Um lugar sagrado.

Só conheço a palavra para "sagrado" porque a sra. Gillies costumava usá-la para descrever Dunadd. Talvez tenha sido isso que me chamou de volta aqui.

Fergus não fala; quer dizer, ele não pronuncia palavras. Há muita conversa entre a frente de seu corpo e a parte de trás do meu, entretanto, e eu nem me importo que pelo menos meia hora se passe antes que Fergus puxe as rédeas para parar o cavalo. Quando ele salta do animal e segura a minha cintura para me desmontar, eu quase não me importo mais com seja lá o que for que ele me trouxe aqui para ver.

Ele pega a minha mão e me leva a várias grandes lajes de pedra. Há mais luz agora, mas ainda é difícil compreender o que ele se agacha para traçar com o dedo neste lugar sagrado. Ele toma o meu dedo e mete-o na ranhura e, ao segui-la, percebo ser um círculo e, em seguida, dentro desse círculo, outro, e mais outro. Com a outra mão, traço outros círculos dentro de círculos; por toda a pedra esse padrão de anéis se repete.

Olho para o rosto dele.

— O que é isso?

Ele coloca a mão na parte inferior das minhas costas e eu sinto seus dedos contornarem uma vértebra ou duas, como se eu fosse mais um dos padrões da pedra.

— Sula costumava nos trazer aqui quando éramos crianças. Estas marcas foram deixadas pelos antigos, os escultores que trabalharam essas pedras. Sabe quem eram eles?

Agora, com a mão de Fergus em mim, não estou particularmente interessada em quem eles eram, porém, tenho a sensação de que sua pergunta tem mais a ver com o lugar de onde eu venho.

Pego sua outra mão e seguro-a contra o meu plexo solar.

— *Chan e.* — "Não."

Ele prossegue:

— Sula diz que eles são os pingos de chuva na água gravados na pedra. Ela diz que a vida na Terra e a vida nas estrelas é assim, um círculo dentro de outro, cruzando os outros. — Ele olha para longe e, então, pronuncia uma palavra que eu não reconheço: "*Eadar-thoinnte*".

Quando olho para ele para obter uma explicação, ele entrelaça os dedos nos meus.

— *Eadar-thoinnte* significa "muitos fios entrelaçados".

Ele toca minha boca com a sua; não é um beijo, apenas uma pergunta de algum tipo.

— Diga-me quem você é, Ma-khee.

Poderia dizer algo que não é verdade, mas isso iria abalar este momento.

Retiro os meus lábios do calor de sua boca e respondo:

— Eu não sei quem eu sou.

Ele olha para os anéis na rocha e, lentamente, tira as mãos de mim.

— Quem é você? — pergunto, atraindo seus olhos de volta para mim. — Eu sei que você se chama Fergus, mas não sei quem você é na verdade.

Seu sorriso fugaz brilha por um instante.

— Eu sou apenas o irmão do rei — diz ele. — O triste irmão do rei.

Uma nuvem pesada paira sobre ele e permanece assim por todo o trajeto de volta. No entanto, no balanço do ritmo do cavalo, com o peito dele contra as minhas costas, as perguntas e as respostas parecem irrelevantes. Sabemos quem somos e por que nós dois esperamos que essa jornada não termine. Não há nada que eu possa lhe dizer sobre mim que faça qualquer sentido para ele.

Entretanto, quando chegamos ao forte e ele me ajuda a desmontar, ele diz "Ma-khee". Em seus olhos, a pergunta permanece.

Eu o abraço e deixo que essa seja a minha resposta. Antes de me deixar na fenda da muralha, ele me beija no rosto. Eu o vejo descer correndo através das samambaias cor de ferrugem antes de virar na direção da cozinha, que agora está movimentada com a faina de servos correndo para lá e para cá de outras construções e fumaça saindo das chaminés. Aqueles sinos que fizeram a filha de Fergus sair em disparada na manhã do dia anterior estão sendo tocados, embora eu não consiga descobrir onde. Eles ressoam na minha cabeça enquanto eu subo de volta à cabana de Sula, no cume. Eles vibram alto e, então, silenciam, e pouco antes de eu escapar do sonho por completo, vejo a menina Illa correndo por entre os adultos lá embaixo, olhando para mim, e depois se afastando.

10

A menina vem e a menina vai. Quando eu me reviro nos meus travesseiros, bato os olhos não em Illa, mas no quadrado brilhante na parede que é a janela do meu quarto. No porta-retratos na mesinha ao lado da cama, Graeme e Ellie olham para mim. Essa imagem de Ellie abraçando o Mickey Mouse na Flórida não tem nenhuma referência para mim. Não consigo encontrar seu rosto em qualquer uma das fotos, só às vezes num *flash* da memória, como sua pequena figura sentada numa cadeira alta, lambendo chocolate derretido dos dedos, ou esperando ao lado da porta dos fundos em seu primeiro uniforme escolar, seu pescocinho de bebê num colarinho largo demais para ela e com gravata. E a um mundo de distância na colina, eu poderia jurar que a menina era Ellie; a dor em meu peito sugere que sim.

Eu me enrodilho na cama, lembrando-me da sensação de ter Fergus atrás de mim sobre o cavalo, o calor úmido de seus lábios no meu rosto. Seu cheiro é o da muralha e das samambaias. O cheiro dele não está separado de seu entorno, da mesma forma que meu cheiro, nesta terra distante, aqui, mas não realmente aqui, não é o meu próprio cheiro, mas o de algo fabricado. Ele me perguntou quem sou eu, mas há muitos eus — como uma imagem refletida num espelho quebrado, estou espalhada por toda parte. E, no entanto, há certa fragmentação nele, também. Ele é irmão do rei, filho de Brighde; ele é o pai de sua filha, e talvez, quem sabe, o marido de sua esposa. Sei muito pouco sobre o que compõe Fergus MacBrighde. Mas entendo dessa tristeza da qual ele fala. Eu a sinto em seus olhos.

Nós nunca levamos Ellie para Dunadd, só para o refúgio dos frios escoceses, as praias da Espanha e uma vez para Disney World. Eu fecho os olhos e procuro chamar o sono de volta, esperando sonhar. Mas nada está chegando a Dunadd no século XXI, a não ser uma leve diminuição da luz lá fora, por trás da grama morta soprada pelo vento e grudada no vidro da janela. As aves ainda não estão caladas, mas já começam a se recolher.

Na cozinha, abro uma lata de feijão e coloco fatias de pão na torradeira, ações cotidianas que afastam Fergus e Illa. O calor da chama do fogão aquece o meu rosto. A cozinha fica totalmente exposta pelas portas de vidro, de modo que não haveria jeito de me esconder de Jim Galvin mesmo que quisesse, o que eu não estou bem certa. Sozinha na minha cozinha, vendo meu feijão começar a borbulhar, de repente eu me sinto muito solitária.

Não demora muito e Jim abre a porta:

— Vim para saber como está a sua dor de cabeça e a gata.

Minha mão sobe para a boca.

— Onde ela está?

— Correndo atrás de um rato, da última vez que a vi. Você sabe que esteve dormindo por oito horas direto? Quase chamei uma ambulância.

Eu sorrio e baixo a guarda. Ele dá um passo para dentro da casa, seguido agora por Winnie, a gatinha preta magricela.

— Passei aqui uma hora atrás, mais ou menos, mas você estava fora do ar, então dei a ela um pires de leite. Mais tarde, ela queria sair, então eu abri a porta para ela.

Não gosto da ideia de este homem ficar andando pela minha casa enquanto durmo. A porta do meu quarto nem estava fechada.

Pego Winnie no colo e aconchego-a contra o meu rosto.

— Eu tomei um analgésico forte, só isso.

Jim assente com a cabeça e dá um passo atrás em direção à porta.

— Bem, queria apenas checar para ver se está tudo bem.

— Obrigada. — Aponto para a minha modesta refeição. — Se você ainda não tiver jantado... Não é grande coisa.

Ele parece feliz de eu querer compartilhar meu feijão e torradas com ele. Eu lhe preparo um chá com leite aquecido. Não falamos muito, como se o nosso objetivo principal fosse comer. Depois do feijão, eu encontro alguns biscoitos de chocolate na lata do pão e disponho-os num prato.

Ele retira a embalagem de um.

— E como foi sua viagem?

Por um momento, acho que ele está se referindo ao meu sonho. Preciso bater os dedos sobre a mesa para recuperar o foco. Glasgow. Edimburgo. O poço em Castle Hill.

— Foi bem. Divórcio finalizado. Filho aplicado nos estudos, seguindo seu caminho. Eu mesma chocada com o que descobri na Universidade de Edimburgo. Você sabia que a última mulher a ser julgada por bruxaria foi em 1944?

— *Aye.* Uma vergonha, isso. O velho Winston Churchill interferiu. Foi ele quem aboliu a lei, sabe?

Fico estudando seu rosto, como costumo fazer com as pessoas até eu me dar conta de que estou fazendo isso.

— Existe alguma coisa que você não saiba?

Ele ri.

— Oh, sim. Pelo visto, eu não sei muito sobre as mulheres.

Não tenho certeza se gosto do rumo que a conversa está tomando, mas pergunto assim mesmo:

— Por que você acha isso?

Ele se levanta e vai até a janela, e agora sei que, definitivamente, eu não deveria ter perguntado.

— Bem, veja você, por exemplo. Parece gostar mais dessa gata do que de mim, e eu sou o único homem a quilômetros de distância.

Eu suspiro.

— Venha e sente-se.

Ele volta, mas ajeita sua cadeira um pouco para trás antes de olhar para mim. Para cada parte de mim que poderia querê-lo, uma parte muito maior se afasta. Não que ele não seja atraente, não que ele não pudesse ser um bom refúgio, mas eu já perdi muito tempo tentando me ajustar à ideia que os outros fazem de mim.

Então, mudo de assunto e percebo sua expressão de decepção.

— Quando você esteve na marinha mercante?

Ele dá uma risada.

— Tenho 62 anos, se é isso que você quer saber. — Ele respira fundo, como as pessoas fazem quando estão prestes a pisar em um terreno espinhoso. — Eu tive uma esposa, sabe? Antes dessa última, antes de Janet. Eu já estava na marinha mercante quando nos conhecemos, e ganhava bem, então eu continuei. Tivemos duas filhas. Só que eu, é claro, ficava longe grande parte do tempo. Quando cheguei em casa na minha última licença, ela tinha se amigado com alguém em Liverpool, não havia sequer se dado ao trabalho de me contar, apenas desapareceu levando as crianças. Tive que descobrir tudo por intermédio da irmã dela. — Ele ri, mas não de alegria. — Ali estava eu, na porta do meu apartamento em Glasgow, à espera de uma saudação de boas-vindas, e minha chave não se encaixava na fechadura. Estou prestes a arrombá-la a pontapés quando um sujeito vem até a porta, diz que ele é o novo inquilino e é melhor eu dar o fora ou ele vai chamar a polícia.

Fico escutando ele divagar, enquanto minha mente se afasta para Fergus.

— E o que você fez?

— Dei um soco na cara dele.

— Ele ligou para a polícia?

Jim deu de ombros.

— Não fiquei lá para descobrir.

Eu suspiro.

— Quanto tempo depois disso você conheceu Janet?

Ele deixa escapar um suspiro, ao que tudo indica, aliviado por estar agora num tema mais feliz.

— Dois anos depois. Mas foi o fim da marinha mercante para mim. Não queria me arriscar a passar por isso outra vez. Nós viemos para cá, moramos num conjunto habitacional por muitos anos, até que eu construí essa casa aqui em Dunadd.

Quero perguntar o que aconteceu com Janet, mas eu ainda nem o conheço bem.

Ele pergunta:

— E quanto a você?

— Ah, você sabe. O casamento não sobreviveu à morte de Ellie. Foi simplesmente demais. Algumas coisas são.

Ele não é a primeira pessoa a quem conto isso, mas sinto a minha voz falhar um pouco, talvez porque eu tenha acabado de rever Ellie, não mais do que meia hora atrás. Homens como Galvin não foram educados para saber o que fazer com mulheres abaladas emocionalmente, por isso nós dois esperamos um segundo até que a emoção passe.

Ele se mexe na cadeira.

— E quanto a Graeme?

Prefiro esse tema; leva-me para fora do meu bloqueio.

— Graeme está de olho numa vaga na Universidade de St. Andrew. Mais chá?

Ele me entrega sua caneca. A pequena atividade dura o tempo suficiente para uma mudança de tom.

— Não foi uma dor de cabeça.

Ele parece interessado.

— A razão de eu dormir todas aquelas horas... não foi por causa de uma dor de cabeça.

Preciso forçar as palavras seguintes, que nunca vêm fácil, nem mesmo para o dr. Shipshap.

— Eu tenho epilepsia. Convulsões parciais complexas, para ser mais exata.

Ele olha para mim como se eu tivesse acabado de lhe dizer que o touro no campo tem apenas um testículo.

— Verdade?

Dou de ombros.

— Até onde se apurou, sim.

Ele olha para mim de esguelha, como se não estivesse muito certo de que deveria estar perguntando:

— Nesse caso, você não deveria dirigir, deveria?

— Por sorte, tenho sinais muito claros antes de cada ataque, então sempre recebo um aviso.

— Foi por isso que você me chutou para fora mais cedo, antes de terminar de comer os meus cereais?

— Isso mesmo.

Recolho os pratos e vou para a pia com eles.

— De todo modo — acrescento —, depois de uma convulsão eu, na maior parte das vezes, durmo profundamente por algumas horas, que foi como você me encontrou quando entrou em minha casa sem ser convidado.

Ele me traz os copos.

— Estava preocupado com você, e agora vejo que tinha uma boa razão.

— Não é uma boa razão. — Dirijo-me à torneira, na esperança de abafar a conversa. — É apenas um sono como qualquer outro. Apenas mais profundo.

Ele pega o pano de prato e espera o primeiro prato molhado.

— É por isso que você sempre fala de seus sonhos?

O homem é rápido para pegar as coisas. Concordo com a cabeça.

— Eu estive pensando, intrigado, como você poderia saber sobre o mar chegar até Dunadd, antigamente. Até onde eu sei, ninguém mais além do maluco que morava nessas terras há cem anos propôs uma coisa dessas.

Fico em silêncio, apenas lhe entregando facas e garfos pingando e deixando-o tirar suas próprias conclusões. Talvez ele possa encontrar um sentido em tudo isso para mim.

Ele parece perplexo.

— E você descobriu mais alguma coisa a partir desses seus sonhos?

— Bem... — eu paro e me pergunto se deveria prosseguir. — Há um Fergus.

— MacErc? Os anais atestam que ele foi o primeiro a vir da Irlanda.

Faço que não com a cabeça.

— MacBrighde. Ele é o irmão do rei.

— A lista de reis de Dunadd não menciona os irmãos. Suponho que Fergus fosse um nome bastante comum.

— E uma bruxa chamada Sula.

Ele sacode a cabeça negativamente.

— Agora você me pegou.

— Ela vive no ponto mais alto de Dunadd, onde hoje resta apenas uma parte de parede curva. É uma cela com telhado de palha e ervas penduradas em vigas de madeira. Agora eles acham que talvez eu seja saxã ou romana.

Ele está coçando a barba por fazer.

— Agora? Eles?

— No meu sonho.

— Entendo.

Não sei se Jim está achando que sou completamente maluca; ele não está dando muitas pistas para eu julgar.

Endireito o corpo.

— De qualquer maneira, nada faz sentido.

— *Och* — diz ele —, restaria alguma coisa se deixássemos de lado tudo que não faz sentido?

Esvazio a bacia de lavar louça e estendo o pano de prato sobre ela. Winnie passa por trás das torneiras, ronronando.

— E esse tal de Fergus — pergunta Jim, sentando-se à mesa —, ele é um bárbaro bonito?

Tento parecer calma e indiferente.

— É o meu sonho. Como poderia não ser?

Ele ri.

— Você poderia encontrar uma vovó bonita para mim nesse sonho?

Para fazê-lo se sentir melhor, coloco a mão em seu ombro e, antes que eu me dê conta, a mão dele está sobre a minha. Retiro a minha e me afasto. Não demora muito e ele se levanta para sair.

Mas faço-lhe mais uma pergunta:

— Por acaso há alguma pedra por aqui com círculos nela?

Ele dá de ombros.

— Em Achnabreck, *aye*. Você está falando de arte pré-histórica, daqueles padrões formados de marcas côncavas e círculos concêntricos?

Eu respiro fundo. Se isso é um sonho, está se revelando muito preciso.

Ele ri:

— Aí está, nem mesmo eu tenho teorias sobre o que essas marcas podem significar.

Preciso morder a língua, segurar a explicação de Sula sobre as estrelas e a forma como a Terra gira. Observo Jim enquanto ele caminha de volta para casa, contornando as poças em seus sapatos escoceses, me repreendendo por ter contado a ele algumas coisas. Sem dúvida, logo, logo ele vai estar comentando com o carteiro, que vem três vezes por semana, *sobre a mulher maluca de Glasgow*. E ninguém poderia culpá-lo por pensar dessa maneira.

Continuo insistindo para mim mesma que tudo isso é apenas um sonho, mas fica cada vez mais difícil acreditar. Com certeza eu gostaria que fosse mais do que um sonho. Eu gosto da Dunadd da Idade das Trevas. Gosto que Sula viva acima de todos e tenha ascendência sobre eles com suas ervas e pedras. Eu gosto que o irmão do rei a escute. Gosto do irmão do rei e ponto final. Gosto de sua mão bonita sobre a região com a qual os sacerdotes têm tanta dificuldade, seus dedos na palma da minha mão, sua boca descansando suavemente contra os meus lábios. Gosto da maneira como os cachos de seu cabelo se esparramam sobre os ombros e da forma como o seu nariz é ligeiramente torto. Eu sorrio quando me lembro da expressão divertida em seu rosto quando ele me disse que Marcus era um eunuco, e fico muito feliz por Fergus MacBrighde não ser um deles. Eu não sei disso com certeza, mas algo em minha pulsação confirma o fato. Algo na maneira como meus dedos brincam com o trinco da janela me afirma isso.

11

Fergus voltou para o forte dessa vez através dos portões e subiu até a casa de Brighde, sua mãe, a casa onde ele crescera junto com o irmão e o pai. Encontrou-a perto do fogo com Murdoch, seu primogênito e aliado, de uma maneira que Fergus nunca foi. Murdoch tinha uma esposa e cinco filhos, porém, muitas vezes dormia em sua casa de infância. Fergus era mais parecido com o pai, Ainbcellaig, que não tinha sido ele próprio rei, apenas o consorte de sua esposa real. A tira de ouro nunca iria assentar-se sobre a cabeça de Fergus tampouco; de qualquer modo, Murdoch era muito mais talhado para ser rei, muito mais adequado para as cerimônias e as honras. Murdoch sempre soube sua posição e fazia questão de deixá-la bem clara ao irmão.

Por um momento, eles não notaram sua presença e continuaram falando e bebendo vinho dos copos pelos quais sua mãe tinha tanto apreço, aqueles que haviam negociado com os francos.

Murdoch o viu primeiro.

— Aqui está ele, o cavaleiro noturno.

Brighde chamou-o para perto do fogo.

— Venha se aquecer. Por onde você andou?

Fergus aceitou um copo da bebida vermelho-sangue da mão de sua mãe.

— Não sabia que seus espiões estavam me vigiando, Murdoch. Desde quando um homem não pode ir para onde bem quiser?

Murdoch lançou o resto de sua bebida no fogo e se levantou.

— Desde quando um irmão meu se esgueira na escuridão como um criminoso?

Fergus pressionou a palma da mão contra a têmpora. Ele sempre procurou não embarcar nos joguinhos de Murdoch, mas era difícil ignorar a raiva que subia por suas entranhas.

— Eu só fui até as pedras dos círculos. Talvez lhe fizesse bem ir lá também e lembrar-se do que Sula nos ensinou.

— Nós não vivemos mais nesses tempos — disse Murdoch —, em que marcas deixadas pela chuva nas pedras conseguiam conter qualquer rebelião.

— Não, nós vivemos na nova era da suspeita e da divisão — retrucou Fergus.

Brighde colocou a mão no ombro de Fergus, ansiosa para que a conversa não descambasse para uma discussão patente, porém Murdoch teve que acrescentar mais um comentário.

— Nós sabemos quem você levou para lá.

Fergus levantou-se e devolveu a taça para Brighde.

Ela segurou a mão dele.

— Fique mais um pouco. Há coisas a discutir.

Fergus sentou-se novamente, mas virou-se meio de costas para o irmão.

— Decidi manter você em casa por um tempo e enviar outros para a próxima cobrança — disse Brighde.

— Ou mandá-los vir aqui — retorquiu Murdoch. — Não deveria ser tarefa nossa arriscar nossos pescoços para uma cobrança. Já ouvi falar que, em outros reinos, os senhores vêm e trazem consigo um saco com a terra de sua própria região. Eles os esvaziam na presença do rei, colocam o pé em cima da própria terra e depois juram fidelidade. Poderíamos mandar o canteiro esculpir uma marca de pé na rocha para marcar o local. Fergus deveria estar ao meu lado e não ficar percorrendo a cavalo todo o Dál Riada cobrando fidelidade.

Fergus deu de ombros. Ele não tinha nenhuma objeção quanto a isso. E estava feliz com a mudança de assunto.

Entretanto, Murdoch não lhe dava trégua.

— Se você não vai tomar uma mulher de fora de Dunadd, eu sei de uma para você aqui do clã dos escotos.

Fergus se levantou e caminhou em direção à porta.

— Já ouvi o suficiente de seus planos para mim, Murdoch. Você não entende que essas coisas não podem fazer parte dos esquemas dos outros? Principalmente dos seus.

Murdoch colocou a língua entre os dentes, um sinal que Fergus conhecia de longa data e que era o prenúncio de tempestade.

Brighde colocou a mão sobre o joelho do filho mais velho:

— Murdoch.

Ela se virou para Fergus.

— O casamento não é o problema.

— E, além disso — disse Murdoch —, eu já me deitei com a nova mulher estrangeira e fartei-a até ela regozijar-se numa alegria indizível.

Fergus avançou contra o irmão.

Brighde os separou.

— Afastem-se! Vocês perderam toda a dignidade, o rei e seu irmão brigando como meninos? Murdoch, você dormiu aqui ontem à noite. Diga para ele.

Isso seria o tipo de coisa que Murdoch não faria.

— Além disso — disse Brighde —, o principal motivo para seu irmão querer que você permaneça em Dunadd é no caso de termos problemas com os pictos.

Fergus largou o irmão.

— Do norte e do leste?

Murdoch ajeitou seu manto xadrez e puxou o broche de volta ao ombro.

— Dos pictos do Javali entre nós.

Fergus não conseguiu esconder sua preocupação, perguntando com ansiedade:

— Há algum sinal de problema?

Murdoch postou-se diante da lareira com as pernas afastadas, como se estivesse prestes a emitir um decreto:

— Os cristãos dizem que esse novo rei Oengus está reunindo um grande grupo ao norte, e alguns dos nossos homens estão partindo para se juntar a eles.

— Que homens?

— Os primos de Talorcan e de sua falecida esposa.

Fergus suspirou.

— Pela maneira como você trata Talorcan, me surpreende que ele mesmo ainda não tenha ido embora.

— Talorcan tem que aprender onde é o seu lugar — disse Brighde.
— Não houve nenhum governo picto em Dunadd por mais de duzentos anos. Nós gostaríamos de manter as coisas assim.

Fergus sacudiu a cabeça negativamente.

— Não haverá nenhum problema, desde que mantenhamos relações cordiais com os pictos. Eles querem a paz tanto quanto nós. Eles não têm intenção de se revoltar e tomar a coroa de Murdoch.

Murdoch observou:

— Talorcan foi visto pelos vigias espreitando as muralhas do castelo. Tal comportamento sugere apenas uma intenção.

Fergus riu.

— Para ver Illa, seu tolo. Ele vem para ver a menina.

Brighde contestou-o:

— Ninguém o proíbe de ver a sobrinha.

— Não — rebateu Fergus —, mas tampouco ele é bem-vindo.

— Você não deveria trazê-lo aqui — disse Murdoch.

— Por que não?

— Porque dá para ver o mal nos olhos dele.

— Você vê apenas o que procura, Murdoch — disse Fergus. — Se você quiser encontrar problema, fique de olho em seus amigos cristãos com seus sinos infernais, espalhando regras, impingindo-nos leis sobre o que podemos ou não fazer.

— Um sino não é uma espada — disse Murdoch. — Nós não precisamos temer as palavras deles.

Fergus encarou o irmão:

— Temos muitas razões para temê-los. Esses cristãos estão invadindo terras e forçando suas crenças. Faz apenas quatro anos, eles travaram uma batalha, cinquenta mil deles contra os mouros na terra dos francos. Agora eu soube que expulsaram os druidas da terra dos *sassenachs* para uma ilha e assassinaram até o último homem e a última mulher. Eles não admitem mulheres. Veja o que eles fizeram com Iona, a Ilha dos druidas. Aí está o seu inimigo, meu irmão, se um inimigo é o que você está procurando.

Fergus virou-se para ir embora, mas Murdoch postou-se entre ele e a porta.

— Não dê as costas para sua mãe.

Fergus virou-se.

— Sinto muito, mãe. Prometi a Illa que iria ensiná-la a jogar um dos jogos de tabuleiro.

Brighde acenou com a cabeça, autorizando sua saída. Fergus não olhou para trás, para Murdoch. Havia amor entre os dois, é claro, mas, desde a infância, ele sempre se sentiu desrespeitado por seu irmão mais velho. Aquela história de ter dormido com a estrangeira era um exemplo do sarcasmo típico de Murdoch, mas ferira Fergus mais do que deveria, como ele próprio se deu conta, quando saiu e encontrou Illa. Ainda assim, alegrara-se com a notícia de que nunca mais teria que deixar Dunadd. Seria bom para ele passar mais tempo com a filha. E queria descobrir se aquela mulher era quem Sula havia visto em suas pedras.

Assim que a porta se fechou atrás de Fergus, Murdoch se virou para a mãe.

— Vou arranjar um encontro com a mulher que escolhi para Fergus. Se ele se casasse com uma mulher de seu próprio povo, suas alianças mudariam muito rápido.

Brighde suspirou. Desde que ele era apenas um rapazinho, ela havia tido pouco sucesso em persuadir Fergus a fazer qualquer coisa que não quisesse.

— Quem é ela, essa mulher?

— Ela é a viúva do meu amigo Erc, que morreu na batalha com os nortúmbrios. O nome dela é Colla, e ela tem uma filha da mesma idade que Illa. Erc costumava dizer que não havia mulher com uma língua mais afiada do que Colla.

Brighde riu.

— Então, ela pode se adequar ao seu irmão. Entretanto, temos que providenciar isso quanto antes, para que ele não se envolva com essa mulher estrangeira nesse meio-tempo.

ENQUANTO FERGUS ENSINAVA A ILLA o jogo de tabuleiro, não conseguia tirar Ma-khee de seus pensamentos. Quando ele a levou até as pedras dos círculos, pôde sentir como ela ficava à vontade com o seu toque e ficou tentado a descobrir até que ponto ela estaria disposta a uma aproximação. No entanto, as pedras sempre exerceram uma estranha influência sobre ele e dessa vez não foi exceção. Seu dedo deslizando sobre os círculos dentro dos círculos lhe proporcionava a noção de sua insignificância na grande obra de Cailleach, a deusa. Apesar do que dissera a Murdoch, Fergus sentia que as coisas estavam mudando ao seu redor, e parte dele não gostava de mudanças. Uma sensação de vazio lhe sobreviera e por isso ele ficara tão calado no caminho de volta para Dunadd. Ele esperava que Ma-khee houvesse entendido isso.

Quando Fergus olhou para cima, sua filha estava esperando a resposta para uma pergunta que ele não ouvira.

— Então — ele explicou —, as onze contas azuis devem capturar essa única branca.

Ele esperou para ver se tinha dado a resposta certa. Illa sorriu, mas isso não era garantia de nada, já que ela estava sempre querendo agradá-lo.

— Faz muito tempo que eu não jogo — disse ele. — Era sua mãe que na realidade gostava de jogos.

Illa concordou:

— Especialmente aquele novo, com figuras esculpidas de reis e rainhas sobre quadrados.

Fergus assentiu. Ele havia trocado peles por esse jogo com aquele povo louro do outro lado do Mar do Norte. Mas negócios com tal povo eram tudo o que ele esperava fazer. Algo sobre as peças esculpidas desse jogo o perturbava, imagens de guerreiros furiosos, sendo que um era representado mordendo a parte superior de seu escudo. Ele não gostaria de enfrentar tais homens numa batalha.

Depois do jogo, Illa foi pescar na foz do rio com algumas crianças da aldeia, da sua idade. Fora em expedições semelhantes que Fergus, quando menino, acabara se habituando com os pictos e seus costumes. Quando ficou mais velho, ele conheceu Saraid, ainda uma menina; na época, porém, ele apreciava a capacidade que ela tinha de fazer bolas de lama e arremessá-las com um estilingue mais longe do que qualquer garoto. Fergus gostou do pequeno javali tatuado em seu ombro. Ela sossegou um pouco quando ficou mais velha, mas ainda havia espírito de luta nela, como ele acabou descobrindo quando se deitaram juntos para além do campo de aveia. Murdoch tinha feito o mesmo com outras meninas dos pictos, porém, quando chegou a hora de ele se casar, sua mãe certificou-se de que fosse com uma escota de certa posição.

Fergus subiu ao topo da Dunadd. A vista de lá sempre clareava sua mente; o ar salgado e o cheiro ácido do pântano o acalmavam. Ele tinha a sensação de que tudo isso em breve lhe seria tirado, com toda aquela conversa sobre o novo rei dos pictos e a maneira como os cristãos estavam mudando o mundo à volta deles. Sentou-se de frente para o mar e deixou o vento afastar o cabelo de seu rosto. Olhou para a cabana de Sula. Fergus sabia que Murdoch não ficava preso, necessariamente, ao seu leito matrimonial, e que essa era a sua prerrogativa como rei. Entretanto, Fergus queria aquela Ma-khee para si e não tinha interesse em nenhuma mulher escolhida por Murdoch, sobretudo por uma que Murdoch já houvesse proporcionado indizível alegria.

Quando Illa cansou-se de pescar, sabia que iria encontrar o pai no topo da colina. Ela trouxe um cobertor da casa de sua avó e colocou sobre os ombros dele.

— O que é isso? — riu Fergus. — Você acha que seu pai não tem força suficiente para suportar o vento contra o peito?

Illa parecia envergonhada:

— Foi minha avó que o mandou para você.

Fergus sacudiu a cabeça.

— Então eu me tornei fraco aos olhos dela, também. Tome. — Ele puxou o cobertor de lã de seus ombros e o pôs em torno da filha.

Mas Illa recusou-o:

— Eu recitei minhas orações para Cailleach no *Samhain*. Ela vai me proteger.

— Sim, ela o fará.

— Olhe — disse Illa, apontando —, a estrangeira e Marcus.

Fergus virou-se rapidamente para olhar. Seu coração estava disparado como um animal assustado. Entretanto, quando Illa fez menção de correr até eles, Fergus abaixou-a, para eles não serem vistos.

— Por que você não quer que ela nos veja? — perguntou Illa.

Mas Fergus não tinha resposta e não tinha que lhe dar uma. Ele esperou até que Illa fosse embora antes de gritar o próprio nome do lado de fora da porta de Sula. Marcus deixou-o entrar e depois voltou para continuar a lançar os blocos de turfa no fogo. Fergus fechou a porta atrás de si e encostou-se na madeira por um momento. Uma tocha na parede lançava sua luz sobre a mulher agachada perto dos potes de ervas curativas da druidesa. Ele pegou a tocha da parede e levou-a para perto dela. Ela o encarou de maneira profunda, estudando-lhe primeiro um olho, depois o outro. Ela colocou a mão sobre a batida do próprio coração e ele pôde perceber como os dedos dela eram claros e delicados, mãos de quem não estava habituada ao trabalho braçal.

— Como você está? — ela perguntou.

Fergus queria tocá-la, porém, não sabia se ela estaria disposta, depois de ele ter se fechado para ela nas pedras dos círculos. Assim como ela, Fergus também não sabia quem ele era. Sua vida por tanto tempo havia sido alguma coisa no meio-termo: nem totalmente *gael*, nem totalmente picto; da realeza, porém não um rei; pai e marido, mas sem esposa, e não desejando de fato uma, até agora.

Ele entregou a tocha para Marcus.

— Vá até a rainha e traga algumas roupas de mulher.

Após o escravo sair, Fergus afastou-se de Ma-khee, encostando-se à parede, sem jeito de ficar a sós com ela. Ela parecia desconfiar dele, mordendo o lábio como nunca tinha visto uma mulher, de qualquer posição, fazer. Parecia nervosa, como uma escrava que havia sido espancada.

Fergus aproximou-se mais uma vez e tocou-lhe a mão, para que ela soubesse que podia confiar nele. Sua pele era macia como a de uma criança e ele notou de novo o aro de ouro em seu dedo. Essa mulher não era escrava. Ela sorriu e ele gostou tanto daquele sorriso que tocou a outra mão. Seus dedos coçaram de vontade de se deslocarem para a cintura dela e envolvê-la. Entretanto, ela ainda parecia desconfiada, desviando os olhos e passando as mãos pelos cabelos. Instintivamente, ele agarrou a mão dela em seu caminho de volta para baixo. Ela o encarou ansiosa, porém, Fergus não conseguiu entender o que ela queria dele. Será que ela tinha uma família e queria voltar para casa? Ele não perguntou, porque temia a resposta.

Ainda assim, continuou segurando a mão dela, e, após um momento, uma vez que ela parecia disposta, ele colocou cada um dos dedos dela sobre a própria boca.

Quando Sula entrou e viu o que ele estava fazendo, puxou-o pela manga até a porta.

— Se essa mulher for uma druidesa no lugar de onde veio, você deve deixá-la em paz. Ela precisa conservar seu poder e você não pode roubá-la de noite como o seu irmão faz com as meretrizes da aldeia.

Fergus baixou a voz.

— Você tem que me dizer: ela é a mulher que você viu nas pedras para mim?

Fergus viu a testa de Sula se enrugar acima dos olhos. Ele não estava acostumado a vê-la perplexa.

— Eu não sei. Ela me confunde.

Marcus voltou para a cabana com uma trouxa de roupa e entregou uma túnica para a mulher Ma-khee. Fergus viu quando ela meteu-a pela cabeça e puxou-a para baixo, sobre os seios. Ela não parecia saber o que fazer com os envoltórios para as pernas.

— Não se preocupe com isso — disse-lhe Sula e dirigiu-se a Fergus: — Mas ela precisa de um broche para manter o manto no lugar.

— Vou buscar um — respondeu ele.

Quando Sula foi trancar a porta atrás dele, Fergus segurou-lhe o braço. Ele tinha uma pergunta que precisava ser respondida.

— Meu irmão — ele disse em tom calmo —, visitou a mulher Ma-khee?

Sula deu-lhe uns tapinhas no braço, apressando-o.

— Você precisa ir. O badalar dos sinos me diz que os cristãos estão voltando de Iona. Você deve falar por nós, Fergus. Vou levar Ma-khee comigo... Há problemas com uma certa família da aldeia. Se ela for de fato uma mulher sábia, os conhecimentos dela podem ser úteis. Agora vá e saiba que seu irmão não veio.

Fergus fechou com suavidade a porta da cabana atrás de si. Levou os dedos ao nariz e aspirou o cheiro de flores de Ma-khee.

12

Eu meço a passagem do tempo agora contando quantos dias se passaram desde a minha última convulsão. A cirurgia me assombra como um muro no meu caminho de volta para Fergus. São apenas sonhos, digo a mim mesma. Apenas uma tempestade elétrica provocando devastação. Ajusto meus óculos sobre o nariz e corro os dedos pela lista de mulheres consideradas culpadas de bruxaria, meio que esperando encontrar o nome de Sula ali:

No ano de 1662. Isobel Gowdie, uma jovem dona de casa, "confessou-se culpada do horrível crime da feitiçaria".

O registro mostra que Isobel confessou o seu pacto com o diabo, que ele tinha colocado a marca dele em seu ombro, sugado sangue da ferida e a rebatizado com isso. Esse julgamento deu origem a toda uma nova onda de perseguições.

Deixo de lado a caneta e pego o meu exemplar do *Malleus Maleficarum*. Em seu tempo, esse guia de caça às bruxas só perdia em vendas para a Bíblia. "Toda bruxaria", diz ele, "decorre da luxúria carnal, que nas mulheres é insaciável."

Luxúria carnal. Acho que isso até parece engraçado, se é que se pode encontrar qualquer coisa engraçada num livro de ódio. Essa é a imagem de mulher, talvez, como já não podemos imaginá-la. Não é a mulher desfalecente exaltada em versos no amor cortês, ou a mulher vitoriana com seu sexo assexuado, nem mesmo as gatinhas sensuais de hoje em dia. Também não sou eu, a não ser por vagas recordações de uma época anterior aos medicamentos começarem a fazer efeito. E eu agora, talvez, quando me imagino no escuro com a mão de um príncipe da Idade das Trevas nas minhas costas.

Volto para o livro: ele diz que as bruxas também têm o poder de roubar o pênis dos homens. Eu sei que Freud vibraria com essa. Não é à toa que eles precisavam usar tortura para obter confissões. É verdade que alguém tirou o de Marcus, mas não foi uma bruxa. Sorrio ao pensar que eu teria me saído uma péssima bruxa, porque eu não roubaria o pênis de Fergus mesmo se pudesse. Essa parte de sua anatomia deve ficar exatamente onde está.

Vou até a janela, onde a vista do rio sempre me acalma, porém, isso não está funcionando muito hoje. O livro diz que se uma mulher protesta demais, ela é certamente uma bruxa. Quanto as coisas teriam sido diferentes se fossem as mulheres no poder e os sacerdotes os mantidos sob controle. Não posso deixar de me perguntar quanto o sexo feminino, as mulheres como um todo, deve ter mudado no rescaldo de um tal holocausto. Reprima "a luxúria carnal", minha menina, controle-a por completo, sufoque-a e enterre-a profundamente. E não preste nem um pouco de atenção no que esse homem de batina preta atrás da cortina faz com as meninas e os meninos da paróquia. Isso jamais deve ser comentado. Mulher, cobre a tua vergonha! Honra a teu pai, Deus. Honra a teu sacerdote.

O sábado amanhece, e tudo o que quero fazer é sair em busca das rochas com as marcações circulares e côncavas às quais Fergus me levou. Jim me disse que terei de esperar até ele terminar seu serviço no museu, e assim, por alguma razão perversa, mato o tempo com o inimigo num banco na Igreja da Escócia local. É protestante, não há nada com que eu esteja familiarizada: nada de incenso, nada de ave-marias. Nada de Maria. Suponho que, pelo menos, a Igreja Católica tenha feito uma coisa certa: mantiveram a deusa. Mas, para compensar isso em dobro, colocaram apenas homens no comando. Eunucos, ou pretensos eunucos.

Sento-me no último banco ao lado da porta, só para ter certeza de que todo mundo vai saber que sou apenas uma observadora à procura de provas, na esperança de encontrar algum sacerdote escocês como John Knox rosnando, inclinando-se sobre o púlpito e condenando "a luxúria carnal". No entanto, o ministro que ali está não é Knox e aparenta nunca ter ouvido falar de qualquer coisa carnal.

Os bancos são duros, e o encosto forma um ângulo inadequado para as costas. A madeira é tão antiga que seu marrom está quase preto. Os vitrais quebrados ao longo do tempo foram sendo substituídos por vidro comum, e hoje permitem a vista de árvores e uma encosta que talvez as janelas antigas houvessem sido projetadas para obscurecer. O vitral remanescente filtra a luminosidade exterior através de suas sangrentas cenas bíblicas. Entretanto, nada na igreja é tão antigo quanto o ar. Uma vez que as paredes foram erguidas e a porta se fechou, acho que o primeiro ar teve medo de sair.

Olho em volta para a congregação, um corte transversal da população idosa da região. Jim Galvin estaria em casa aqui. Eu meio que esperava avistá-lo, mas, em vez disso, vejo velhinhas com permanente nos cabelos brancos tingidos de lilás e agricultores mais idosos sem suas galochas sujas de lama e estrume, meio sonolentos por terem se levantado muito cedo pela manhã para ordenhar as vacas e cuidar dos estábulos. Eles se põem de pé para cantar hinos que lhes são familiares desde a infância, e sentam-se para cochilar durante um sermão proferido na linguagem de uma litania há muito tempo morta. Não há mais nada aqui, concluo, nada que possa ser julgado e considerado culpado, nada além de reminiscências.

O sermão é sobre redenção. É sobre levarmos os nossos pecados para o túmulo conosco, porém, o ministro não apela para nenhum "ai de quem". Nesta igreja, pecado é desapontar a congregação. É a vergonha particular que sentimos por não fazermos o bem que deveríamos. Nada de bruxas queimando aqui. Nada de almas ardendo no fogo eterno. Apenas culpa. Nisso, a fé protestante e a católica não divergem.

Quando levantamos para entoar os hinos, eu não canto. Não acho que alguém perceba. *Sublime graça! Como é doce o som, que salvou um miserável como eu! Eu estava perdido, mas agora fui encontrado. Estava cego, mas agora eu vejo.* O hinário vermelho, encadernado em couro sintético, tem um cheiro de mofo que, somado à pouca luz e ao ar abafado, contribui para a sonolência. Após a bênção, a igreja me instiga a seguir para o outro lado, cheia de entusiasmo.

Deixo a igreja e sigo de carro para pegar Jim. Eu o encontro na sala de mapas do museu conversando com um grupo de americanos sobre fontes sagradas.

— A maneira como os pagãos encaravam o mundo — diz ele —, era a de que a terra sustentava o povo, em vez do contrário, e uma fonte era onde o espírito da terra habitava.

Ele lhes mostra o mapa iluminado dos menires na área. Parece um tapete verde coalhado de luzinhas de Natal:

— Todos esses menires seguem alinhamentos pré-históricos chamados de linhas *lay*, outro lugar por onde extravasava o espírito da terra.

Jim desliga o interruptor, e o mapa retoma os tons cinzentos e os verdes-escuros. Os americanos seguem em frente. Nós saímos da sala pela porta que dá para a loja do museu, onde é possível comprar réplicas de prata das joias forjadas outrora em Dunadd, os broches que um dia prendiam os xales sobre os ombros de um povo rude.

Ao longo de toda a estrada de Kilmartin Valley até Achnabreck, passamos por agrupamentos circulares de menires.

Jim explica:

— Eles chamavam isso de Gleann nan Clachan, sabe? Vale das Pedras.

Aceno negativamente com a cabeça. Eu não sabia.

— Esses círculos de pedras remontam a que época?

Jim aponta para a nossa direita.

— Os círculos de pedra de Temple Wood ali têm cerca de cinco mil anos, o dobro do tempo das pirâmides do Egito.

— Então, tudo isso já era antigo no tempo de Fergus MacBrighde — concluo.

Jim concorda com a cabeça.

— Em comparação com essas pedras, Fergus MacBrighde é até muito recente.

Não recente o bastante, eu acho.

A arte pré-histórica de Achnabreck é administrada, assim como a própria Dunadd, pelo National Trust for Scotland, e há cercas ao redor das lajes de rochas onde me agachei há pouco tempo ao lado do príncipe de Dunadd.

Jim balança a cabeça quando eu passo por cima da cerca e acompanho com os dedos os sulcos circulares.

— Não foi por acaso que eles colocaram as cercas — Jim me censura.

Mas dá para ver que ele não falou a sério. Sem Fergus desviando toda a minha atenção, posso me concentrar melhor nas marcações na laje agora. Elas se assemelham à superfície de um lago na chuva.

— Será que a chuva era sagrada para os pagãos?

Jim dá de ombros.

— O que você acha? Essa coisa mágica que cai do céu e faz suas plantações crescerem...

Pulo a cerca de volta.

— Tudo é tão místico, não é? Até você conhecer a ciência que há por trás.

— *Och!* — exclama Jim. — Ciência, uma ova. Todo mundo supõe que essas pessoas eram apenas homens-macacos fazendo marcas aleatórias na pedra. Eles eram como nós, preocupados com as mesmas coisas, com as mesmas malditas questões.

Eu quero ir agora. Este lugar está trazendo Fergus para perto demais de mim, ao passo que eu não estou me aproximando nem um pouco dele.

Mais tarde, vou até o forte com Winnie no meu encalço. Aceno para Jim em sua janela enquanto passo por sua casa e subo a rangente escadinha de metal por cima da cerca.

O topo da colina está exatamente como eu preciso, ventos fortes o suficiente para arrancar a cabeça de alguém. Gostaria que alguém arrombasse a minha cabeça e espremesse para fora todos os fatos e tolices com que eu venho atulhando-a. O pessoal da igreja deveria realizar cultos no topo dos morros e ver quanto conseguiriam reter na cabeça dos fiéis depois que terminassem.

Sento-me entre os escombros, enquanto o vento desarruma meu cabelo e belisca meu rosto, e o sol poente sobre Crinan Bay baixa a ponto de lamber o mar encrespado. Se eu olhar para além do hotel branco em Crinan e do castelo em Duntrune, posso imaginar que estou de volta ao tempo de Fergus. As ilhas são segredos, montinhos escuros saindo da água, mas nunca se revendo por inteiro.

Sorrio pelo alívio de encontrar o sol aqui em cima.

Não estou a fim de voltar aos livros. Não gosto do fato de minha tese ter se transformado num manifesto feminista, embora eu não saiba agora o que mais pensei que ela poderia ser. Ser uma feminista não faz muito o meu gênero, pelo menos não uma daquelas radicais, com ódio dos homens. No campo abaixo, uma ovelha bale, desencadeando um coro de pânico no rebanho inteiro.

No meu caminho de volta, ao descer, cruzo com um grupo de turistas alemães que vem para o inevitável ritual de colocar o pé sobre a pegada na pedra. O futuro rei da Inglaterra, o príncipe Charles, que provém da casa de Battenberg, também fez isso um dia, como diz a placa abaixo. É incrível que a colina não tenha fendido ao meio e entrado em erupção com direito a fluxo de lava. Antes de qualquer coisa, essa colina pertence à história da Escócia, não importa que os seus habitantes atuais sejam uma mistura de escotos e pictos; nos dias de Fergus, aqueles *vikings* destruidores ainda não haviam feito o seu espetáculo raivoso nem trazido seus cabelos louros com eles.

Antes de ir para a cama, fico parada diante da pia do banheiro, rolando as minhas pílulas sobre a palma da mão e estudando-as, como se elas guardassem uma resposta. Eu as deixo na pia quando o telefone toca.

— Mãe, é Graeme.

— Quem? — eu o provoco, porque acho estranho que ele pense que não sei com que filho estou falando, uma vez que só tenho um filho, agora.

Ele ri baixinho, mas alto o suficiente para eu escutá-lo apesar dos quilômetros de distância entre nós.

Ele diz que deveria estar na cama. Aguardo uma explicação de por que ele não está.

— Estive pensando — diz ele — que eu poderia pegar o ônibus e ir até aí vê-la, num fim de semana, se eu conseguisse sair cedo na sexta-feira.

Parece até que estou vendo aquele seu sorriso de menino iluminando-lhe o rosto, enquanto ele segura o telefone contra o seu queixo de homem:

— Não tenho nenhuma objeção, se você não tiver.

— Eu não tenho — garante ele.

— Gostaria de mostrar Dunadd a você. É muito antiga, muito interessante, tudo o que aconteceu aqui.

— O que aconteceu aí?

Minha mente voa para a Dunadd do tempo de Fergus: a aldeia de telhados de palha, a fumaça, as tatuagens, a cerveja de urze e a forma como o colar de bolotas de carvalho se mostra ligeiramente por entre a gola da camisa de Fergus.

— Ah, batalhas, conquistas, comércio e escravos, reis antigos, todas essas coisas de sempre.

Ele ri. Até mesmo o som de sua risada já me faz sentir melhor, como se eu tivesse um lugar aqui no presente.

Ele diz que tem que ir para a cama. Concordo.

Ele sorri. Não se pode ouvir um sorriso, mas eu o sinto.

Depois que ele desliga, volto para a pia, pego as minhas pílulas e lanço-as em minha língua. Um gole de água e elas se foram. Melhor ficar equilibrada. Isso foi o que eu sempre procurei fazer, o que todos ao meu redor sempre esperaram de mim.

13

Mesmo sem deixar de tomar a medicação, sucumbi a um ataque alguns dias depois, no sofá azul, mais uma vez com a gatinha enrolada ao lado da minha cabeça, ronronando. Agora, se eu fosse objetiva com relação a esses sonhos, seria forçada a me perguntar por que é que eu volto para eles no ponto em que o último parou, como se tivesse deixado um marcador de páginas dentro de um livro.

Na semiescuridão da cabana, estou agachada perto da lareira de Sula, lembrando-me agora de que me esqueci de pedir a Jim a lista de reis de Dál Riada. Sei que os romanos foram embora em 410, por isso posso estimar a época do rei Murdoch a partir de então. Eu me pergunto como os anos eram contados antes do nascimento de Cristo. Talvez eles não se preocupassem com anos e talvez não importe em que época eu estou, de qualquer modo.

Estou numa época do "Era uma vez", não do tipo dos contos de fadas, mas do tipo druida, e talvez aqui eu pudesse até descobrir quem eu sou na verdade, por baixo de tudo; uma mulher repleta de uma "luxúria carnal insaciável". Marcus olha em minha direção quando rio. Porque, a julgar pelo que as mães diziam, pela forma como as freiras na escola reprimiam o tema, isso era prerrogativa da população masculina, algo do qual ensinavam as mulheres a se protegerem.

Olho para a porta, ansiando por Fergus. Entretanto, Sula tem outros planos para o dia de hoje. Ela cobre a minha roupa com uma pesada manta marrom com trama em espinha de peixe, que dá a volta em meu corpo duas vezes. Puxa o meu cabelo para trás e me cobre a cabeça com um triângulo de pano que cruza sobre a minha garganta e amarra na parte de trás do meu pescoço, como nas fotos da sra. Gillies, na época em que morava em St. Kilda. Quando Sula acha que eu estou pronta, ela pega uma bolsa de couro e faz com que Marcus e eu desçamos o morro. Dá para ouvir o badalar dos sinos à medida que descemos, passando diante das construções do nível mais baixo, e uma notável mudança sobrevém a Sula, enquanto ela me faz apressar o passo. Os homens nos portões se curvam para ela e, então, deixam-nos passar.

A aldeia lá embaixo me pega de surpresa mais uma vez, só por ser tão grande e apinhada. Cada uma das casas redondas, cor de lama, tem um telhado de palha e seu próprio quintal, delimitado por uma cerca de acácia, ao longo de um labirinto de ruas estreitas. Acima de tudo isso, entre o telhado mais alto e o céu frio, paira uma camada de fumaça.

Sula me cutuca para descer, porém não há degraus na base do forte, nenhuma casa caiada de Jim Galvin, nenhuma ponte de pedra, apenas uma balouçante ponte de ripas de madeira, presa em cada margem por cordas rústicas. À minha esquerda, ereto, como se em solo sagrado diante do rio, encontra-se o menir que na minha época serve para amarrar a corda do varal, só que agora a pedra é apenas mais uma num círculo completo.

Não posso evitar: bato palmas e corro para a pedra que eu conheço. Marcus dispara nervosamente atrás de mim, enquanto Sula fica parada, me observando. E também não consigo guardar meus pensamentos para mim, então, o que eles ouvem é uma enxurrada absurda de palavras que um dia farão parte do inglês moderno. Estou tão feliz que minha pedra esteja agora entre suas companheiras que preciso passar as mãos sobre elas. Do outro lado do rio, vêm os sons alegres de cabras berrando, dos gritos de crianças correndo e brincando.

Marcus e eu voltamos para perto de Sula e vamos em direção à ponte de ripas, que oscila quando a atravessamos. As fibras da corda tosca machucam a minha mão enquanto procuro me equilibrar. Paro do outro lado, enquanto crianças descalças passam correndo por nós, algumas conduzindo cabras. Grupos de homens estão sentados na entrada de seus quintais; mulheres passam curvadas pelo peso de fardos de turfa e gravetos. A onipresente fumaça faz com que meus olhos ardam, porém mal consigo obrigar-me a piscar, a fim de não perder coisa alguma. Observo que as roupas das pessoas aqui embaixo são muito menos coloridas do que as usadas pelos moradores da colina: há pouca variação entre os tons monótonos de verde e ferrugem; nada se ajusta ao corpo, apenas cabeças e ombros cobertos por metros de xales de tecido.

Sula fica me observando enquanto eu me viro para ter uma perspectiva do forte daqui de baixo: seus altos muros de pedra contornam a colina, sua fumaça levantada pela brisa, tão diferente do que será quando ele se tornar uma das atrações turísticas escocesas. Ela pega meu braço e me conduz ao longo das estreitas e gastas vielas da aldeia. As pessoas param o que estão fazendo, vêm me tocar e perguntar para Sula quem sou eu. Às vezes, ela responde, às vezes, não. Tudo o que posso fazer é seguir com nossa pequena trupe, Marcus na retaguarda.

A cabana para onde estamos indo fica no extremo da vila, perto do que um dia vai se tornar a estrada Oban, a autoestrada A83. Não há nenhuma estrada lá agora, apenas o fundo do vale erguendo-se para as familiares encostas das colinas.

Nossos olhos precisam se ajustar ao interior da casa em que entramos, uma sala redonda com alguém numa esteira no lado mais distante. O ar aqui cheira um pouco a ranço. Uma criança de 4 ou 5 anos está sentada no chão de terra batida perto do fogo, envolta em cobertores. Seu rosto sujo é emoldurado por cabelos longos e encaracolados. Não consigo adivinhar-lhe o sexo. Um homem, que eu presumo ser o pai da criança, acompanha-nos até o interior da casa e se curva para Sula. Quando eu os sigo até o leito, constato que nosso paciente é uma mulher em trabalho de parto. Olho para trás, para ver se Marcus preferiu sair, mas percebo que ele está tão interessado quanto eu, e ninguém parece se preocupar com o fato de ele estar ali, por ser um eunuco.

O trabalho de parto é diferente da ideia com que cresci. A mulher não parece estar sofrendo. Nenhuma respiração frenética, apenas os olhos fixos no chão diante dela. Eu nem sei se ela está ciente de que estamos aqui.

O homem está falando com Sula, mas não em gaélico, por isso eu não o entendo. Ele está balançando a cabeça, parecendo indicar a travessia do sol no céu, talvez dizendo que sua esposa está em trabalho de parto há muito tempo. Sula acaricia a testa da mulher, e, em seguida, coloca a mão na base da sua barriga, onde um par de serpentes entrelaçadas está tatuado logo acima dos pelos pubianos.

Sula se vira e faz um sinal para eu lhe entregar a bolsa de couro que ela trouxe. Puxa um saquinho de folhas secas e pede um copo, no qual coloca um punhado de folhas verdes empoeiradas e um pouco de água de um jarro. Ela agita a mistura, e então levanta a cabeça da mulher para que ela a beba.

Mas eu não vou me livrar dessa situação tão facilmente. Sula pega a minha mão e a coloca sobre a tatuagem na barriga saliente da mulher. Como eu já passei por essa experiência antes, sei que nesse estágio da gravidez a barriga deveria estar mais dura na parte inferior e menos cheia no topo. Na mulher, ocorre o contrário.

— *Breech** — eu digo, mas eles acham que quero dizer Brighde, o nome da mãe de Fergus. Eles balançam a cabeça e olham um para o outro.

Agora vejo que Sula tem a solução para este bebê invertido. Na minha época, em casos assim os médicos fazem o parto por cesariana, e é engraçado pensar que essa cirurgia já existe nesta época, se foi dessa maneira que César nasceu. Ainda assim, as chances não seriam nada boas para a mãe, e Sula, é claro, tem outros planos.

O corpo da mulher parece menos tenso agora, e eu me pergunto se é por causa da bebida à base de folhas. Sula quer minha ajuda, e me orienta sobre o jeito como devo usar minhas mãos para empurrar a barriga da mulher para um lado, enquanto ela tenta manipular o bebê pelo outro lado e fazê-lo descer. Eu mantenho os olhos fixos no rosto da mulher, preocupada em saber se estou pressionando demais. Sula pega minhas mãos, pressiona-as contra o meu peito, e, em seguida, coloca-as de volta sobre a barriga da mulher. Talvez ela esteja me dizendo para sentir por instinto o que devo fazer, e eu tento, mas as mulheres da minha época não foram treinadas dessa maneira. No colégio de freiras, o instinto era o inimigo. Dentro de mim, desejo que o bebê se mova. Imagino minhas mãos como instrumentos de cura em vez de apenas pás.

Eu olho para Sula. Seus olhos estão fechados. Ela remove as mãos, sopra nelas e, depois, retoma o movimento circular, quase sem tocar a mulher, como se ela pudesse insinuar o movimento ao passar ligeiramente

* Termo, em inglês, que designa a posição sentada do feto. (N. T.)

acima da pele. Minhas mãos ainda estão tocando. Entretanto, o bebê está começando a ceder. Tenho que sincronizar o meu movimento com o de Sula, como se fossem um só. Quando retiro as mãos para voltar a colocá-las na base da barriga, ela assume e desliza as mãos para cima.

De vez em quando o bebê dá um chute, pelo que sou grata, pois, pelo menos, sei que ainda está vivo. Depois que conseguimos deixá-lo atravessado no centro, o bebê faz o restante sozinho. Não demora muito e temos uma massa sólida na parte inferior. Sula rapidamente pega uma faixa em sua bolsa e amarra-a em torno da mulher logo acima de onde a pelve do bebê deve estar agora.

Ela pega umas ervas de um saquinho diferente e prepara com elas outra beberagem para a mulher; em seguida, senta-se e aguarda. Eu faço o mesmo. O homem parece mais feliz agora. Assim como um homem moderno contente, ele assobia, enquanto coloca um pote num tripé sobre o fogo. A criança aproxima-se mais das chamas, para atirar gravetos. Vou até lá ver o que suponho ser um ensopado, com pedaços de carne e outras coisas, algumas das quais consigo identificar, como nabos, mas outras sobre as quais não tenho certeza. Nada de cenouras, percebo, e nada de batatas. Estranho pensar como os alimentos atravessaram toda a Europa tão devagar. A batata, tão básica para os britânicos, não chegaria aqui, vinda dos Andes, senão somente dentro de centenas de anos.

Sula faz a mulher se levantar e caminhar, e, em seguida, pôr-se de cócoras com os cotovelos apoiados sobre um banquinho. Sula faz sinal para que eu me aproxime. Minha tarefa, ela me mostra, é deslizar a mão para baixo, até a base da coluna da mulher, enquanto Sula come algo de uma tigela, perto do fogo. Ela, Marcus e o marido estão falando de mim; é o tipo de coisa que você simplesmente percebe, fale você a língua ou não.

A mulher faz força, e, então, eu não sou rápida o suficiente para pegar o bebê, que despenca no chão sujo. A mulher levanta o bebê, coloca-o contra o peito, e permanece agachada até que a placenta desliza para fora. Nesse ponto, um cão deveria entrar e comer a placenta, mas, na verdade, parece haver muito poucos cães aqui na aldeia. Em vez disso, a criança a recolhe e joga dentro do ensopado.

Minha vontade é soltar uma exclamação de nojo, porém me contento em ficar acocorada ali, quieta. Só não vou querer experimentar nem um pouquinho do ensopado. O bebê é um menino, embora ninguém pareça estar prestando atenção a isso. Há uma piada sobre o tamanho de seus testículos, e isso deve ser uma daquelas coisas que não muda com o tempo.

A mulher deita-se na cama com o bebê no peito. Seu filho mais velho deita-se ao lado deles. Preocupa-me o fato de que o bebê ainda não tenha chorado, no entanto, ele está fazendo uns ruídos de sucção poderosos. Talvez, quando não se está nascendo em pecado original, o nascimento não seja motivo para chorar.

De repente, um homem entra pela porta. Ele é alto, com o cabelo castanho avermelhado, e eu o reconheço como o homem com a tatuagem de javali que me seguiu pela fortaleza na primeira noite. Quando ele chega mais perto, vejo que a tatuagem se estende por toda a testa e para baixo, em ambas as têmporas. A cauda e o focinho adentram um pouco a linha do cabelo. Seus olhos pousam sobre mim, mas a pessoa que ele está procurando é Sula. Como todo mundo, ele se aproxima dela com respeito, embora não seja capaz de esconder sua ansiedade para que ela se afaste dos outros e venha falar com ele. Sula hesita em sair. Ela vai checar a mulher e o bebê, e, em seguida, traz o homem até mim.

Ela dá um tapinha no ombro dele.

— Talorcan — explica ela. Eu não consigo tirar os olhos de sua tatuagem. Ele se curva ligeiramente em minha direção, mantendo os olhos nos meus enquanto começa a falar. Eu não entendo tudo o que ele diz, mas tenho certeza de ter ouvido o nome Fergus e, logo depois, a menção a uma esposa, e eu sinto um frio na barriga. Ele continua falando, mas já não escuto mais nada. Depois de um tempo, ele faz um gesto de cabeça para Sula, que parece indicar que ele tem assuntos mais urgentes.

Ele conversa com Sula perto da porta, muito menos caloroso do que foi comigo, e, depois disso, ela acaba saindo com ele. Vou até a porta e observo-os caminhar até o portão do quintal, mas depois só consigo ver suas cabeças e ombros, que se deslocam ao longo da cerca de acácia, pelo caminho que leva às casas mais distantes. A conversa deles é rápida, secreta. Ela parece ser o centro das coisas na aldeia: parteira, professora, conselheira. Gostaria de saber se é por isso que a Igreja se opôs às bruxas: não queria velhinhas no centro das coisas. Lembro-me agora da lista na biblioteca de Edimburgo: quantas das minhas bruxas eram parteiras...

Eu me sinto egoísta por estar preocupada com a notícia da existência de uma esposa de Fergus, quando uma vida acaba de vir ao mundo e eu desempenhei um papel nisso. Do jeito como ele agiu em relação a mim, não poderia ter imaginado que havia uma esposa. Entretanto, essa não é a minha época, e portanto como saber que princípios vigoram? Fergus pode ter dez esposas. Mas sinto-me deprimida agora, abandonada por Sula, zanzando pela casa de estranhos, notando o barril de *fraoch*, o tear rudimentar encostado na parede ao lado da porta. Não sei nada sobre tecelagem, mas posso admirar a qualidade do *tweed* que está sendo tecido. Os fios da urdidura pendem por trás do tear, lastreados com pedras redondas nas quais buracos foram perfurados.

Não há árvores nesta vila, apenas quintais quase emendados uns nos outros, picos de telhados de colmo de urze. Os quintais são de terra batida, mantidos limpos por vassouras de galhos encostadas contra a parede da casa, perto da porta. Estrados para secagem de turfa são dispostos contra a parte inferior da cerca, e existe uma pequena cabana de pedra com uma porta de madeira ao lado da casa. Noto estruturas de pedra semelhantes em todos os quintais, embora sejam pequenas demais para serem habitações. Minha curiosidade me leva a empurrar a porta um pouco com a ponta do sapato, mas é muito escuro lá dentro para eu enxergar. O cheiro não é agradável, por isso, volto a fechar a porta.

O brilho alaranjado do sol ao longe está desaparecendo por trás das ilhas, tal como acontece na minha época. O ar está muito parado, e o silêncio só é interrompido de vez em quando pelo barulho de um pássaro. A criança me segue de volta para a casa, onde a mãe e o bebê estão dormindo. Jogo com a criança um jogo de varetas feito com pequenos pedaços de gravetos. A criança é tranquila como o seu irmão recém-nascido, calada, porém, contente, no chão perto da lareira.

Sento-me de pernas cruzadas perto do fogo e acomodo a criança no meu colo, aninhando meu nariz em seu cabelo sujo. Não me lembro de quando foi a última vez que eu cheirei uma criança pequena assim tão de perto, mas sinto uma poderosa compulsão de beijar aquela cabeça. Gostaria de saber quando Sula estará de volta, e me pergunto o que Fergus quer de mim, se ele já tem uma esposa.

Quando a criança se afasta, vou até a mulher e coloco minha mão em sua testa para me certificar de que não tem febre. Ela está dormindo e não me vê olhando para ela. Ela é como eu, com dois filhos. Espero que ela possa continuar assim. Espero que o destino não lhe arranque um deles uma noite qualquer, quando ela estiver longe. A mulher abre os olhos e sorri. O cabelo do bebê é negro, não como a leve penugem avermelhada que Ellie tinha quando a entregaram a mim no hospital. Ela fecha os olhos novamente, porém resiste quando tento segurar o bebê. Eu sei como ela se sente. Continue segurando-o, sinto vontade de lhe dizer, e talvez você nunca tenha que deixá-lo partir.

Marcus parece considerar que é hora de irmos embora quando o céu fica negro, quase sem luz, agora que a lua está na fase minguante. Nós ziguezagueamos por entre casas cujas portas estão fechadas por causa do frio, e atravessamos o rio pela ponte que parece um pouco mais alarmante no escuro. Torço meu tornozelo, mas nem tenho tempo de registrar a dor antes de perceber que Talorcan está nos esperando do outro lado.

Marcus recua e deixa Talorcan me levar pelo braço em direção aos portões. Ele fala rapidamente, como se achasse que eu posso entender tudo, quando tudo que eu quero perguntar a ele é sobre a esposa de Fergus. Ele está me dizendo algo sobre os pictos, que eles governavam Dunadd, que seus antepassados estavam nesta terra muito antes dos gaélicos. Eu não tenho certeza das intenções desse homem, da razão de sua mão estar nas minhas costas. É com certo alívio que vejo os guardas tentarem impedi-lo de entrar na fortaleza e Marcus assumir de volta o papel de liderança. Ouço as portas se fechando enquanto sigo Marcus até a esplanada onde as casas se assentam. Gostaria de saber sobre este Talorcan, o que ele quer de mim.

Antes de termos ido muito longe, Marcus me faz desacelerar; diante de nós, uma figura está tomando forma na escuridão.

A voz de Marcus é tranquila quando ele diz:

— O rei Murdoch.

Já me sinto apreensiva antes mesmo de chegar até o rei, por isso fico um pouco para trás. Ele é mais baixo e atarracado do que o irmão. Seu cabelo é encaracolado e, de alguma forma, há menos destreza em sua marcha.

Ele não fala comigo, mal olha na minha direção. Suas ordens são dirigidas ao escravo. Marcus se curva e me leva a uma casa da qual provém o som de uma harpa. Por baixo da porta escapam luz e ar quente. Espero que Fergus não esteja lá porque eu não sei como me comportar com ele agora. Depois que Murdoch vai embora, Marcus nos anuncia. *Marcus Paullus agus Makhee.* Quando a porta se abre, ele me leva para dentro. Ao contrário da casa de que acabamos de vir, esta é retangular, com uma lareira e uma grosseira chaminé de barro na extremidade. Archotes elevados em suportes de prata sobre colunas de sustentação iluminam as tapeçarias que revestem as paredes de pedra e os tapetes espalhados sobre o piso de madeira. O lado interno do telhado de palha é forrado com ripas de madeira, e os móveis são bons, as cadeiras e a mesa entalhadas com animais em estilo celta. Um homem sentado num banquinho ao lado da porta com uma harpa em seu colo está cantando em falsete, um pouco estridente ao ouvido.

Fergus se levanta quando eu me aproximo do fogo, e meu coração para. Ele quer encontrar o meu olhar, porém meu olhar quer estar em qualquer outro lugar. Há outras pessoas na sala, mas eu não estou olhando para elas também. Marcus me empurra suavemente na direção de uma mulher mais velha, sentada entre dois monges. Acho que eles são monges por causa de suas batinas marrons grosseiras, que, pelo visto, não vão mudar ao longo do próximo milênio. Um deles tem na mão uma vara com um sino de cobre ornamentado no alto, amarrado por uma tira de couro. Soldado sobre a face do sino há um crucifixo. A mulher se levanta com porte real e me circunda de uma forma que seria rude na minha época, mas eu não me importo. Tenho Fergus na minha visão periférica; ele se afastou de mim.

Marcus diz para a mulher que meu nome é Maggie. A veste toda bordada da mulher espana os meus pés quando ela para na minha frente. Há certa semelhança entre ela e Fergus, nos olhos, no formato da testa.

Eu imagino que seja a rainha-mãe, com seu broche de ouro e granada, e a corrente ornamentada no pescoço. Seus pulsos e dedos ossudos estão enfeitados com outras peças de ouro finamente trabalhado. O cabelo trançado está enrolado em torno de uma tira de ouro e bate nos ombros.

De qualquer forma, ela não parece impressionada comigo e volta para a sua cadeira. Vejo Fergus impulsionar Marcus para a frente, e o escravo mostra à rainha todos os aspectos da minha roupa que foram objeto de interesse para ele e Sula antes, inclusive o sutiã. Estou muito interessada em ver o que os monges acham disso. Pego Fergus sorrindo para si mesmo quando eles fazem questão de desviar o olhar para a parede. Gostaria de poder sorrir de volta para ele, mas já tirei conclusões precipitadas demais.

Marcus mostra à rainha as minhas unhas, que suponho revelar uma vida de facilidades. Entretanto, os monges querem a atenção dela, e têm mais sorte, redirecionando-a para um livro encadernado em couro.

De repente, a porta se abre e Murdoch entra na sala seguido por uma bela mulher que ele apresenta como Colla. O harpista interrompe sua canção. O longo cabelo da mulher é muito escuro e está trançado em forma de coroa em torno de sua cabeça. Ela não é jovem, porém é mais jovem do que eu. Fergus parece irritado quando Murdoch acomoda a mulher ao lado dele. Talvez esta seja a esposa que Talorcan mencionou. Pelo modo como aproxima de Fergus suas ancas o máximo que pode, ela sem dúvida está interessada no irmão do rei. Começo a pensar que Talorcan poderia ser o meu melhor aliado, ele está por dentro do que acontece com esses membros da realeza.

Fergus sinaliza a Marcus para que me leve para fora. Antes de eu me virar, ele me lança um olhar que demonstra que não está nada feliz com a situação. Forço o meu rosto a não transparecer o que estou sentindo. Acho que já baixei muito a minha guarda para o príncipe

Fergus. Ele que fique com a sua esposa de olhos escuros. Não sei por que pensei que os homens da Idade das Trevas teriam padrões mais elevados, mas tenho que admitir que ele finge muito bem.

Depois da sala bem iluminada, o exterior me parece muito escuro, tanto que eu quase caio sobre a filha de Fergus. Como qualquer criança, ela estava escutando os adultos através das frestas da porta. Eu não consigo vê-la bem, mas só de encontrá-la minha respiração falha. Espero um pouco até que os meus olhos se ajustem, para ver melhor os traços de uma garota que se parece muito com a minha Ellie. Seu cabelo é mais longo, é claro, com as mechas da frente torcidas, puxadas para trás e presas por uma tira na nuca. Ela deve pensar que o fato de eu encará-la tem a ver com seu comportamento inadequado.

— Olá — digo baixinho.

Coloco a mão em sua cabeça e digo o nome dela. Illa, não Ellie, mas, ainda assim, a palavra se estrangula na minha garganta. Ela vira a cabeça ligeiramente na minha direção e depois volta para a fresta da porta pela qual estava espiando. Dou um passo e toco suas costas. Quando ela olha para mim, eu sorrio. Desta vez, ela não recua e olha para trás com um sorriso que eu já vi um milhão de vezes antes. Mas Marcus está me puxando para cima em direção à cabana de Sula. Aceno para a menina e espero que esse seja um sinal universal. Ela acena com a cabeça, sem entender, eu acho. Eu aceno, também, qualquer coisa para fazer a ponte entre ela em seu tempo e espaço e essa coisa que sou eu, aqui e agora, confusa. Marcus está confuso, também, não compreendendo minhas lágrimas, enquanto contornamos o final da muralha e prosseguimos até o topo do morro.

Sula me pergunta o que há de errado quando adentramos o ar almiscarado de sua cabana. Seus olhos vagueiam sobre mim, porém, é o meu coração que dói, e eu não sei se ela tem alguma coisa para isso em seus potes. Ela se ajoelha ao lado do meu tornozelo torcido e me pede para sentar. Leva as mãos ao alto e, em seguida, esfrega-as tão rápido que eu fico esperando ver faíscas. Mas, aquecidas, elas parecem me dar algum alívio quando Sula as coloca em torno do meu tornozelo, pressionando certos pontos no meu pé. É bom estar de volta aos cuidados de Sula, do mesmo modo como me sentia sentada no colo da sra. Gillies quando criança.

Começo a me perguntar se Colla teria sido mais persuasiva com Fergus depois que eu saí. Gostaria de saber se ele já está tocando os próprios lábios com as pontas dos dedos dela. Ainda assim, estou um bocado faminta, depois de ter recusado o ensopado mais cedo. Sula parece saber e manda Marcus buscar comida. Quando ele sai, ela começa a me contar sobre os monges. Ela faz uma boa imitação, andando a passos miudinhos com as mãos postas, tocando um sino imaginário com expressão carrancuda. Ela joga os braços para cima num gesto de desprezo. Mas Marcus está de volta com a refeição, a mais refinada que eu já vi até então; talvez o jantar especial seja por causa dos monges. O que parece ser uma espécie de creme de ovos doce enche uma tigela, e tem um gosto muito bom, acompanhado por um bolo achatado, adoçado com mel. Ele também trouxe uísque num pequeno jarro de barro. Eu, na maior parte das vezes, não gosto, mas o beberico e ele aquece as minhas entranhas o suficiente para eu não perceber tanto o frio, para não pensar tanto em Fergus.

Assim que a refeição termina, Sula enrola-se em seu manto e deita-se perto do fogo. Agora estou feliz pelas minhas mantas extras. Não conseguem tornar o chão menos duro, mas fornecem algumas camadas de calor. O aposento está enevoado por causa da fumaça e escuro, iluminado apenas por uma lamparina de pedra. Eu embolo uma extremidade do meu manto como um travesseiro improvisado e deixo meus olhos se fecharem. O sono vem, mas os sonhos não.

Algum tempo depois, sou despertada pela mesma praga que atormenta os habitantes de Glasgow nos sábados à noite: cantoria de bêbados na rua. Estes não estão cantando que pertencem a Glasgow, pois nem tenho certeza se Glasgow propriamente dita já existe, mas, seja sobre o que for que estejam cantando, parece muito engraçado para eles. A barulheira não parece despertar Sula ou Marcus. No entanto, eu me arrasto até a porta e, ainda embrulhada como uma múmia, espreito lá fora. As estrelas estão brilhantes contra a lua minguante, e eu consigo divisar apenas duas figuras apoiadas uma na outra, uma das quais percebo tratar-se de Fergus. Eu fecho a porta novamente.

Fergus, no entanto, me viu. Não demora nada e ele está batendo na porta.

— *Ma-khee, mo chridhe.*

Mo chridhe. A sra. Gillies costumava me chamar assim quando estava de bom humor. Significa "meu coração". E o meu coração se agarrou a isso, porque ele está batendo mais rápido do que deveria.

Ele bate na porta mais uma vez.

— Ma-khee.

Maggie, porém, pega seu xale e vai se deitar perto do fogo. O príncipe Fergus deve voltar para a esposa dele. Ele não está em condições de saber o que está dizendo. E ele deve ficar longe de mim com a sua falta de "eunuqueza" e seu *mo chridhe.* Não quero pensar nisso agora. Quero apenas dormir. E esclarecer as coisas pela manhã, se a manhã nesta Dunadd na realidade chegar.

14

Fergus acordou tremendo ao lado do sambaqui do outro lado do forte. Ele esvaziou o estômago sobre a grama e, em seguida, levantou-se, limpando a boca com as costas da manga. Não havia tomado uísque muitas vezes, porém, os monges de Iona trouxeram garrafas de sua destilaria, e ele decidiu embriagar-se a tal ponto que não pudesse mais ouvir seus discursos e o tilintar de seus sinos.

Brighde lhes servira creme e bolo como se eles fossem da realeza, não eunucos de uma ilha onde as mulheres sagradas outrora viviam. A lembrança das mulheres trouxe de volta a imagem de si mesmo batendo na porta de Sula. Ele dobrou-se em dois, temendo haver mais para vomitar, mas foi apenas ânsia, e depois gemeu por ter bancado o tolo na frente de Ma-khee.

Fergus ouviu uma voz à sua esquerda e descobriu o rei, seu irmão, deitado debaixo das samambaias, esfregando o rosto.

Fergus ofereceu-lhe a mão, dizendo:

— Os monges serão a nossa morte.

Murdoch se levantou, tremendo também.

— Pelo menos morreremos felizes.

Fergus riu, cutucando o irmão. Murdoch também riu, cambaleando e quase caindo. Eram meninos novamente, escondendo-se da mãe, livres por apenas mais alguns momentos.

— Colla é uma boa mulher, não é? — perguntou Murdoch.

Fergus negou com a cabeça.

— Não para mim, meu amigo.

Murdoch agitou o dedo sob o nariz do irmão.

— Isso não foi o que eu vi ontem à noite.

Fergus esfregou os olhos. As coisas poderiam ser bem piores do que ele temia.

— O que você viu?

Na verdade, Fergus não conseguia lembrar muita coisa da noitada de bebedeira. Ele se recordava vagamente de manter a mulher sentada em seu colo, mas ele também lembrava que aquilo fora mais para provocar os monges do que a própria mulher.

— Eu vi uma boa dupla. Vi o meu irmão com uma mulher de seu próprio meio. Vi uma mulher que lhe daria conselhos e o amaria, cuja filha seria uma amiga para Illa.

Fergus começou a se afastar, passando a cabana da druidesa e descendo em direção à sua casa de infância.

— Espero que você não vá rejeitar Colla — Murdoch gritou. — Eu já falei a ela de seu interesse.

Fergus voltou.

— Então você a enganou.

Eles encontraram a mãe e os dois monges do mesmo modo que os haviam deixado, com a cabeça inclinada sobre um livro. A língua de Erin nunca tinha sido escrita nos livros. Os druidas haviam chegado à conclusão de que a vida da língua iria encolher se fosse reduzida a rabiscos numa página. Tudo o que havia para ser dito poderia ser repassado pela tradição oral. Levava muitos anos para os druidas aprenderem a história por meio da repetição. Sula sabia muito da tradição, também: ela era a única que conhecia o número exato de verões entre determinados acontecimentos, quanto tempo atrás MacErc e seus irmãos haviam deixado Erin, e, antes disso, quantos verões haviam decorrido desde Finn M'Coul e todos os heróis de outros país. Entretanto, a principal utilidade de Sula para o povo de Dunadd estava em suas previsões, seus encantamentos e os seus métodos de cura. Havia outros druidas que moravam dentro do forte e que guardavam melhor a história, que conheciam os padrões das estrelas e seu significado, e alguns meninos que estavam aprendendo tudo isso.

Brighde olhou para eles.

— Estou feliz que tenham voltado. Há mais conteúdo no que os cristãos têm a dizer do que pode sair de uma garrafa.

Fergus riu.

— Os espíritos da garrafa falam com mais clareza.

Murdoch se sentou numa pedra perto do fogo.

— O que está no livro?

Brighde respondeu:

— É a história de um salvador, não daqui, mas do leste, onde o inverno nunca chega.

— Ser salvo do inverno — disse Murdoch, olhando para Fergus —, taí algo que agradaria bem as pessoas.

O monge de cabelos brancos falou.

— Salvação do inverno da alma, irmão.

Brighde prosseguiu:

— Esse salvador realizava prodígios de adivinhação e trouxe homens de volta dos mortos.

Fergus se aproximou. Poderia esse salvador do leste trazer seu próprio pai de volta? Poderia Saraid voltar dos mortos mesmo agora? Ele quis saber:

— Onde está esse salvador?

O jovem monge mal tinha barba ainda.

— Os romanos o mataram.

Murdoch sacudiu a cabeça.

— Os exércitos romanos mataram muitos com seus carros de guerra e armaduras.

— Mas, se ele próprio está do outro lado — questionou Fergus —, como pode trazer de volta os mortos?

— Ele está sentado à direita de Deus — afirmou o monge mais velho.

— Que deus? — perguntou Murdoch. — O deus cornudo?

— Não — respondeu o monge, rindo —, o deus cornudo não é deus. Há somente um Deus. É o que dizem as escrituras.

Fergus estava confuso. A força mais poderosa era Cailleach, a deusa tríplice, que os ajudava a atravessar os dias negros, que alimentava a terra com sol e chuva na primavera, e que colocava as sementes na barriga da mulher.

— Ele é o Deus de Moisés e Abraão. O seu nome é Javé — esclareceu o jovem monge.

— Um homem? — Fergus riu. — Como poderia o deus único ser um homem? Como poderia um homem dar à luz ao mundo sozinho?

— Um pai — explicou Brighde. — Um pai espiritual.

Fergus estava precisando de um pai. Mas, ainda assim, ele não gostava dos monges e dos seus modos estranhos.

Ele deu um passo em direção a eles.

— Por que as mulheres agora são banidas de Iona?

O mais jovem dos dois monges parecia envergonhado.

O mais velho falou.

— Columcille, que trouxe o evangelho de Jesus Cristo a esta terra, decretou.

Murdoch interveio:

— Columcille? Não veio ele da terra dos meus antepassados através do canal de Erin? Ele não aprendeu tais hábitos em Erin. Deve ter trazido isso de Roma.

— A mulher — continuou o monge mais velho, curvando-se ligeiramente para a mulher da realeza em sua companhia —, diz o livro, foi a culpada pelo sofrimento que sobreveio ao mundo. Ela deu ouvidos a uma serpente e desafiou Deus; ela tentou ter mais conhecimento do que deveria.

— Como uma mulher pode ter conhecimento em demasia? — perguntou Fergus. — Do que serviria uma mulher sem conhecimento?

— A mulher desvia o homem de seu caminho espiritual. É por isso que não temos nem mulheres nem qualquer animal fêmea em Iona — o velho falou.

Fergus começou a andar de um lado para o outro.

— Isso é loucura. — Ele parou e estendeu os braços para a mãe. — Como você pode ouvir isso, justo você que é mulher e líder dessa descendência de escotos?

Brighde tossiu para interrompê-lo e dirigiu-se aos monges.

— É verdade que a ilha de Iona guarda os ossos da linhagem real de Fergus MacErc em diante. Minha mãe e minha avó estão enterradas lá. Se vocês não admitem nenhuma mulher, então como serei enterrada com a minha linhagem? Eu não quero nada menos que isso.

O monge pareceu sentir que estava perdendo terreno.

— Na qualidade de mulher da realeza, é claro, você seria admitida na ilha e teria permissão de repousar com os seus antepassados.

— Na qualidade de mulher da realeza morta. — Fergus virou-se para o jovem monge. — Que tipo de homem foge das fêmeas? Você ainda é jovem; por acaso não acorda de manhã com a necessidade de uma mulher?

O jovem monge tentou formar palavras, mas nenhuma voz saiu com elas. O monge mais velho interveio.

— Não há nenhuma luxúria carnal onde há amor por Cristo, nosso Salvador.

Brighde tossiu discretamente.

— Os cristãos trouxeram outras notícias. Os pictos do norte estão se deslocando para o sul. Eles dizem que o seu novo rei Oengus é um homem cruel.

Murdoch franziu a testa.

— Assim como eu disse para o meu irmão, que prefere se casar com uma mulher da aldeia dos pictos em vez de lutar contra eles.

Fergus sentiu seu braço preparar-se para desferir um golpe.

Brighde interveio.

— Os cristãos dizem que devemos rejeitar os deuses e os hábitos dos pictos, não fazer comércio com eles; do contrário vamos ser varridos do mapa quando as forças do norte se juntarem com os seus irmãos aqui sob o signo do javali.

A respiração de Fergus estava ficando acelerada.

— Se transformarmos agora nossos irmãos e irmãs pictos em inimigos, vamos levá-los a se aliar com seus primos do norte. Nunca houve conflito entre nós. Seus deuses e costumes têm nos servido muito bem. Nós nos entendemos.

Brighde olhou para Murdoch.

— Entretenha os cristãos. Preciso conversar a sós com Fergus por um tempo.

— Venham — disse Murdoch, ajudando-os a se levantarem de seus assentos. — Nosso ferreiro saxão fabrica todo tipo de ornamentos de ouro. Talvez encontremos algo para os seus mantos.

Os monges seguiram Murdoch para fora, deixando seu livro nas mãos de Brighde.

— Não dê atenção a isso — Fergus aconselhou a mãe. — Tantas palavras em uma página, dizendo-nos como devemos viver. Eles se preocupam apenas em vender suas mercadorias, nada mais que isso.

— Ainda assim, há muito aqui para ser admirado. A paz em vez da guerra, o amor em vez do ódio.

— Se eles amam tanto assim — ponderou Fergus —, então por que odeiam as mulheres? Você acha que o seu sexo trouxe sofrimento para o mundo?

Brighde sacudiu negativamente a cabeça e olhou para o livro.

— Mesmo assim, faríamos bem em aprender esta escrita dos cristãos.

— Não — disse Fergus —, você sabe muito bem que meu pai seguia os druidas nessa questão. Os romanos escreviam tudo e, veja só, onde estão os romanos agora? As palavras guardadas de cor falam mais alto do que isso.

— Mas, Fergus, se pudéssemos ter colocado por escrito que nós, os escotos, somos donos de Dunadd, então talvez não houvesse necessidade de guerrearmos.

Fergus sacudiu a cabeça negativamente.

— Mesmo que acreditássemos no que diz a palavra escrita, os pictos poderiam pisotear tais palavras na lama.

Sentou-se na pedra retangular perto do fogo.

— Ouvi falar sobre esses cristãos e sua palavra escrita entre os bretões. Eles tomam o poder das *ban-druidhe*. Eles não permitem mais que as linhagens sejam contadas através das mulheres, apenas através dos homens. Eles cospem nos espíritos que têm sustentado nossa raça através de invernos e guerras. Isso não pode acabar bem, esses eunucos com seu ódio. Não é à toa que fabricam uísque para aliviar sua dor.

Brighde revirou os olhos.

— Ontem à noite, meu filho, você ficou bem feliz por aliviar sua própria dor com a bebida dos cristãos.

Ela caminhou até ele e colocou um braço em volta dos ombros do filho.

— Eu sei que é difícil para você enxergar os pictos de outra forma senão com a bondade que você demonstrou para com sua esposa. Mas você não conseguiu fazê-la voltar à vida. Saraid está morta, meu filho. O que havia no passado está mudando. Os pictos do norte tornaram-se hostis, e, a menos que nós encaremos a ameaça, estaremos correndo perigo.

— Mas o que será de Illa? — perguntou Fergus. — Olhe para minha filha. Ela é uma picta.

— É por isso que venho tentando afastá-la de Talorcan.

— Você não pode mudar o passado, mãe. Talorcan é meu irmão. Ele não iria se voltar contra mim. A mãe de Talorcan também era de uma linhagem real. As pessoas o ouvirão.

Brighde voltou para perto do fogo.

— Espero que você esteja certo.

— Eu sei que estou certo. — Fergus tinha ouvido o suficiente. Virou-se para sair, mas parou na porta, de costas para a mãe. — Você convidaria Sula e a estrangeira para sua casa? A mulher não é uma plebeia, ela usa ouro no dedo e tem bons modos.

— Sula é sempre bem-vinda na minha casa. Mas a estrangeira, o que é ela? Outra *ban-druidhe*? Nós já temos a nossa.

Fergus virou-se para Brighde.

— Você as convidaria esta noite, por mim?

Brighde suspirou.

— Meu filho, já não basta o fato de você ter tomado como noiva uma picta e me dado uma neta picta? Agora você quer desposar uma druidesa que nem falar sua língua sabe?

Fergus sorriu.

— Vou falar com o escravo para trazê-las.

— Vá — consentiu Brighde. — Quem me dera você fosse um eunuco como os monges, com as mãos postas. Quem me dera eu o enviasse a Iona, que você não me envergonhasse com outro casamento ruim.

Fergus fechou a porta atrás de si, rindo. Os momentos de amor que ele sentia por sua mãe eram poucos. A mesma coisa com seu irmão.

Fergus topou com Marcus em seu caminho para a cozinha.

— O que disse a mulher Ma-khee? Ela me viu ontem à noite com meu irmão?

Marcus deu de ombros.

— Ela estava na porta.

Fergus soltou uma imprecação.

— Ela não é uma mulher comum — observou Marcus.

Um olhar de dor sobreveio a Fergus.

— Eu sei.

— Ela cobre os lábios quando arrota.

Fergus ficou impaciente.

— Sim, sei disso, Marcus.

— Ela tem boas maneiras — continuou ele. — E, ainda assim, ajudou Sula com um parto difícil hoje. Quando viu sua filha, chamou-a como se a conhecesse. Se ela é uma druidesa, então talvez seja uma de muito poder.

Fergus suspirou. Uma druidesa assim tão poderosa não seria concedida a ele como esposa, mesmo que ela tivesse respeito por ele.

— Diga a Sula para trazer a mulher para comer com minha mãe hoje à noite.

— Acho que ela não gosta da nossa comida — comentou Marcus. — Pelo que noto.

Fergus tocou a manga do escravo.

— O que vocês comiam em Roma?

Fergus viu como o escravo sorriu, como ficou feliz ao se recordar. Talvez até mesmo ele não gostasse da comida dos escotos. Talvez a comida dos escotos não fosse saborosa.

Marcus disse:

— Azeitonas. — Ele estreitou os olhos. — Frutas que você nunca provou: uvas, melões, ameixas. Iogurte e molhos; pão branco feito com trigo de Alexandria, mergulhado em azeite.

— Marcus, isso não ajuda muito. Pão branco? Azeite? O que são essas coisas? E não existem frutas aqui, exceto maçã e pera.

— Maçã e pera, então, em fatias, misturadas com mel e servidas com avelãs torradas e nata de leite.

— Mas e quanto à carne? Ninguém pode viver só de frutas e creme.

Marcus escorregou de volta para o seu devaneio.

— Carneiro, presunto, bacon. Pavão. E molhos. — Sua língua correu lentamente pelo interior de seu lábio. — Sim, molhos.

— Já provei esse tal de presunto — disse Fergus —, mas duvido que as cozinhas tenham uma coisa dessas, a menos que tenha sobrado algum javali salgado da caça do último verão. Vou falar com os cozinheiros.

Marcus seguiu Fergus até a cozinha.

— E quanto à bebida? — perguntou Fergus.

— Vinho — respondeu Marcus. — Vinho misturado com mel e especiarias.

O olhar no rosto de Marcus dizia a Fergus que ele não estava mais pensando em comida.

— Qual é o problema?

— A mulher, Ma-khee. Acho que ela tem uma filha. Acho que foi tirada dela.

Fergus agarrou o ombro do escravo.

— Ela falou tanto assim com você?

Marcus fez que não com a cabeça.

— Suas lágrimas me disseram.

Fergus caminhou até a cozinha, perguntando-se o que isso poderia significar. Ele precisava de uma mãe para Illa. Ainda assim, talvez não fosse uma criança a causa das lágrimas de Ma-khee, mas um marido. Ele deu as instruções para o jantar na atmosfera quente da cozinha, porém os cozinheiros tinham apenas carne de cabra da matança do *Samhain*. Eles nada sabiam a respeito dos molhos de Marcus, mas poderiam preparar as peras e maçãs conforme ele solicitava. Estavam com um generoso estoque de mel após uma boa colheita de verão.

Fergus voltou para a casa da mãe. Ele sabia que ela guardara as vestes que seu pai, Ainbcellaig, havia usado, mas imaginou se poderia pegá-las emprestado para esta noite sem despertar muita suspeita. Também poderia pedir umas roupas de seu irmão, Murdoch, já que o rei tinha mais roupas do que alguém pudesse precisar, mas tal pedido só provocaria gozações.

Essa mulher era mais velha do que Fergus, ele sabia, mas não o suficiente para não ter filhos. Ele gostava de sua aparência, não tanto dos contornos de seu rosto ou do formato do nariz ou da boca, mas aquela expressão em seus olhos era a sua própria, a da esperança de que a tristeza não triunfaria no final. Dali a pouco tempo, Illa adentraria ela própria seus anos de mulher adulta; era hora de ter uma mãe de novo. Com seu conhecimento sobre ervas e cura, Ma-khee daria uma boa mãe.

Ma-khee. Nome estranho. Não como Saraid, cujo nome vinha da história da terra. Sua esposa ainda exercia domínio sobre ele, porém a lembrança dela já não lhe provocava uma dor no peito como antes. Murdoch nem sempre estava certo, entretanto qualquer um poderia dizer que sua cama esfriara sem o calor de uma mulher para aquecê-lo. Não uma mulher qualquer, não uma das companheiras que sua mãe ou seu irmão tinham arranjado para ele. Mas, talvez, Ma-khee fosse aquela que Sula profetizara, a mulher para a qual ele vinha se guardando.

15

No momento em que emerjo do sono, minha linha de visão é preenchida com o braço azul do sofá. Fecho os olhos e peço a algum deus desconhecido, a um deus qualquer, até mesmo o deus cristão, para me mandar de volta ao sonho. Mas, no mesmo instante em que faço meu pedido, sinto-me flutuando como alguém desencarnado, afastando-me da noite na colina onde eu ainda me encontro adormecida. Apesar de Colla, não posso deixar de sorrir ao me lembrar de Fergus bancando o trovador bêbado.

Winnie, a gatinha, está encarapitada no encosto do sofá, pronta para pular em cima de mim, agora que estou consciente e sou de alguma utilidade para ela. Está atrás de comida. Escorrego os pés para fora do sofá e noto uma ligeira dor no meu tornozelo. Estou no meio da tarefa de despejar ração de gato num pires antes de me dar conta de que a causa da lesão não estava no aqui e agora, e sim lá, em outra época.

Depois de uma troca rápida de roupa, deixo meu estudo e papelada e vou até a casa de Jim, porque a questão sobre "que rei governou quando" está fervilhando em meus pensamentos, mais ardente agora do que a própria queima das bruxas. No caminho, tento me lembrar se eu havia sofrido alguma lesão no tornozelo antes de mergulhar no sonho, da última vez.

— Você estava desmaiada — Jim conta quando abre a porta —, então deixei você dormir.

Sorrio.

— Muito estresse, eu suponho. Que cheiro é esse?

Jim desliga o forno.

— *Scones**. Achei que você poderia estar com fome.

Ele me faz sentar em sua sala de estar, perto do fogo, e sai para resgatar seus bolinhos. Eu me recosto na poltrona, observando os tijolos de turfa incandescentes, pensando em como é estranho que depois de mil e duzentos anos ainda estejamos usando como combustível os mesmos blocos de turfa usados na Antiguidade. Depois de um tempo, eu me levanto e tento encontrar a lista de reis eu mesma. Em vez disso, só bato os olhos em livros sobre câncer; agora sei o que levou a esposa de Jim.

Quando ele volta, finjo que estou olhando a vista de sua janela.

Pego minha caneca das mãos dele. Ele coloca um bolinho amanteigado e quente na minha mão.

Digo a mim mesma para não fazer isto, mas, mesmo assim, pergunto:

— *Mo chridhe* quer dizer "meu coração" em gaélico?

Jim senta-se no que deve ser *sua* poltrona perto do fogo.

---

* Pães ou bolinhos de origem escocesa. (N. T.)

— No sentido literal, sim. Significa mais "meu amor", creio eu.

Eu já deveria saber, mas não consigo esconder o sorriso que aflora em meu rosto.

— Alguém que eu conheço? — ele quer saber.

Dou uma mordida no *scone* e deixo as deliciosas migalhas amanteigadas dissolverem em minha boca.

— Posso ver aquela lista de reis de novo? Preciso encontrar um rei Murdoch.

Jim põe sua xícara sobre a lareira, mas só precisa se levantar um pouquinho para alcançar uma folha de papel na estante ao lado da sua poltrona. É uma lista feita à mão.

— Rei Murdoch, hein?

Dou outra mordida no bolinho e tenho que usar a mão para aparar as migalhas.

— Estou pensando em meados do século VIII.

Percebo que Jim sabe que estou em busca de alguma coisa que ocorreu em meus sonhos pela maneira como inclina a cabeça e me olha.

— Perto do terremoto, você quer dizer?

Ele coloca um par de óculos de meio aro no nariz e corre o dedo até o fim da página.

— De acordo com os anais irlandeses, um rei Murdoch mac Ainbcellaig governou Dál Riada de 733 a 736.

Meu coração começa a acelerar.

— O que aconteceu depois de 736?

Jim balança a cabeça.

— Não há registro de reis até depois de 750. — Ele apanha sua xícara. — Sabia que não apenas aconteceu um terremoto em 736, como esse também foi o ano em que os pictos invadiram Dunadd? Foi isso, ao que tudo indica, o que aconteceu com o seu Murdoch. — Ele serve o chá. — Do que se trata?

Se os pictos invadiram Dunadd, será que mataram Murdoch e sua família? O que terá acontecido a Illa? E quanto a Fergus, *mo chridhe*?

Tento parecer calma.

— Jim, há um rei Murdoch nesse sonho que eu tenho tido. Há monges com sinetas de mão. Há um mar que vem até a base do forte e marcas em formato de copo e anel na rocha. Como diabos você acha que sei de tantos detalhes? Eu nunca sequer ouvi falar dos anais irlandeses.

Jim leva um tempo para responder.

— Eu não sei nada sobre sinetas.

Tenho vontade de agarrá-lo e sacudi-lo.

— Nem eu. Mas é um detalhe tão estranho, não acha? E a cerveja de urze: você sabia que eles a aqueciam em jarros de barro sobre brasas em pequenos buracos?

Jim deu de ombros.

— Não é uma coisa tão difícil de imaginar. Eles não tinham aquecimento central, sabe? — Ele ri. — Sim, eu suponho que você saiba.

— E o campo lá fora? Não dava nem para avistá-lo, pois era todo tomado por telhados de palha com pedras penduradas por cordas para manter a palha no lugar. Cada casa tinha um quintal, e existiam umas construções de pedra pequenas e estranhas ao lado de cada casa.

— *Cleits* — esclarece ele. — Casinhas de pedra onde armazenavam turfa, carne-seca e provisões. É como eles atravessavam o inverno. Uma espécie de geladeira, se preferir.

Não dá para dizer, pela expressão em seu rosto, se ele está zombando de mim ou não.

— Está bem — admito. — Sei que tudo isso parece completamente sem sentido para você. Para mim, também não faz sentido. Só estou tendo sonhos, não é isso?

Jim está começando a parecer desconfortável. Ele tira os óculos e gira-os por uma das hastes.

— Por Deus, mulher, eu não sei!

Nós terminamos nosso chá calados. Talvez ele esteja apenas esperando que eu vá embora.

Eu me levanto.

— Mas e se o tempo não é o que pensamos que seja, uma maldita coisa atrás da outra? E se o que conhecermos não for apenas uma série de imagens, mas algo semelhante a um holograma? Se o todo estiver contido dentro de cada parte, então viajar através do tempo não seria tanto uma questão de deslocamento, e sim, de olhar mais fundo dentro da imagem.

— Agora eu sou obrigado a discordar de você — diz Jim. — Não vejo como tudo poderia estar acontecendo ao mesmo tempo, se uma coisa é a causa de outra. Olhe, nessa lista de reis, o seu rei Murdoch vem logo depois do rei Eochaid.

Solto os braços ao longo do corpo.

— Eu sei.

Jim sente que estou ansiosa para ir embora e se levanta também.

— Tenho que ir até Oban amanhã. Se você quiser ir junto...

Ele me diz que tem um carro na garagem de casa, mas deve ser um carro pequeno, porque acho que a garagem dele é só um barracão. Eu não deveria ir a lugar nenhum, pois tenho que continuar trabalhando na minha pesquisa sobre as bruxas, mas estou a ponto de explodir.

— Tudo bem — respondo. — Um pouco de distração até que me faria bem.

Estive em Oban apenas umas poucas vezes e nunca por diversão. Jim fica satisfeito. Só por um dia, quero ser normal, o que seria, no entanto, uma sensação completamente nova para mim. Posso ver Oliver me lançando aquele seu olhar impassível. Posso ver o psiquiatra ao qual ele me enviou me dizendo que o subconsciente muitas vezes produz uma realidade colorida para compensar as perspectivas de uma vida sem graça.

Na manhã seguinte, bem cedo, Jim tira seu carro antigo da garagem e estaciona na entrada de cascalho. O aquecedor do veículo está ligado, porém os aquecedores dos automóveis na década de 1970 não eram como são agora. Posso ver o vapor da minha respiração enquanto espero ele manobrar o carro, batendo os pés no cascalho para gerar algum vestígio de calor nos dedos dos pés. Pelo menos o céu decidiu se mostrar por trás das nuvens.

A estrada para a cidade turística de Oban desce e vai contornando lagos com barcos à vela cercados por floresta, e atravessa cenários dignos de figurar em qualquer calendário. E o mar sempre presente, estendendo-se em torno das ilhas e para além da linha do horizonte.

Oban surge à nossa frente, uma cidade imponente com suas casas construídas uma ao lado da outra, desde o porto até o topo da colina, onde se encontra uma estrutura que se assemelha a um pequeno coliseu. O Castelo de Dunollie, situado numa colina no extremo da cidade, foi um dos primeiros, mas agora é apenas um conjunto de muros em ruínas tomados por musgo e hera.

Cisnes flutuam no porto entre tristes algas marinhas como barcos de fadas; gaivotas alisam as penas com o bico nas muretas do porto e nos encostos dos bancos; grandes balsas movimentam-se silenciosamente para dentro e para fora do longo cais, com destino a Mull e a muitas ilhas do arquipélago das Hébridas, mais ao norte. Nós caminhamos ao longo do cais e escolhemos uma das padarias mais antigas para tomar uma xícara de chá bem quente e saborear batatas fritas com *ketchup* e grossas fatias de pão.

Cantarolo para mim mesma, sentada aqui com Jim, transformando minhas batatinhas e o pão num sanduíche, fazendo coisas normais.

Jim comenta:

— Aposto que eles não tinham isso no século VIII.

Depois de um tempo, ele acrescenta:

— Talvez não seja bom você passar tanto tempo sozinha.

Tenho que rir. Suponho que, para alguém que observa de fora, eu esteja demonstrando todos os sinais de perturbação.

— Você parece estar se virando bem.

Ele sacode a cabeça negativamente.

— Não estou me virando bem coisa nenhuma, e é por isso que eu estava pegando no seu pé para encontrar uma vovó para mim nesse seu sonho. — Ele enfia algumas batatas na boca. — Não há muito que se possa recomendar quanto a viver sozinho, não?

— Não — concordo —, mas pelo menos você pode ter ataques epilépticos em paz. Não levando em conta os vizinhos curiosos, é claro.

— *Och*! — ele exclama —, você tem sorte de ter um vizinho, aliás, um vizinho com imaginação, devo acrescentar. Você tem sorte de eu não ter chamado a turma de jaleco branco.

— E se você pudesse voltar no tempo? — pergunto. — Para onde você iria?

— *Aye*, bem. É uma boa pergunta. — Ele inclina a cabeça para considerar melhor a questão. — Não seria para a época do último rei da Escócia, Jaime VI... ele sumiu lá pros lados da corte inglesa e ninguém mais o viu. Foi uma verdadeira desonra para a mãe dele, a rainha Maria da Escócia. Foi ele, você sabe, que acendeu a pira da Grande Caça às Bruxas Escocesa, por assim dizer. — Ele respirou fundo e soltou o ar lentamente. — Acho que eu escolheria a época de Bruce, logo após a Batalha de Bannockburn... que glória não deve ter sido saber que seu exército deu um pé na bunda dos ingleses e a Escócia estava por fim livre, depois de tanta luta. Acho que eu abriria mão da maior parte da minha vida só para saber como seria a sensação.

Estou em meio a um daqueles meus transes de ficar encarando as pessoas. Às vezes, acontece de você falar alguma coisa que mexe de verdade com a pessoa e ela se empolga. É uma coisa boa de se apreciar, a animação de alguém, e então fico encarando. Mas isso faz Jim desviar o olhar.

Eu cutuco o braço dele:

— O século VIII até que não é nada mal.

Ele ri.

— Tirem o fortão do Fergus e tudo que sobra é a peste, guerras e uma grave falta de aquecimento.

— E também as bruxas. Dunadd tem Sula, a druidesa. Aposto que, no século XVI, as bruxas ainda estavam praticando apenas o que as bruxas vinham praticando desde o início da civilização, mexendo com ervas, fazendo partos, lendo a sorte; só que a partir dessa época a Igreja se apavorou.

Depois do almoço, caminhamos até a frente da catedral, construída com o granito rosa pelo qual as ilhas são famosas.

No caminho de volta para o estacionamento, meu tornozelo está me incomodando.

— Provavelmente você torceu num de seus passeios até o topo da colina.

— Provavelmente — respondo. Mas eu não acredito nisso.

Mesmo com toda essa normalidade, eu não hesitaria um segundo em trocar esta cidade turística pela oportunidade de estar parada na porta da cabana de Sula, assistindo Fergus cambalear apoiado em Murdoch.

Jim e eu não conversamos muito na primeira parte da nossa viagem de volta. Está ficando escuro, e os faróis amarelos na estrada de pista única mantêm a nossa atenção à frente.

— Sinto muito pela sua esposa. — Eu quebro o silêncio em algum lugar entre uma cidadezinha com uma placa de DIRIJA DEVAGAR, ao lado de uma pequena escola de pedra, e a próxima cidade.

Jim olha para mim e, em seguida, volta a encarar a estrada.

— *Aye*, bem. A vida tem o jeito dela de lançar suas bombas. Sinto muito por sua filha. Isso deve ter sido muito difícil.

Eu não sei se dá para ele me ver chorando no escuro. Tento manter minha respiração silenciosa, mas ela quer se transformar em algo mais. Ele não diz nada. Os ramos que formam um arco sobre a estrada a partir de suas sebes altas parecem desfolhados e sombrios.

Sei que ele está aguardando por algo mais, e por algum motivo que desconheço eu quero contar a ele.

— Ela morreu durante uma convulsão. Estava com uma babá, uma das alunas de Oliver, enquanto fomos a uma festa horrível da faculdade. Acho que imaginá-la lutando para respirar enquanto eu bebia uma taça de xerez foi a parte mais difícil de todas. Eu mal estava presente no funeral, fazia tudo mecanicamente, tentando me defender dos olhares de compaixão. Depois disso, Oliver não conseguiu falar comigo por semanas. Eu mesma não conseguia falar comigo.

Jim estende a mão além da alavanca de câmbio e a coloca no meu joelho.

— Não foi culpa sua, tanto quanto não foi culpa minha que Janet tivesse câncer. — Ele limpa a garganta e retira a mão. — Ela foi ficando cada vez mais magra. Sentia tanta dor que eu tinha vontade de sufocá-la com um travesseiro e acabar de vez com aquilo.

Sua dor é tão palpável que quase ofusca a minha. Nós permanecemos no silêncio que se seguiu pelo restante da viagem.

Já dava para avistarmos Dunadd antes de eu dizer:

— A propósito, por que mesmo você precisava ir a Oban?

Ele se vira e pisca.

— Eu não precisava.

Ele liga a seta barulhenta e nós viramos à direita na estrada que não tem um nome especial e é indicada apenas como "Estrada para Dunadd". À nossa frente, o morro espreita na escuridão, apenas uma massa escura, nenhuma luminosidade sobre ele esta noite. Não há ninguém lá, nem mesmo turistas.

Ele quer me levar de carro até o meu chalé, mas eu digo que posso caminhar a curta distância e que é melhor guardar o carro antes que ele morra por completo.

Ouço a porta dos fundos de sua casa se fechar e a minha principal intenção é voltar para minha casa para deixar a gata entrar, porém Winnie aparece do nada e eu não vejo nenhuma razão agora para não subir a colina.

Ela me segue no escuro, como se esse tivesse sido o plano o tempo todo, correndo de trás das pedras como se estivesse sendo perseguida, e talvez esteja mesmo. Parece que eu estou. Mal se pode distinguir o forte do século VIII do atual esta noite, mesmo apesar da ausência dos portões. Corro os dedos pelos orifícios deixados pelas barras de ferro, enquanto Winnie se equilibra na plataforma acima da minha cabeça, contorcendo a cauda, como um bom gato preto de Halloween.

O cume do monte está frio e ventoso. O único segmento remanescente das paredes da casa de Sula não consegue bloquear o vento. Na distância, para além do forte, o mar, que a maré fez recuar para mais longe do que o habitual, guarda para ele tudo o que já sabia e manteve em segredo. Nenhum dos picos e vales entre as colinas mudou desde a época de Fergus e de seu povo. Mas eles tampouco revelam alguma coisa. A história real, a parte que não está escrita, está silenciosa. Não importa se o tempo é um longo fio correndo num horizonte de fuga ou uma massa de círculos concêntricos que se movem ao mesmo tempo, nada está sendo dito esta noite ou em qualquer outra noite.

Escorrego e desço o morro deslizando com o meu tornozelo ruim, de volta para o caminho que eu deveria ter tomado, desde o início. Corto caminho pelo jardim, que é o trajeto mais curto até a minha porta de vidro. Entretanto, paro diante do menir solitário. Ninguém sabe dos outros menires do seu antigo círculo. Até mesmo a história se cala diante de qualquer especulação aqui.

Winnie se esfrega em meus tornozelos. Corro os dedos sobre a borda superior da pedra lisa coberta de líquens e desejo que ela pudesse falar. Mas, de qualquer maneira, posso agradecer a ela por permanecer firme, por suportar o vento, a chuva e o fogo, e por assentar-se num jardim do século XXI, ainda sabendo alguma coisa.

Já é tarde quando retorno ao chalé, mas mesmo assim acendo o abajur da minha mesa de leitura, coloco os óculos e sento-me com meus livros e papéis, tentando pensar em títulos para os capítulos. Não sei ao certo o que posso fazer pelas infelizes bruxas, as muitas Sulas que foram arrastadas de suas casas, torturadas e queimadas. Acho que poderia pregar minhas 94 teses na porta da Igreja Cannongate em Edimburgo e exigir um pedido de desculpas. Mas não tenho como desfazer a divisão do mundo em Deus e Satanás, que, para começo de conversa, opôs os bons e os malfeitores.

E, além de tudo, há Fergus. Que fim terá tido? Devo avisá-lo de que os pictos tomarão Dunadd? Não tenho certeza em qual dos três anos do reinado de Murdoch estamos; quanto tempo me resta. Ou se isso sequer importa, se, no fim, os *vikings* irão mesmo destruir Dunadd de qualquer maneira. Não sei se tudo isso estará prestes a acontecer quando eu voltar da próxima vez. Se é que haverá uma próxima vez.

16

A próxima vez acontece mais cedo do que eu pensava. Não muito depois de eu vir mais uma vez para a cabana de Sula, estou de pé, sacudindo Marcus para acordá-lo. Ele me encara sem expressão, atordoado. Entretanto, preciso descobrir em que ano do reinado de Murdoch nós estamos, não importa que os olhos de Marcus estejam fechando de sono diante de mim.

Eu o sacudo novamente.

— *Murdoch Rex. Quo anno?*

Fico surpresa de conseguir chegar perto de transmitir a minha ideia, e ainda mais surpresa de Marcus me entender. Ele é um eunuco danado de inteligente.

Ele fixa os olhos em mim.

— *Annus secundus.*

O alívio me faz suspirar. Marcus está me observando com atenção, confuso, enquanto concluo que este deve ser o ano 735. Claro, falta pouco mais de um mês para 736 começar, e esse é o ano que Jim disse que os pictos tomaram o poder, o ano do terremoto.

Cutuco o braço de Marcus de novo. Desta vez, ele parece um pouco impaciente para alguém que supostamente é um escravo.

Limpo a garganta antes de falar, porque não tenho certeza se eu deveria estar dizendo isso.

— *Pictii Dunadd vincent.*

Tenho certeza de que a frase está errada, mas algo parece despertar nele.

Ele se põe de joelhos e deixa de lado o cobertor e o latim.

— Quando?

— Depois do Ano-Novo.

Marcus esbarra em Sula em seu caminho para fora da cabana. Quando ela lhe pergunta para onde ele está indo, ele responde que vai buscar comida. No entanto, eu ainda estou tentando decifrar a mudança que essa notícia sobre os pictos tomarem Dunadd provocou em seu rosto. Agora tenho certeza de que eu deveria ter ficado de boca fechada.

Sula me pega pela mão e me leva até suas fileiras de potes de barro. Parece que ela tem uma lição de fitoterapia para mim esta manhã. Quando Marcus volta com a comida, ele coloca no chão uma tábua de madeira com um pão achatado, uma tigela de queijo cottage azedo e um jarro de leite. O leite, a julgar pelo cheiro, não é de vaca. Tem gosto do cheiro de estrume.

Dou uma mordida no pão pingando de queijo e, em seguida, viro-me de volta para Sula. Mas Fergus está do outro lado da porta, anunciando sua presença. Engulo em seco. Quando Marcus abre a porta, Fergus entra, parecendo desconfortável, olhando primeiro para mim e depois para Sula. Talvez ele esteja envergonhado por sua *performance* musical do lado de fora da cabana na noite anterior, porém evita olhar para mim e simplesmente entrega a Marcus uma trouxa de roupas. Ele está se virando para sair quando Sula puxa meu braço para trazer minha atenção de volta para a aula.

Tento entender o que ela está me dizendo sobre ervas e o círculo que traça no centro da palma de sua mão, mas sinto a presença de Fergus perto da porta.

Ela me cutuca, aponta para um pote e me diz um nome em gaélico:

— Para febre. — Marcus tenta ajudar, traduzindo para o latim, "*salix alba*", "salgueiro-branco". Entretanto, continuo olhando por cima do ombro para Fergus, ainda parado perto da porta.

Sula pega minha mão e esmaga uma folha seca de hortelã nela.

Marcus tenta ilustrar essa situação segurando suas nádegas abertas e fazendo ruídos. Sula desiste, senta-se e cai na risada. As palhaçadas de Marcus fazem até mesmo Fergus rir. Eu sorrio, apesar de taciturna, mesmo que me entristeça olhando-o rir com despreocupação, a cabeça jogada para trás, formando covinhas nas bochechas. Como eu poderia esperar que tão lindo espécime masculino pudesse não ter esposa?

Fergus dá um passo à frente e pega a trouxa de roupas que ele trouxe, e Marcus deixou sobre o banquinho, e, desta vez, ele mesmo a entrega a mim. Quando lhe agradeço com um aceno de cabeça, ele começa a remexer numa bolsa de couro com um padrão amarelo e vermelho, que não é bem o típico xadrez escocês, mas está quase lá, e então tira dela um broche e indica que é para prender meu manto sobre os ombros. Reviro a peça na mão, examinando a bela joia trabalhada numa filigrana de fios de ouro sobre uma pedra verde polida.

— Obrigada. — Eu sorrio. — *Tapadh leibh.*

— *Tapadh leibh* — responde Fergus. Um sorriso se espalha por todo o seu rosto, repuxando seus lábios sobre os dentes surpreendentemente brancos. Presumo que até o açúcar aparecer, os dentes permanecerão da cor que Deus projetou.

— Seu canto foi agradável na noite passada — digo a ele.

Encaro-o, cheia de coragem. Ele parece um pouco constrangido. Tenho vontade de afastar seu constrangimento dizendo que ele me chamou de meu amor, porém, do que adiantaria isso, se ele não é livre para fazer qualquer coisa a respeito? Eu deveria resistir, mas deixo-o levantar minha mão e correr o polegar pelos meus dedos.

Olho para ele e penso *mo chridhe*, mas tento não demonstrar. Fergus leva minha mão até sua bochecha e, em seguida, beija-a antes de se dirigir à porta. Fico olhando enquanto a porta que se fecha o separa de mim, mas conservo a sensação de seus dedos na palma da minha mão.

Depois que ele sai, volto para Sula, mas, ao que tudo indica, ela desistiu da lição e está atiçando o fogo com uma vara. Abro a trouxa que Fergus trouxe e descubro uma linda e bem tecida túnica, algo muito parecido com uma tapeçaria, e quase tão pesada quanto. As cores são intensas e ricas, entremeadas com finíssimos fios de ouro. Faço menção de vesti-la, mas Sula indica que não. Isso deve ser para outra ocasião. Há um chapéu pontudo de seda púrpura que, para o meu gosto moderno, não combina com o manto, mas dá para perceber que terei de usá-lo mesmo assim. Um pequeno maço de fitas de cabelo cai de dentro do chapéu. Marcus recolhe-as do chão e trança-as em meu cabelo.

Sula parece precisar de uma boa noite de sono. Ela se enrola no xale e se deita perto da lareira. Marcus desaparece e fico sozinha, atiçando o fogo. Porque preciso me ocupar com alguma coisa para manter meus pensamentos longe de Fergus. Eu me pergunto por que estou levando a moral tão a sério: tenha ele uma esposa ou dez, Fergus está me mostrando quanto gosta de mim. Afinal de contas, não estamos em 2014 e sim, em 735, e as regras, é bem possível, são diferentes aqui. Ainda assim, para mim é difícil ultrapassar certos limites, mesmo que eu não vá ficar aqui por muito tempo. Só espero que, seja lá onde eu esteja indo com meu luxuoso traje, isso tenha algo a ver com Fergus.

Marcus chega com uma braçada de lã virgem e uma coisa que reconheço como um fuso, pois já vi tal objeto em museus, e esse método de fiação foi usado por muito tempo na Escócia. Fiar lã de ovelha deve ser uma tarefa bastante árdua, eu imagino, já que o fuso é basicamente um peso giratório, mas a lã que Marcus está me passando, além de não cheirar nada bem, se recusa a manter-se unida. Eu rio das minhas tentativas frustradas: se nem ao menos consigo fazer o fuso girar de modo uniforme, que dirá conseguir um fio de lã! A expressão no rosto de Marcus é de decepção.

Sula dorme como uma pedra e não acorda até que o sol esteja começando a se pôr e a pouca luminosidade na cabana diminua ainda mais. Enquanto Marcus acende as tochas na parede, Sula pega a trouxa de roupas luxuosas e a entrega para mim.

— Vista isto agora — diz a druidesa.

Não sei para onde estamos indo, mas, de repente, a empolgação na cabana é palpável. Marcus sai, não para me dar privacidade, eu suspeito, mas para tomar uma providência qualquer. Ele volta com um cinto cor de açafrão amarrado em torno de sua túnica e o cabelo alisado para trás com óleo.

Quando visto meu traje, percebo que ele também tem um cinto. Prendo-o apertado, como um cinto de calça, mas Sula o afrouxa de modo que fique caído sobre os meus quadris. Com o chapéu pontudo e alto no lugar, só o que precisamos agora é de um lenço de *chiffon* pendurado no topo. Eu não sei quando os espelhos foram inventados, mas gostaria de ter um agora. Gostaria de ver a aparência de Maggie Livingstone em sua versão Idade das Trevas.

Enquanto Marcus prende o broche no xale pesado que pende de um dos meus ombros, começo a me perguntar por que esse período passou a ser conhecido como a Idade das Trevas. Não parece ser sombrio para quem vive nele. Como Jim diz, a falta de aquecimento seria um problema, mas isso não parece incomodar ninguém. As crianças da aldeia correm descalças, não importando que estejamos quase no inverno. O apartamento da sra. Gillies em Glasgow estava sempre frio. Ela disse que não havia aquecimento central em St. Kilda, e ninguém nunca pegava sequer um resfriado. Acho que pode ser que um dia a nossa época passe a ser conhecida como a Idade da Moleza.

Quando estamos prestes a sair da cabana, Marcus pega uma tocha e vai iluminando meu caminho para que eu não tropece na longa túnica sobre meus pés. Tenho que levantá-la em pequenas pregas, de um jeito que eu não fazia desde que era pequena e brincava de princesa. À medida que descemos do topo do forte, começo a escutar um barulho de metal golpeando pedra. De vez em quando, um zunido é adicionado à percussão.

— O que é isso? — pergunto para Marcus.

Ele aponta para o pé e, em seguida, para o chão. Pé no chão. Aqui é Dunadd. Sim, eu sei exatamente o que está sendo gravado na rocha. Não é o Javali ainda, e sim a marca da pegada. Mas eu não sei por que isso está acontecendo agora, a menos que haja um novo rei para ser coroado.

Estamos sendo conduzidos de volta à casa da rainha, e agora eu entendo a minha roupa colorida. Gosto do costume de anunciar a presença de alguém chamando do lado de fora. A madeira não aplainada dessas portas com certeza não faria bem aos nós dos dedos de ninguém. Sula grita o próprio nome e o meu, mas não menciona o servo. Na verdade, quando entramos, Marcus permanece do lado de fora.

É muito mais iluminado dentro dessa casa e a rainha, que deve ter sido muito bela quando jovem, senta-se numa cadeira de madeira perto do fogo. Uma fina faixa dourada circunda os cabelos grisalhos, porém a minha atenção é logo atraída para Fergus, que se encontra ao lado da cadeira, e para Illa, que está sentada numa pedra, perto da lareira. Até agora, nenhuma esposa à vista. Tento não buscar o olhar de Fergus, mas ele parece ainda mais atraente numa veste roxa ajustada na cintura e envoltórios nas pernas que parecem ser feitos de *tweed*. Meu impulso é fazer uma reverência diante da rainha, mas Sula apenas se aproxima dela. Fergus puxa outra cadeira de madeira da parede para perto do fogo, oferecendo-a à druidesa; sou deixada de pé, até que ele bate no ombro de Illa e gesticula para que ela se levante e me ceda seu assento. Noto que esta noite ela está usando sapatos e um lenço no cabelo. Illa levanta a frente de seu longo vestido verde-claro enquanto, de um pulo, sai de seu banquinho, um bloco de arenito com curiosas alças em cada extremidade, que parece estranhamente familiar para mim.

Um homem magro, de cabelo ruivo, entra e senta-se ao lado da porta, dedilhando o saltério em seu colo, enquanto cantarola algo para acompanhar a melodia. Outro músico chega e se junta a ele com um instrumento delgado que soa como um conjunto de gaitas de foles. Meus dedos brincam distraidamente com as argolas do meu banquinho.

Um servo que não é Marcus, e, suspeito eu, tampouco romano ou eunuco, entra na sala trazendo uma jarra da qual ele despeja um líquido cor de âmbar em copos na mesa entalhada. Tomo um gole do que parece ser uma espécie de vinho quente, contente que não seja uma bebida destilada. Quando oferecem um copo pequeno a Illa, quase me oponho. Ela é só uma criança, afinal de contas.

A rainha toma um gole e olha seu copo com ar de censura. Fergus diz algo sobre os romanos, então, talvez a receita seja proveniente do seu império. Fergus parece não se interessar pela bebida, mais ocupado em me admirar nas roupas que ele me levou. Continua encontrando desculpas para se aproximar cada vez mais de mim, e eu não posso dizer que me incomodo com isso. Preciso controlar meu desejo de roçar meu ombro contra sua coxa ou inclinar-me e descansar minha cabeça contra ele.

A rainha não parece satisfeita comigo. De repente, ocorre-me que essas roupas que estou vestindo podem ser da esposa de Fergus, e talvez ela seja uma favorita particular da rainha.

— Por que o cabelo dela é tão curto? — pergunta a rainha, sem olhar para mim. — Será que o marido morreu?

Posso sentir Fergus esperando pela resposta. Illa se aproxima e junta com delicadeza o meu cabelo em suas mãos, como se as pontas pudessem espetá-la. Meu cabelo deve parecer curto em comparação com o de outras mulheres na Dunadd de 735. Mais ou menos do comprimento do cabelo do seu pai.

— Onde está o seu marido? — a rainha me pergunta.

Se não fosse pelo fato de ela se parecer muito com Fergus, acho que eu não simpatizaria com essa mulher.

— Você é casada? — ela quer saber.

Fergus está olhando para o chão e não me vê dizer não com a cabeça.

— Não — digo, alto o suficiente para ele ouvir. Mas, como não sei se o *status* de divorciada existe nesta época, completo com: — Meu marido morreu.

A rainha me dá um tapinha no ombro. A altivez deixa os seus olhos:

— Quantos anos você tem?

Fergus olha para o chão de novo. Eu lhes digo que tenho 35 anos, o que não é bem a verdade, mas é quase isso.

A rainha fala com mais delicadeza agora.

— Onde fica o seu país?

O meu país? Tento Caledônia, mas não parece funcionar.

— Alba — arrisco.

Eles ficam apenas me olhando, sem dizer nada.

Então, digo "Dunadd", do jeito como as pessoas, em 2014, dizem Dunadd. Eles corrigem a minha pronúncia: "Doonadd".

Eles balançam a cabeça concordando e parecem bem satisfeitos.

— Antes disso, Glasgow — acrescento.

Mais uma vez um momento de pausa e, em seguida, a pronúncia correta:

— Glaschu?

Apenas Fergus parece conhecer.

— Glaschu — repete ele e, então, conta-lhes sobre um pequeno vilarejo perto de um rio ao sul. Não posso evitar sorrir ao pensar que Glasgow algum dia foi tão insignificante assim. Ele diz que é bem conhecido entre os monges.

— Ela é cristã? — a rainha pergunta.

— Não — apresso-me em responder.

Agora que a rainha sabe um pouco mais sobre mim, parece ter mais boa vontade a meu respeito. Estou satisfeita porque Illa também parece menos cautelosa comigo. Pelo canto do olho, posso ver a descrença no rosto de Sula. A rainha me dá a mão e me oferece seu assento. Foi só depois de eu me virar e olhar de novo para a pedra em que estive sentada que percebo o que vinha me incomodando desde que me sentei ali.

Porque, ali no chão, sendo usada como qualquer outro assento e muito menos gasta em torno das bordas, mas perfeitamente reconhecível, no calor e na luz do fogo, está a famosa Pedra do Destino da Escócia.

Sula parece entender meu choque. Ela se aproxima e segura meu braço porque estou quase tremendo. Nada me fez compreender tão bem essa estranha realidade do que ver esse ícone da Escócia sendo usado aqui como um banquinho perto do fogo. Quero lhes dizer o que essa pedra irá se tornar, para nunca tirarem os olhos dela, porque o rei

Eduardo da Inglaterra está de olho nela. Mas Eduardo I, o Martelo dos Escoceses, ainda vai demorar quinhentos anos para começar a martelar.

Os músicos pararam de tocar. A rainha está falando com seu filho em voz baixa e eu não consigo ouvir o que dizem. Illa parece bastante entretida com o espetáculo proporcionado por mim, como sempre. E bastou olhar para ela para eu me sentir mais calma.

Eu, com toda a certeza, quero voltar a me sentar naquela pedra, mas Illa voltou a se empoleirar nela. Quando sorrio para Illa, ela me sorri de volta, embora eu possa perceber que ela não sabe por que está sorrindo. A rainha está me observando. Fergus ordena que os músicos continuem tocando.

Fergus traz um jogo de tabuleiro muito bem trabalhado, com peças de vidro azul e uma única branca, pelo visto o jogo favorito de sua filha, que se aproxima saltitando alegremente. Essa menina é menos quieta do que Ellie, mais extrovertida. Fergus faz sinal para mim para que eu os veja jogar, mas o jogo me parece complicado demais para que eu possa entendê-lo sem uma explicação adequada. Até onde pude perceber, o objetivo de cada jogador parece ser capturar a peça branca, e as regras lembram um pouco o gamão. Suspeito que Fergus vai querer que eu jogue a próxima partida, mas sem chance. Então, em vez disso, fico analisando-o: o sorriso fugaz de arrependimento que surge quando sua filha leva a melhor sobre ele e ri; o cabelo que lhe cai sobre a face enquanto ele estuda o próximo passo; as mãos quadradas que ele passa pelo cabelo quando está frustrado; o anel de ouro sobre a tatuagem em seu dedo médio.

Fico feliz com a chegada da comida trazida por Marcus e o outro escravo. Marcus tem um largo sorriso no rosto, coisa que eu não esperaria dele. Eles colocam a comida em cima da mesa em travessas de madeira, com exceção dos *bannocks*, que são empilhados à parte e irão sobreviver para se tornar outro símbolo da Escócia. Observo a salada de frutas com prazer, embora as duas únicas frutas nela pareçam ser maçã e pera. Suponho que, sem transporte aéreo, esperar uvas seria pedir um pouco demais.

Illa abandona seu jogo e tira pedaços de frutas da tigela com os dedos, de uma maneira que eu nunca teria deixado Ellie fazer; sigo seu exemplo. Fergus pega um pedaço de carne de um prato diferente. Pego um, também, porém não consigo identificar o gosto por trás do sal; parece carne de porco, só que mais forte. A rainha não parece estar comendo. Ela troca seu copo de vinho quente por outra coisa servida por Marcus de uma garrafa de pedra.

Faço sinal para Ellie me observar enquanto eu me ajoelho, pego cinco das contas azuis, e, em seguida, lanço-as diante de mim. Eu costumava ser boa no joguinho "cinco marias" quando menina e costumava brincar disso com meus filhos quando eram pequenos. Jogo a conta branca para cima e pego uma azul antes que a branca caia. Ela se aproxima e se ajoelha ao meu lado, apoiando seu peso contra mim. Eu jogo a conta branca para cima e, dessa vez, capturo duas contas azuis antes que ela caia.

Illa gosta desse jogo. Seu sorriso é como o de Fergus, e eu gostaria de beijar a face dela. Ambas. Ela estende a mão para as contas, mão que não é exatamente o que se poderia chamar de limpa, mas, mesmo assim, eu ainda colocaria meus lábios nela. Fergus diz algo que faz com que ela recolha a mão encardida e todos, eu percebo, estão à espera do meu próximo passo. Esse jogo fica mais difícil depois de duas peças e, sobretudo, com contas de vidro em vez de saquinhos de areia. Eu tento, mas deixo cair uma das contas azuis antes de pegar a branca.

Fergus senta-se no chão ao lado da filha, buscando meu olhar e tomando as contas da minha mão com dedos que deixam uma centelha de eletricidade em todos os pontos que tocam minha pele. Ele começa com um e faz até quatro antes de entregar as contas para Illa. A menina não tem muita sorte depois da primeira conta, por isso tento mostrar-lhe como jogar a conta branca para cima, de modo a ser mais fácil pegá-la de novo. Meus olhos seguem Fergus quando ele se afasta. Illa continua jogando. Posso ouvir Fergus e Sula conversando em voz baixa com a rainha, e a palavra "javali" continua sendo pronunciada. A rainha estende para ele um livro em cuja capa está escrito *Vita Columbae* e também *Adomnán*. Fergus se recusa a pegá-lo. Tenho certeza de que já vi esse título em algum lugar antes.

Marcus enche nossos copos outra vez, inclusive o de Illa, e, não muito tempo depois, ela precisa largar meu jogo, porque está bastante zonza. Depois de algum tempo, após a conversa acabar, ela adormece no chão duro. Tenho vontade de tirar meu manto e colocá-lo debaixo dela, mas suspeito que isso faz parte do treinamento de resistência. Gostaria de saber se Fergus dorme num piso duro, também. Eu me pergunto como seria a sensação de ter o peso dele sobre mim.

Quando Sula se levanta para sair, eu também me levanto. Entretanto, Fergus coloca a mão em meu braço e me faz voltar a sentar. Ele próprio sai com os outros, deixando-me num silêncio desconfortável com a menina adormecida e a avó calada. Agora que o pai dela saiu, tiro meu chapéu e coloco-o sob a cabeça de Illa. Acabo de me perguntar se eu deveria dormir aqui esta noite, quando Fergus retorna com uma pequena trouxa. Essas pessoas parecem adorar uma trouxa.

Ele abre o pano e tira dali um belo pente de osso no formato de uma mão presa a uma alça de pulso. Ele o segura com tanto cuidado que percebo que aquilo significa muito para ele, e fico com medo de tocá-lo.

Quando ele o coloca na minha mão, acho que vislumbro o brilho de um cabelo vermelho preso numa fenda do osso. Talvez o cabelo de outra esposa que não Colla. Entrego-lhe o pente de volta, esboçando um sorriso. Mas, em seguida, sob os olhares de sua mãe, ele começa a passá-lo pelo meu cabelo. Tento me lembrar de quando foi a última vez que lavei o cabelo. Ele o penteia com cuidado, parando quando encontra um nó. Cada passada do pente é seguida pelo deslizar de sua outra mão.

Não quero nem saber o que a rainha está pensando, por isso mantenho os olhos focados no fogo, logo acima da Pedra do Destino, e me pergunto como foi que meu destino me trouxe para cá. Quando vim para Dunadd, só queria fugir de tudo, e aqui estou eu sob a mão de um lorde medieval, cujo toque, devo acrescentar, eu aprecio muito.

Quando a rainha adormece na cadeira, ele me envolve com o seu próprio xale e me leva lá para fora, na noite fria. Paramos ao lado da casa com uma pergunta pairando entre nós.

Ele diz:

— *Tiugainn comhla rium.* — A pergunta está em seu rosto, enquanto sua mão aponta para o topo da colina. *Venha comigo.*

Olho para a mão estendida, mas não posso aceitá-la. Sei aonde isso vai me levar. Posso ler em seus olhos. Mas, seja por decoro ou não, não posso fazer amor com o marido de outra mulher. Faço que não com a cabeça. Ele deixa cair a mão.

Posso sentir que ele fica me observando, porém não me segue enquanto eu tomo a direção da cabana de Sula, levantando a barra da túnica pelo caminho íngreme, sentindo-me, no entanto, nem um pouco como uma princesa neste momento. Sento-me perto da lareira de Sula, meus joelhos sob o luxuoso vestido pressionados contra o peito, desejando que eu pudesse deixar esta época, que vai se complicando na História e no amor.

Tento dormir, para induzir meu retorno ao sofá azul e à paisagem do rio e campos abertos que avisto da minha janela, mas não tenho sorte em ajeitar as coisas como quero esta noite. Mais tarde, quando Sula e Marcus retornam, eles ocupam seus lugares perto do fogo, e tudo fica mais uma vez em silêncio.

Algum tempo depois, desperto. É preciso um momento para que meus olhos se ajustem à escuridão, mas, mesmo assim, não há luz por baixo da porta ou através das paredes de acácia. Alguém está chamando tão baixinho que, num primeiro momento, não consigo entender, mas, em seguida, pela maneira como diz "Ma-khee", sei que é Fergus.

Tenho que passar por cima de Marcus para chegar à porta. Fico lá, roendo as unhas, ouvindo Fergus se movendo do outro lado. Tudo está tão silencioso que posso ouvir sua respiração. Tento respirar devagar, para que ele não possa ouvir a minha.

Talvez ele tenha pousado a mão sobre a porta, porque ela se move de leve na minha direção.

— Ma-khee.

Minha mão vai para o trinco, mas para. Eu sei o que significa responder a esse chamado e que não deveria enveredar por esse caminho se não pretendo segui-lo até o fim. Estou tentando reunir todo o bom senso que minha idade me deu, mas meu cérebro parece desconectado do restante de mim e meus dedos empurram o ferro frio da trava para fora de seu encaixe.

Ele tem os braços apoiados em cada lado da porta, descrente, ao que parece, de uma resposta minha. Quando me vê, recua. Por bem mais que alguns instantes, ficamos parados ali, frente a frente: eu, ainda do lado de dentro; ele, parte da noite lá fora e tão ameaçador quanto ela.

E, então, ele limpa a garganta e fala baixinho:

— *Tiugainn comhla rium.* — Venha comigo.

Ele olha para mim com seu sorriso insolente como se estivesse pedindo para ser beijado, se é que o beijo já foi inventado.

— Eu não posso — digo, recuando um pouco para dentro.

Fergus não está prestando atenção em minhas palavras. Por que deveria? Elas não convencem nem a mim mesma! Ele me puxa para si, eu sinto as mãos dele em minha cintura, e me aconchego contra seu corpo. Seu boldrié pressiona meu esterno bem onde ele se encaixa entre os meus seios. Minhas mãos deslizam sobre as costas dele e pousam sobre a correia de couro na altura em que ela cruza suas omoplatas. Posso sentir sua respiração contra a minha orelha, e tudo o que preciso fazer é inclinar meu rosto um pouco para trás e sua boca encontra a minha, infinitamente quente no ar frio da noite.

Sua mão desce para buscar a minha e ele me puxa suavemente:

— *Tiugainn comhla rium.*

Eu digo que não com a cabeça.

— Não posso.

Ele se afasta e fica um pouco longe. Está respirando com dificuldade.

— É porque o seu coração ainda está com o seu marido?

— Não — respondo. — Porque o seu está com a sua esposa.

Ele vem até mim e me segura pelos ombros.

— Você tem razão. E tem sido assim há muito tempo. Eu não achava que poderia amar outra mulher, mas eu quero você, Ma-khee.

Ele me segura mais uma vez como se eu fosse seu último refúgio.

Eu o empurro.

— Você precisa voltar para ela.

Quando ele se afasta, vejo que sua expressão está confusa.

Eu o empurro de novo.

— Volte para sua esposa, Fergus.

Do fundo do meu coração, eu não queria dizer isso. Entretanto, tinha que dizer. De repente, não sei por quê, ele está sorrindo, mas eu vejo aqueles seus dentes maravilhosos reluzirem no escuro.

Fico na defensiva por reflexo.

— Colla. Volte para Colla.

Ele acha isso ainda mais divertido.

— Colla não é minha esposa, apenas uma mulher com quem Murdoch queria que eu me casasse.

Agora sou eu quem está confusa.

— Bem, então quem é a sua esposa?

Ele dá um sorriso breve e sem ânimo.

— Ela morreu, assim como seu marido. Ela era irmã de Talorcan.

Fico sem fôlego e com as pernas bambas ao mesmo tempo. Tenho vontade de gritar "Aleluia", mas acho que ele não aceitaria isso muito bem. Não sou tão simplória a ponto de pensar que um cônjuge morto é um obstáculo menor do que um na terra dos vivos. Ainda assim, isso na realidade desobstrui o caminho. E me faz pegar a mão dele e beijar-lhe a palma, aquela palma da mão não muito limpa.

Ele fica esperando, caso eu tenha mais algumas palavras a dizer, e eu tenho, só que não consigo nem começar a formulá-las. Quero dizer para ir com calma comigo, que faz muito tempo que eu não faço amor e que agora estou um pouco fora de forma.

Ele pega a minha mão e me puxa delicadamente:

— *Tiugainn comhla rium.*

Vou com ele, abraçada a ele, a lateral de meu corpo colada à dele, através da escuridão sem estrelas, afastando-me da cabana de Sula, descendo a colina e passando pelo local onde o pedreiro abandonou suas ferramentas para passar a noite, até as construções no nível do gramado. A cozinha também está escura e silenciosa quando passamos por ela e paramos diante de uma pequena cabana retangular. Ele hesita antes de levantar a trava, e eu começo a me perguntar se este é o lugar em que ele morava com Illa e sua esposa quando ela estava viva.

A porta se abre para um único cômodo, o que, a julgar pelo mato que agora toma o piso, não tem sido usado já há algum tempo. Pela maneira comedida como Fergus caminha ao redor da sala, pela maneira como seus olhos se movimentam do chão a uma plataforma onde outrora devia ficar a cama, e onde ainda há uma pilha de cobertores, eu sei onde estou, e não me sinto muito à vontade com isso.

Espero por ele ao lado da entrada, mas ele se vira para mim e me conduz, fechando a porta e bloqueando, assim, qualquer luminosidade, de modo que tudo o que posso fazer é senti-lo no escuro e ouvir sua respiração no meu ouvido, enquanto ele levanta a minha túnica e corre as mãos sobre a pele das minhas costas.

Ele cai de joelhos e passa os braços em torno de minhas nádegas, puxando-me contra o seu rosto, a boca bem no lugar que sua mão tocou no nosso primeiro encontro. O homem deseja a mulher e, a julgar pela umidade do ponto onde as coisas acontecem, não resta nenhuma dúvida de que a mulher também deseja o homem.

Ele entende mais do que eu sobre como remover o traje de uma dama dessa época. O broche e a faixa são soltos sem esforço e caem em suas mãos. O manto, sem sua presilha, desaba sobre os meus tornozelos. Ele me segura à distância de um braço e tenta enxergar no escuro quando a minha calcinha estica sob o seu toque, mas, em seguida, salta de volta, como uma camada extra de pele. O sutiã se apresenta como uma prova ainda mais difícil, do mesmo modo como também o é para o homem moderno. Não me demoro muito tempo no humor da situação e, afastando as mãos dele para o lado, livro-me de ambos os itens do vestuário íntimo e o atraio novamente de joelhos para mim. Se isto é um sonho, então, por favor, que ele continue; que este suspiro que me escapa quando as palmas de suas mãos frias encontram os meus mamilos seja real. Se Deus existe, e, sobretudo, se for mulher, possa eu me perder nesses braços e nunca mais ser encontrada.

Sem me soltar, Fergus estica-se e pega um cobertor de uma pilha no chão, estende-o e me deita nele.

Não há demora; foi para isso que ele me trouxe aqui, e foi por isso que eu vim. Eu me atrapalho para despi-lo, pois não consigo encontrar os nós que prendem suas vestes, não sei o que fazer para soltá-las. Fergus sabe. Ele afrouxa o cinto, e os cordões e os envoltórios das pernas despencam como se tudo tivesse sido projetado para fazer exatamente isso, e talvez fosse mesmo. Eu deslizo as mãos sobre o seu peito, sinto-lhe as batidas do coração. Por um instante, ele hesita antes de vir para mim. A faca que usa debaixo do braço ainda comprime a sua pele, dentro da bainha. Eu a pego e seguro-a contra as suas costas enquanto ele se deita sobre mim, apertando meus ombros contra o chão duro. Seus joelhos metem-se por entre os meus, e não há o que pensar agora. Os portões foram abertos e ele navega para dentro, parando apenas para esperar que a parede em mim ceda. Quero esperar, segurar um pouco, não deixar que ele deslize tão cedo. Se pudéssemos parar de respirar, ficar parados e nos manter assim por mais um momento... Mas é tarde demais. Estou caindo. Tudo está desmoronando e eu estou na borda, agarrando-me a ele porque do outro lado há apenas a queda.

Posso ouvi-lo dizendo: “Ma-khee”. Ele traz sua boca contra a minha orelha.

— Ma-khee.

Ma-khee. A cena começa a se desvanecer. Eu luto para ficar, passando minhas mãos sobre suas costas, sincronizando minha respiração com a dele.

Entretanto, uma voz de outro mundo está vibrando.

— Maggie. — Sob um véu de tempo diferente, alguém está tentando me acordar.

Eu fecho os olhos, respirando com dificuldade.

— Não.

Fergus beija o cabelo próximo à minha orelha, para onde escorrem as lágrimas.

— Fique comigo, *mo chridhe*.

Ele desliza para fora de mim, cobrindo-me de novo com a ponta do xale. Há uma linha tênue de luz sob a porta agora, e o barulho de vasilhas e panelas nos chega da cozinha. Preciso continuar tocando-o a fim de assegurar a mim mesma de que tudo isso aconteceu, pelo menos desta vez. As lágrimas são para o caso de isso nunca mais voltar a acontecer.

Posso adivinhar, pela respiração ritmada de Fergus, o lento levantar de seu peito contra o meu lado, que ele caiu no sono. Sorrio, porque não importa a época, algumas coisas nunca mudam. Neste exato momento, eu desejo que elas na realidade não mudem. Mas elas vão mudar. Faltam apenas oito semanas até uma cirurgia que foi projetada precisamente para assegurar que elas mudem.

Acaricio Fergus um pouco para ver se consigo acordá-lo. Ergo a mão dele, mas ela cai de meus dedos. Fergus, *mo chridhe.*

Minha mão desliza para baixo ao longo do seu flanco.

— Fergus.

Espero para ver se ele se mexe. Nenhum músculo se move. Aliso-lhe a linha das sobrancelhas.

— Fergus.

Limpo a garganta. Não sei se eu deveria lhe contar, o que isso poderia significar para a História. Mas, se eu nunca mais voltar, tenho que avisá-lo antes de partir.

— Fergus, os pictos vão invadir o forte em breve. E um terremoto vai inclinar a Terra e afastar o mar de tal maneira que dificultará demais o comércio. Você nem precisa saber sobre os *vikings* ainda, mas eles descerão sobre vocês como o próprio inferno, só que vocês não temem o inferno ainda. Vocês temerão, quando os cristãos assumirem. No final, Kenneth MacAlpin, ele próprio meio picto, será coroado o primeiro rei da Escócia aqui na Dunadd, mas não até o ano de 843.

Eu o acaricio na nuca e até o ponto onde seu cabelo bate, na altura dos ombros.

— Você quer saber quem eu sou, mas, se eu lhe dissesse, você não iria acreditar em mim; antes de ser Ma-khee, eu costumava ser Margaret, com um marido que não está morto, mas poderia muito bem estar. E eu também já tive uma filha, como Illa.

Deito minha cabeça contra seu peito, e deixo minhas lágrimas rolarem em sua pele.

— Eu venho da Escócia, do século XXI, onde não há mais bruxas, exceto no Dia das Bruxas, e, mesmo assim, elas não são propriamente bruxas, apenas personagens de histórias infantis. Nós já não dependemos de druidesas, e sim, de coisas, de carros, de casas e de relógios Rolex.

Paro de falar quando Fergus se mexe um pouco sob a minha mão e geme. Eu espero até ele ficar quieto de novo, observando a manhã resplandecente forçar o caminho sob a porta, afastando-me cada vez mais de Fergus. Posso sentir a cena se esvaindo.

— *Maggie* — diz Jim —, *você está bem?*

Passo os braços em torno das costas de Fergus e comprimo meu corpo contra o dele, cada centímetro meu que possa encontrar um centímetro dele.

— Fergus — eu sussurro, embora ele não entenda o que estou dizendo numa linguagem que nem sequer existe ainda. — Fergus, vocês irão conhecer a eletricidade, a gasolina e as bombas, e se transformarão num povo muito estranho, cujos homens se voltam contra as suas mulheres e queimam vivas as mais fortes. No fim, haverá um estacionamento na base da Dunadd, e pessoas de todo lugar irão subir aqui para colocar o pé numa marca na pedra que nem sequer existe ainda. A essa altura, ninguém vai acreditar que o mar chegava até aqui, exceto um inglês maluco, um fazendeiro que ganhará milhões à custa dos escravos nas distantes plantações de cana, e possuirá toda esta terra, até onde a vista alcança.

Eu acaricio a parte de trás de suas coxas. Talvez, se o dr. Shipshap tiver razão, ele possa absorver um pouco do que eu estou lhe dizendo em seu subconsciente, embora o subconsciente ainda não tenha sido inventado também. Antes de eu ir embora, tenho mais uma coisa a dizer.

— Fergus, as pessoas partirão desta nação e conquistarão continentes inteiros, um pouco como os *vikings* irão fazer antes deles, e matarão os nativos como se não houvesse amanhã, e talvez não houvesse mesmo um amanhã. Tudo ficará muito louco, só que numa escala muito maior do que você pode imaginar. O que tenho a lhe dizer, *mo chridhe*, é que eu venho de um lugar tão distante como a lua é daqui: eu venho do seu amanhã.

Deslizo a aliança de casamento para fora do meu dedo. Ela não sai com facilidade, encravada como está no pequeno sulco que deixou na minha pele. Fico de joelhos e amarro a aliança em seu cinto com uma fita do meu cabelo. Volto a me deitar e pressiono meu corpo contra o dele. Acho que ele vai encontrar a aliança quando acordar sem mim, e isso lhe dirá seja lá o que for que ele desejar.

17

Depois que Ma-khee o deixou, Fergus foi se deitar perto da filha, diante do fogo já quase mortiço da lareira, na casa aquecida da mãe. Entretanto, muitos pensamentos o impediam de conciliar o sono esta noite. A cabeça de Illa ainda repousava sobre o chapéu que a mulher havia usado. Gostava que ela tivesse esse tipo de sensibilidade e delicadeza e isso o lembrou de outra coisa, que o fez sorrir: aquele esquisito envoltório que ela usava sobre os seios e que dava toda a volta, até as costas. Ele rolou para o lado e seus olhos bateram no assento de pedra ao lado da lareira. Que estranha a reação de Ma-khee a isso. É claro que essa não era uma pedra comum, já que viera de longe, do Oriente. Quem sabe se Ma-khee também não viera do Oriente e que foi por isso, talvez, que ela reconheceu que tipo de pedra era esta...

Suas maneiras eram inusitadas. Sua linguagem lhe era irreconhecível, apesar de ele já ter viajado até a Gália. Soava mais como saxão do que qualquer coisa, mas não tinha a mesma cadência. Ele fingiu dormir enquanto ela falava, sentindo-lhe a mão sobre as coxas, as pontas dos dedos alisando suas sobrancelhas. Ele sorriu quando se lembrou de que ela o havia chamado de *mo chridhe*.

Illa se mexeu de repente durante o sono e tocou a mão de Fergus. Ela não podia saber que nesta noite seu pai começara a se "esquecer" de sua mãe. Ele esperou até que Illa estivesse dormindo para trazer um objeto que sua mãe havia amado, o pente que veio num saco de despojos de um ataque aos nortúmbrios. Pareceu-lhe estranho segurá-lo em sua mão e passá-lo pelo cabelo de outra mulher. Ainda assim, ele tinha gostado da forma como sua mão escorregava tão facilmente por entre as madeixas até os ombros. Seus dedos, ao se demorarem ali, não haviam percebido nenhuma resistência.

Fergus se perguntou sobre o marido de Ma-khee, que tipo de homem poderia ter sido a ponto de marcar tanto uma mulher. Marcus achava que era possível ter havido um filho. Então, ela era como ele, esta Ma-khee. Ele esperava que ela pudesse esquecer seu antigo marido. Fergus estava deitado de costas, com as mãos atrás da cabeça, relembrando a cena na outra casa. Fazia muito tempo que não tinha intimidades assim com uma mulher, mas como haviam sido doces os gemidos dela de prazer em seus braços, misturados aos seus próprios. Ele tinha se esquecido de como era, depois de tanto tempo enfurnado por vontade própria numa caverna sem luz e sem som. Ma-khee o trouxera de volta de sua escuridão e mostrara-lhe o céu. Tal pensamento apertou seu coração, deixando-o um pouco temeroso, pelo tanto que se pode perder no amor.

Foi o pedreiro que acordou Fergus pela manhã com seu martelar na rocha na encosta logo acima da casa de sua mãe. O fogo reduzira-se a brasas e oferecia pouco calor. Fergus levantou-se e jogou um triângulo de turfa no fogo antes de sair para falar com o pedreiro que Murdoch havia contratado para moldar a forma de uma pegada na rocha. Pela primeira vez, as ideias de seu irmão estavam de acordo com as suas. Fergus queria ficar em Dunadd agora, não apenas por Illa, mas também por Ma-khee. Entretanto, ele temia que o antagonismo de Murdoch para com os pictos pudesse incitá-los a se revoltar, no final das contas.

Fergus encontrou Illa na cozinha, onde as cozinheiras muitas vezes a deixavam enrolar a massa do pão. Encostado no batente da porta, ele comeu um prato inteiro de aveia cozida no leite, enquanto espiava a manhã lá fora, que estava úmida e tranquila sob espessas nuvens. Permaneceria próximo aos fornos de bom grado, mas ele tinha que ir até a vila e se encontrar com Talorcan.

Enquanto Fergus seguia seu caminho até os portões, as nuvens começaram a liberar gotas geladas, e elas não demoraram muito a cair. Era seu costume trocar algumas palavras com os guardas, mas seus pensamentos estavam carregados de preocupação esta manhã, enquanto ele tentava arrumar um jeito de conciliar essa nova mulher com seus deveres como filho da casa real de Dunadd. Ele passou apressado pelos portões e cruzou a ponte de cordas, que balançou sob suas passadas e fez com que se lembrasse da lesão no tornozelo na noite de *Samhain*.

O ar das manhãs na vila carregava o cheiro azedo e fermentado do aquecimento de *fraoch* e de *bannocks* assados. Talorcan morava na extremidade da vila, perto da colina, numa casa rodeada por uma cerca alta. Sua esposa não lhe dera filhos, e por isso ele tinha filhos e filhas com outras mulheres. Hoje ele estava parado na soleira, sozinho.

Talorcan puxou seu cunhado pelo braço:

— Fergus. Entre, venha comer comigo.

Fergus entrou na casa e se agachou ao lado do amigo perto do fogo, não muito à vontade com a própria intenção de contar sobre a nova mulher. Talorcan amava sua irmã Saraid e não receberia a notícia assim tão facilmente.

Talorcan passou queijo cremoso sobre um *bannock* e entregou-o a Fergus; em seguida, colocou uma caneca de *fraoch* para esquentar em cima de umas brasas num buraco no chão.

Fergus comeu em silêncio. Após um instante, ele levou a bebida aquecida aos lábios. Isso tornaria seu discurso mais fácil.

— Tem havido rumores — disse Fergus.

Talorcan assentiu.

— Eu ouvi os rumores. Ouvi dizer que você tomou a mulher estrangeira para si.

Fergus suspirou.

— Não pense que é fácil para mim esquecer Saraid.

— Já estava na hora, no entanto — disse Talorcan. — Os mortos não são para serem mantidos conosco, como que guardados em caixas. Eles têm suas vidas, não mais conosco, exceto pelos momentos em que o véu se abre. Mas isso não depende de nós.

Fergus concordou.

Talorcan bateu em suas costas.

— Se você não a tivesse tomado, eu a teria pegado para mim.

Fergus tomou um gole de sua caneca de chifre de boi. Ele sabia que não significava nada para Talorcan vangloriar-se sobre as mulheres. Ainda assim, o comentário o deixou ansioso para mudar de assunto.

— Mas não são sobre esses rumores que eu vim conversar. Meu irmão e minha mãe estão preocupados com as notícias que nos chegam do norte e do leste sobre o novo rei Oengus. Eles temem que vocês, pictos do Javali, se rebelem e juntem-se a esse rei para tomar Dunadd de nós.

Talorcan pegou um pedaço de pau e desenhou indiferente um javali na terra.

— Ouvi rumores, também — ele disse —, de que a druidesa tem visões sobre essa imagem gravada na rocha, dentro de seu forte.

Fergus sacudiu a cabeça.

— Como esses rumores chegaram até você?

Talorcan ofereceu-lhe outro *bannock*.

— Lembre-se: as pessoas que o servem e preparam sua carne não vêm de sua linhagem.

Fergus encarou o rosto de Talorcan, traçando com os olhos o belo contorno do javali em sua testa. Talorcan desviou o olhar.

— Então, é verdade? Devemos temer aqueles dentre os quais temos tomado nossas mulheres, cuja deusa temos adorado? Virão eles no meio da noite para nos matar?

Talorcan olhou nos olhos daquele escoto que ele conhecia desde a infância. Ele riu.

— Não enquanto meu cunhado, que tenho como irmão, respirar. Não enquanto a filha da minha irmã dormir o sono dos justos.

Fergus terminou sua bebida. Ele estendeu a mão a Talorcan.

— Obrigado. Posso confiar em você. Mas e quanto aos outros?

Talorcan acompanhou-o até a abertura na cerca de pau.

— Temos convivido pacificamente com seu povo por duzentos anos. Você tomou a minha irmã como esposa. Nenhum escoto tombará pela minha mão. Aqueles que querem lutar devem fazê-lo sob o signo da besta do rei Oengus no norte. Ainda assim, você deve dizer ao seu povo para ouvir a druidesa.

Fergus sentia-se desconfortável enquanto atravessava a aldeia em seu caminho de volta. Havia muitos mestiços vivendo ali, mas também muitos pictos altos de cabelos ruivos. Se os pictos do norte decidissem marchar para o sul, quem poderia dizer que outros mais arrebanhariam no caminho? Se os escotos tivessem que enfrentar tal poderio, todos os homens das ilhas nos confins do reino de Dál Riada teriam de ser convocados.

Talvez até mesmo da distante Erin. Mas a ordem teria que sair em breve. Tal exército não poderia ser reunido com tamanha rapidez.

Ele afugentou tais pensamentos enquanto subia em direção ao forte e era admitido nos portões. Seu pensamento deveria voltar-se para coisas mais amenas. Afinal de contas, ele havia encontrado uma mulher da qual gostava e estava ansioso para vê-la. Esperava que a lembrança dele lhe agradasse tanto quanto o entusiasmo para vê-la esta manhã o fazia correr o último trecho colina acima até as casas.

Entretanto, Ma-khee não estava na cabana de Sula nem na cozinha. Um momento de pânico sugeriu-lhe que ela tinha fugido e voltado para o lugar de onde viera. Mas Fergus a encontrou com sua filha e Sula, observando o pedreiro gravar a pegada na rocha. Ele postou-se ao lado dela, esperando que ela ainda o quisesse.

Ma-khee se virou para ele.

— Para que é a marca de pé?

Ele encontrou uma suavidade em seus olhos que o fez sorrir e desejar tocá-la. Seus dedos envolveram a mão dela. Intensificou a pressão quando Ma-khee correspondeu ao aperto. Ele podia sentir Sula observando-os, mas não fazia diferença agora se Ma-khee era uma druidesa ou não. Muita coisa acontecera e Sula já não poderia pegá-la de volta.

— A pegada será o lugar para o juramento de fidelidade por parte dos senhores das terras distantes. Isso significa que eu não terei mais que viajar para recebê-los — ele explicou.

Ele deu um passo para a frente a fim de que seu peito tocasse as costas dela. Agora, entretanto, Ma-khee estava distraída com o pedido do pedreiro para que Sula pisasse a marca na pedra para que ele pudesse terminá-la de acordo com o tamanho de seu pé. Isso parecia encher a mulher Ma-khee de alegria, que falava rapidamente em sua própria língua e batia palmas.

Fergus pegou Ma-khee pela mão e a chamou:

— Venha — disse, da maneira delicada que um homem tem de falar com uma mulher que ainda não tem certeza de que é sua.

Fergus a levou de volta para a casa dele, onde tinham se deitado juntos na noite anterior. Enquanto caminhavam, Ma-khee puxou o xale sobre o rosto para se proteger da chuva; Fergus gostou quando ela escorregou na lama e precisou passar o braço em torno de sua cintura para não deixá-la cair. Desta vez, ele também levou Illa, pois já era hora de ela voltar para a casa onde havia nascido. Nos últimos dois anos, eles não gostavam nem um pouco de ir lá, e se sentiu estranho ao se ajoelhar em frente à antiga lareira com os olhos de outra mulher sobre ele.

Como ele havia lhe ensinado, Illa trouxe gravetos e amontoou-os em formato de pirâmide, enquanto Fergus tirava uma bolsa de couro do cinto e puxava dela um instrumento de aço com dois buracos para os dedos, uma peça redonda de pedra e um pouco de fungo seco. Ele colocou o fungo na lareira, ao lado de uma pilha de madeira velha carbonizada, e então começou a golpear o instrumento de aço com a pedra até produzir uma faísca ou duas, que pegou no fungo, incendiando-o. Ele soprou para alastrar o fogo. Não demorou muito até que os gravetos começassem a crepitar e o fogo se levantasse da pirâmide de Illa. Os olhos de Ma-khee não se afastaram dele, enquanto ele guardava seu *kit* de volta na bolsa e sentava-se com as mãos no quadril, assistindo ao fogo aumentar.

A mulher parecia feliz com Illa no colo, trançando o cabelo dela, cantando uma música estranha com os lábios perto do ouvido da menina. Fergus foi até lá, postou-se por trás dela e passou os dedos por seu braço, acariciando-a; ela olhou para cima e sorriu. Ele tentou ocupar-se deslocando utensílios e móveis pelo aposento, porém seus olhos continuavam a encontrá-la, desejando que o lugar estivesse escuro mais uma vez. A julgar pela expressão no rosto de sua filha, não seria difícil para ela aceitar essa Ma-khee como uma nova mãe.

Quando a casa ganhou um pouco de calor, ele deixou-as e foi encontrar Sula, pois havia coisas a discutir. Do lado de fora da casa, ele parou por um momento, enquanto se recompunha e abandonava um pouco mais a lembrança de sua falecida esposa. O que sentia era nada mais do que um desconhecido sentimento de libertação, que tornava seus passos leves enquanto ele escalava a colina e chegava até a porta de Sula.

Ele chamou o nome dela e ficou esperando um pouco afastado, apertando a aliança de ouro na palma da mão.

Mas Sula não estava sozinha. Na penumbra da cabana, Fergus a divisou inclinando-se sobre o pé de Marcus. Ele estava ansioso para falar com ela, porém não parava de bocejar devido ao pouco tempo de sono que desfrutara na noite anterior, e não tinha escolha a não ser sentar-se no chão e esperar. O cheiro do cataplasma que Sula estava aplicando dominou Fergus e fez suas pálpebras pesarem. A próxima coisa que ele percebeu foi Sula se debruçando sobre ele, sacudindo seu ombro.

— Acorde — chamou ela. — O que foi?

Fergus abriu os olhos. Ele se levantou e pôs-se de lado, para deixar Marcus passar para sair. Sula fez sinal para que Fergus se assentasse na laje que se projetava da parede, onde Ma-khee estava sentada na primeira vez em que a viu.

— Essa Ma-khee — disse ele. As próprias palavras o fizeram sorrir.

Sula assentiu:

— Chegou a hora.

— Você vai lançar suas pedras de novo, para ver se essa Ma-khee é aquela que você viu antes?

Sula negou com a cabeça.

— Tenho medo de lançar minhas pedras hoje em dia. O que eu vejo ninguém entende. Nem mesmo eu.

Fergus inclinou-se para a frente em seu assento.

— O que você vê? O javali na encosta?

Sula caminhou até Fergus, aquele homem que ela conhecia desde que não passava de um garoto magricela; ela tomou a cabeça dele entre as mãos.

— Sim. O javali na rocha ao lado da marca de sua pegada. Eu vejo uma época em que essas duas coisas serão tudo o que restará em Dunadd: apenas samambaias e as gravações na pedra.

Fergus encarou-a.

— Quando?

— Não sei dizer. Mas vejo faixas pretas cruzando as terras. Vejo carroças sem cavalos movendo-se muito rápido. Não acho que isso será dentro em breve. Mas você tem que partir.

Fergus passou as mãos pelo cabelo.

— Como eu poderia partir? Murdoch nunca vai desistir de Dunadd, nem minha mãe. Vamos ficar e lutar.

— Contra algumas coisas você não pode lutar — observou Sula. — Você pode matar todos os pictos do norte, do leste e do sul, mas o entalhe do javali será feito na rocha, quer você massacre a todos nós ou não. Fergus, seu povo não irá durar muito tempo por aqui.

Ela levantou a mão dele e deu-lhe uns tapinhas.

— Estou lhe dizendo essas coisas porque você tem ouvidos que escutam. Murdoch anda surdo ultimamente a avisos dados por uma velha. Fale com sua mãe; fale com sua mulher.

Fergus consolava-se com o toque das mãos da velha, como se ainda fosse uma criança. Ele pegou-lhe as mãos de dedos descarnados e juntou-as dentro de suas próprias.

— E quanto à mulher?

A druidesa balançou a cabeça.

— Não tenho sentido nada sobre ela. Pergunto às minhas pedras e elas dizem que esta mulher vem de longe, mas ela diz que vem daqui, e eu não creio que esteja mentindo. Só posso achar que ela vem do mundo dos mortos. E, no entanto, você tem razão, ela tem todos os sinais dos vivos. — Sula olhou firme para o rosto dele e sorriu. — Por que essa mulher agora? Sua mãe e seu irmão encontraram para você outras noivas, mais jovens, mais belas do que essa. É ainda o jovem Fergus falando, aquele que deve sempre dizer não?

Sula recolheu as mãos e agachou-se perto do fogo, olhando para as chamas como se pudesse encontrar as respostas para suas perguntas lá.

Fergus se agachou ao lado dela.

— Quem pode dizer por quê? Não é uma questão para discussão. — Ele revirou a aliança de Ma-khee na palma da mão e comoveu-se com o pensamento de que ela não se entregara a ele fácil, nem deixara seu passado para trás num estalar de dedos. — Mesmo que ela não seja a mulher das suas pedras, eu quero que ela seja. Pode-se discutir até a exaustão sobre a seta certa para o trabalho, mas, no final, a seta que vai deixar sua marca é aquela que parece adequada na sua mão.

Sula abriu a mão de Fergus e pegou a aliança. Ela olhou em seus olhos e, em seguida, voltou a depositá-la sobre aquelas linhas da palma da mão que ela conhecia tão bem, que lhe disseram tanto.

Quando ela se levantou, Fergus deu-se conta pela primeira vez de como ela estava velha agora; suas pernas já não podiam sustentá-la por muito tempo num lugar. Ele observou-a passar a mão sobre o rosto e olhar para ele.

— Não entendo muito bem essas minhas visões — disse ela. — O tremor que abala a fortaleza... eu não sei se é um jogo de imagens ou um tremor de terra, como o que atingiu certa vez Erin, mas você deve pegar essa mulher e sua filha e ir embora. Você deve deixar Dunadd, porque está chegando o tempo em que não será seguro para você aqui. Eu vejo isso com mais frequência agora.

Fergus levantou-se e pôs a mão no ombro de Sula. Sua respiração era rápida e superficial.

— Você sabe que eu não posso ir embora.

Sula se levantou.

— Deixe Dunadd, Fergus, enquanto ainda há tempo.

Fergus deixou a casa de Sula com a cabeça fervilhando. Ele correu para a casa da esposa de seu irmão. Ela não via Murdoch havia uma noite e um dia. Ele correu para a casa de Colla. Ela disse que Murdoch havia partido com uma companhia a cavalo ao nascer do sol.

Fergus encontrou a mãe sentada ao lado da lareira, o *Vita Colum*, a hagiografia de Columcille, no colo.

Fergus se ajoelhou diante dela. Ele não podia fazer outra coisa.

— Acabei de vir da casa de Sula. Você precisa ouvi-la, mãe.

— Já ouvi — disse Brighde. — Foi você que não prestou atenção nela. Hoje mesmo seu irmão saiu a cavalo até os confins do Dál Riada para arregimentar homens. Nós não podemos derrotar os pictos sozinhos. Murdoch vai marchar para o norte com um exército e enfrentar esse rei Oengus antes que ele chegue a bater os olhos em Dunadd. — Ela pôs a mão no topo da cabeça de Fergus. — Você vai se juntar a eles? Murdoch tem uma liderança firme, mas você tem a confiança do povo.

Fergus balançou a cabeça.

— Sula diz que eles não podem ser derrotados. O rei Oengus pode ser morto e suas forças vencidas, mas ela viu o javali gravado em nossa colina.

— Ela é apenas uma velha — desdenhou Brighde. — Os monges dizem que ela deve ser levada para fora do forte e queimada.

Fergus agarrou os joelhos da mãe.

— Você tem que ouvi-la, mãe. Ela diz que os pictos reinarão sobre Dunadd, e será em pouco tempo.

Brighde recolheu a mão.

— Você vai me deixar para trás e abandonar Dunadd, esta terra de nossas mães que viemos de Erin para conquistar, que temos lutado para manter?

Fergus olhou para cima, para ver o rosto da mãe.

— É claro que não irei faltar ao meu dever para com você. Eu nunca vou deixar Dunadd. Como poderia?

Fergus desceu correndo a fortificação, passou chispando pelos portões, atravessou a ponte que balançava sob seus pés e cruzou esbaforido toda a terra batida da vila até a casa de Talorcan. Uma vez lá, Fergus inclinou-se para recuperar o fôlego.

— O que foi, Fergus? Fale comigo.

— Murdoch partiu a cavalo para reunir os homens de Dál Riada para cavalgarem rumo ao norte e enfrentarem o rei Oengus.

Talorcan soltou um suspiro.

— Acabei de ouvir que eles partiram antes do alvorecer. Quantos homens ele consegue reunir?

Fergus se levantou. Talorcan foi buscar-lhe água numa caneca de madeira.

— Existe uma lista. Cada assentamento que eu visitei colhendo juramentos de fidelidade possui muitos barcos. Os druidas sabem os detalhes. A ilha de Jura tem barcos para 27 remadores, a ilha de Islay, para dez mais do que isso. As colinas abaixo do Strath of Clyde renderão mais ainda. Talvez dois mil homens ao todo.

— O exército de Oengus é maior do que isso e está familiarizado com o território ao norte — retorquiu Talorcan. — Lembre-se de que, cinquenta anos atrás, os pictos derrotaram os nortúmbrios, que eram uma força e tanto. Murdoch não tem chance contra o exército dos pictos. — Talorcan virou-se para Fergus. — O que você vai fazer?

— Não, meu irmão — retrucou Fergus. — O que *você* vai fazer?

A esposa de Talorcan entrou na cabana com uma de suas filhas, a que era esquisita e que também tinha a marca do javali tatuada na testa. Ela viu os rostos dos homens e disse:

— Qual é o problema?

Talorcan chamou a esposa para perto de si.

— Você deve levar Fergus e sua família para longe. Eles não estarão seguros aqui.

— Poderia levá-los para o leste, por terra, para a casa da minha mãe, no Lago Glashan — sugeriu a esposa.

Fergus sacudiu a cabeça.

— Eu não posso deixar Dunadd.

A esposa de Talorcan ponderou:

— O lago é bem escondido. As pessoas lá ainda vivem em suas casas no lago. Você ficará a salvo nos *crannógs*.

— Não. Minha mãe nunca vai sair. Vou ficar em Dunadd — insistiu Fergus.

Talorcan agarrou o braço dele.

— Então, você vai morrer, meu amigo. Você deveria prestar atenção aos avisos de sua própria druidesa.

Fergus puxou o braço para trás.

— Sula já errou antes.

Fergus foi embora. Ele não sabia que caminho seguir. Não era de seu feitio fugir e se esconder. No entanto, já não podia sentir-se do mesmo lado que Talorcan. Ele pensou na aliança de ouro da mulher ao lado de seu punhal embainhado que ele usava debaixo do braço, mas, agora, a questão de tomá-la como esposa era irrelevante diante da possibilidade de ter que deixar Dunadd para sempre. Sentiu-se tolo por pensar nela quando tudo à sua volta estava desmoronando.

Quando escureceu, ele voltou para a cabana para encontrá-la, achando muito estranho caminhar até sua antiga casa esperando encontrar outra mulher. Ele colocou os dedos sobre o trinco, mas não pôde entrar para tê-la nos braços. Não conseguia ter paz de espírito depois do que Sula lhe dissera. Agora que ele, por fim, tinha encontrado uma mulher para si e uma mãe para Illa, o chão havia ruído debaixo de seus pés. Como ele poderia se deitar com Ma-khee, agora que não tinha qualquer domínio sobre suas próprias emoções?

Ele se afastou da casa caminhando rapidamente a fim de encontrar o escravo Marcus e mandá-lo proteger sua casa, embora não soubesse bem do quê. Correu para o topo da Dunadd e sentou-se na urze acima do mar. Uma estranha luz se espalhava por trás das ilhas para a cúpula escura do céu. Dia ou noite, ele precisava dessa visão do forte como uma criança precisa do colo da mãe. Sua família sempre vivera ali, e ele não podia imaginar-se vivendo em outro lugar. Como eles poderiam comandar a área, continuar o comércio com outras terras, sem o ponto de observação estratégico do forte e a sua proximidade do mar? Ele defenderia Dunadd até o fim, mesmo sabendo que isso poderia significar sua morte.

18

Eu golpeio insistentemente a porta de Jim, meu olhar no dedo nu onde costumava ficar minha aliança de casamento. Bato com força os nós dos dedos contra a madeira. Quando ele abre, entro sem fazer nenhum comentário.

— Você ficou dormindo no sofá por horas a fio — diz ele. — Tentei acordá-la.

Caminho até o fogão e, então, viro-me para ele.

— Você me prepararia uma xícara de chá?

Ele faz que sim.

— O que você tem? — Ele analisa meu rosto com atenção. — Você não me parece bem.

Ele se vira para encher a chaleira.

Antes de falar, tenho que recuperar o fôlego.

— A Pedra do Destino algum dia esteve em Dunadd?

Ele vai até a porta da cozinha e deixa Winnie entrar.

— É o que dizem. Mas acabou indo parar em Scone, em Perthshire, para onde o trono do rei foi transferido, longe dos saqueadores *vikings*. Pronto, vá para a sala e sente-se perto do fogo, eu levarei o chá para você.

Não consigo me conter; agarro Jim pelos braços.

— Eu não poderia ter simplesmente sonhado isso.

Ele parece um pouco preocupado.

— *Aye*, mas não é um fato desconhecido.

— Para mim é. — Estou exultante. — Pelo menos era desconhecido para mim até eu me sentar sobre a maldita coisa lá na casa da rainha!

Jim lança-me um olhar de soslaio, como se esperasse que eu me explicasse melhor.

— Vá se sentar. Vou preparar o chá.

Ele derrama no bule água fervente suficiente para fazer os sachês de chá flutuarem até a superfície, e então carrega a bandeja até a sala de estar e a deposita sobre a mesa próximo à lareira. Começo a falar de novo, mas ele pede para eu me calar para que possa servir o chá e me oferecer um biscoito num prato com estampa de rosas. O aroma adstringente do chá rivaliza com a fumaça acre do fogo.

Ele leva a xícara dele para sua poltrona.

— Então, que maluquice é essa que você estava falando?

Ponho a minha xícara perto dos pés, e os biscoitos, ao lado.

— Não é maluquice, Jim; você tem que reconhecer isso.

Ele dá um gole ruidoso.

— Tenho, é?

— Tem sim, e vou lhe dizer por quê. Perguntei para Marcus, o escravo, havia quanto tempo Murdoch estava no poder. Ele disse dois anos. Isso dá 735, certo? Eles estão entalhando o pé na rocha neste exato momento, e, adivinhe só, é um pé de mulher e não tem nada a ver com a coroação dos reis.

Ele descansa a xícara no pires. Agora está interessado.

— Tem a ver com o quê, então?

— Os vassalos jurando lealdade ao rei, fincando o pé nela, quase que literalmente.

Jim ri.

— Prometendo ajuda militar ao rei.

Suspiro. Até que enfim ele está do meu lado.

— Você já sabia disso?

Ele balança a cabeça.

— Não, mas eles levaram o costume com eles até Perth. Há um monte lá chamado Boot Hill, onde eles fizeram a mesma coisa.

Estou sem fôlego.

— Então acredita em mim agora?

Ele sacode a cabeça, como se isso pudesse salvá-lo de dar um salto tão violento.

— Você de fato viu a Pedra do Destino?

Tenho que rir.

— Fui convidada para jantar com a rainha, e fiquei sentada nessa pedra próxima à lareira até me dar conta de que era a Pedra do Destino, pelo amor de Deus, como se fosse só um banquinho perto do fogo.

Jim respira fundo.

— Você já contou alguma coisa disso tudo para o bárbaro do seu Fergus?

Faço que não com a cabeça.

— O que eu deveria dizer, que vim de seu futuro e sei no que tudo isso vai dar?

Jim toma um gole de chá.

— Suponho que não. Mas seria melhor que ele desse o fora de lá. É melhor você cair fora de lá também.

Sento-me de volta em minha poltrona. Jim está certo, e era melhor eu retornar para lá a fim de avisar Fergus e Illa que eles têm que ir embora. Não me importo se a História precisa que eles sejam mortos. Eu os quero comigo no mundo dos vivos.

— Sua gata está bebendo seu chá.

Eu levanto Winnie do chão, acariciando seu dorso até que ela começa a ronronar.

— Sem falar nos monges que havia lá — prossigo —, que é outro fato do qual eu não tinha conhecimento. Eles estão tentando atrair a rainha para o lado deles, levando Bíblias para ela, e um outro livro chamado *Vita Colum* alguma coisa, de Adam não sei o quê, outra coisa que eu nunca vi.

Jim põe-se de pé num pulo e vai vasculhar sua estante.

— A biografia de São Columba. *Vita Columcille*, por Adomnán.

Ele me entrega um exemplar do mesmíssimo livro, só que este é encadernado em papel brilhante, não em tecido, como o que eu vi. Pego o livro e aperto-o contra o peito.

— Sula não gosta dos monges.

Jim dá uma risadinha.

— Tenho certeza que não. E certamente os monges tampouco gostam dela.

Levanto-me e olho para fora da janela.

— Em 735, aquele solitário menir lá fora pertencia a um círculo completo.

— Bem — diz Jim, colocando a xícara e o pires sobre a lareira —, é muita coisa para processar de uma só vez.

Quando eu me viro, ele sorri. Não sei se ele acredita em mim ou não. Não sei se eu mesma acredito em mim. É muita coisa para processar, e cada maldito psiquiatra freudiano morreria de rir com isso. Mas, também, trata-se de homens dedicados à marcha da racionalidade. Não há nada de racional aqui. Estou estritamente no território do irracional.

— Fergus tem uma filha chamada Illa.

Jim desvia o olhar.

— Bem, é melhor tirá-la de Dunadd, também. Não é apenas com os pictos que você tem que se preocupar. Não se esqueça do terremoto. Você pode não ter muito tempo.

Eu me ajoelho ao lado de sua poltrona e pego a mão dele.

— Obrigada, Jim.

Ele dá tapinhas em meus dedos, e, neste momento, dá para ver que acreditaria em qualquer coisa que eu quiser que ele acredite. Terminamos nosso chá e empilhamos as xícaras de qualquer jeito sobre os pires, olhando para os biscoitos intocados.

Volto para casa ainda com o coração agitado, andando com os ombros caídos pelo caminho que havia pouco trilhara com Sula. Paro ao lado do círculo de menires, pelo menos do único menir que os presbiterianos deixaram. Mais de um milênio separa o que está aqui do eu que está com Fergus, e isso fica patente nos sulcos dessa pedra e no seu topo, que não é mais quadrado. Encosto a bochecha contra a sua superfície coberta de líquens, como se ela pudesse falar comigo e me dizer tudo o que viu e qual foi o resultado.

Quando escurece, vou me deitar e durmo um sono pesado por algum tempo. Em algum ponto no meio da noite, eu me pego acordada, dividida entre a minha vida com Fergus e essa outra vida que me conduz a uma cama de hospital. Uma cruel encruzilhada na minha frente, já que se trata de uma escolha que eu não posso fazer. De onde estou, na porta do meu chalé, o campo parece banhado por uma luz estranha. Os contornos de lebres se deslocam por entre as ovelhas adormecidas, com as patas mergulhadas numa espécie de névoa que se levanta da grama. Quem poderia dizer que este é o meu lugar, que isto aqui é mais real do que a minha vida no apogeu da fortaleza?

Pelos próximos dias, faço anotações em meus cadernos e dou caminhadas, embora carregando sempre comigo, no fundo, a urgência de voltar para Fergus. Preocupa-me que os acontecimentos da antiga Dunadd possam estar transcorrendo sem mim, embora eu não tenha nenhuma evidência de que isso esteja ocorrendo. Quero saber o que acontece a seguir na história de Fergus e Maggie. Mas, acima de tudo, preciso tirá-lo de Dunadd. Fico parada diante da pia do banheiro com o frasco de comprimidos na mão e sei que não posso continuar a tomá-los. Eu preciso voltar agora.

No entanto, nada acontece. Apenas a chuva. Todas as manhãs, quando me levanto, a chuva persiste em cair sob um céu cinzento. Volto para a minha tese e reviso minhas descrições das bruxas que foram julgadas, como foram forçadas a admitir todo tipo de tolice sobre pênis gelados do diabo, terem o próprio sangue sugado e voarem pela noite em vassouras. Ocorre-me, então, com os meus óculos de leitura agora no topo da cabeça e as costas apoiadas no espaldar da cadeira, que talvez o voo das bruxas pela noite seja o que eu venho fazendo. O que Sula está fazendo quando joga suas pedras no chão é voar pela noite em sua vassoura.

Não vejo Jim há uns dois dias, por isso deixo minhas páginas e entro no carro para ir encontrá-lo no museu. Quando sigo ao volante, para além da casa de Jim, passo por uma dupla de transeuntes encharcada até os ossos, apesar de suas galochas, chapéus e capas de chuva até o joelho, lutando contra o vento. Eles acenam para mim como se eu pudesse resgatá-los de sua péssima decisão de sair a pé num dia como este, mas hoje eu só estou resgatando a mim mesma.

Encontro Jim com um grupo de crianças em idade escolar nas exposições interativas. Ele joga um punhado de grãos no orifício superior das pedras de mó e mostra-lhes como usar o cabo para girar uma pedra contra a outra para produzir farinha.

Depois de terminar de recepcionar a excursão escolar, Jim me leva para o terraço da cafeteria do museu para comer *scones*. Através da ampla janela ao lado de nossa mesa, temos a visão de um círculo completo de menires, e, a distância, outros. A chuva escorre pela vidraça e tamborila o telhado. Entretanto, a cafeteria, com seu jardim suspenso, é um ambiente exótico e bem iluminado, contrastando com os lugares úmidos e escuros que ela representa.

Olho em volta para os outros clientes, turistas ou outros forasteiros mais permanentes. Os habitantes locais não bebem café e não frequentam os museus, mesmo que estejam cheios de artefatos fabricados por seus antepassados. Eles ainda vivem na umidade e na escuridão, e essa realidade que eles conhecem tão bem não é muito diferente da que viviam as pessoas da aldeia na base da Dunadd. Eles têm casas maiores, e alguns podem ter aquecimento central, no entanto ainda são condicionados pelas mudanças climáticas. São elementares, como as pessoas sempre foram, até se tornarem dispensáveis.

— Você está tão calada — observa Jim. — Nem parece você.

Balanço a cabeça.

— Na verdade, é assim que eu sou de fato. Embora você só esteja acostumado a ver o meu lado extravagante e emotivo. — Eu rio. — Você não consegue chegar a uma conclusão sobre mim, não é?

Ele dá de ombros. Depois de um tempo, diz:

— Admito que não entendo muito de Física. Como eu disse, nunca fui para a universidade. Mas outro dia estava lendo numa revista no consultório do dentista que o nosso amigo lá, o Einstein, tinha algumas coisas a dizer sobre o tema "tempo". — Ele bate o dedo nas costas da minha mão. — Parece que ele dizia que o tempo é relativo, assim como você me falou. Então, talvez você não seja apenas uma maluca, no final das contas.

— Eu gostaria de poder apresentá-lo à mãe de Fergus. Ela é a rainha e muito bonita.

Ele faz um som de desaprovação.

— Ela não iria querer alguém da minha posição social.

Toco as costas da mão dele com meu dedo.

— Ela teria sorte de ter você. Qualquer mulher, digamos, com idade superior a 55 anos, teria.

Ele tenta não parecer envergonhado.

— Você vai pagar por esses *scones* ou o quê?

Dou risada, apesar de não estar nem um pouco feliz.

— Jim, se eu avisasse Fergus sobre o que está por vir, isso poderia mudar o desfecho da história?

Ele dá de ombros.

— É possível. Nós poderíamos acabar sendo a Pictolândia em vez da Escócia. Talvez estivéssemos falando picto agora, em vez de inglês.

— Então, talvez ele deva ficar.

— Não. Ele deve partir. E se for morto?

Posso imaginar que a ideia de se livrar de Fergus não seja tão desagradável para Jim, porém ele está sendo gentil. Eu pago a conta, conferindo o troco distraída.

Não fico feliz ao acordar na manhã seguinte e me encontrar numa casa branca, que é como a sra. Gillies costumava chamar qualquer casa com janelas. Acordo e me encontro numa escuridão; porém, não a do tipo da qual emerge Fergus. Eu me pergunto por que diabos estava tomando pílulas, se não posso induzir uma convulsão quando preciso de uma.

Passo horas no computador, navegando através de teorias sobre o tempo e como ele funciona. Descubro que viagens no tempo não são na verdade descartadas pela Teoria da Relatividade de Einstein.

Aprendo que um grupo de cientistas preocupados com o fato de que sua disciplina muito séria esteja sendo transformada em ficção científica se reuniu para provar que a viagem no tempo não é possível. Eles têm tentado, porém até agora não foram capazes de provar isso.

Esfrego os olhos por baixo dos óculos, afasto a cadeira do computador e dou um passeio até o topo de Dunadd, contemplando as estrelas em sua lenta varredura do céu. Penso que a constelação de Órion, com o seu cinturão e túnica, na realidade se parece com Fergus com sua capa e cinto.

Mas e se este é o fim das viagens no tempo para mim? E se esse ponto for o mais longe que a história vai?

Vou empurrando sem entusiasmo o meu carrinho pelos corredores estreitos do que se passa por um supermercado por estas bandas, com prateleiras atulhadas por enormes garrafas de refrigerante, uísque e uma quantidade infinita de pão de forma. As moças dos caixas tagarelam entre si com um sotaque quase indecifrável, embora falem comigo numa velocidade reservada para deficientes mentais. Eu venho de Glasgow, afinal de contas. *Glaschu*.

Eu me sento no meu sofá azul depois de jantar *rarebit*, um prato tradicional escocês, com Winnie dormindo no meu colo, revirando de novo meu frasco de comprimidos na mão. *Não exceder a dose indicada*. Da minha parte, não se preocupem quanto a isso.

Jim bate na janela e me resgata do meu dilema. Não sei por que ele veio. E ele não explica, quando vai entrando por conta própria.

— Eu lhe ofereceria uma xícara de chá — digo-lhe —, mas não posso me mexer por causa da gata.

Ele mesmo se ocupa da chaleira, mas está calado.

Ele se senta ao meu lado com seu chá, a lateral de sua coxa um pouco perto demais. Não sei o que fazer com ele esta noite. Winnie arqueia as costas e se espreguiça.

Ele pega o frasco amarelo dos comprimidos na mesa de centro.

— Para que são?

— Eles controlam as convulsões. Não estou tomando, e faz duas semanas desde a minha última.

— Maggie, talvez você não volte mais para lá. — Ele pega a minha mão esquerda. — Vejo que você não está mais usando sua aliança de casamento.

Eu puxo a mão de volta. Se ele soubesse onde minha aliança de casamento está na realidade...

— Olhe, eu sei que sou um pouco mais velho do que você.

— Você está me cantando? — pergunto.

— Um pouquinho. Mas nós nos damos bem à beça, não é? A meu ver, somos duas pessoas solitárias que não precisam ser solitárias.

Pego a xícara dele.

— Eu já tenho alguém.

Ele sai, e eu me sinto mais só do que nunca. Estou deitada no sofá com Winnie aconchegada sobre meu peito quando noto o calor na sola dos meus pés. O mundo se estreita, primeiro até as estampas do papel de parede e, em seguida, até as partículas de madeira que o compõem. As partículas entram em redemoinho e então se espalham, até que eu me vejo olhando o mundo atômico, subatômico, e tudo vai ficando cada vez mais pesado até que estou por fim mergulhando.

19

Meu deslocamento no tempo dessa vez não é preciso, e eu me encontro mais uma vez ao lado de Illa perto do fogo, no chão da casa de Fergus, esperando ele voltar.

Isso foi há duas semanas, e eu estou morrendo de vontade de ver sua silhueta preencher a porta, sentir de perto seu cheiro de musgo, a cortina de seus cabelos entre os meus dedos, a textura do tecido em seus braços. Quero colocar meu rosto contra o dele de novo e respirar contra o seu ouvido, sentir seu peito expandir-se contra o meu.

Illa traz para mim uma pequena tigela de madeira com o topo cinzelado. Dentro dela, há um punhado do que parecem ser moedas de seis *pence* antigas, mas que um exame mais atento revela serem moedas romanas. Eu as derramo sobre a minha palma, inebriada com a constatação de que, não fazia muito tempo, aquelas peças estavam sendo trocadas no mercado romano. Talvez Illa as tivesse surrupiado em sua antiga casa, vez por outra, para brincar com o reluzente espólio. Eu as despejo de volta na pequena tigela, sorrindo com o prazer que Illa encontrou em compartilhar seu segredo comigo.

Toco seu braço e gesticulo para ela se aproximar. Ela se aninha ao meu lado e, talvez por estar de volta ao seu antigo lugar, permite-se uma coisa que, tenho certeza, ela não faria na frente de seu pai: algumas lágrimas deixam um rastro em suas bochechas sujas. Ela não resiste quando eu a abraço e as lágrimas se transformam em soluços. Talvez ninguém mais a tenha abraçado desde que a mãe morreu. Brinco com seus dedinhos como costumava brincar com os de Ellie, traçando os espaços entre os dela. Ela ri quando eu lhe faço cócegas na palma da mão.

Estudo o rosto de Illa, tentando separar dela os traços de Fergus para chegar à mãe. Entretanto, não há muito de Fergus nela, nem mesmo o nariz que é a sua marca registrada. Estou olhando diretamente para a minha concorrência. Ela desliza a cabeça para o meu colo. De vez em quando eu me estico e atiço o fogo jogando-lhe mais gravetos. Quase sem perceber, começo a cantar a música de ninar de que Ellie gostava: *Golden slumbers kiss your eyes, / Smiles await you when you rise. Sleep, pretty darling, do not cry, / And I will sing a lullaby**. Tínhamos também a gravação dos Beatles, e Ellie preferia a versão animada, mas não quando estava indo dormir. Os olhos de Illa se fecharam. Ela é, afinal de contas, apenas um bebê. Não tenho ideia de quanto tempo passei perto do fogo com o peso da cabeça da minha filha sobre minhas coxas. Parece que isso é tudo o que eu sempre quis.

Contemplo o local no chão onde Fergus e eu dormimos na noite anterior e, como tenho feito tantas vezes ao longo das últimas duas

---

* Sonhos dourados enchem seus olhos. Sorrisos o acordam quando você se levanta. Durma, querida, não chore. E eu lhe cantarei uma canção de ninar. (N. T.)

semanas, rememoro aquela cena. O cobertor que ele estendeu por baixo de mim está amassado contra a parede. Apoio a cabeça de Illa na terra batida por um instante, enquanto vou apanhá-lo, e moldo um travesseiro improvisado para ela com outro cobertor da pilha que devia ter pertencido à esposa.

Começo a me perguntar se Fergus pretende voltar para mim esta noite.

Quando abro a porta, Marcus entra afobado. Ele vem, sem dúvida, montando guarda, e me alegro por isso, porque sou capaz de lhe pedir *aqua*, e quando faço um pouco de mímica ilustrando a necessidade de me lavar, ele sai na direção da fonte e retorna pouco tempo depois trazendo água num jarro decorado com linhas pretas horizontais e verticais.

Eu o deixo novamente na porta, tomo um gole de água e, em seguida, saio do campo de visão de Illa e retiro minhas roupas de baixo, constituídas agora de calcinha de lycra, cordões, e antigos envoltórios de pernas. A água é gelada, mas consigo fazer um trabalho decente, primeiro, espargindo o rosto e, em seguida, na ausência de uma esponja, com a mão em concha nas minhas partes íntimas. Eu me seco com a ponta empoeirada de um dos cobertores e me sinto pronta, caso Fergus volte.

Illa continua dormindo, então eu pego os cobertores extras e os levo para fora da cabana, passando pelo guardião adormecido, e os sacudo. O do fundo da pilha é uma tapeçaria retratando um homem e uma mulher, mas não *esta* mulher. Acho que seria melhor mantê-lo fora de vista. Voltando para dentro, um pouco longe de Illa, estendo-o no chão, e cubro-o com os outros. Eles cheiram a mofo, por ficarem sem uso por anos numa casa de pedra abandonada.

E Fergus que não chega... Não consigo dormir por ficar imaginando por onde ele anda e por medo de estar esperando muita coisa dessa situação. O fogo se reduz a brasas e eu começo a cochilar.

Quando desperto, Fergus está de pé, próximo a mim, só que constato, quando ele se move para a luz do fogo, que não é Fergus, e sim, Talorcan. Sinto seu corpo se aproximar e se ajoelhar ao meu lado; no clarão enviado pelas chamas, distingo o traçado do javali em sua testa. Seus dedos se fecham em torno do meu braço.

Sento-me e digo seu nome. Ele diz Ma-khee, e, então, é sincero no que tem a me dizer:

— Você tem que vir comigo, Ma-khee. Vou levar você e Illa para o Lago Glashan, onde vocês ficarão em segurança.

Não gosto de sua mão no meu braço. E digo:

— Estou esperando Fergus.

Ele balança a cabeça.

— Você vai esperar um longo tempo.

Eu me desvencilho de sua mão e me levanto num pulo.

— Por quê? Aconteceu alguma coisa com ele?

— Não — Talorcan responde —, mas ele não vai deixar Dunadd, e os pictos não irão poupá-lo. — Ele tenta pegar minha mão. — Venha comigo e você estará a salvo. — Ele gesticula como se estivesse cortando a garganta. — Deixemos Fergus morrer aqui.

— *Cha tig* — eu digo. "Eu não irei."

Ele insiste:

— Venha.

— *Cha tig.*

Ele beija minha mão antes de sair, pula por cima de Marcus, que está ferrado no sono, do mesmo modo que deve ter feito para entrar na cabana. Vou até a porta e dou um chute na lateral do escravo.

Trago-o para dentro e o faço se sentar.

Digo-lhe "Fique aqui" com um tom de voz que não lhe dá nenhuma escolha.

— Estou indo ver Sula.

O caminho para a cabana da druidesa é difícil de percorrer no escuro e escorregadio, por causa da chuva. Opto por ignorar o protocolo de dizer meu nome à sua porta e me esgueiro direto para dentro. Abaixo-me para desviar da primeira fileira de folhas secas, esperando encontrá-la dormindo, porém, descubro-a sentada num banquinho perto do fogo, como se estivesse à minha espera esse tempo todo.

Ela faz sinal para que eu me aproxime; estive fora por duas semanas, por isso fico contente de ter suas mãos nas minhas.

Eu me ajoelho ao lado dela.

— Tenho algo para lhe dizer.

Fiquei repassando na cabeça uma ou duas frases na subida até aqui, mas elas me escapam por completo quando Sula me encara com franqueza. Desejo que pudesse descambar para o meu familiar inglês e que ela acabasse entendendo, mas tenho que me virar com o pouco gaélico que sei.

— Sula, eu disse que era de Glasgow, o que é verdade. Quando era pequena, eu vivia em Glasgow. Depois, já casada e mãe, também morei lá. Eu também disse que vim de Dunadd, e isso também é verdade, só que eu não venho da Dunadd que você conhece.

Sula acena com a cabeça.

— Você vem dos antepassados.

Se eu tivesse vindo dos antepassados, seria muito mais fácil de explicar. Faço que não com a cabeça.

— Eu venho do amanhã.

Sula parece confusa.

— Amanhã, quando o sol nasce?

— Não — respondo. — Amanhã e amanhã e amanhã, depois de muitas gerações no futuro.

Não sei o gaélico para "gerações", por isso, digo "famílias". Mas Sula está assentindo com a cabeça, e ela deve ter entendido.

Ela abre minha mão e estende a palma dela sobre a minha.

— Minha mestra me ensinou que há apenas um tempo. É por isso que vemos os mortos no *Samhain*.

Toco seu braço.

— Sula, eu sei o que vai acontecer em Dunadd. Os pictos vão tomá-la de volta, e haverá um terremoto tão grande que afastará o mar para Crinan Bay.

Sula está concordando com a cabeça.

— E o javali na encosta?

— Isso também virá.

Ela agarra minha mão como se eu fosse um bote salva-vidas.

— Essas coisas já aconteceram na sua época?

Confirmo com a cabeça.

— Você tem que dizer a Fergus. Temos que pegar Illa e deixar o forte em breve.

Sula se agacha perto do fogo, passando as mãos sobre as chamas.

— Eu disse para Murdoch e, depois, para Fergus o que tenho visto nas minhas pedras, mas Murdoch partiu esta manhã para reunir um exército, e Fergus vê apenas o seu dever. — Ela balança a cabeça. — O pai deles, Ainbcellaig, ensinou-os bem.

Dirijo-me para a porta, porém, como não sei para onde estou indo, volto.

— Preciso falar com Fergus, mas ele não vai entender sobre isso, de um único tempo que sua mestra lhe ensinou, vai?

Sula se levanta e me encara.

— Somente os druidas entenderam isso. — Ela dá um passo em minha direção. — Na sua época, você é uma *ban-druidhe*?

Faço que não com a cabeça. Não sou nenhuma druidesa, não como esta bruxa de Dunadd diante de mim, com suas pedras mágicas e suas noções muito anticristãs. Volto para a porta:

— Você sabe onde eu posso encontrar Fergus?

Ela se aproxima, abre a porta antes de mim e aponta para a noite fria.

— Quando criança, quando estava preocupado, sempre era possível encontrá-lo na saliência abaixo do penhasco.

Viro-me e abraço-a, esta mulher franzina com suas madeixas longas e grisalhas e seus dedos tatuados. Tenho a sensação de que nossos caminhos estão prestes a divergir. Não haveria nenhum sentido em dizer a ela o que vai ser de sua espécie quando os sacerdotes assumirem.

Ouço-a fechar a porta atrás de mim, enquanto saio para a crista do monte sob as estrelas. Tudo parece tão calmo agora, ao contrário do que deve acontecer aqui neste forte nos próximos anos, o derramamento de sangue, as cruzes que serão trazidas, as ruínas em que tudo isso cairá até chegar ao ponto em que as pessoas da minha época estarão tropeçando entre elas, tentando encontrar uma vaga ideia de qual seria outrora a sua finalidade.

Eu o vejo, mas ele não me vê, com o rosto voltado para a linha tênue de luminosidade no horizonte. Eu me deixo cair ao lado dele e pego sua mão fria. Ele nem sequer se esforça para virar a cabeça para mim.

Eu aperto a mão dele.

— Sula me disse que ela vê que você deve partir.

Ele não quer segurar minha mão agora e luta para libertá-la. Como qualquer pessoa que deve enfrentar o que não pode, ele finge que não está lá.

— Fergus, você sabe que eu não venho dos mortos, mas venho de um lugar muito longe daqui, um lugar onde os druidas tornaram-se párias e mulheres devem ver em seus sonhos o que antes só os druidas viam. Preciso lhe dizer que já vi o tremor do forte, e o entalhe do javali na rocha que Sula vê.

Fergus está em silêncio. Ele esfrega o rosto com as mãos e respira fundo para se recompor, mas ainda não olha para mim.

Eu me levanto para ir embora.

— Se você não vai partir, então, pelo menos, deixe-me levar Illa.

Ele se vira para olhar para mim, mas não diz nada. De certa forma, sem me dar conta, eu cheguei a essa resolução. Tudo o que sei é que esta é a escolha que eu não cheguei a fazer com Ellie.

Subo de volta para o morro e torno a descer na direção da cabana onde Illa está dormindo. Guardo no meu coração sentimentos de raiva para com Fergus, e planos de me encontrar com Talorcan pela manhã.

Quando abro a porta da cabana, encontro Illa onde a deixei, mas Marcus está estendido sobre os cobertores onde eu estava deitada. Não faz diferença; não estou a fim de dormir.

Quando a porta finalmente se abre, meu coração pula; minha respiração de repente está disparada. No entanto, o homem na porta parece hesitante. É Fergus, um Fergus de semblante carregado, que preferiria se agachar junto ao fogo a ficar ao meu lado.

Ele se vira para olhar para mim. Percebo que ele está revirando a minha aliança de casamento presa ao cinto. Pela primeira vez em muito tempo, ele sorri.

Caminho até ele e toco seu ombro.

— O mar vai desaparecer em breve? — ele pergunta.

Confirmo com a cabeça.

— Eu já vi isso.

Ele se levanta e me segura pelos ombros.

— Junte tudo o que temos aqui. Talorcan está logo abaixo do forte, esperando por nós.

20

Fergus conduziu Ma-khee e Illa pela abertura no muro do forte. Ele teve que sair sem ser visto pelos guardas no portão, no caso de sua mãe tê-los avisado de que ele poderia fugir. Foi difícil prosseguir numa quase total escuridão, onde não havia trilha por entre as samambaias, principalmente carregando trouxas. Entretanto, Talorcan estava lá na outra extremidade, conforme haviam combinado, aguardando com sua carroça e os cavalos, vestindo um manto curto e franjado cujo capuz cobria a tatuagem em sua testa.

Fergus havia passado parte da noite com Sula, tentando convencê-la a partir com eles, mas nada a fez mudar de ideia. Ela era uma picta, afinal de contas, e velha demais para viajar, dissera ela. Enquanto Fergus jogava suas trouxas na carroça, ele ainda sentia uma pontada de angústia por sair às escondidas como um covarde, justamente aquilo que seu pai o havia educado para não ser. Ainbcellaig tinha ensinado Fergus a lutar, a usar seus punhos e, por fim, sua adaga. Murdoch tinha herdado sua faca cravejada de pedras preciosas, tomada dos saxões muito tempo atrás, mas a adaga que Ainbcellaig carregara com ele no dia a dia Fergus agora levava consigo, sob o braço, na altura do coração. Ainda assim, o pai deles sabia ouvir os druidas melhor do que Murdoch. Fergus refletira sobre isso mais de uma centena de vezes, mas nada podia ser feito se Brighde havia escolhido seguir os monges.

Marcus desceu correndo pela colina atrás deles. Fergus havia negociado a liberdade do escravo em troca de sua ajuda para chegarem até o Lago Glashan. Os pictos dessa região viviam em *crannógs* desde antes da chegada do povo de Fergus, vindo de Erin. Talorcan concordara em levá-lo, porque sua esposa descendia desse povo, e ele ficaria feliz em tirá-la de Dunadd antes que ocorresse qualquer batalha.

Talorcan ajudou sua esposa a subir na carroça junto com Iona, a filha esquisita. Mesmo ainda tão jovem, essa filha já podia ser considerada uma *ban-druidhe*. Fergus tinha pensado em levá-la com eles, mesmo que Talorcan não o tivesse feito — sem Sula, eles iriam precisar de alguém para interceder por eles junto aos espíritos.

Assim que Ma-khee e Illa entraram na carroça, Fergus e Talorcan fecharam a porta e a travaram. O sol começava a espalhar uma luz tênue sobre o céu do leste, a direção para onde a estrada que seguiam os levaria. Fergus olhou para trás, para o lugar onde passara a infância, o forte que ainda abrigava sua mãe e a druidesa. Ele esticou os braços e apoiou-se contra a rocha. Não havia comido nada desde a noite anterior, no entanto, sentia-se como se seu estômago pudesse tentar se esvaziar por conta própria.

Talorcan o chamou.

— Venha. Temos que ficar fora de vista antes de perdermos a proteção da escuridão.

No entanto, Fergus não conseguia se mover. Talorcan foi até ele e colocou a mão em seu ombro.

— Atenha-se ao que Sula diz. Murdoch pode alterar a direção do rio por um tempo, mas, no fim, o rio corre para o mar. Nem todos os exércitos do mundo podem mudar isso.

Fergus sabia que o que Talorcan dissera era verdade. Ele espiou Ma-khee e Illa aninhadas na carroça e isso ressuscitou mais uma vez seu desejo de ir embora. Ainda assim, essa mulher jamais imaginaria quanto lhe custara fugir de Dunadd ao alvorecer, olhando para trás, para o contorno da colina contra o céu relampejante, sem saber se algum dia iria retornar.

A viagem até Glashan levaria boa parte do dia. Fergus havia visitado o lago antes, mas não desde o seu casamento. Ele contara a Illa sobre os *crannógs* de madeira erguidos sobre a água e o povo que ainda vivia neles. Grande parte do couro que era utilizado em Dunadd provinha de Glashan, os curtidores de Glashan eram bem conhecidos por isso. Naqueles dias, eles contavam até com uma forja, e Oeric tinha viajado para lá algumas vezes para ensinar ao ferreiro o seu ofício.

Fergus vislumbrou uma última vez Dunadd enquanto Talorcan lutava para manter os cavalos na trilha através de baixas aveleiras. Pouco depois, à sombra das árvores, a grande rocha havia desaparecido para ele. Ele chamou a atenção de Ma-khee, mas nem mesmo ela conseguia compreender a dor que sentia, semelhante a um punhal em seu peito. Ele se sentou pesadamente na lateral da carroça, observando as sombras brincando sobre os outros rostos — rostos inexpressivos, determinados, porém relutantes, balançando como bonecas com o movimento da carroça.

Iona, a filha de cabelos cor de linho de Talorcan, encarava-o com seus olhos claros, sem piscar. Ele ouviu Ma-khee perguntar a Illa quem era ela.

Marcus respondeu em latim:

— *Aegyptius.*

— *Ceard* — disse Illa. — O nome dela é Iona.

Iona não registrou a conversa travada sobre ela, mas manteve os olhos em Fergus. Ele sabia que os modos dos druidas muitas vezes pareciam estranhos para um homem comum, mas isso o deixou desconfortável a ponto de fazê-lo sair de seu assento do lado oposto ao dela e se sentar com a filha e Ma-khee.

— Ela é filha de Talorcan? — perguntou calmamente Ma-khee.

Fergus deu de ombros.

— É o que ele me disse, mas Rhada não é mãe dela. Ela vem dos povos nômades, os *Ceard*.

O sol começava a penetrar pela floresta e aquecer os viajantes. Talorcan abaixou seu capuz. Marcus distribuiu *bannocks* de um embrulho.

— Por quanto tempo podemos nos esconder no Lago Glashan? — perguntou Ma-khee.

— Ficaremos seguros por um tempo — disse Fergus. — Vai levar mais de um mês para Murdoch organizar qualquer coisa parecida com um exército, e depois, com a marcha para o norte, mais algumas semanas, a menos que eles se encontrem com o exército de Oengus já em sua rota para o sul. Esse momento terrível já terá acontecido antes que haja qualquer notícia.

Ao meio-dia, Talorcan parou os cavalos próximo a uma cachoeira que corria sobre pedras e através de raízes de carvalhos antes de desaguar numa lagoa onde castores haviam construído suas tocas e o ar cheirava a alho. Foi um alívio para seus traseiros parar e esticar um pouco as pernas caminhando por entre as esparsas árvores, enquanto Marcus começava a servir coalhada e mais *bannocks*. Iona não parou para comer, mas começou a entrar na lagoa, ignorando o castor que batia sua cauda. Ela se ajoelhou numa laje perto da cachoeira e, com as mãos em concha, jogou água sobre a cabeça.

Depois de algum tempo, Fergus e Ma-khee sentaram-se contra um tronco coberto de musgo, observando Illa arrancar bulbos de alho do chão molhado e depositá-los no avental de seu vestido. Fergus agora estava com fome e mordeu seu pedaço de pão.

Ma-khee colocou a mão em seu joelho.

— Se o exército de Murdoch for derrotado, vamos ter que seguir em frente?

Fergus assentiu.

— Mas não teremos ninguém mais para nos liderar. Talorcan não irá adiante, e Marcus será livre e apto a trilhar seu próprio caminho, que, se ele for esperto, receio que não será com a gente.

Ele jogou seu *bannock* e se levantou.

— Talvez eu devesse deixá-la com Illa em Glashan. Você não é nem escota nem picta, e Illa se parece o bastante com você para que possa se passar por sua filha. Sou eu quem deve seguir em frente.

Suas palavras fizeram lágrimas brotar no rosto de Ma-khee; ele se ajoelhou ao lado dela, acariciando-lhe a mão.

— Por que sempre sou eu quem tem que fazer a escolha? — ela disse.

Fergus não entendeu. Ele observou Ma-khee pegar a mão de Illa e passear com ela até o lago. Quando elas tiraram os sapatos e mergulharam os pés na água, ele pôde ver como a pele de Ma-khee era pálida, como se ela tivesse sido trancafiada numa cela durante todos os anos de sua vida. Ele se perguntou se sua outra vida acabaria interferindo na relação entre eles.

As mulheres de Dunadd nunca tinham sido protegidas dessa forma e no passado tinham cavalgado ao lado dos homens para a batalha. Sua própria esposa havia feito isso, até que os monges chegaram tentando mudar seus hábitos. Mesmo muito antes, em Erin, a coisa funcionava desse jeito. Não foi Scotta, mãe de todos os escotos, cujos filhos se tornaram os grandes reis de Erin, que lutara e morrera na Batalha de Slieve Mish?

Os filhos de Dunadd eram ensinados desde cedo a serem fortes contra o vento e o frio. Suas mães banhavam seus pés em água fria mesmo quando a neve cobria o solo. Muitas tinham sido as noites em que Fergus dormira ao relento com seu irmão ou com o exército antes da batalha com nada mais além do manto e o chão duro. Seu pai o havia ensinado a mergulhar o cobertor no rio, para que a umidade trouxesse seu próprio e estranho calor.

Fergus viu o pé de Ma-khee recuar diante do contato com a água. Ela logo deslizou o delicado pé de volta para o seu calçado. Ele se entristeceu ante a constatação de que ela nunca se adaptaria a uma vida que nem sempre seria fácil, onde o sol não traria tanto calor quanto em outras terras, onde era necessário ficar próximo da terra e conhecer seus segredos.

De volta à estrada, o sol subira bem alto, embora Ma-khee se mantivesse envolta em seus cobertores. De vez em quando, um cervo escapulia a toda velocidade do caminho deles; pássaros distribuíam-se pelas copas das árvores. Por haver acordado tão cedo naquela manhã, Illa adormeceu com a cabeça sobre a perna de Ma-khee. Foi só quando o sol começou a se pôr que a floresta começou a se tornar menos densa e o Lago Glashan surgiu como um brilho prateado ao longe. À medida que se aproximavam, o brilho foi aumentando até que eles conseguiram avistar as margens do lago, com suas estranhas estruturas de palha e varas construídas sobre a água, a longa passarela de madeira e o sólido telhado com pesos de pedra pendurados em cordas desde o cume para segurar o sapé no lugar.

Illa pulou sobre os joelhos.

— Os *crannógs*!

Ma-khee levantou-se na carroça para obter uma visão melhor, e fez os outros rirem quando tombou de volta sobre o colo de Fergus.

Embora não fosse um grande corpo d'água, o fim do Lago Glashan sumia no horizonte. Outros *crannógs* ocupavam esta e a margem oposta do lago, mas aquele para o qual eles se dirigiam parecia o maior. Antes mesmo de Talorcan parar a carroça, os pais de Rhada foram correndo recebê-los. Às margens do lago, os pescadores abandonaram seus barcos; de todos os pequenos campos que cercavam o lago, mulheres e crianças vieram correndo. Quando eles desceram da carroça, já havia uma multidão rodeando os recém-chegados. Ma-khee manteve Illa ao seu alcance e tentou ficar perto de Fergus, mas ele ainda era o príncipe de Dunadd e foi carregado pela multidão, separando-se delas, até ser conduzido pelos idosos pais de Rhada para fora de seu campo de visão, em direção à água, para a construção circular e atarracada erguida dentro do lago.

Ma-khee caminhou com Illa de volta para Talorcan, que estava desatrelando os cavalos da carroça.

Talorcan amarrou os cavalos, e então tomou a mão de Illa.

— Você não vem? — ele perguntou a Ma-khee. — Haverá comida no *crannóg*.

— Eu vou — ela assegurou, mas esperou que Talorcan entendesse que, por enquanto, ela devia ficar sozinha. Não era tarde, mas as nuvens estavam baixas e as colinas além da água do outro lado do lago pareciam pertencer mais ao céu do que à terra. A atmosfera estava tranquila, exceto pelos pássaros de bico laranja que sobrevoavam a água com seus guinchos estridentes. Ma-khee caminhou pela margem por entre os *curraghs*, um tipo de canoa, abandonados. Apanhou uma pedra e lançou-a na água, fazendo-a quicar na superfície.

Quando começou a escurecer, Fergus a encontrou ainda lá. Ele estava mais feliz agora que estava ali, agora que tinha desfrutado da comida e da companhia. Parou perto de Ma-khee para ver se ela se afastaria. Ele não sabia por que ela tinha ficado sozinha na margem, se ainda o desejava ou não. Em pé na beira do lago, esse misterioso lugar que ecoava como os mortos na noite de *Samhain*, ele se sentiu solitário. Quando Ma-khee roçou o braço contra o dele, Fergus pegou a mão dela e a levou aos lábios.

— Venha conhecer os pais de Rhada — disse ele. — Eles estão perguntando por você.

Ma-khee suspirou.

— O que você disse a eles?

Ele apertou-lhe a cintura.

— Eu disse a eles que você era uma estrangeira do Extremo Oriente.

Ma-khee sorriu.

— Eu não sou do Extremo Oriente.

— Eu sei. — Ele apertou sua cintura de novo. — Você é de *Glaschu*, e ainda assim há muitos erros em seu gaélico.

Ela pousou-lhe as mãos nas bochechas, e os lábios, nos dele, tocando-lhe a ponta dos dentes com a língua.

— Quantos erros?

Ele retribuiu o beijo.

— Não há erros.

A risada dela reverberou pela água.

— Por que não dormimos aqui fora?

Fergus sorriu.

— Há muitos perigos para se dormir ao relento a essa distância do mar. Não há feras selvagens nesse país de onde você vem?

Ela balançou a cabeça.

— Em Glasgow? Não.

Ele a puxou pela mão.

— Temos de ir para o *crannóg* agora, para que nos deem um lugar para dormirmos juntos.

Ele a conduziu através do portão e ao longo da passarela, por cima da água cada vez mais profunda abaixo de seus pés. Passaram por Talorcan, que estava voltando para sua carroça. Ele não parecia compartilhar da sensação de alívio dos outros por terem chegado ao lago após a longa viagem. Não olhou para Ma-khee e apenas resmungou na direção de Fergus. Fergus lançou-lhe um olhar depois que eles se cruzaram; ele nunca tinha visto Talorcan daquele jeito.

Quando entraram sob o telhado do *crannóg*, Ma-khee olhou em volta, à luz do crepúsculo — ela nunca estivera numa habitação como aquela, com seu cheiro juncoso de sapé. Illa trouxe um pouco de peixe para ela, e Fergus levou-lhe mingau de aveia. Ma-khee ofereceu a ele um pedaço de seu peixe sarapintado, mas Fergus não apreciava o gosto de lama que tinham esses peixes de água doce. Em Dunadd, eles comiam peixe de vez em quando, mas somente aqueles provenientes do mar e, com mais frequência, crustáceos e enguias, que podiam ser capturados na costa com uma arapuca de vime.

Ele manteve Ma-khee próxima para que os outros homens soubessem que ela pertencia a ele e para que ela própria soubesse que a queria debaixo de suas cobertas quando as conversas estivessem mais esparsas. Ao cair da noite, ele a desejava com paixão; os dedos dela na sua coxa dificultavam ainda mais sua concentração no cântico que começava a ser entoado e pelo qual aquele povo era bem conhecido.

Ela quis caminhar pela margem do lago, enquanto os outros saíam ou se deitavam ao redor do fogo, ou os casais se escondiam pelos cantos. Fergus marcou seu lugar ao lado da porta da sala de entrada, depositando ali seu boldrié e a adaga de seu pai.

À beira do lago, ele parou alguns passos atrás dela e olhou para o rosto de Ma-khee voltado para o alto, enquanto a lua se erguia sobre as montanhas do outro lado do lago. Apenas o suave barulho das ondas quebrava o silêncio. Ela se inclinou e jogou água no rosto, talvez devido a algum ritual entre o seu povo. E, então, agarrou-se a ele como se ele fosse uma rocha, como se ela estivesse com medo de que pudesse ser levada pela água a qualquer momento. Os dedos dela encontraram a aliança de ouro que ele voltara a prender no cinto. Ele não sabia o que representava a aliança, apenas que significava muito para ela, e por isso carregava consigo aquele aro de ouro e tocava-o de vez em quando.

Fergus pegou sua mão e os dois voltaram caminhando para casa, onde Marcus havia arrumado seus cobertores ao lado da porta. Passaram por cima de Talorcan, deitado não muito longe. Todo o *crannóg* roncava ou ressonava, e, vez ou outra, escutava-se o balido de uma das cabras que tinham sido recolhidas para passar a noite. Apenas a mãe de Rhada ainda atiçava o fogo, recitando suas preces para a bênção noturna da casa. Fergus parou para ouvir as palavras, no idioma picto, que ele conhecia tão bem desde a infância:

Paz profunda que eu sopro em você
Paz profunda, uma pomba branca e delicada para você
Paz profunda, uma chuva silenciosa para você
Paz profunda, o refluxo da maré para você.

No silêncio que se seguiu, Fergus pediu a Cailleach que olhasse por eles, que pairasse sob o mundo e o sustentasse com seus braços fortes. Com a bênção de Cailleach, deitou-se ao lado de Ma-khee, virou-a gentilmente e olhou o rosto dela, perdendo-se naqueles olhos que o estudavam. Ele puxou o cobertor por sobre a cabeça dos dois, para que ficassem ali deitados assim, um de frente para o outro no escuro, respirando o mesmo ar. Ele esperou até que a boca dela buscasse a sua, até que suas mãos se fechassem em torno de suas nádegas e comprimiu o corpo contra o dela.

Sob o cobertor, ele desvencilhou-a da túnica e lentamente tirou a própria, pela cabeça. Foi fácil deixar as palavras *mo chridhe* pronunciadas por ela afastá-lo de seus pensamentos sombrios e mergulhar nela como certa vez havia feito no mar. Ma-khee agarrou o cabelo de sua nuca, beijou cada uma de suas pálpebras, traçou-lhe a linha do nariz com a ponta dos dedos. Ela não tirava os olhos dele, embora, ali perto, os olhos de Talorcan estivessem abertos. Ela ansiava por Fergus, movia-se com ele, mordendo seu ombro para não ser ouvida.

Fergus dormiu com o braço em volta dela, porque não era fácil permanecer aquecido naquelas casas feitas de salgueiro e lama. Apenas uma boa casa de pedra semienterrada na terra poderia proteger do vento. Ele mantinha Ma-khee por perto, porque havia notado como o velho do *crannóg* a tinha cobiçado.

Fergus dormiu demais e, quando acordou, deitado de bruços, Ma-khee já tinha se levantado. Entretanto, ele a ouviu no cômodo ao lado falando com a anciã perto do fogo. Fez um grande esforço para obter um vislumbre, e o que viu o fez sorrir: a mão da anciã estava sobre a de Ma-khee, ensinando-a como girar a mó e moer a farinha para os *bannocks*. Era um serviço de criança, mas os dias de privilégio na Dunadd haviam ficado para trás. Ma-khee iria ter que aprender essas coisas que ela não devia ter aprendido como criança nascida em berço de ouro. Fergus podia ouvir Illa brincando ao longo da margem com as outras crianças. Ela teria que aprender também.

Fergus cruzou os braços atrás da cabeça e deitou-se de costas, olhando para o cume do telhado com seus ninhos abandonados. Seus pensamentos logo deslocaram-se para o irmão reunindo suas tropas e para a mãe ao lado de sua lareira na colina de Dunadd. Ele sabia que nunca poderia deixar o Lago Glashan até ter certeza de que ela estava a salvo.

Levantou-se e se agachou ao lado de sua mulher perto do fogo, reparando nos sulcos vermelhos que o cabo da mó havia feito na palma da mão dela. Seu impulso foi segurá-la e beijar-lhe os machucados, entretanto não queria envergonhá-la na frente da matriarca. Ele pegou um pote de mingau de aveia borbulhante sobre uma laje de pedra ao lado do fogo e procurou o leite à sua volta. Algumas coisas da infância não mudam nunca, e essa primeira refeição do dia sempre fora a favorita de Fergus.

Ma-khee olhou para ele e sorriu.

— A cabra está amarrada ao portão, caso queira tomar leite com seu mingau — a anciã indicou.

Fergus hesitou. Ele tinha se acostumado a tomar o leite que saía de uma jarra. Tomou Ma-khee pela mão e levou-a até a cabra, esperando que ela se oferecesse para ajudar.

Ele esperou, mas Ma-khee estava mais concentrada em afagar o pelo duro entre os estranhos olhos vidrados do animal.

Fergus pigarreou.

— Eu ouvi dizer que o leite flui mais livremente na mão de uma mulher. A mão de um homem é muito bruta.

Ma-khee sorriu, cética.

— Esta cabra é uma fêmea, e eu tenho certeza de que ela aprecia mais a mão de um homem.

Foi a vez de Fergus sorrir. Ao falar, ela havia confundido a palavra "cabra" com a palavra "perigo".

Ma-khee lhe deu um empurrão:

— Você não sabe como ordenhar a cabra.

Ele entregou-lhe o pote de aveia e gesticulou para que ela o mantivesse baixo sob as patas traseiras do animal, enquanto ele estendia a mão para uma teta. Seus dedos ao redor do apêndice dependurado eram mais como pegar em alguém do próprio sexo do que em uma mulher, e seu instinto foi soltar a teta, mas Ma-khee estava assistindo e ele não teve remédio senão prosseguir.

Fergus apertou a teta da cabra sem produzir uma única gota.

— Eu sei como se faz, mas já tem algum tempo que não faço — justificou-se ele.

Ma-khee riu.

— Acho que você não sabe como se ordenha uma cabra.

— Sei sim. — Ele agarrou a teta mais uma vez e apertou com mais força. Uma única gota caiu no mingau e se perdeu.

Fergus se levantou.

— Como todas as mulheres, ela precisa ser aquecida.

Ele acariciou o dorso da cabra. Fez cócegas atrás das orelhas, deu--lhe suaves tapinhas no pelo entre os olhos e, em seguida, tentou de novo. Desta vez, obteve duas gotas, mas elas desapareceram rapidamente na aveia.

Fergus se levantou.

— Está claro que já ordenharam esta cabra.

Ma-khee colocou o pote no chão e pegou uma teta na mão. Ela apertou e puxou, produzindo um jato de leite que rodopiou em torno da borda da tigela e ficou lá. Fergus ficou tão animado que soltou um grito, e isso fez Illa correr até eles.

— O que aconteceu? — perguntou Illa.

Ele passou a mão no cabelo dela.

— Nada.

— Venha — disse ela. — O avô está me ensinando a consertar redes.

Illa puxou-o com tanta insistência que Fergus não teve escolha a não ser pegar o pote de aveia e segui-la. Ele olhou para Ma-khee, que estava rindo enquanto caminhava sobre a passarela de volta para o *crannóg*. O velho chamou Fergus quando eles se aproximavam da margem. Ele estava passando piche no fundo do *curragh* que utilizava para pescar e para visitar os outros *crannógs* sobre o lago. O cheiro do alcatrão quente fez Fergus virar o rosto. Illa continuou a consertar a rede que estava costurando com uma sovela de osso.

O velho falou em tom baixo para que Illa não ouvisse.

— Há mulheres jovens aqui no Lago Glashan que necessitam de um homem para lhes dar filhos, como sua Illa. Perdemos muitos na luta contra os nortúmbrios, e agora não há homens suficientes. Peço em nome de Cailleach que me avise com qual delas você gostaria de se deitar primeiro, e minha esposa arranjará tudo.

Fergus olhou para os pés e depois de volta para o velho. Ele sabia que o cumprimento desse dever para com Cailleach poderia ser requisitado de um homem, e seu irmão Murdoch ficaria feliz em ajudar, mas temia que o seu amor por Ma-khee o deixasse tão inepto com as mulheres como com a cabra que acabara de tentar ordenhar.

— Vou ver — disse ele de um jeito que não convenceu o velho.

— O que essa mulher que trouxe de Dunadd é para você? — perguntou o velho. — Marcus diz que não é sua esposa. É uma escrava? Será que eu poderia tê-la, se ela gostar de homens com a barba mais grisalha?

Fergus fez que não com a cabeça.

— Você não pode tê-la, meu velho. Ela vai ser minha esposa.

Agora aquilo tinha sido dito. Só que ele ainda não tinha certeza se Ma-khee concordaria. E, de repente, ele a viu saindo dos bosques com Marcus, carregando varinhas de salgueiro, talvez para um biombo para a área de dormir deles no *crannóg*. A velha saiu do *crannóg* e gritou para que Marcus mergulhasse o salgueiro na água, ou ele não poderia ser curvado.

Quando Fergus voltou para a casa, Ma-khee estava ajoelhada ao lado da velha, que lhe mostrava como trançar antigas varinhas de salgueiro que já tinham sido embebidas. Mas as mãos de Ma-khee não eram resistentes para esse trabalho. Ela não parava de levar os dedos à boca, provocando uma expressão de desagrado no rosto da velha e fazendo Marcus rir, muito embora, devido à sua baixa posição, ele devesse guardar esses pensamentos para si mesmo.

Fergus empurrou Marcus para a frente.

— Você não é livre ainda, e minha senhora precisa de ajuda.

Ma-khee olhou para ele e sorriu. Fergus ansiava pelo calor de seu corpo à noite, embora suas pernas fossem macias e sem pelos, como ele só tinha visto em crianças. Não era de admirar que ela estivesse sempre com frio. Talvez Iona conhecesse alguma erva para fazer os pelos crescerem em seu corpo, como nas outras mulheres.

As mulheres tinham acomodado Iona numa das cabanas do campo para que ela pudesse ficar sozinha, e a cerca de acácia que Ma-khee e Marcus estavam fazendo era para a cabana dela. Talorcan havia pregado madressilva sobre a porta para marcar o lugar como sagrado. Fergus pretendia visitar a menina para que ela lesse sua sorte nas pedras.

À MEDIDA QUE OS DIAS PASSAVAM e ia se aproximando a época do solstício de inverno, a neve começou a cair no Lago Glashan, o que acontecia com pouca frequência na maresia de Dunadd. Ma-khee ficava em casa, perto do fogo, e trabalhava na mó. Ela não costumava sair com as outras mulheres. Fergus começou a se perguntar se ela não estaria esperando uma criança, pela maneira como se resguardava.

Ele colocou a mão sobre a barriga dela e perguntou:

— *Torrach*?

Ela fez que não com a cabeça.

— *Chan e.*

Mas, se ela não estava grávida, então por que não se sentava na cabana com Iona durante aquela época do mês? Ele não notara nenhum sangue desde que estavam no Lago Glashan. Ele gostaria de ter um filho para ensiná-lo da mesma maneira que o seu pai o havia ensinado. Talvez Sula tivesse dado ervas para Ma-khee a fim de fechar seu ventre como havia feito certa vez com Saraid. Mas Ma-khee não era jovem; talvez já fosse tarde demais.

Fergus gostava de se levantar de manhã e ver sua filha correndo livre ao longo da margem com outras crianças, ou ajudando o velho em suas pescarias. Illa havia encontrado um gatinho preto e pegado para ela. Os gatos eram mantidos perto dos celeiros na aldeia em Dunadd e na cozinha da própria fortaleza. Entretanto, eles não eram pretos como este. O animal ficava andando de um lado para o outro enquanto Illa estava na água.

Fergus remou ao longo da margem no *curragh* do velho até o curtidor e trouxe uma bolsa para Ma-khee, que pareceu bem contente com o presente. Para si próprio ele comprou um gibão, que conservava o calor do seu corpo agora que os dias eram tão frios, e a neve no chão ia e vinha, assim como o gelo fino na margem do lago. Logo chegaria o dia mais curto do ano, e eles precisavam que Iona comungasse com Cailleach nas celebrações.

Foi então que um mensageiro veio de Dunadd, um servo, não um escravo, mas amigo de Marcus, embora não falasse latim. Ele falou em gaélico, e Fergus ouviu suas palavras às margens do lago turfoso que se tornara seu refúgio. As coisas não andavam nada bem no forte. Rumores haviam chegado sobre a incursão de Murdoch no norte, seus homens fugindo ao controle entre os pictos, mesmo antes de eles chegarem a se confrontar com o exército de Oengus.

Brighde havia se enfurnado no topo do forte com os monges e mandara Sula ir viver com seu povo, na aldeia. Ela havia colocado guardas por todos os lados, e nenhum picto estava autorizado a entrar ou sair. Nenhum comerciante era admitido dentro da fortaleza e os grãos e a carne salgada estavam sendo racionados. Com a ausência de Talorcan, havia muita intriga agora entre os pictos do javali.

Fergus mandou que o mensageiro fosse ao *crannóg* para comer. Depois, sentou-se na margem, olhando a superfície da água pontilhada com a palha dos telhados de *crannógs* como este. Os homens estavam fora, pescando e às vezes dormindo em seus *curraghs*. Tudo estava calmo; ainda assim, se fossem obrigadas, será que essas pessoas não prometeriam a sua lealdade ao rei Oengus? Por quanto tempo mais a família de Radha poderia mantê-los ou arriscar a própria garganta? Fergus queria voltar para Dunadd e tirar sua mãe do forte, à força se necessário, mas ele sabia que ela iria chamar seus guardas antes de deixá-lo fazer isso. E ele seria menos capaz ainda de persuadir Sula, agora que ela estava morando na aldeia, em meio ao seu próprio povo.

Ma-khee sentou-se ao seu lado e colocou os braços em volta dos joelhos dele. Fergus tomou a mão dela entre as suas e beijou-lhe as juntas, mais ásperas agora, como deviam ser numa mulher.

Ele falou lentamente para que ela pudesse entender.

— Eu não sei por quanto tempo estaremos seguros aqui. Já começou, tudo que Sula previu. Parte o meu coração continuar nos afastando de Dunadd, porém não vejo outro caminho.

Ma-khee pareceu compreender. Ela pegou o gato preto e colocou-o no colo.

— Gostaria de ter você comigo — disse ele —, se você abandonar o lugar de onde veio e buscar uma nova vida comigo e com Illa.

Fergus colocou as mãos dela no colo, deu uns tapinhas amorosos nelas e depois acarinhou o gato. Ela parecia querer falar, mas não conseguia encontrar as palavras. Ele notou uma lágrima escorrendo da ponta do nariz dela.

— Eu já não tenho marido nem filha. Mas tenho um filho.

Ela se agarrou a seus joelhos para que ele não conseguisse se levantar. No entanto, ela não precisava ter medo, porque ele ficou satisfeito com a notícia.

— Então, eu vou criá-lo como meu. Onde ele está?

— Ele está numa escola.

— No Oriente?

Ela assentiu com a cabeça.

— Sim, no Oriente.

Fergus colocou o braço sobre os ombros dela para firmá-la. De repente, ficou preocupado com a possibilidade de Ma-khee escolher ficar com o filho e não com ele.

— Depois que a luta terminar, ganhando ou perdendo Dunadd, eu reunirei alguns homens e viajarei para buscar seu filho. Eu prometo a você, Ma-khee.

Ela não parecia tão satisfeita quanto deveria. Ela suspirou. Fergus colocou seus lábios contra os dela e sentiu seus dentes com a ponta da língua. Ele tinha visto pedaços de ouro em sua boca, decerto um sinal de elevada posição.

— Acho que na sua terra você é uma rainha. Fugiu dessa casa real e ainda teme ser capturada. Por essa razão, você não diz nada sobre esse lugar de onde veio. — Ele colocou uma coroa imaginária na cabeça dela. — Isso é o que eu acho.

Ma-khee riu e sacudiu a cabeça.

— Talvez devêssemos ir para lá — completou ele. — Assumir o reino e viver lá no Oriente, com seu filho.

Ela não disse nada. Eles ficaram vendo o gato preto correr ao redor deles com a traseira arqueada. Ma-khee esticou-se até o animal e apertou-o contra o rosto. Ela pronunciou a palavra "Winnie", porém ele não sabia o que significava essa palavra ou se as lágrimas dela eram de tristeza ou de felicidade. Ma-khee agia de modo estranho para ele, também era estranha a maneira como as coisas a afetavam, como a pedra que Fergus MacErc trouxera de Erin, a pedra de Scotta. E, então, Fergus lembrou-se da própria pedra. Que tolice não tê-la trazido com ele, embora a carroça não pudesse ter suportado tal peso. Agora seria deixada para os pictos, e eles poderiam não tratá-la de maneira tão gentil, sobretudo por ser uma coisa de Erin.

Ma-khee se levantou e foi embora, e, mesmo assim, ele não conseguiu deixar de pensar nela, não conseguiu deixar de procurá-la nas noites que se seguiram, traçando os contornos de sua espinha, mesmo enquanto ela chorava. Ele não entendia a razão daquelas lágrimas, mas esperava que ela o amasse e que derramasse lágrimas por ele, se as coisas no final não saíssem como planejado.

21

Quando eu acordo e recobro a consciência dessa vez, Jim está segurando minha mão:

— Você ficou apagada durante um dia inteiro, sabe?

Ele diz que eu estive chorando durante o sono.

Sento-me.

— Onde está Winnie?

Ele ri.

— Você não vai acreditar, mas eu a encontrei descendo do forte.

Suspiro. Isso já é demais — primeiro eu e agora a gata. Acho que os caçadores de bruxas estavam certos nesse ponto, que os gatos pretos estavam mancomunados. Sei pela minha pesquisa que os caçadores de bruxas torturavam e enforcavam gatos pretos assim como faziam com as mulheres, mas nenhum registro histórico se preocupou com seus nomes.

Jim se levanta.

— Vou preparar um mingau para você. E colocar um pouco de leite para lhe dar energia extra.

Depois que ele vai para a cozinha, volto a me deitar. Minhas lágrimas escorrem para os meus ouvidos, ao me lembrar de Fergus e aquela cabra que ele estava fingindo saber ordenhar. Eu só consegui porque tinha visto na televisão uma vez. Aperte e puxe, foi o que disseram, e ninguém ficou mais surpresa do que eu quando deu certo. Ninguém, exceto Fergus. Ele me causou um sobressalto pela maneira como gritou, entusiasmado e, em seguida, todos os rostos se viraram para ele, como se tivesse sido mordido. Eu evoco vezes sem conta aquele rápido sorriso envergonhado enquanto ouço Jim cozinhando a aveia e retornando pelo corredor até o quarto com a minha porção numa tigela com estampa de salgueiro.

Ele se senta na cama e a entrega para mim.

— Eu esquentei o leite.

— Você é um doce — eu o elogio e depois sorrio, como se talvez não estivesse falando sério.

Ele joga o frasco com os meus comprimidos no meu colo.

— Achei que pudesse precisar deles.

Quando eu pego o frasco e o reviro na mão, os comprimidos produzem um ruído de chocalho, pílulas amarelas tão pequenas, mas com um baita vozeirão. Toda vez que eu tiro a tampa elas perguntam bem alto: qual vida você escolhe, Maggie? Esta com Graeme, com a tese e um Ph.D., talvez um emprego de professora e uma mudança para uma casa em Edimburgo, onde a vida pode ter um novo começo? Ou a vida com Illa e Fergus fugindo dos pictos?

Se eu não fizer a minha escolha antes de este ano terminar, vou parar na mesa de cirurgia e aí a escolha será feita por mim.

Jim olha para minha mesa repleta de documentos e pilhas de livros. Ele repara no amontoado de papéis no chão.

— Como vai o trabalho?

Dou de ombros.

— Já tenho o material. Só preciso organizá-lo. O problema é que é difícil ser imparcial quando você conhece uma bruxa pessoalmente. Agora são duas bruxas. Apareceu outra, só que esta é jovem.

Eu percebo o ar de incredulidade no rosto de Jim e acrescento:

— Não precisamos falar sobre isso, se você não quiser.

Vasculho, à exaustão, a gaveta do meu criado-mudo e encontro um saquinho de balas de gelatina em formato de bonequinhos. Jim escolhe um verde e arranca-lhe a cabeça com uma mordida.

— Não se reprima por minha causa.

— Essa nova bruxa é, de fato, muito jovem. O nome dela é Iona, por incrível que pareça.

— Não é nem um pouco estranho — assegura ele. — O antigo nome gaélico para a ilha de Iona era *Eilean nan Draoidhean*, a Ilha dos Druidas.

Mordo a cabeça de um bonequinho de gelatina vermelho.

— Você está brincando.

Minha mente relembra a expressão no rosto de Sula quando ouviu os sinos dos cristãos. De que outra forma ela poderia se sentir em relação aos cristãos que haviam usurpado a sua ilha sagrada?

— Marcus disse que Iona era *Aegyptius*.

— Ciganos — esclarece ele. — Foi daí que surgiu a palavra. Hoje, na Inglaterra, eles são chamados apenas de Tinkers.

— Ela é como um fantasma. Pálida, parece de outro mundo... Sula não era assim.

Jim apanha outro bonequinho de gelatina, dessa vez um amarelo. Ele não perde tempo em desmembrar a coisa. Simplesmente enfia a bala inteira dentro da boca.

Ele estranha:

— *Não era?* O que aconteceu, ela morreu?

Eu sacudo a cabeça.

— Não, nós deixamos Dunadd e nos mudamos para um lugar chamado Lago Glashan. Já ouviu falar?

— *Aye* — confirma ele. — Não é tão longe daqui. Claro, eles construíram uma represa hidrelétrica lá, na década de 1960.

Sorrio, porque esse Lago Glashan é outra coisa da qual eu não deveria ter conhecimento.

— Nós estamos vivendo num *crannóg*... uma palavra, a propósito, que eu não conhecia até Illa me falar.

Ele desvia o olhar, constrangido, mas eu posso vê-lo sorrindo. Mais cedo ou mais tarde, os fatos, eu espero, irão desarmá-lo.

— Se você quiser, eu a levo até lá — ele oferece. — Mas o trajeto é um pouco arriscado hoje em dia.

Fico animada para ir e começo a estender o braço em direção ao meu casaco.

— É melhor irmos no meu carro, então.

Ele ri.

— Não, eu não vou no carro com você dirigindo. Não é seguro.

Paro na porta, ponho a mão no quadril e bufo.

— Está bem.

Ele hesita por um minuto.

— Mas não sobrou nenhum *crannóg* lá, sabe?

É claro que não sobrou, mas isso me dá um nó na garganta, mesmo assim. Casas de varas e lama não iriam durar para contar suas histórias como as construções de Dunadd. Eu convivi com essas pessoas, e, de repente, tenho que vê-las como sopros de ar, sequer isso, nem mesmo uma única menção num livro de história.

Levo uma semana para reunir coragem para ir, uma semana de noites sozinha na minha moderna cama de molas. Sete dias completos sem um vislumbre de Fergus. Winnie tornou-se irrequieta e quer sair à noite. Graeme liga e quer saber o que eu tenho feito ultimamente. Fergus é o que eu tenho feito ultimamente, no entanto não posso dizer isso a ele. Se eu dissesse, ele perceberia em minha voz quanto eu quero voltar para lá.

Sento-me no carro com Jim, esperando que ele dê a partida. Meus dedos estão tamborilando no painel.

Ele sugere:

— Nós não precisamos ir até o Lago Glashan, sabe?

Limpo minha garganta.

— Não, eu quero ir.

Falta uma semana para o Natal e as estradas estão num tom marrom acinzentado e sem vida, tomadas por uma vegetação encharcada que facilita o atolamento. Jim e eu parecemos os únicos nas redondezas, enquanto passamos por casas com fumaça saindo das chaminés e árvores de Natal iluminadas nas janelas. As árvores desfolhadas estendem-nos apenas alguns dedos esqueléticos ao longo da estrada.

— O que você vai fazer no Natal? — pergunto a Jim.

Ele tira os olhos da estrada tempo suficiente apenas para relancear a vista sobre mim. Dá de ombros.

— Lembre-se, eu ainda tenho duas filhas. Elas me chamaram para passar o Natal na Inglaterra, e eu iria para a casa de qualquer uma das duas que não estivesse recebendo a mãe delas também. — Ele fica em silêncio por um minuto. — Eu não gostaria de vê-la, não agora, não depois de todos esses anos.

— Ela ainda está com o sujeito com quem fugiu?

Ele ri.

— Por Deus, não. Mas é casada, o que é mais do que posso dizer sobre mim mesmo.

Não o pressiono mais. Talvez ele vá para o sul passar o Natal, e talvez eu passe o meu sozinha com Winnie. Graeme irá passar o Natal com o pai em Glasgow, onde haverá mais luzes festivas para admirar, e os pais de Oliver com certeza vão providenciar chapéus festivos, rocambole natalino, pudim de ameixa flambado. Passamos um Natal sombrio lá no ano passado, com os vestígios de um casamento ainda pairando sobre nós como um enfeite de árvore quebrado.

Ao longo de toda a tosca estrada florestal para o Lago Glashan, o carro baixo de Jim vai mergulhando nos buracos, provocando respingos de lama para todos os lados. Estamos dirigindo através de fileiras e mais fileiras de coníferas escandinavas, de aspecto muito diferente das florestas de carvalhos que cobriam os morros da última vez que estive aqui. A paisagem do lago vem e vai até que paramos o carro no acostamento ao lado da nova barragem. O bater das portas do carro ecoa pelo espelho d'água. É só quando eu paro ao lado da imponente muralha de concreto que me dou conta de que ela foi erguida em frente à baía onde nosso *crannóg* ficava. Já não há o cheiro de fumaça e estrume; todos os campos cultivados foram tomados pela floresta agora. Já não há tampouco uma margem aqui para uma menininha correr e brincar, nem *curraghs* deslizando pelo lago; apenas um paredão de água e, abaixo dele, uma grande queda.

Do outro lado do lago, o contorno das colinas não mudou, como também não mudou a cor de turfa da água, mas o lugar parece muito vazio. Um ostraceiro revoluteia sobre a água, e seu agudo e intermitente grito chega até nós.

— Costumava haver lobos aqui, sabia? Eu podia ouvi-los à noite.

Nós caminhamos ao longo da borda do lago até um monte de pedras que mal afloram à superfície da água.

— Eles fizeram escavações por aqui e encontraram um monte de couro e espátulas, um sambaqui, é claro — conta Jim.

Penso na bolsa que Fergus trouxe para mim de um curtidor do lago, finamente trabalhada, no tom castanho-claro, com uma tira de couro mais escuro entremeada na aba, como algo que você encontraria numa feira de artesanato hoje em dia. Eu poderia andar por aí com aquela bolsa e ninguém diria que ela não é atual.

E depois, é claro, haveria vestígios de um sambaqui, os sempre presentes sambaquis. Pensar nisso é tudo que posso fazer para parar de me opor a que eles atirem coisas para fora do *crannóg*, no lago, mas sou movida por uma consciência ecológica forjada num planeta oprimido sob uma crescente população, ao passo que aquelas pessoas e os seus equivalentes em toda a Europa mal deixaram uma marca. As florestas no tempo deles não haviam sido derrubadas, nem os mares foram poluídos; não há buracos na camada de ozônio. Tudo está correndo como deveria e vai permanecer assim por quase mil anos.

Começou a chover, mas nós puxamos para cima nossos capuzes e caminhamos até a praia de cascalho, onde a água sem maré está se repetindo em ondas sem sentido. O *curragh* de algum velho deve ter se acostumado a ficar emborcado aqui, com o couro normalmente embaixo d'água pegando um pouco de sol. Imagino Fergus puxando o *curragh* para cima dessa pilha de pedras na água, que na minha imaginação voltou a ser o antigo *crannóg*. Sinto uma pontada no peito, como se a vida naquela época fosse a minha vida real e essa projeção no futuro, a fantasmagórica.

Jim alcança o bolso da calça e me passa um lenço.

No caminho de volta para casa, os limpadores quase não dão conta do aguaceiro.

Jim pergunta:

— Tem certeza de que nunca tinha ouvido falar do Lago Glashan antes?

Faço que não com a cabeça.

— Gostaria que houvesse alguma maneira de comprovar tudo isso, mas acho que não há — diz ele.

Quando voltamos para Dunadd, ele quer me deixar de carro diante da minha casa.

— Não há necessidade — protesto. — Eu não vou derreter.

Estou muito distraída, com a cabeça ainda no Lago Glashan para ser capaz de fazer sala e servir chá com biscoitos. Não tenho tomado minhas pílulas, mas, até agora, isso não surtiu efeito. Continuo a acordar num quarto que não tem cheiro de fumaça, continuo empurrando os óculos sobre a ponte do nariz e continuo a fazer minhas anotações.

Winnie me encontra no caminho de volta para a casa, saltando sobre poças d'água à minha frente. Aqui estou eu, uma bruxa com minha difamação da Igreja e meu próprio gato preto. Contorno o muro final da fazenda e noto algo encharcado sentado à minha porta. Winnie corre para investigar, mas eu não preciso olhar mais para saber que se trata do meu filho.

— O que você está fazendo aí? — grito para ele.

Ele sorri com a chuva escorrendo por seu queixo.

— Tomando uma chuveirada, pelo visto.

Deixo ele e sua mochila entrarem, ajudo-o a tirar o casaco de lona e o penduro no banheiro. Trago-lhe uma toalha e beijo seu rosto enquanto fricciono o seu cabelo para secar.

— Pensei que você fosse passar o Natal com seus avós.

Eu paro de esfregar para ouvir sua resposta:

— Mas você estava tão sozinha...

Eu o aperto em meus braços, sentindo sua respiração contra meu peito.

— Eu realmente estava solitária. Obrigada.

Como alguém que acaba de sair de um banho, com o rosto brilhando e o cabelo puxado bem para trás da testa, ele parece ser o meu pequeno Graeme mais uma vez. Não tenho uma lareira para me sentar ao lado dele, então puxo um cobertor xadrez da minha cama e o enrolo nele sobre o sofá, colocando uma bolsa de água quente entre seus pés.

— Onde está sua aliança? — ele pergunta.

Está com Fergus. Olho para o meu dedo nu, ainda marcado, onde a aliança de casamento costumava ficar.

Ele olha para mim com os olhos cinzentos do pai.

— Você e o papai não vão voltar a ficar juntos, não é?

Eu concordo com um aceno de cabeça e dou um leve tapinha em seu rosto, pelo menino que ele ainda é.

Enquanto eu lhe preparo um chocolate quente, ele grita para mim na cozinha.

— Nada de árvore de Natal, também.

— Ah, bem, o Menino Jesus provavelmente nasceu no meio do verão. Não se faz um censo no meio de um tenebroso inverno. Talvez pudéssemos ter uma palmeira. Foi a Igreja que inventou essa data no inverno.

Eu o ouço rir.

— Por que fizeram isso?

— Para anular a celebração do solstício de inverno. Por que você está sorrindo?

— Por nada — diz ele, puxando o cobertor ao redor dos ombros. — É só que você está ficando muito militante depois de velha.

Corro as mãos pelo cabelo. Acho que ele tem razão.

— As bruxas devem ter feito isso com você.

Concordo com a cabeça.

— Deve ser isso.

Quero dizer a ele que conheço algumas bruxas no meu tempo, mas ele não iria entender sobre "o meu tempo". Deixo o assunto morrer, trago seu chocolate quente e sento-me ao seu lado, compartilhando o cobertor. Nós assistimos à sua seleção de programas na TV até que ambos adormecemos.

Graeme está à mesa comendo cereais na manhã seguinte quando Jim aparece na janela. Ele diz que veio para se despedir antes de partir para passar o Natal no sul.

Aceno para que entre, orgulhosa de que o jovem tomando o seu café da manhã é meu filho, eu mal posso separar quem ele é do que eu mesma sou.

— Meu filho — apresento Graeme, colocando a mão sobre a cabeça dele. — Graeme, este é o meu vizinho, Jim, historiador local, uma verdadeira enciclopédia ambulante.

Jim ri.

— Oh, muito obrigado.

Graeme parece desconfiado.

— Você tem uma árvore de Natal, Jim? — pergunto.

É uma boa desculpa para enviar Graeme à casa de Jim e ver o que ele acha desse meu novo amigo.

— Ele está a fim de você, mãe — diz Graeme ao voltar com uma caixa bem surrada debaixo do braço. — Árvore de plástico. Acho que vai ter que servir.

Jim segue-o com outra caixa maltratada de enfeites. Graeme desvia o olhar quando dou um beijo de despedida no rosto de Jim. Se meu filho soubesse o que eu ando fazendo no século VIII, com o irmão do rei de Dunadd...

— Mãe? — diz Graeme, enquanto vemos o carro de Jim atravessar a ponte da nossa janela. — Quando você fizer a cirurgia, você não vai voltar para Dunadd, vai?

Ele precisa dizer "mãe?" mais uma vez, porque eu o escuto apenas na periferia da minha consciência, enquanto tento me recobrar da ideia de não voltar para Dunadd.

Ele toca meu ombro.

— Lembra que você me disse que poderia se mudar para Edimburgo?

Concordo com a cabeça.

— Eu disse isso, não disse?

Seu rosto de repente parece mais velho e preocupado:

— Acho que você já deve ter mudado de ideia.

Ele espeta a estrela no topo da árvore.

— Eu não mudei — respondo. — É claro que não.

Ele pendura outro enfeite. E depois outro, mas suas ações são mecânicas e ele não está extraindo nenhum prazer disso. Eu me sinto culpada pela perturbação do que deveria ter sido uma infância normal. Estou paralisada ao lado da janela e não sei como chegar a ele. Ele se ajoelha ao lado da árvore de Natal, mas não em adoração ao Menino Jesus.

Quando vejo seus ombros começarem a tremer, vou até ele, agacho-me ao seu lado, mas não o toco.

— É uma árvore tão horrível! — diz ele, tentando rir.

Mas, então, ele está em meus braços, soluçando, e é tão inesperado que eu me sinto como se estivesse sendo puxada para trás da borda de um penhasco. Acho que, depois que Ellie morreu, eu me isolei no meu canto e ele também. Eu abandono qualquer esperança de encontrar algo para dizer, uma pergunta a fazer, que possa deter essa avalanche. Ele se enrosca contra mim, menino grande que é, um retorno ao feto sem mácula. E fica ali, nós dois ficamos ali, ao lado da árvore de Natal nua com sua estrela no alto, até que ele possa olhar para cima e eu possa beijar sua testa, e haja a sensação de volta para casa.

Naquela noite, depois de dizemos boa-noite, esquivo-me para a porta e, no mais completo silêncio, calço minhas galochas. Com meu capuz bem apertado em torno do rosto, trilho o caminho até a casa de Jim e, em seguida, subo os degraus da escada de metal sobre a cerca e, depois, as lajes de pedra em direção ao topo da Dunadd. É uma daquelas noites de inverno estranhamente agradáveis. O vento está soprando do meu lado direito, mas trata-se de um vento discreto, não muito cortante, e eu posso jogar meu peso contra ele e continuar a caminhar, de certo modo.

Antes de eu chegar ao topo, passo pelo lugar onde o pedreiro traçou o contorno do pé de Sula.

Eu me pergunto o que eles diriam no museu se eu anunciasse que o pé na Dunadd pertencia a uma mulher druida. Já fomos longe demais no patriarcado para sequer admitirmos a possibilidade. No escuro, eu me abaixo para acompanhar com o dedo os contornos do javali.

No topo, encontro abrigo no que resta da cabana de Sula e imagino seus dedos tatuados trabalhando em suas ervas e remédios, e suas longas madeixas grisalhas balançando nas costas. Ervas secando penduradas nas vigas, o cheiro de mofo e terra e raízes fedorentas. Imagino a silhueta de Fergus na porta e sinto suas mãos na minha cintura, erguendo-me contra ele.

Na beira do precipício, pulo para a borda de Fergus. Em vez da lua, há uma luminosidade abafada sobre as ilhas. Relaxo em minha própria solidão. Na distância de um pouco mais de três quilômetros entre mim e o mar há apenas o trecho plano do Great Moss, *Moine Mhor*, o terreno pantanoso e afundando em seu banho turfoso. Todas as aves estão quietas no Great Moss agora; tudo está silencioso. Já não há mais lobos, ursos ou castores aqui, apenas o balido fraco de uma ovelha distante. As luzes de um avião piscam alto no céu de anil, alheias a essa solidão aqui em cima do morro, na grama.

Não tenho outra escolha a não ser caminhar para a frente e para fora desse penhasco no escuro, esse penhasco de desconhecimento. O mundo moderno tem suas respostas: ele sabe como minhas funções cerebrais funcionam e o que deu errado. Foi observada uma lesão no meu lobo temporal direito, e a resposta é tão fácil quanto a maneira como os aviões voam. Ela estende o seu tapete vermelho diante de mim e me convida a seguir em frente. *Tiugainn comhla rium.* Venha comigo.

No entanto, ele não tem uma resposta quando se trata de comparar valores. Na balança das minhas mãos eu seguro Graeme de um lado e Fergus do outro. Ellie fica equidistante dos dois, bem no meio. Como posso escolher? Não é uma função do cérebro; não é como um jogador que se senta numa mesa de apostas e separa suas fichas em pilhas. Não se trata sequer de uma mesa de apostas, mas de um céu noturno e de um oceano que se derrama à sua frente, e não minutos contáveis num relógio, e sim, um túnel de tempo que começa e termina neste momento. Você não pode caminhar por qualquer uma dessas coisas, só pairar.

Deixo Fergus em sua borda com vista para as ilhas, seu cabelo soprado para trás pelo vento. Eu o deixo ali por ora, mas será que posso deixá-lo para sempre? Graeme quer que eu tente, que eu deixe os médicos destrincharem as partes do meu cérebro que não funcionam bem, segundo eles. Eu vou ser salva do melhor e do pior de mim mesma. Isso, decido na escuridão da Dunadd, é o que eu devo fazer. Só que não agora, ainda não. Tenho que voltar mais uma vez. Por favor, só mais uma vez, deixe-me voltar para Fergus.

22

Enessa última vez, eu me encontro na floresta com Iona colhendo avelãs e bolotas de carvalho das árvores desfolhadas, e à procura de algo que ela chama de *druidh lus*. Olho em volta à procura de Fergus, porém, só avisto Marcus zanzando nas proximidades, com um punhal amarrado na ponta de uma vara longa. Quando avançamos por uma área mais densa do bosque, algo grande se afasta rapidamente de nossos pés. Marcus levanta o chifre de bode que traz pendurado em seu quadril e chama na direção do lago. Iona não presta a mínima atenção a isso. Ela puxa minha manga e me mostra como arrancar uma planta murcha em busca de suas raízes, que ela corta fora com as unhas e guarda numa bolsa de juta amarrada na cintura.

Meu dia se ilumina quando Fergus, o velho e vários outros homens vêm correndo em nossa direção, alguns com lanças, alguns com punhais como Marcus, todos com suas túnicas chacoalhando na parte de trás. Iona nem sequer ergue a vista, apenas continua coletando e guardando coisas em sua bolsa. Faz muito tempo desde a última vez que vi Fergus, e tenho que colar minha mão ao lado do meu corpo para impedi-la de pegar a bainha de sua túnica e puxá-lo para mim. Eu me esforço para pegar um último vislumbre dele, no entanto Iona está me chamando; ela encontrou sua planta sagrada crescendo a meio caminho do tronco de um carvalho.

— *Druidh lus* — diz ela, apontando, da forma mais animada que já a vi se expressar.

— Visco — respondo.

Mas Iona não está interessada em aprender nomes em outro idioma. Seus olhos azul-claros só passam sobre mim. Fico feliz que a tradição do visco e do *Yule* tenha sido preservada através dos séculos, chegando até a minha época. Só Deus sabe, e somente se Ele for uma deusa pagã, em que tempos imemoriais tal tradição teve início.

Iona remove a planta de seu carvalho hospedeiro com uma vara e coloca-a cuidadosamente por cima da folhagem e das groselhas brancas que recolhe em seu colo. De certa forma, acho que o visco para essas pessoas tem mais importância do que um mero artifício para conseguir um beijo.

Ouço um barulho por entre os arbustos e então saltamos para trás, quando um javali selvagem passa em disparada, fugindo dos homens em seu encalço, todos eles risonhos pela distração ou antevendo a carne de porco mais à noite. Eu mesma fico um pouco animada. A tradição de peru assado no Natal deve ter surgido mais tarde.

Por todo o caminho de volta até a sua cabana, Iona vai segurando minha manga. Quando ela fecha a porta, estamos na escuridão quase completa, exceto por pequenas fendas na taipa de sebe coberta de barro, por onde alguma luminosidade se introduz. Demora um minuto antes de eu conseguir visualizá-la se movendo abaixada, perto do chão. Ela pega uma faca na cintura e começa a escavar pequenos pedaços de uma raiz.

Ela estende um deles para mim.

— *Seo.*

Eu não entendo o que me está sendo administrado ou por quê, mas aceito, apesar das advertências de minha mãe. A raiz é úmida e escorregadia na minha mão, e amarga na língua.

Os homens ainda estão fora quando volto para o lago. Ainda estou tentando quebrar a raiz fibrosa em pedaços para poder engoli-la. Antes de ir para o *crannóg*, cuspo-a no chão e a cubro com terra.

Encontro Illa sentada com a mulher idosa na parte de trás do *crannóg*, retirando as tripas dos peixes pequenos que vão pegando de um barril. O trabalho de Illa é lançar fora as entranhas por cima da cerca, no lago. Quando coloco minha mão em suas costas, ela se vira para mim. Desejo que Graeme pudesse ver aquele olhar em seu rosto. Eu gostaria que ele pudesse olhar através dessa janela e ver que Ellie não foi apenas um momento no tempo, mas sim um caleidoscópio de momentos. Eu volto através do *crannóg* para deixar o gato entrar, esforçando-me para escutar por cima do murmúrio das ondinhas do lago os ruídos da caçada, agora distante. Illa vem correndo com um punhado de tripas de peixe, que Winnie leva apenas um segundo para abocanhar.

A velha recebe a minha oferta de avelãs e me mostra como arrumá-las ao redor do fogo, para assar. Vejo agora o azevinho amarrado ao redor da acácia, outra tradição que não será perdida. Desejo que Graeme pudesse estar aqui, nesta véspera do solstício de inverno, pois este é um Natal melhor do que na minha casa.

Quando começa a escurecer, me preocupo com a segurança dos caçadores. Eu me questiono a respeito de Iona, que raramente se junta a nós no *crannóg*; gostaria de saber quem ela planeja surpreender embaixo de seu visco. Com Fergus tanto tempo longe, espero que não seja ele.

Por fim, os homens voltam com muito alarido e exaltação, contando sobre a caça com gestos largos e muita celebração. Eles estripam o javali na praia, trazendo os cães para a sua refeição da noite, e depois penduram o animal morto nas vigas, com um balde embaixo de seu ruidoso gotejamento de sangue. A velha canta, caminhando no sentido horário em volta dele, recitando orações de agradecimento pela caçada bem-sucedida. Lá fora, neve firme está caindo no lago.

Fico feliz de me deitar ao lado de Fergus quando todos nós nos acomodamos para dormir nesta véspera de Natal sem Cristo. O Cristo da Igreja não aprovaria o que estamos prestes a fazer, embora eu imagine que o israelita radical soubesse de onde tinha vindo e não se importaria com isso. Oh, Senhor, estou tentando não me importar também. Fergus cutuca meu nariz para me chamar de volta de minha distração. Nossos narizes se tocam e, depois, nossos lábios. Corro meu dedo ao longo da crista de suas sobrancelhas e lhe beijo cada pálpebra. Quando ele mete as mãos sob as minhas roupas, o chão foge, debaixo de meus pés. Um pouco como a viagem no tempo, eu suponho.

De manhã, quando acordo, Fergus ainda está dormindo. Deslizo para fora por baixo de seu braço, aperto bem o meu xale em torno do corpo e saio para encontrar Winnie ao longo da margem. Nesta manhã de Natal, as colinas além do lago estão silenciosas sob o manto de neve que caiu durante a noite toda, e eu me sinto fresca também, como o lago, ao primeiro toque da alvorada. A neve está começando a rarear, mas não vejo nenhum gato, apenas grupos de homens cuidando de uma fogueira num buraco que eles devem ter cavado antes de eu acordar. Illa e algumas outras crianças estão correndo ao longo do caminho, recolhendo gravetos. Nenhuma delas está usando sapatos em seus pobres pés vermelhos.

De volta ao fogo no *crannóg*, a velha senhora está fazendo suas orações da manhã, remexendo as brasas para atiçar o fogo. Quase todo mundo está acordado, apontando e rindo do irmão de um rei por ainda estar dormindo. Eles olham para mim e eu tenho orgulho de ser a fonte de sua exaustão. Sorrio para que saibam que sei do que eles estão falando, fazendo-os rir ainda mais.

Este dia de Natal está agitado, tudo está, exatamente como haveria de estar em torno de uma árvore de Natal, com crianças, meias penduradas na lareira e um peru no forno. Radha está baixando o porco de seu gancho. O animal pesa tanto que ela precisa usar seu próprio peso contra ele, para impedi-lo de escorregar. Ofereço-me para ajudar, porém ela me despacha com a mão, e, em seguida, deixa-o cair no chão. O que ela quer que eu faça é levar o animal morto para o fogo. Acho que preciso içá-lo sobre meus ombros, mas, ao contrário dos suínos modernos, esse porco é maciçamente espinhoso. Acho que não tenho muito tempo para decidir como fazer isso antes que os outros comecem a se perguntar o que há de errado comigo.

Arrastar também não surte muito efeito; o porco parece preso ao chão. As mulheres estão olhando para mim, incrédulas. Desvio o olhar quando Fergus aparece, mas ele se aproxima e levanta as patas dianteiras do animal, gesticulando com a cabeça para que eu faça o mesmo no outro extremo, para que, juntos, possamos carregá-lo para fora do portão e, em seguida, ao longo do caminho até o buraco, onde a fogueira o aguarda. Os olhos de Fergus buscam os meus algumas vezes. Eu não quero que ele saiba como meus ombros doem com o esforço. Talorcan se junta a nós para ajudar a descer o porco morto até as brasas, e, em seguida, as crianças formam um círculo para amontoar terra em cima.

Durante toda a manhã, ficamos preparando creme de ovos e *bannocks*, reunindo mais raízes dos campos onde o solo é duro e menos disposto a ceder sua cultura. As plantas estão muito murchas no frio para eu poder dizer que tipo de raízes estamos coletando. Tudo que eu sei é que não são cenouras.

O cheiro do porco assando devagar escapa de seu forno de terra em pequenos suspiros de vapor, enquanto as pessoas começam a afluir, alguns a pé, a maioria em *curraghs* de outras partes do lago. Os últimos a chegar são os músicos, que, com seus chapéus coloridos combinando, parecem ser uma espécie de trupe.

Iona passa o dia trabalhando ao nosso lado. Quando Radha considera que vamos precisar de mais pão, sou posta para moer os grãos de um tipo de trigo, mais cinzento do que o que eu conheço, juntamente com aveia e pequenas bolas de painço e uma bolota estranha. A pedra de mó que vi no museu não era tão diferente desta; o cabo de madeira lisa está quente na minha mão. Não demora muito e ele está fazendo um sulco na minha pele, e, em seguida, formando bolhas que tenho que deixar estourar enquanto continuo. A mó produz pouca farinha para tanto esforço.

A massa do *bannock* é pesada e sem fermento, misturada com uma gota de leite azedo. Nós nos sentamos ao redor do fogo achatando bolas dessa massa entre as palmas das mãos, enquanto a grande pedra de assar *bannocks*, *clach bannach*, aquece sobre as brasas. A velha passa as mãos sobre ela, oferecendo palavras de gratidão, depois cospe nela para testar o seu calor. Ela organiza lotes de massa por toda a pedra, e eles produzem um cheiro quente de nozes e farinha. É meu trabalho virá-los assim que douram de um lado. Isso não é muito diferente de ver a sra. Gillies preparar *scones* na chapa de seu fogão.

A névoa da manhã sobre a água se dissipa contra o céu nublado, que também começa a se desanuviar. As crianças executam suas tarefas correndo ao sol, não um sol quente, mas quente o bastante para derreter a neve e se tornar uma fonte de calor em direção à qual uma criança poderia levantar seus dedos dos pés congelados. Saio para sugerir isso a Illa, porém seus pés estão cobertos de cinzas do buraco e ela está usando o balde de peixe para aparar nele o que parece ser uma bexiga inflada feita das entranhas de algum animal. Fico parada ao lado do portão e sorrio para essas crianças, muito mais duronas do que os seus descendentes serão, mas, como crianças que são, sempre dispostas a correr atrás de uma bola.

Em algum lugar entre uma criança chutando a bola e outra capturando-a, há um estrondo. Olho para além das colinas distantes à procura de nuvens negras, mas o céu está bastante limpo. Em seguida, um estrondo mais alto inclina o mundo por apenas alguns segundos e eu preciso cambalear para manter o equilíbrio. Vejo Illa cair contra a borda do seu balde vazio. No entanto, ela se levanta e continua tentando capturar a bola nele. Sem dúvida, este não pode ser o famoso terremoto. Ninguém mais presta muita atenção.

Eu quase nem me lembro mais disso, quando o crepúsculo deita o silêncio sobre os confins do lago. Quero ir até o buraco ver se o porco não está queimando, mas suponho que sou a novata aqui, e os homens parecem saber o que estão fazendo. Sento-me com as outras mulheres enrolando azevinho em velas laranja, que penduramos depois nas paredes de acácia, tornando esta noite semelhante a qualquer Natal da minha infância.

Quando escurece e todos estão reunidos, o canto começa, do nada. Não há nenhum maestro erguendo a batuta para unificar a todos numa mesma nota, num mesmo ritmo, mas, de alguma maneira, eles conseguem fazer isso. Estamos reunidos num círculo que enche todo o espaço sob o alto telhado de colmo, e as vozes preenchem o silêncio que se instala no lago, o vazio entre cada pessoa, cantando alto, da forma como os galeses serão célebres por fazer. Eu cantarolo junto à sua melodia estranha, certa de que ninguém pode me ouvir. É uma canção de muitos versos, sem dúvida, narrando alguma saga do passado. Há algo de mágico nos sons guturais e estranhos dos pictos.

Sem aviso, de repente o canto para. O círculo se rompe, e Iona entra caminhando cerimoniosamente, vestindo uma túnica de um vermelho vivo, arrastando hera e usando em seu cabelo o visco que colhemos. Enquanto o círculo volta a se fechar atrás dela, ela joga especiarias e aparas de madeira nas chamas. Elas crepitam em sua curta vida, chispando e lançando fagulhas antes de expirarem no escuro. À medida que a fumaça perfumada começa a levantar do fogo, as pessoas a abanam em direção à própria cabeça.

Quando elas erguem as mãos para o leste, Iona começa o seu canto. E, então, a direção muda e todas as mãos e corpos se viram para o oeste. Para cada direção ela tem uma oração e, em seguida, as pessoas se curvam para trás, em direção ao teto do *crannóg*, erguendo as mãos. A fumaça tem um cheiro doce, e eu me sinto um pouco tonta quando deito a minha cabeça para trás e percebo ninhos de pássaros vazios no ápice do colmo.

Por fim, todos se agacham e espalmam as mãos no chão, de olhos fechados, como se fossem a um encontro de oração. Iona está cantando, olhando para a frente. Ela está conversando com o fogo, estendendo os braços bem abertos. Eu entendo algumas palavras que ela repete: *Brigid, Rainha do Fogo, contempla tua filha esta noite, quando honro a ti e a teu reino. Coloco-me humilde diante de ti, pedindo a tua bênção e favor através dos meses escuros restantes. Levanta agora o véu entre os mundos para que eu possa ir até ti.*

Depois disso, vamos para o pátio do *crannóg*, delimitado por cercas de acácia, e olhamos para a lua que não está completa, mas em forma crescente e se escondendo e voltando a aparecer por entre as nuvens cinzentas, como se dançasse. Iona ainda está se movendo como num transe, para cima e para baixo na ponta dos pés, recitando suas orações para aquela lasquinha de lua. Ela gira até cair, seus véus se espalhando atrás dela, e começa a tremer no chão.

Como se o *show* houvesse terminado, todo mundo se vira e vai embora, deixando Iona sozinha. Os músicos começam a tocar no interior do recinto, onde o velho está cortando o javali assado. Só eu fico para trás, pairando sobre Iona, tentando não ceder ao reflexo de ajudá-la a se levantar. Ninguém mais parece sentir a necessidade de fazer isso.

Acabo entrando com os outros, porque Illa puxa minha manga. Nós nos agachamos perto do fogo, esperando a carne circular de mão em mão até nós. Nada higiênico, penso; no entanto, quando olho para as minhas próprias mãos, vejo que elas não estão mais limpas do que as de qualquer outra pessoa ali. Eu passo adiante a carne que é colocada em minhas mãos até as pessoas no final do círculo tomarem e comerem dessa carne e desse sangue derramado por nós.

Pego um pedaço de carne e o coloco dentro de um *bannock*. Illa acha isso engraçado, mas segue o exemplo, fazendo talvez o seu primeiro sanduíche. O pão tem um sabor de nozes e complementa a carne, que não é dura e deve ter pertencido a um jovem membro de sua espécie. As raízes fervidas que coletamos mais cedo encontram-se ao lado do fogo, numa panela de barro. Eu experimento uma junto com o meu sanduíche e acho-a estranhamente picante, parecida com pastinaca. Grandes talhas de pedra de algo que eu seria capaz de apostar que é cerveja de urze são trazidas, nas quais as canecas são mergulhadas. Uma delas acaba chegando até mim, uma cerveja mais forte do que a que conheço, porém tomo a bebida comunal e, depois, tomo um pouco mais. Todo mundo está sob a influência da *fraoch*, bebendo mais, e o canto é alto e afasta qualquer pensamento da minha cabeça. Bebo até que as chamas claras das velas virem borrões, e eu já não esteja muito certa a qual lugar ou época pertenço. Por enquanto, estou onde eu deveria estar.

Quando Iona também vem para dentro, ela se senta perto do fogo e as pessoas se revezam tocando em sua cabeça. Eu entro na fila e coloco minha mão em seu cabelo louro sob a coroa de hera e visco. Não sei o que ela supostamente está emitindo, mas, seja o que for, seria bem-vindo por mim. Volto a me sentar e caio em uma espécie de sonolência.

Então, de repente, do nada, um homem com um chapéu encimado pela cabeça e galhada de um veado adentra subitamente o círculo, assustando seu público e colocando todos de joelhos. Levo um tempinho para perceber, através da fumaça e da pouca luz, que o tal homem é Fergus. Luto para reprimir um ataque de risos quando ele começa a escavar o chão com o pé, simulando o movimento de um animal, dançando em direção a Iona e voltando. Constato, para meu espanto, que seus passos se assemelham aos da dança escocesa que veio a ser conhecida como Highland Fling. Para dentro e para fora, e, em seguida, de volta em direção a ela. Tenho a sensação de que esta dança é de natureza mais sexual do que o Highland Fling, e minha vontade de rir desaparece.

Não há canto agora, apenas um monte de zombaria e de gritos. Iona parece bastante alheia: cabeça para trás, olhos fechados. Toda vez que Fergus dança na direção dela, as mulheres gritam, tentando agarrá-lo, deslizando os dedos ao redor de sua virilha e das nádegas, enquanto os homens assoviam e fazem chacota. Preciso me segurar para não sair correndo ou me levantar de um salto, ir até Fergus e manter as outras mulheres longe dele. Encolho-me contra a parede, olhando para Illa, mas ela está ocupada com as outras crianças e não parece preocupada com a visão de seu pai dançando em torno das mulheres no que pode ser, sem dúvida, qualificado como um elevado grau de excitação.

Só mais uma investida e, então, Fergus está de quatro, apoiado em suas mãos e joelhos, balançando sobre Iona, e posso dizer pela expressão de seu rosto o que está acontecendo por dentro das dobras de suas ceroulas de lã. Para baixo e para cima, sem nunca tocá-la. Encontro forças para me levantar e começo a me mover em direção à porta. Mas, então, ele interrompe o movimento e se põe de pé, ajustando seu chapéu de cabeça de veado e dançando dentro do círculo, com as mulheres continuando a tentar agarrá-lo. Ele dá mais uma volta dançando pelo lado externo do círculo, e depois dispara porta afora, entre muitos assovios e gritaria alvoroçada.

Vou atrás de mais cerveja e não dou mais por mim até de manhã. A primeira coisa que registro ao acordar é que Fergus não está ao meu lado. Minha mente voa de volta para tudo o que testemunhei na noite anterior, e não faz mais sentido agora do que então. Iona é sobrinha de Fergus, pelo amor de Deus, embora ela, com certeza, não estivesse agindo como uma sobrinha na noite passada. Talvez tenha sido tudo apenas uma encenação, mas eu me sinto traída por ela, de um jeito peculiar.

De qualquer maneira, ninguém achou por bem ficar sóbrio o suficiente ontem à noite para cuidar do fogo, por isso ele se queda agora ridiculamente fraco, mesmo que suas brasas estejam sendo atiçadas e reviradas por Illa, sem grande efeito.

Levanto-me e puxo-a para mim:

— Illa, você poderia trazer gravetos maiores?

Ela sai em busca do que lhe solicitei ao mesmo tempo que Fergus vem até mim envolvido num cobertor costurado sobre uma pele de veado. A alegria da noite passada, é claro, havia desaparecido, porque sua expressão é séria enquanto ele fica por ali andando de um lado para o outro, juntando coisas, vários punhais, pelo que posso ver, que ele enfia nas dobras da roupa.

— *Cait am bheil thu dol?* — pergunto-lhe. “Onde você vai?”

— Dunadd.

— *Carson?* — “Por quê?”

Talorcan chega, vestido de maneira muito parecida com a de Fergus. Ele percebe a pergunta em meus olhos e se afasta para não ter que responder. Quando eles saem juntos, eu os sigo, mas Fergus caminha de volta até mim e me segura pelos braços.

— Estou indo para Dunadd para buscar a rainha. Você deve ficar aqui com Illa. Pedi a Iona para ensinar a você o que ela sabe sobre as artes da cura.

Apesar da noite de ontem, tomo-lhe a cabeça em minhas mãos e beijo aquele nariz torto.

— Você vai voltar?

Entretanto, ele está muito sério esta manhã e não responde. Fergus e Talorcan começam a selar os cavalos. Mas eu me recuso a voltar para dentro.

Ele me pega pelo braço e me leva para a beira d'água.

— Você tem que ser forte, Ma-khee. Você deve aprender a ser como Iona.

Tiro as mãos dele do meu braço.

— Eu posso lê-lo tão bem quanto Iona.

Fergus me observa ir embora, antes de voltar para Talorcan, que está provendo os cavalos com fardos de comida e armas.

Ele se despede com um aceno de cabeça, enquanto fico parada na porta do *crannóg*. Assisto à sua partida com um nó entalado na garganta, porque não sei se isso pode significar o fim para mim e Fergus. Encontro Winnie e me encolho com a gata perto do fogo. Odeio saber tão pouco sobre o que está acontecendo. Eu não entendo essas pessoas e o que elas fazem, o que aquela cerimônia sensual na noite passada poderia ter significado.

Illa volta com uma carga pesada de gravetos. Tenho vontade de puxá-la para perto de mim e da gata, no entanto me contento em assistir a seus movimentos: a maneira como ela se agacha e decide quais gravetos colocar e onde, a expressão atenta no rosto. Ela parece imperturbável com a ausência repentina do pai.

Mas e se Fergus não planeja retornar? E se ele apenas ficou por aqui por uns tempos para nos assentar longe do perigo, e agora está voltando ao que quer que seja que não pode se arriscar a nos manter por perto? De repente, ocorre-me que, passado o solstício de inverno, o novo ano pode ter começado, e que, pelo antigo calendário, já estamos em 736. Se os pictos estão prestes a tomar Dunadd, Fergus pode estar correndo perigo de fato. Eu sei que seu povo não vai sair bem desse conflito.

Entretanto, a História é discutível quanto a Fergus, filho de Brighde. Ninguém sabe ao certo o que acontece com Murdoch e sua guerra, a não ser que este ano, ainda que com uma diferença de uma semana pelo calendário gregoriano, marca o seu último.

Sento-me sobre os cobertores sob os quais Fergus e eu dormíamos juntos, com lágrimas manchando meu rosto já sujo, sem vontade de me levantar esta manhã. Entretanto, a velha senhora precisa da minha ajuda para apanhar água para ferver e preparar o mingau de aveia do desjejum. Ela me mostra como deixar cair o balde de couro pelo lado da parede do *crannóg* onde o muro é mais baixo para essas coisas. A corda presa ao balde é grosseira e machuca minhas mãos, e um balde de água não tem um peso desprezível para se içar por uma corda; quando finalmente consigo trazer o balde até mim, metade da água espirrou para fora. Quero chorar de novo, por Fergus ter ido embora e por não adiantar nada eu estar aqui. As mulheres riem, não para me hostilizar, mas porque eu devo parecer uma verdadeira aberração para elas que carregam grandes fardos de tudo e não acham nada de mais. Até mesmo a velha é capaz de carregar em lenha um peso maior do que o seu próprio. Eu riria, também, só que nunca fui muito boa em rir de mim mesma. Muito menos hoje, por causa daquele ponto no caminho de onde Fergus simplesmente desapareceu, e talvez para sempre.

Perto do anoitecer, quando eu ainda estou esperando pelo som de cascos de cavalo no chão duro, Illa entra e desaba ao lado do fogo. Percebo, no mesmo instante, seu rosto corado e levo-lhe um cobertor para ela se deitar. Ela não quer se mover. Sinto suas mãos quentes.

Eu me aproximo de seu ouvido:

— Qual é o problema?

Ela levanta a borda da túnica para me mostrar um corte na coxa que estava inchado e infectado. Lembro-me agora de sua queda contra o balde. Eu até já havia me esquecido do tremor que o causou. A velha vem e balança a cabeça.

Ela me dá uns tapinhas nas costas.

— Leve-a para Iona.

Quando começo a correr para ir buscar a bruxa, a velha pega meu braço e gesticula indicando que eu mesma devo levar a menina lá. Entrando em pânico, porque tenho conhecimento médico suficiente para reconhecer a gravidade da situação, mas não o suficiente para saber o remédio, meto meus braços por baixo de Illa e a levanto. Ela é sólida, nada leve, mas a urgência faz com que eu me mova ligeira até o portão, onde uma das crianças me deixa passar. Eu me locomovo com dificuldade por entre as árvores em direção à cabana onde vive Iona.

Fico surpresa quando é Marcus que abre a porta ao meu chamado. O interior da cabana é enfumaçado e escuro, porém eu consigo divisar Iona próxima à parede oposta e permito-me um fugaz momento de ciúme. Mas recupero-me rápido o bastante e deito Illa no chão, perto do fogo.

Levanto a túnica para expor a ferida.

— Iona, você tem que ajudá-la.

Iona lança uma breve olhada ao ferimento. Ela se aproxima e sopra nele, entoando suas preces. Ela não está aqui tempo suficiente para ter reunido a mesma variedade e quantidade de potes que Sula, entretanto, em peças de couro perto da parede, há pequenas pilhas do que me parecem flores prensadas, raízes de vários tamanhos, e cascas de árvore bem picadinhas. Iona pega um pedaço achatado de milefólio e amassa-o numa pedra oca, que serve como almofariz para a mão de pilão que ela usa para moer, acrescentando o que me parecem lúpulos secos. Derrama água de uma jarra de pedra numa tigela e leva toda a mistura ao fogo para aquecer; em seguida, começa a preparar uma cataplasma.

Iona apanha uma raiz, que mói no pilão até conseguir extrair uma pequena quantidade de sumo para derramar em sua palma. Para obter uma pasta, ela cospe, exatamente como Sula fazia, e mistura com o dedo indicador até ter algo que possa espalhar sobre o inchaço do corte. Eu levanto a mão de Illa e coloco meus lábios sobre sua pele suja. Eu não estava lá para salvar a primeira Ellie, mas prometo a mim mesma que irei manter esta criança a salvo.

A testa de Illa ainda irradia calor, e eu acho que a infecção deve ser forte, para ter causado uma febre tão alta. Em pouco tempo, a infusão de flores e lúpulo está pronta. Levo a tigela até os lábios de Illa. Embora ela a empurre de volta devido ao gosto acre, insisto e faço com que beba. Eu sou a mãe aqui.

Ela se deita e se enrola, para que eu não pense em deslocá-la novamente. No entanto, tampouco irei deixá-la. Já fiz isso uma vez.

Iona sai com Marcus, e acho que eles ficam fora tempo demais, porque estou aqui sozinha em pânico com a menina doente. Meus pensamentos vagueiam de volta para a cerimônia do dia anterior, mas não posso pensar nisso agora. O livro de doenças da infância em minha estante lá em casa, em Glasgow, me diz que a infecção pode entrar no osso ou gangrenar e, em seguida, levar à septicemia. Iona volta com uma espécie de guirlanda feita de folhagem, e ela começa a entoar um cântico enquanto a coloca sobre Illa. Entretanto, não confio tanto em Iona neste momento, para que eu possa acreditar em guirlandas de ervas ou em meras palavras.

Viro-me para Marcus.

— Depressa, vá buscar Fergus!

Marcus parece perplexo. Só então eu me lembro das palavras de Fergus me exortando a ser forte, quase como se ele soubesse que alguma circunstância iria exigir isso de mim. Marcus não se move um milímetro, então sento-me perto da parede e fecho os olhos. Illa dorme, eu não consigo. Abro os olhos e fico ali parada, com os murmúrios de Iona soando ao fundo, naquela espécie de ilha flutuante de semidesapego à qual as pessoas costumam recorrer no meio das tribulações.

Na verdade, eu flutuo para fora do século VIII de volta à minha fronha e às fotografias dos meus filhos na mesinha de cabeceira. A janela está escura, atingida de forma intermitente por grossas gotas de chuva. Fecho os olhos e me esforço tentando voltar. Essa é a segunda filha que não me tem ao seu lado quando precisa. Talvez agora não haja mais tempo para voltar e descobrir se ela sobreviveu...

23

Fergus amava Ma-khee, embora às vezes ela parecesse fraca como se tivesse uma doença. Incomodava-o que ela tivesse ficado para trás do círculo na noite anterior à cerimônia de solstício, pouco à vontade com o papel dele como deus cornudo. Ma-khee deveria ter ficado orgulhosa, mas talvez não tenha entendido que não era ele próprio ali no ritual, e sim uma personificação, e as mãos das mulheres sobre ele eram apenas as mãos de Cailleach, a deusa. Sem dúvida, todos os povos celebravam cerimônias parecidas na metade do inverno.

Quando ele estava se preparando para sair naquela manhã, teve o prazer de vê-la, mas evitou tocá-la para o caso de ela tentar impedir sua partida. Fergus tinha que chegar a Dunadd. Mesmo antes de o mensageiro chegar, sua mãe estivera em seus pensamentos. Entretanto, agora que sabia que ela estava presa na fortaleza, não tinha outra escolha a não ser retornar.

Fergus havia consultado Iona, que era muito jovem para ser totalmente confiável, mas ela tinha lançado suas pedras e elas pareciam dizer que ele deveria ir. Ele pediu que, em sua ausência, ela levasse Ma-khee para a floresta e a ensinasse sobre as plantas que lá cresciam. Se o povo de Fergus de Erin já não iria mais governar, então eles teriam de aprender esse tipo de coisa.

Ainda assim, ele ansiava por Ma-khee, enquanto caminhava pelo *crannóg* no início da manhã, envolvendo sua adaga num pano e olhando para ela enquanto dormia. Fergus não sabia o que encontraria em Dunadd, mas, caso tivesse problemas, um homem não teria melhor amigo do que sua adaga.

Ele não estava nada feliz por ter que deixar Ma-khee, então virou seu cavalo rapidamente e seguiu Talorcan por entre as árvores até que o cheiro de porco assado e a fumaça produzida pelo forno de terra perderam-se no ar. Era bom deixar isso para trás; havia muito trabalho a ser feito.

Talorcan trotou até ficar atrás dele e bateu em suas costas.

— A mulher Ma-khee desprezou você e o deixou murcho como um ancião. Eu vi que ela não ficou satisfeita com sua dança na noite passada.

Um sorriso escapou dos lábios de Fergus quando ele pensou na forma como ela tinha afastado a mão dele de seu braço.

— Como ela vai se sentir, então, quando chegar o Festival da Primavera? — especulou Talorcan.

Fergus sabia que Talorcan estava certo. Durante o inverno, Cailleach assumia o aspecto de anciã, portanto o deus veado só poderia simular uma cópula com ela. Entretanto, em *Beltane*, quando Cailleach surgia com toda a sua juventude, não haveria apenas orações de agradecimento, mas também a cópula ritual com a druidesa. Era por isso que Iona tinha de ser mantida afastada dos homens dia após dia; ela estava sendo preservada para a cerimônia de *Beltane*. O sucesso do abate e da colheita de verão iria depender dela. Sendo seu pai, Talorcan não poderia representar o papel de deus cornudo, então, com certeza, o papel de executar os ritos caberia a Fergus. Murdoch sempre desempenhara tal papel em Dunadd, e Fergus agradecia por isso, pois, embora ele amasse Sula, ela não era jovem e agradável nesse sentido. Ainda assim, esses eram os costumes, nada que precisassem esconder. A druidesa se deitaria sobre as suas ervas e seu visco, e as pessoas cantariam enquanto rodeavam a deusa e o deus cornudo, celebrando a vida que estava por vir.

As esposas aceitavam isso, mas Fergus apostava que Ma-khee não aceitaria. Por pelo menos essa razão, seria melhor para eles irem embora do Lago Glashan antes do *Beltane*.

— Por que essa mulher o perturba? — perguntou Talorcan. — E por que ela ainda não pegou barriga?

Fergus perguntava-se a mesma coisa. Ele havia pedido a Iona para dar a Ma-khee suas ervas para engravidar. Mas, como qualquer homem, ele só podia esperar que a deusa lhe sorrisse. Mesmo durante a celebração da noite anterior, enquanto observava Ma-khee do outro lado do fogo, ele queria levá-la para fora, sob as estrelas, mesmo quando era hora de Iona entrar usando a erva dos druidas e falar com a rainha do fogo.

Numa noite como na do Dia dos Mortos, essa oração seria perigosa, mas os mortos repousavam seu sono invernal agora; até mesmo sua esposa Saraid já não povoava mais seus pensamentos. Quando ele queria uma mulher nos dias de hoje, seus pensamentos voltavam-se para Ma-khee.

— Se eles me matarem em Dunadd — Fergus disse a Talorcan —, você deve cuidar de Ma-khee.

Talorcan assentiu.

— Eles não vão matá-lo — ponderou Fergus —, porque você tem o sangue deles. Mas não vão me poupar.

Talorcan soltou uma risada nervosa.

— Nem a mim, meu irmão, por me juntar a você.

— Mas não é direito seu ser rei dos pictos, porque sua mãe era da linhagem real?

— Há outros que reivindicariam esse direito, outros que não agiram como traidores.

Fergus suspirou.

— Então eu não deveria ter trazido você. Deveria ter escolhido outro homem.

— Você poderia ter escolhido Marcus, o romano. — Talorcan começou a rir.

Fergus não pôde deixar de sorrir também.

— Quando o *clachan* de um homem é tirado dele, o fogo sai pelo buraco.

— Sim, é melhor deixá-lo com os bardos e os músicos. Mas há outros. Gavin, o Peludo.

Fergus balançou a cabeça.

— Muito pelo, pouco cérebro. Um urso se sairia melhor como soldado do que um homem sem astúcia.

Apenas um dia após o dia mais curto, a luz já se demorava um pouco mais, embora não muito. O plano de Fergus era apearem dos cavalos, depois entrarem sorrateiramente na aldeia e se esconderem até o anoitecer, se as coisas parecessem hostis. Mas, nessa lenta travessia pela floresta de carvalhos, havia apenas a companhia de Talorcan, as árvores e o sol brincando em seus ombros.

— Eu não vou voltar para Glashan com você — revelou Talorcan, quase num sussurro, quando se aproximavam de Dunadd.

Fergus puxou seu cavalo, detendo-o, e se virou para ver o que podia ler nos olhos do cunhado.

Talorcan desviou o olhar.

— Iona me disse. Ela viu apenas um cavalo e um cavaleiro retornando por este caminho.

Fergus tinha Talorcan como um amigo e irmão; ele não podia suportar a ideia de perdê-lo.

— Talvez seja você, não eu, naquele cavalo.

Talorcan balançou a cabeça.

— Estou indo para ficar.

Fergus golpeou seu cavalo para que continuasse. Ele não sabia como lidar com o que Talorcan dissera. Seria apenas uma forma de informá-lo de que sua lealdade iria mudar de lado?

— Mas e quanto a Radha? — Fergus inquiriu.

— Vai ser melhor para Radha ficar com os pais. Iona vai precisar dela. Ela estará segura depois que você pegar sua filha e for embora de Glashan.

— Minha filha e minha mulher — corrigiu Fergus.

Talorcan balançou a cabeça.

— Você viu como ela é. Você vai colocá-los em perigo se ela for junto.

Fergus sabia que o que Talorcan dizia era verdade, porém, se ele conseguisse voltar para Glashan, não iria embora novamente sem Ma-khee. Eles teriam que ficar lá até que ela recuperasse um pouco as forças, aprendesse melhor seus costumes. Mas ficou calado. Sentia-se desconfiado agora, como se Talorcan estivesse tramando alguma coisa.

Eles desembocaram da floresta bem ao norte de Dunadd, no primeiro grupo de menires no Vale das Pedras. Até ali, nenhum vigia os flagrara, e ali eles amarraram os cavalos e os deixaram pastando. O grupo de aveleiras que delimitava a floresta proporcionava uma boa cobertura enquanto eles se deslocavam com a visão do forte à frente, imagem tão cara a Fergus, e por um momento ele teve de parar para se livrar da saudade dos dias em que o pai estava vivo.

Talorcan colocou a mão no ombro de Fergus.

— Vê alguma coisa?

Fergus meneou a cabeça.

— Somente fantasmas.

Talorcan aproximou-se dele.

— Deixe os mortos dormirem. Hoje temos trabalho a fazer na terra dos vivos.

Eles prosseguiram pela trilha que Fergus havia seguido após sua última viagem, quando regressara no Dia dos Mortos. Logo chegaram ao lugar onde sua égua fugira. A aldeia estava bem à vista agora, e nada parecia diferente: ainda havia crianças correndo, as cabras ainda baliam e a fumaça erguia-se dos telhados de colmo. O forte em si parecia o mesmo, daquele ponto de vista apenas um sem-fim de altos muros de pedra na encosta.

Fergus sussurrou.

— Você acha que será seguro entrar às escondidas em sua casa?

Talorcan fez que não com a cabeça.

— É quase certo que as mulheres que tiveram filhos meus foram morar lá.

— Mas você pode confiar nelas.

— Não tenho certeza. Algumas dessas mulheres têm maridos agora. — Talorcan começou a se mover. — Venha.

Quando Fergus hesitou, Talorcan estendeu a mão e o puxou pela manga.

— Vamos até um dos anciãos. Alban, o homem que me ensinou arco e flecha.

Fergus o seguiu. O pai de Talorcan, que também era o pai de Saraid, tinha morrido jovem, e outros homens tiveram de assumir a tarefa de ser pai para os irmãos. O próprio pai de Fergus lhe mostrara como atirar uma flecha direto no alvo, algo pelo que ele era grato. No entanto, Talorcan conseguia atingir um alvo com os olhos vendados. Seu professor, Alban, tinha sido um bom arqueiro.

A cabana era pequena e mais próxima do campo de lavoura do que a casa do próprio Talorcan. Eles mantiveram-se abaixados, contando que ninguém os visse, mas não havia como escapar das crianças que correram para eles. Muitas conheciam Talorcan; algumas, Fergus percebeu pelos seus olhares, reconheciam-no como seu pai. Entretanto, elas não os seguiram para dentro da cabana de Alban, e Fergus logo entendeu por quê. O ancião sentava-se sozinho no escuro, e seus olhos, quando a luminosidade que entrou pela porta aberta projetou-se nele, estavam opacos e mortos. Ele estava sentado a uma curta distância do fogo, tendo um feixe de gravetos perto da mão direita.

Alban reconheceu Talorcan pela mão; o fato de o ancião saber transformar o vozeirão do cunhado num sussurro alarmou Fergus.

O ancião falou em picto.

— Quem está com você?

Talorcan deixou a mão do ancião cair de volta em seu colo.

— Fergus, filho de Brighde.

— Você deve levá-lo para longe daqui — advertiu o ancião. — O exército de seu irmão foi massacrado em Brechin.

Fergus se adiantou e fez a pergunta em picto.

— Murdoch está vivo ou morto?

O ancião abanou a cabeça.

— Não ouvi nenhum relato, apenas de que havia muitos mortos. O restante fugiu.

Foi a pior notícia que Fergus poderia ter esperado ouvir. Ele acalmou-se com o pensamento de que Murdoch poderia ter escapado, que mesmo esse tal rei Oengus relutaria em matar outro rei. Quase em uníssono com esses pensamentos, o chão tremeu embaixo deles, fazendo os olhos cegos do ancião buscarem algo. Talorcan cobriu a distância entre ele e Alban e agarrou a mão de seu mestre.

Fergus olhou para Talorcan depois que o curto tremor passou.

— O que foi isso?

— Já aconteceu antes — assegurou Alban —, no tempo do meu avô. É um aviso de Cailleach de que mudanças estão por vir.

Fergus foi até a porta.

— Tenho que ir até minha mãe.

O ancião soltou a mão de Talorcan e esticou o braço para deter Fergus.

— Depois que a notícia sobre seu irmão e o exército dele chegou, os druidas de seu povo fugiram com sua mãe e a Grande Pedra para o mar oriental, com destino a Scone. Seu povo já não governa mais Dunadd. Um conselho de pictos do Clã do Javali se estabeleceu no forte até que o rei Oengus nos alcance vindo do norte.

— Onde está Sula? — perguntou Fergus. Seu coração estava disparado e latejando no peito. Ele conhecia muito pouco de Scone, exceto que era um centro druida e local de aprendizagem. Ele sabia que o Lago Glashan não ficaria seguro por muito tempo, e ocorreu-lhe agora que essa seria a rota que ele, sua mulher e sua filha seguiriam.

— Sula está no lugar ao qual pertence, com os pictos. A maior parte de seu povo fugiu, mas aqueles que ficaram continuam do outro lado do rio, na base do forte. Estão cercados e são vigiados. Você irá se juntar a eles, se não for embora.

Fergus sentou-se de pernas cruzadas no chão e cutucou o fogo. Ele não podia fugir e deixar seu povo cativo aqui em Dunadd para esperar a chegada do brutal rei Oengus. Ele sabia, sem sombra de dúvida, que teria de libertá-los. Mas, mesmo se o fizesse, como iria liderar uma marcha de volta para Glashan? A maioria no lago era picta, e poderia não aceitar o povo moreno de Dunadd, mesmo que por um curto período, até que prosseguissem de lá para Scone.

Fergus chamou a atenção de Talorcan e apontou para a porta, onde eles poderiam falar em particular.

— Iona disse que apenas um cavalo retornaria a Glashan, mas muitos atrás dele a pé?

Talorcan sorriu.

— Eu me esqueci de mencionar isso.

Fergus suspirou e esboçou um sorriso, por toda a impossibilidade do que estava por vir. Se ele conseguisse matar os guardas durante a noite, poderia conduzir seu povo fora de vista sob os penhascos de Dunadd, e depois contornar a colina por trás. Entretanto, a maré só iria recuar de manhã, e então poderia ser tarde demais.

Talorcan pegou o braço de Fergus.

— Eu não posso acompanhá-lo nisso.

Fergus suspirou. As coisas estavam ficando mais difíceis. Até mesmo seu irmão Talorcan o estava abandonando.

— Talvez eu devesse ter trazido Gavin o Peludo, no final das contas — admitiu Fergus. Talorcan não sorriu. — Quanto tempo leva uma marcha até Scone?

Talorcan deu de ombros.

— Uma semana ou mais. Mas há muitos *crannógs* ao longo da cadeia de lagos que o levará até lá. Alguns dos lagos foram povoados há muitos anos pelo seu próprio povo. Você terá abrigo e alimento. É um bom plano ir para Scone. Ouvi dizer que o solo é rico por lá.

Fergus tentou calcular a hora do dia pela quantidade de luz que furtivamente entrava pelas paredes da casa do ancião. Talorcan acendeu uma tocha e pendurou-a na parede. Ele olhou para Fergus, que estava calado, apenas alisando o punho de sua adaga e desejando que houvesse outra maneira.

Assim que o dia escureceu o suficiente para oferecer proteção, Fergus deixou a casa do ancião e foi encontrar Sula. Sua casa era nova, perto do rio, o sapé de urze ainda verde em alguns lugares. Ele esgueirou-se para dentro sem se anunciar e encontrou a anciã dormindo numa esteira de palha trançada, próximo a uma pequena fogueira. Ao agachar-se ao seu lado, ela lhe pareceu muito mais frágil e velha do que ele se lembrava.

Sula se mexeu e sentou-se, mantendo-se bem enrolada em seu cobertor, pois era úmido perto do rio.

— Fergus, eu vi que você retornaria.

Ela se levantou e pegou um frasco, do qual retirou um pedaço de casca para mastigar. Fergus pôde perceber pelos seus movimentos contidos que lhe doíam os ossos. Aquilo que ela estava mastigando devia ser salgueiro, para aliviar a dor.

Ele se agachou ao lado dela para manter a voz baixa.

— Eu preciso saber. Murdoch está vivo?

Ela deu um tapinha nas costas da mão dele, como tinha feito quando ele era criança.

— Ele está vivo.

Fergus soltou tamanho suspiro que teve de se equilibrar para não cair para trás.

— Você pode lançar suas pedras e ver o que acontecerá conosco?

Sula soprou o fogo e depositou galhos secos sobre a chama. Evocou a rainha do fogo para ajudá-la a ver através do véu, enquanto caminhava em torno das chamas três vezes. Era um ritual bem conhecido de Fergus. Ele lhe entregou o punhal para marcar suas linhas na areia e, enquanto ela apanhava as pedras em seu saquinho, ele sentou-se no chão, a melhor forma de ver como elas cairiam. Uma linha reta e outras três atravessando-a; as pedras caíram sobre as linhas, como um bando de gansos voadores.

Ela o encarou.

— Você tem que agir rápido. Tem que seguir em frente com seu plano.

Fergus embainhou a adaga no calor debaixo de seu braço.

— Minha mãe veio procurá-la antes de ir embora?

Sula assentiu.

— Ela veio e as pedras que joguei para ela disseram o mesmo que estas. Ela partiu com meus irmãos druidas. Estará em segurança.

Fergus pegou as mãos ossudas da anciã.

— Sula, você pode me ajudar? Preferiria libertar meu povo sem o sangue de amigos em minhas mãos.

Sula procurou entre seus frascos e trouxe uma garrafa que não tinha sido feita em Dunadd. Ela sorriu.

— Dos cristãos.

O ferreiro tinha confeccionado havia muito tempo para Sula uma tigela de bronze, forjado-a fina, com uma alça. A druidesa derramou dentro dela uma mistura de flores e folhas, acrescentou água e, em seguida, pôs tudo para ferver. Depois, deixou a tigela esfriar, enquanto Fergus contava-lhe sobre seu plano de ir para leste, atrás de sua mãe em Scone.

— O último *crannóg* seguindo o longo lago pertence à minha irmã druida. O nome dela é Birog. Não é uma boa época do ano para fazer essa viagem, mas ela vai lhe dar abrigo antes de você atravessar a terra em direção ao lago menor que conduz ao leste. Quando eu era jovem, fiz uma viagem a Scone para aprender com a druidesa anciã que se instalou lá. Faz muito tempo que ela se juntou aos mortos, mas falou de um tempo que estaria por vir, quando Scone seria o que Dunadd é para o seu povo hoje, um lugar de reis, e, com o tempo, um local de desolação.

Fergus pegou um pedaço de pau e cutucou o fogo.

— Por que a desolação sempre nos persegue?

Sula riu um pouco.

— Meu filho, só há o fogo e essas coisas consumidas pelo fogo. Tudo se transforma em cinzas; é assim que as coisas são.

— Mas não a deusa. A deusa eterna que nos sustenta nunca vai se transformar em cinzas.

Sula colocou a mão nas costas de Fergus.

— Até mesmo a deusa, Fergus. Deuses e deusas ascendem; deuses e deusas caem. Nada escapa do fogo. A tarefa consiste em consumir-se com a luz enquanto você puder. Fergus, eu sempre soube que a deusa o havia escolhido para essa missão.

Fergus não gostou do peso das palavras de Sula. Não gostou da tarefa diante dele, e não gostava que seus esforços um dia não seriam nada mais do que palavras na boca de um bardo.

— Como está a sua mulher? — perguntou Sula.

Fergus olhou diretamente nos olhos da anciã.

— Sula, eu não entendo os costumes dela.

Sula balançou a cabeça.

— Não importa. Ela é um mistério. Você deve honrá-la.

Sula enrolou a borda do seu xale na alça da tigela e entornou as ervas dentro da garrafa de uísque.

Ela sorriu quando lhe entregou a garrafa.

— Os guardas serão como crianças em suas mãos.

— Mas quem vai levar a bebida até eles? Eles com certeza não vão aceitar isso de mim.

Sula assentiu.

— Mas e das mãos de uma anciã, algo para aquecê-los no meio da noite?

Fergus tomou as mãos de Sula e colocou a garrafa entre elas.

— Obrigado.

Quando ele a abraçou, pôde sentir o cheiro de suas ervas e especiarias, do mesmo jeito que ela cheirava quando ele era menino e Sula corria os dedos pelos seus cabelos.

Fergus saiu para a escuridão, seus passos pesados porque esse sentimento estava se tornando muito familiar, o de sempre estar deixando coisas que amava para trás. Com Dunadd, ele deixaria Saraid de uma vez por todas. Esta era a terra dela, afinal de contas, o lugar onde seus antepassados haviam sido enterrados. Ele estava com raiva por Murdoch ter turvado as águas que poderiam ter permanecido tranquilas e límpidas se tivesse ouvido Sula e tirado seu povo calmamente de Dunadd. Agora Fergus tinha a tarefa de resgatá-los, o que não seria nada fácil.

Ele se esgueirou até a ponte e a cruzou, permanecendo abaixado, oculto pelo corrimão superior e, em seguida, como aquele era o lugar em que passara sua infância, seguiu o caminho que conhecia desde criança, contornando a muralha exterior da fortaleza até um ponto em que havia um buraco baixo, por onde ele e Murdoch se espremiam para dentro e para fora do forte quando eram pequenos, o mesmo lugar que Illa tinha combinado como local de encontro para ela e Talorcan. Fergus não conseguiria se espremer e passar por ali agora, mas pôde enxergar através da abertura quando o guarda lá dentro virou de costas por um momento, tempo suficiente para Fergus saltar por cima do muro e pousar do outro lado suavemente.

No interior do forte, com o capuz sobre a cabeça, ele era apenas mais um picto movimentando-se pelo lugar, passando por sua antiga casa e, em seguida, a casa de seu pai e de sua mãe, para além do poço e da forja. Apenas a luz da cozinha brilhava em toda a área plana da colina. Fergus moveu-se rapidamente para longe do cheiro familiar de pão e embrenhou-se pelas samambaias, onde, numa curta trilha até a colina, ele encontrou o ponto onde tinham, havia pouco tempo, gravado a pegada de Sula. Ele deitou-se reto contra a rocha e pôde ver agora, quase com alívio, o javali profetizado cinzelado tão bem na borda inclinada da rocha. Os pictos não perderam tempo em colocar sua marca lá, embora tivessem que conviver com a marca do pé, pois não havia uma maneira fácil de apagar o que era talhado em pedra. Se algum dia o povo de Erin recuperasse o controle de Dunadd, eles teriam que conviver com o javali, um javali fêmea bem bonito, justiça seja feita.

No topo da colina, não havia ninguém para perturbá-lo enquanto ele se detinha na beira do penhasco e sentia o cheiro do ar salgado batendo contra o seu corpo, sem prestar atenção ao envoltório fino de tecido que era a única proteção de um ser humano contra os elementos. Na melhor das hipóteses, demoraria muito tempo até que ele lançasse novamente o olhar sobre essas águas das ilhas ocidentais. Ele não sabia se o mar ao leste tinha a mesma aparência ou cheiro.

Fergus conhecia cada pedra daquela colina, cada lugar onde a urze cedia lugar às samambaias. Era o seu lar, tanto quanto qualquer lugar poderia permanecer dentro de um homem ou de uma mulher. Por um momento, ele sentiu que seria quase melhor ser confinado com seu próprio povo na base do forte do que ter de se afastar de tudo o que conhecia. Mas seu pai não o havia treinado para ser um escravo. Se o futuro de seu povo estava em Scone, ele devia trilhar o caminho que sua mãe já havia seguido.

Fergus escalou o muro mais uma vez sem ser visto e escorregou pelas samambaias amarronzadas até o pequeno lago na base da colina onde a água da nascente da encosta se acumulava. Fora ali que uma cerca bem alta havia sido construída contra o declive da colina, e foi ali que ele ouviu seu povo falando baixinho entre si. Ele acompanhou a cerca até o portão onde três sentinelas montavam guarda.

Ele teria de esperar até Sula surgir com sua oferta, e este não era o melhor lugar para esperar. Ele se encolheu no sopé da colina, numa concavidade na rocha onde havia se escondido uma vez, esperando para emboscar o irmão. Enquanto esperava, seus pensamentos estavam em Ma-khee. Na noite anterior, ele tinha acordado mais vezes do que de costume, feliz por sentir sua respiração ao lado dele, feliz por enlaçá-la na altura dos seios e voltar a cair no sono.

Fergus tentou ordenar seus pensamentos numa linha reta, como as pedras de Sula. À medida que a lua foi cruzando o céu, seu ânimo diminuiu. Ele começou a ficar preocupado que Sula tivesse voltado a dormir, ou mesmo que Talorcan pudesse ter avisado os guardas. Pela primeira vez, percebeu que estava sozinho em Dunadd, sem amigos, e que, assim como tinha vindo ao mundo ali, esta noite poderia vê-lo ser levado dele.

24

Winnie não aparece em casa há vários dias. Seu prato vazio sobre o balcão da cozinha é muito deprimente, por isso eu o coloco para fora, ao lado dos amores-perfeitos murchos. Com os dias avançando em direção à luz, pequenos grupos de campânulas-brancas começam a balançar-se sobre a margem do rio; nessas noites mais longas, lebres correm pelo campo parecendo cães de pequeno porte, pressentindo, suponho, que a época do acasalamento pode estar chegando.

Falta apenas uma semana para a minha cirurgia, e eu telefono para o dr. Shipshap, a fim de perguntar se há alguma forma de transferi-la para fevereiro.

— Não há nada a temer, Margaret — diz o médico.

— Não é isso, há algo que eu ainda preciso fazer.

— Eu falei com seu filho. Cito-o textualmente: "Não deixe que minha mãe se esquive da cirurgia desta vez."

O pobre Graeme não entende o que está em jogo aqui. Minha fala, minha visão, minha personalidade, minha memória, está tudo em jogo nessa cirurgia. Mas, mais do que isso, também estão em jogo os meus sonhos.

Há um silêncio do outro lado da linha.

Eu desligo. Por ordens do médico, não venho tomando as minhas pílulas há uma semana. Eles precisam que toda a química seja eliminada do meu organismo antes de poderem começar a sua sondagem. Continuo esperando para voltar para o mundo de Fergus, no entanto meus pés arrastam-se pela estrada, nas poças, sem nenhum sinal de ir a qualquer lugar além daqui.

Ironicamente, sem a medicação, tenho apenas crises menores, um monte delas, mas nada que me tire o chão, nada que possa me levar de volta ao século VIII.

Gosto da ausência do nevoeiro. Com a clareza que Deus me deu, luto para montar o esboço de minha tese. Passo uma semana na minha escrivaninha: papéis, livros, palavras, o tempo passando lentamente no relógio na cozinha. Tento manter Fergus e Illa longe dos meus pensamentos. Afinal de contas, eles podem não passar de criações do tecido cicatrizado do meu cérebro. O peso dentro do meu peito diz que eles são mais do que isso.

"A Queima de Bruxas, e a Perda do Sagrado Feminino". A tese tem um título agora. O esboço é montado com rapidez, e eu vejo uma luz no fim do túnel, agora que pode ser que não haja nenhum caminho à minha frente.

O dr. Shipshap retorna minha ligação e me garante que ele é um cirurgião muito experiente e que tudo dará certo. Mas... se é disso que eu tenho medo... Assim que acordar no meu quarto de hospital asséptico, com a cabeça envolta por um turbante de gaze, será que a normalidade será apenas mortalmente entediante?

— *Och* — exclama Jim. — O restante dos mortais tem que se virar com ela.

Estou reclinada contra a borda do balcão de sua cozinha. Usando minhas galochas, mudo os pés de posição, cercada pela banalidade do cheiro de gás do fogão, das migalhas de pão sobre a mesa, do gotejar da torneira, dessa sensação de que tudo está acontecendo como deveria.

— Você quer subir até o forte? — pergunto para Jim.

Ele faz menção de pegar suas botas.

— Mas está chovendo.

Apenas para enfatizar o argumento, o vento despeja um balde d'água contra a janela.

Sento-me à mesa.

Ele desiste de pegar as botas.

— Seria uma perda de tempo subir até o forte com um tempo desses.

Eu sei que ele tem razão. Estico meu braço ao longo da mesa e coloco a cabeça sobre ele.

— Você está bem? — Jim me pergunta.

Pego uma grande bolota de carvalho de uma tigela em cima da mesa.

— Fergus usa uma corrente de bolotas em volta do pescoço e uma pedrinha estranha com um buraco no meio.

Ele suspira.

— Você não tem que levar adiante essa cirurgia. Ninguém a está forçando.

Eu tenho que rir, e naquela posição, com a cabeça apoiada no braço sobre a mesa, o que sai é uma espécie de risadinha lateral.

— Eu sei. Só que não é uma boa hora. Fergus partiu para Dunadd, e acho que o terremoto está chegando. Illa está com um corte infeccionado na perna, e eu realmente quero estar lá para ajudá-la, não aqui em sua cozinha, com essa maldita chuva martelando a janela.

Lágrimas caem pela lateral do meu rosto, assim como o riso. Jim pousa a mão no meu ombro.

— Você se acostumará a não voltar lá, se tudo ficar em ordem.

Endireito o corpo.

— Será mesmo?

Não acredito, no entanto aqui estou eu escolhendo ficar no presente de vez. Vou ter Graeme e ele vai ter a mim, e é por isso que estou enfrentando essa cirurgia. Não vou ter Ellie. Em vez de Fergus, haverá apenas um enorme e triste vazio.

— Eu ainda quero ir até Dunadd — digo.

Jim vai até a janela e finge que pode ver através dela.

— Se você continuar saindo comigo, as pessoas vão começar a comentar.

Olho para as costas dele: seu cabelo grisalho, os ombros largos, a calça de veludo cotelê verde-escuro que desce sem nenhum relevo sobre o seu traseiro.

— Eles vão dizer que você é um bode velho, correndo por aí atrás de mulheres mais jovens, e não faz nem quatro anos que sua esposa desceu à sepultura.

Por baixo de seu suéter tricotado, percebo o tórax expandir-se com a respiração profunda que ele depois solta, pesadamente.

— *Aye*, eles gostam de fofocar, as pessoas são assim.

Eu me levanto.

— Vou até o forte de qualquer jeito. Você vem?

Ele não se vira.

— Não.

Eu me esgueiro para fora da porta de sua cozinha como um ladrão, planto meus pés no cascalho molhado, puxo meu capuz para baixo e subo a colina. Até mesmo os turistas decidiram permanecer em seus carros, embaçando os seus para-brisas, enquanto esperam que o tempo melhore. Eles não sabem como é a chuva aqui, como ela está determinada a derrotar as pessoas e afugentá-las de vez dessa terra. Ela vai acabar conseguindo, mas não hoje, não contra mim.

A escada de metal por cima da cerca está fria e molhada quando eu subo por ela e volto a pisar na lama. Minhas galochas escorregam nas pedras, e eu tenho que me agarrar em tufos de urze para me içar. A urze aprendeu bem que o segredo para sobreviver por aqui é crescer devagar e enredar-se na rocha. Mais acima, no planalto, onde as casas ficavam, meus pés chapinham na grama, escorregando nas pedras que afloram. O poço não está seco hoje, mas fluindo como no dia em que eu fui batizada aqui por uma druidesa.

Mal consigo enxergar o caminho na subida final, e a vista do topo de Dunadd é uma cortina de chuva. Tenho que imaginar os montes e as ilhas, porque hoje eles foram engolidos pelo mar enfurecido. Dunadd não me quer aqui hoje; a colina quer lavar de si toda a história humana que passou por ela. No entanto, eu me sento na borda de Fergus e a desafio. A pequena voz de rebeldia é tudo o que me resta.

Mais tarde, de volta à minha escrivaninha, organizo os dados em períodos de tempo: a ascensão e o declínio final da caça às bruxas na Escócia. Só que eu quero que seja visto nisso o braço do deus patriarcal, o *deus ex machina* da Igreja. Essa é a minha tese, o que eu vou escrever quando meu cérebro for consertado e eu vir as coisas com a clareza do dia.

Guardo a papelada e os livros em caixas, as mesmas que usei para trazê-los para cá. O chalé recuperará seu *status* de recanto de férias de primavera, e haverá outros nessa janela com seu chá na parte da manhã, pessoas que pensam que Dunadd era apenas um lugar para coroar reis, que nunca ouviram falar de Fergus MacBrighde e sua filha

Illa, mas que poderão abrir a janela para uma gatinha preta, se ela resolver voltar um dia.

Jim bate à minha janela mais tarde, segurando um buquê de narcisos precoces colhidos em seu próprio jardim.

— Você vai precisar de alguém para levá-la de carro até Glasgow.

Eu o assusto quando estendo meus braços e o envolvo neles. Ele não me abraça de volta, mas ficamos assim por um instante, numa espécie de acordo tácito.

— Se tudo der errado e eu ficar lesada, venho morar com você. Aí, você poderá me dar sopa por um canudinho e limpar meu traseiro quando eu precisar.

Espero que, quando eles removerem meu pobre lobo, não tirem meu senso de humor junto, porque não o tive por muito tempo e gosto bastante dele.

Jim está corando quando eu o solto. Eu lhe soco o braço de leve.

Ele dá um soquinho no meu braço também.

— Tudo bem — diz ele. — Negócio fechado.

Eu o viro e empurro em direção à porta, brincando.

— Sai daqui, sai.

O dr. Shipshap está de volta ao telefone, perguntando se ele chegou a comentar que vai me acordar no meio da cirurgia para se certificar de que não está cortando nada que afete o controle de funções importantes. É o procedimento-padrão, explica ele, o que não chega a ser exatamente um pensamento reconfortante. O que é reconfortante é a ideia de estar embaixo de um cobertor com Fergus MacBrighde, de prender em meus braços a filha que eu nunca quis perder, para começo de conversa.

No dia da partida para Glasgow, o sol decide fazer uma aparição. O céu está claro e de um azul vívido sobre Dunadd. Jim aparece com mais narcisos.

— Para a sua mãe.

Eu os envolvo em plástico na cozinha vazia e coloco-os no banco de trás do meu carro, em cima de lençóis e fotos dos meus filhos. Eles cheiram como um forte na colina sob a chuva.

Jim fica me esperando lá fora enquanto faço uma última checagem, certificando-me de que não esqueci nada, pelo menos não algo palpável. No sofá azul, na mesinha ao lado da cama, nas pequenas fissuras em torno da janela eu deixei tudo, e levo mais tempo do que deveria para decidir que posso deixar tudo isso para trás e girar a chave na fechadura pela última vez.

— Você não está levando nenhuma bagagem? — pergunto, enquanto Jim desliza para o assento do motorista.

— Você quer dizer cuecas limpas, esse tipo de coisa?

— Isso seria um começo.

Ele balança a cabeça.

— Eu a troquei na semana passada, ainda está limpinha.

Ele pisca para mim e me faz sorrir, apesar de o carro estar me afastando da paisagem avistada da minha janela, para longe do celeiro e dos restos de animais que lá viviam, para longe da escada de metal na base do forte, passando sobre a ponte, e eu sinto um nó no estômago. Não consigo me forçar a dar uma última olhada para o forte de Dunadd, um grande morro redondo como o dorso de um elefante sobressaindo de um aterro no mar.

Tiugainn comhla rium. Venha comigo, a colina sussurra por cima do meu ombro. *Vou mantê-la aqui.* Como poderia não manter? Isso não é um lugar, afinal de contas, é um estado de sonho.

25

Fergus cambaleou contra a rocha, chocando-se contra ela. Ele se levantou, esfregando o quadril dolorido, porém, quando o chão começou a tremer mais uma vez, ele caiu para trás. Pedras quicavam e se espatifavam enquanto rolavam da colina acima de sua cabeça, primeiro uma ou duas e, em seguida, em grande quantidade, com estrondos mais altos do que um trovão. Teria sido um esforço vão atirar-se para a frente e tentar se arrastar para fora de seu alcance. Não haveria tempo para esperar por Sula. Ele tinha que tirar seu povo de lá e levá-lo para longe antes que todo o forte caísse de joelhos.

Enquanto Fergus se agachava em seu buraco, viu a extremidade da ponte soltar-se e toda a estrutura despencar no rio. Para além dela, muitas das casas que antes se erguiam nos campos já haviam desaparecido. Os homens que guardavam seu povo, alguns cujo rosto ele reconhecia, estavam agachados no chão como ele, mas ninguém estava preocupado com alianças de fidelidade agora. Ninguém sequer pensava em chamar reforços, enquanto o chão tremia e as pedras continuavam caindo, e Fergus tinha que se concentrar na visão de Iona da marcha de volta para o Lago Glashan. Ele avançou para fora, cobrindo a cabeça e preparando-se para suportar a enxurrada de detritos caindo contra suas costas.

Houve uma pausa e ele conseguiu correr livre das pedras, mas, em seguida, outro grande tremor fez com que caísse de peito com tudo contra o chão. Grandes nuvens de poeira e uma espécie de rugido se levantavam como se os próprios campos estivessem rolando para longe. Quando as coisas se acalmaram outra vez, Fergus virou-se de costas, fazendo uma careta ao apalpar os pontos onde as pedras haviam cortado seu gibão.

— Fergus MacBrighde — ele gritou. — Eu estou aqui.

Quando se levantou, demorou um momento até recuperar o equilíbrio, mas depois se encaminhou para a prisão de acácia que agora estava destruída; as pessoas eram empurradas contra a base do morro, segregadas, os homens juntos, mulheres à parte; os dois monges que tinham amizade com sua mãe estavam agachados perto dos homens, segurando cruzes de madeira e murmurando em latim trechos de seus livros encadernados em couro.

— Reúnam-se rápido — disse Fergus. — Temos de sair daqui.

Ninguém iria discutir. As mulheres chamaram seus filhos e puseram-se ao lado de seus maridos. Os monges fecharam seus livros e vieram em direção a Fergus, mas ele não quis deixá-los se aproximar.

Ele começou a caminhar na direção do mar, com os monges o seguindo de perto e, em seguida, as mulheres com seus filhos, e, por último, os homens. Entretanto, Fergus parou de chofre, quando saíam de sob as falésias, ao avistar pela primeira vez a maré se retraindo até onde a vista alcançava, como se as ilhas houvessem decidido reter o mar para si próprias. À distância, eles conseguiam divisar Talorcan, de costas para eles, parado ao longe no novo trecho de areia.

O monge mais velho se virou e agitou seu livro para a fila de pessoas atrás dele.

— É o juízo de Deus contra os seus maus caminhos.

Fergus pegou-o pelo braço.

— Peguem suas *curraghs* e naveguem de volta para Iona.

Os monges olharam para os homens em busca de apoio.

O mais velho falou:

— Vocês vão seguir esse pagão ou o nosso Santo Pai deve feri-los mais uma vez? Será que ele deve enviar relâmpagos para desviá-los de sua deusa do mal?

Fergus avançou contra as costas deles e os empurrou com força na areia. As suas vestes marrons grosseiras se empaparam na água, suas sandálias afundaram na areia lamacenta.

— Nadem! O seu Deus fará vocês flutuarem!

Ele avançou para os dois de novo, até que os monges se arrastaram para trás como caranguejos contra os montes de areia, deixando cair seus livros, debatendo-se para trás em direção à beira da água com gritos que combinavam com os gritos das crianças que podiam ser ouvidos agora vindos da aldeia.

Fergus recolheu seus livros encharcados da areia e arremessou-os na direção deles.

— O Deus Único tudo vê — gritou o monge mais jovem, apunhalando o ar com a lâmina de sua mão. — Você será castigado.

Fergus virou as costas para eles e fez um gesto para os outros o seguirem. Quando alcançou Talorcan, Fergus colocou a mão em seu ombro.

— De que servirá Dunadd sem o mar? — perguntou Talorcan em voz baixa.

Fergus agarrou-lhe o braço.

— Venha conosco.

— Não. Você pode ir para Scone, mas meu lugar é aqui. Sula diz que Dunadd pertencerá a nós, e eu acredito nela. — Ele puxou Fergus para o lado pelo braço. — Você deixará Iona em Glashan. Vou buscá-la quando o momento for oportuno. Em Scone você encontrará seus próprios druidas entre seu próprio povo.

Fergus assentiu. Ma-khee ficaria feliz por isso.

Talorcan deu um passo para trás. Suas palavras vacilaram quando ele ergueu a voz.

— Que a deusa conduza os seus passos, que ela o preencha com a justiça e torne a vida abundante.

Talorcan acenou, e eles observaram-no caminhar de volta para a vila que já não era mais uma vila. Fergus enxugou o rosto com a manga da túnica e acenou para as costas do cunhado. Ele sabia que aqueles pictos que haviam resistido desde os tempos dos menires persistiriam. Sula tinha dito isso, e agora, com o seu javali esculpido na rocha de Dunadd, ele tinha certeza de que governariam aquela terra de novo. Fergus e seu povo deveriam fugir.

Ninguém os seguiu, mas Fergus não parou a procissão, erguendo a mão no ar, até que a terra começasse a se curvar nas colinas de Dunamuck. Uma criança gritou ao ver a égua de Fergus trotando pelo vale em direção a eles. Talorcan deve ter cavalgado até ela para soltá-la, e agora a visão de Iona se confirmaria: Fergus na frente em seu cavalo, duzentas mulheres, crianças e homens atrás dele.

Já estava escuro. Fergus continuava olhando para trás, para Dunadd, no caso de alguém os seguir. Mas não havia necessidade, ele sabia, a não ser que alguns pictos vingativos estivessem contemplando a ideia de tornar escravo o povo de Erin. Ele podia ver a fumaça de uma fogueira no campo onde os aldeões viviam. Sem casas para protegê-los, uma fogueira no centro seria a melhor maneira de se manterem aquecidos e afastarem os animais.

Depois que Fergus amarrou a égua, ele voltou-se para a procissão. Não havia razão para tropeçar no escuro, disse ao povo, eles iriam parar ali para pernoitar, e acender uma fogueira como aquela em Dunadd. Em seguida, designou a limpeza de um espaço para o fogo. As mulheres e as crianças foram recolher a madeira, enquanto os homens cavavam um buraco raso, improvisando ferramentas com os ramos e pedras planas que tinham à disposição.

Uma anciã, um pouco corcunda e com os cabelos grisalhos, curvou-se sobre sua pederneira, alimentando-a de musgo seco que tirou de sua bolsa, e golpeou a pedra lisa até, por fim, conseguir produzir uma faísca, que acendeu o musgo inflamável. A madeira, entretanto, estava úmida e foi necessário escavá-la bastante com o punhal de Fergus, a única arma que tinham, para obter material inflamável suficiente para uma chama e, em seguida, um fogo que não se importava com quanto a madeira estava molhada. A fumaça do fogo estava densa, e as pessoas não podiam se aproximar muito. Não havia comida, nem haveria até que chegassem, no dia seguinte, ao Lago Glashan.

Fergus postou-se entre o grupo formado pelo seu povo. Eles ficaram em silêncio, aceitando o que já sabiam. Fergus olhou para eles, uma concentração de cabelos escuros e corpos menores do que os dos pictos. Ele nunca os tinha visto separados dessa forma, mas sabia que pertencia a eles e que teria de guiá-los:

— Amanhã chegaremos ao Lago Glashan, mas não ficaremos seguros lá por muito tempo. O exército do rei Oengus está se movendo para o sul, para Dunadd. Depois de descansarmos, prosseguiremos para Scone pelo mar oriental. Nosso povo já se instalou lá, e nós seremos bem-vindos.

Um ancião se manifestou:

— Mas estamos viajando sem a proteção da druidesa.

— Eu falei com Sula antes de sairmos — esclareceu Fergus. — Ela e a menina Iona enxergaram ambas o nosso caminho longe daqui. Não podemos fazer outra coisa senão seguir em frente. — Ele se agachou ao lado da fogueira. — Agora durmam. Vocês vão precisar de suas forças.

Fergus dormiu pouco. Os lobos tinham se embrenhado mais fundo entre as árvores, mas ele ainda podia ouvi-los. Se a caravana estivesse transportando alimentos, haveria ursos com que se preocupar. As mulheres dormiam com as crianças debaixo de seus cobertores; os homens se deitavam perto de suas famílias. Não havia ninguém a quem Fergus se aconchegar, não havia olhos convidativos sobre ele, então, ele cuidou do fogo e ficou pensando nas coisas que Sula havia dito. Quando começou a cochilar, guardava firme em seu peito a esperança de que Ma-khee e Illa estivessem seguras. Esperava que elas não estivessem no *crannóg* que havia caído na água. Esperava que Ma-khee não tivesse fugido.

Quando Fergus acordou, o orvalho tinha congelado em seu rosto. Ele podia ver a fumaça que ainda subia no campo lá embaixo em Dunadd, mas ninguém no vale que ficava no meio. O céu ainda estava escuro; os lobos haviam interrompido sua caçada noturna e ficaram em silêncio nos seus covis. Ele despertou os outros para o que seria uma caminhada de quatro horas com as crianças e os poucos anciãos. Seus ossos estavam frios e lentos para se mover enquanto seguiam pelo caminho que em alguma época poderia ter sido castigado pelo sol, mas que agora estava coberto de ervas daninhas murchas e samambaias. Eles notaram o nascer do sol atrás das nuvens no leste e seguiram seu caminho para a esquerda, mantendo Fergus em vista, que conduzia sua égua e deixava as crianças montarem em turnos.

Eles teriam de esperar em Glashan por um clima melhor antes de arriscarem o trajeto para o leste até Scone. Fergus esperava que a terra e o lago contribuíssem com essas pessoas muito mais numerosas. Esperava que os pictos não os hostilizassem quando soubessem da vitória de seu povo em Dunadd. Mas tudo isso era esperança por enquanto, não havia certezas. Ele tateou buscando o amuleto no pescoço e sorriu quando viu um falcão planando logo acima deles. Cailleach, a deusa, estava cuidando de todos.

26

No meu quarto de infância em Glasgow, do outro lado das cortinas de veludo há apenas a escuridão da rua; a casa ainda está muito silenciosa. Não gosto de estar aqui na véspera da minha cirurgia. Sentada na beirada da cama, ouço Graeme se revirar enquanto dorme no quarto ao lado, que costumava ser o do meu irmão. Já faz mais de uma semana desde que deixei Fergus, e séculos desde que não tenho notícias de Illa e não sei se ela está bem. Estive deitada e acordada me perguntando sobre os livros de pediatria geral que minha mãe guardava numa estante envidraçada no andar térreo, quando meu irmão e eu éramos crianças.

A casa está muito quieta quando começo a descer a escada com os pés descalços, e me dirijo à sala da frente. A porta da estante range; sob meu peso o assoalho protesta também. Na semiobscuridade, meus dedos percorrem as lombadas dos dicionários e enciclopédias e, por fim, encontram um livro intitulado *Doenças da Infância*. Sento-me com ele na mesa polida que quase nunca era usada e, apenas com a luminosidade que vem da rua, folheio as páginas repletas de fotos horríveis de complicações de feridas infeccionadas: carne enegrecida e tocos de pernas onde um dia houve membros perfeitos e sadios calçando meias três-quartos. Antibióticos, é claro, são necessários. Vacina antitetânica — pelo menos, pontos para fechar a ferida contra novas infecções. Nenhum desses antídotos modernos está disponível para Illa. Espero, sem muita esperança, que Iona saiba o que está fazendo. Desejo que eu tivesse o poder de simplesmente movê-los como peças de xadrez: Illa iria avançar; Fergus viria montado em seu cavalo.

Graeme acende a luz.

— O que você está fazendo? São duas horas da manhã.

Ele para perto da porta, bloqueando-a, como se eu estivesse prestes a fugir.

— Não consegui dormir.

Ele dá de ombros.

— Eu também não. Que livro é esse?

Eu o fecho e deposito sobre a mesa, como se o tivesse segurando a contragosto na minha mão.

— Nada de importante.

— Você está com medo? — pergunta ele, ali de pé, de pijama.

Dou de ombros, e, então, confirmo com a cabeça, porque estou sim com medo. Aterrorizada. Com medo de que a cirurgia não dê certo, com medo de que dê, com medo de perder minha mente, com medo de encontrá-la. Com medo, acima de tudo, da possibilidade de perder o meu tempo fora de minha época para sempre.

Ele vem e pega minha mão.

— Acho que isso não vai doer, não é?

— Não. — Eu beijo seus dedos frios. — Mas não gosto da ideia de ser acordada no meio da cirurgia para fazer um teste de QI.

Ele sorri. Guardo o livro na estante e levo meu menino de volta para a cama. Graeme até me deixa cobri-lo e beijá-lo, como se ele fosse o paciente, e graças a Deus ele não é. Vou para minha cama, de volta aos trilhos agora, respirando fundo e seguindo em frente por causa desse filho.

Deito-me, pensando em Iona, em sua aparência tão pálida e etérea que é quase como se ela não existisse. A única maneira de eu não querer que ela exista é pensar nela debaixo de Fergus. Não consigo apagar aquela imagem da minha mente. Tudo o que ela é — vidente, curandeira, deusa numa cerimônia da fertilidade — e tudo o que ela sabe sobre a terra são as coisas pelas quais as mulheres morrerão por toda a Europa dentro de oitocentos anos.

As paredes do meu quarto de infância fecham-se sobre mim. Os pequenos ruídos da casa adormecida invadem meus pensamentos, e, em seguida, o tique-taque do relógio carrilhão no corredor cede lugar ao som de um pica-pau no bosque onde estou caminhando com Iona. Apesar de tudo, fico tão feliz em vê-la que seguro a manga de sua túnica enquanto caminhamos. Com o sol salpicando o chão da floresta com manchas de luz, ela me leva até uma fonte delimitada por pedras planas, que formam uma pequena plataforma sobre a qual ela se posta. Iona faz movimentos amplos com os braços, entoando sua prece ao elemento Água, como ela fez com o Fogo, na véspera de Natal.

Ela gesticula para que eu vá até ela.

— Ajoelhe-se — ordena, forçando minha cabeça a ficar mais baixa que os meus joelhos. Lembro-me agora de que foi este o primeiro gesto de Sula e estremeço da mesma forma, quando a água gélida penetra meu cabelo e escorre pelo pescoço. Iona não deve estar satisfeita com a maneira como aquilo foi feito da primeira vez, porque empurra minha cabeça para baixo de novo, abaixo do nível da pedra mais alta e derrama a água de sua mão em concha. *Que as águas das montanhas lhe tragam saúde e paz. Que as águas da nascente lhe tragam calma e a chuva sempre represente tranquilidade para você.* Nunca fui tão batizada em toda a minha vida.

Levanto-me, sacudindo a água da cabeça, enxugando os olhos com as costas da manga, estremecendo enquanto pequenos riachos escorrem pelas minhas costas até a cintura. Iona não parece gostar de minha aparência ou do jeito que eu me comporto. Enquanto caminhamos em silêncio e separadas, agora de volta para o lago, a terra estremece apenas uma vez, porém o suficiente para me fazer cambalear.

Iona pega meu braço e me leva rapidamente de volta para a cabana. Há urgência em suas passadas e algo nela que ainda me deixa pouco à vontade. Espero do lado de fora antes de entrar, e, então, vejo-a agachada ao lado de uma Illa adormecida. O telhado está rangendo. Fecho a porta e corro para a menina doente, não querendo tocá-la para que não acorde. Iona começa a rodear o fogo, atirando nas chamas folhas e pedacinhos de casca de árvore, que produzem uma fumaça acre.

— Tire as roupas — fala Iona.

Hesito um pouco por causa de todo o condicionamento do colégio de freiras e porque eu estava sentada na minha cama em Glasgow cerca de cinco minutos atrás. Puxo a túnica sobre a cabeça e desamarro os cordões que seguram no lugar os envoltórios das pernas, mas mantenho a calcinha e o sutiã que vieram comigo.

— Essas partes também — exige.

Ela coloca a ponta de uma trança de grama na borda do fogo e começa a direcionar a fumaça produzida sobre o seu rosto e o topo da cabeça. Eu abano a fumaça adocicada para a minha própria cabeça, fazendo com que meus olhos lacrimejem. Lágrimas estão escorrendo do meu queixo e sobre meus seios quando solto o sutiã e o deixo cair, e, em seguida, livro-me da calcinha de material sintético. Iona pega ambos e atira-os no fogo, acrescentando o cheiro de borracha queimada à mistura. E aqui estou eu nua, olhando para a filha doente, tentando resistir à vontade de me agachar e me cobrir com as mãos.

Meus olhos se acostumam com a fumaça. Iona tem a intenção de envolver cada centímetro do meu corpo com ela, incluindo as partes apreciadas por Fergus. Ela me faz ajoelhar e, então, põe-se a cantar enquanto coloca as mãos na minha cabeça. Acho que um sacerdote uma vez fez isso, talvez durante a minha primeira comunhão, no entanto tenho certeza de que eu não estava nua na ocasião. Também tenho certeza de que as mãos dele não provocavam a reação que as mãos de Iona provocam. Começo a tremer. Está frio, estou sem roupa, porém sei que não é essa a razão da minha agitação. Aguardo a sensação de queimação nas solas dos pés, a consciência percorrer todo o seu caminho através dos átomos até se dissipar por completo. No entanto, nada disso acontece. Continuo tremendo e grito até que não há mais nada para sair. Quando, por fim, me acalmo, completamente esgotada e de joelhos, busco por Illa, que ainda está dormindo; quando ergo os olhos para Iona, ela está sorrindo.

Agora, de pé, temos de dançar em volta do fogo, uma marcha no sentido horário. Tento me entregar a isso o máximo que consigo, pelo bem de Illa, mas não posso deixar de pensar como isso seria condenável aos olhos dos clérigos que estão por vir — mulheres nuas dançando em volta do fogo. Não é à toa que eles pensavam que as bruxas faziam pacto com o diabo.

Iona está cantando sozinha num frenesi e precisa se sentar. Estou cansada e também me sento, meu traseiro na terra batida, meus dedos frios e imundos direcionados para as chamas. Ela olha para o fogo até que seus olhos se fecham e ela já não tem consciência de sua espectadora.

Meus pensamentos estão a toda. Iona senta-se, imóvel. Por fim, fecho os olhos, tentando acalmar minha mente, observando pensamentos girarem na minha cabeça sem a menor intenção de se dissiparem. Ao que parece, horas se passam antes de eu cair numa espécie de transe, levemente consciente dos meus pensamentos.

Esse espaço me faz lembrar da atemporalidade que surge logo após uma convulsão. Os olhos de Illa ainda estão fechados. Espero que ela esteja apenas dormindo.

Eu estava dormindo, mas agora estou acordada, vendo a luz da manhã penetrar as cortinas no meu quarto de bonecas e cavalos. Lá embaixo, na cozinha, Jim teve o consentimento da minha mãe para preparar *scones* para o café da manhã. Os narcisos de seu jardim repousam sobre a toalha de linho num vaso de cerâmica ornamentado demais para flores silvestres. Todo mundo está olhando para ver qual é a aparência de uma pessoa antes de uma cirurgia no cérebro. Tudo que eu sei é que estou com fome, porque nenhum alimento ou líquido é permitido aos pacientes.

— Vou guardar um *scone* para você — Jim sorri.

Eu pisco para Graeme.

— Guarde dois.

Todo mundo está forçando um clima de celebração esta manhã. Olhando da beira do precipício, o que mais poderiam fazer? Quando já estou me dirigindo para a porta, recebo até mesmo um telefonema do meu ex-marido me desejando boa sorte. Oliver Griggs, o nome que um dia tivera tanto peso, agora flutua das minhas mãos e sobe pela chaminé. Oliver ficou sabendo por meio de fofocas intradepartamentais que eu entreguei o esboço da minha tese no caminho para Glasgow.

— Título interessante — comenta Oliver. Há uma pausa antes de ele perguntar: — Quem a trouxe para cá?

Estou prestes a fazer uma cirurgia no cérebro e talvez não devesse ser tão mesquinha, mas digo a Oliver que vim com Jim Galvin, meu vizinho, e não pontuo o silêncio constrangedor com quaisquer satisfações a respeito de sua idade ou a ausência de qualquer coisa que poderia ser considerada um relacionamento propriamente dito. Eu deixo esse silêncio levar Oliver Griggs aonde quer que ele queira ir, então agradeço e desligo.

Minha mãe aponta para o relógio e me leva porta afora.

Quando entro no carro ao lado de Jim, ele sorri.

— Para Oz?

Fico contente por Jim estar comigo nesta manhã e quase quero retirar as palavras que não disse a Oliver sobre ele.

— Para Oz.

Graeme ri no banco atrás de mim, e eu me agarro a esse riso, pois, caso contrário, poderia cair no maior desânimo. Acenamos para os meus pais no carro deles e partimos em comboio, tentando não perder uns aos outros no trânsito no caminho para o hospital, tentando não olhar para trás quando entramos pelas portas do hospital e cuidamos da minha internação, deixando a luz, o dia, a cidade e talvez a própria vida do lado de fora. De um modo geral, o hospital guarda poucas surpresas: o piso que range, o cromo polido, as enfermeiras, os médicos — tudo nos conformes esta manhã. E, num momento como este, a conformidade não é pouca coisa. Já é muito. Algo em que se segurar.

Todos os que entraram pelas portas comigo de repente parecem perdidos, como se tivéssemos sido abandonados numa ilha. Meus pais fazem menção de se dirigirem para a saída. Jim se afasta um pouco, como se para abrir espaço. Graeme segura-se em mim e eu nele, como dois roedores se afogando. Nossos rostos estão molhados, e agora ele é o menino, não o homem, apenas um pequeno embrulho nos braços da mãe.

A enfermeira surge da esquerda.

— Por favor, venha por aqui.

Eu solto Graeme de mim e o entrego a Jim, que nunca abraçou um menino em sua vida e não sabe o que fazer com um garoto de 17 anos que está chorando copiosamente. Vou atrás da enfermeira, pisando um pé após o outro como se tivesse acabado de aprender a andar, deixando os entes queridos atrás das portas vaivém, tentando dar uma última espiada. Na pequena sala de arestas duras, deixo que me dispam e me coloquem um despudorado avental de hospital. Eu me permito ser examinada e identificada, que meus dados sejam registrados, e que o ronco do meu estômago seja motivo de piada. Submeto-me a tudo isso porque estou em desvantagem numérica. Estou numa catedral com um padre de jaleco azul que vai me pôr na faca até arrancar o diabo do meu corpo.

Parece que as horas passam lentamente nos relógios em cada parede. Estou deitada como Cristo, um crucifixo de uma mulher, para que eles possam enfiar seus tubos e agulhas, para que possam injetar a primeira leva de relaxante. Tenho uma leve consciência da raspagem que derruba meus adoráveis cachos no chão, da caneta piloto que rabisca a trilha da incisão.

— Margaret?

Fecho os olhos. Eu não vou falar com o diabo.

— Margaret?

— Maggie?

— Sim?

— Ma-khee? *Mithair*?

Abro os olhos e encontro Illa sentada e olhando para mim. Ela estava me chamando de "mãe". Arrasto-me para me pôr de joelhos e trago seu rosto para o foco; não está mais quente. Debaixo de sua túnica, o corte infeccionado melhorou sob o cataplasma.

— Margaret, você pode me ouvir?

Não, eu não posso ouvi-lo. Posso ouvir apenas o rangido do teto de palha ao vento. Posso apenas ouvir as pequenas ondas arrebentarem na margem. Posso ouvir a respiração da minha filha e o crepitar do fogo. Mas eu não posso mais ouvi-lo.

Coloco a caneca contendo o remédio de Iona nas mãos de Illa, mas ela cai de repente e rola até o fogo, como se estivesse numa trilha. As vigas que suportam o sapé começam a gemer. Iona entra pela porta apressadamente, juntando seu amontoado de ervas e raízes. As pequenas ondas na margem se transformam numa forte arrebentação. O solo no qual nos sentamos começa a se deslocar, não a tremer como tinha feito antes, mas como se uma grande fenda estivesse rachando a terra.

Iona está gritando conosco, indicando-nos a porta. Marcus entra correndo, levanta Illa pelas axilas e a arrasta para fora da construção. Eu os sigo, embora esteja nua, e saio bem a tempo de sentir o teto desabando atrás de mim, deslocando terra e ar.

Desabamos no chão, porque não há nenhum mecanismo no ouvido interno capaz de ajustar o equilíbrio assim tão rápido. As paredes da cabana de Iona desmoronam, enviando uma outra camada de terra sobre nossas costas; um estrondo mais alto da água significa que o *crannóg* cedeu em suas palafitas. Winnie atravessa meu campo de visão, mas eu não faço ideia de onde ela veio ou para onde vai.

O tremor é interminável. Algumas maçãs podres rolam e quicam no chão como bolas de pingue-pongue, mas, assim como o conteúdo rodopiante de um tornado, nada é real ou alcançável. Se houvesse um momento de distração, eu poderia me divertir com o pensamento de que aquele velho antiquado do coronel Malcolm tinha razão no final das contas: o terremoto de Dál Riada aconteceu mesmo como ele imaginou.

27

Quando o sol driblou as nuvens e atingiu seu zênite, Fergus levantou a mão para deter seu povo próximo à cachoeira onde os castores viviam. As crianças correram para recolher bulbos de alho e mastigar alguns pedaços antes de percorrerem a segunda metade de sua jornada. Encontraram azedinha e agrião ao longo do caminho, porém estavam amargos por causa do frio. À medida que a tarde avançava, as crianças começaram a arrastar os pés de cansaço, mas o canto das mulheres as encorajava. Muitas das canções eram na língua dos pictos, e parecia estranho agora estarem se separando do que havia se tornado parte de sua própria herança nos longos anos desde que os primeiros aventureiros de Erin haviam chegado.

Fergus começou a reconhecer a inclinação das colinas quando eles se aproximaram do Lago Glashan. Não demorou muito e puderam ver fumaça subindo acima das árvores.

— Vejam! — ele gritou para as crianças. — Falta pouco agora.

Ele conduziu seu povo num passo lento para dentro da baía, mas nada pôde fazer para evitar que as crianças saíssem correndo à frente do grupo, ao longo da costa, misturando-se com as pessoas que estavam reunidas em torno de uma grande fogueira. Fergus não levou muito tempo para avaliar os estragos causados pelo terremoto: os telhados de palha flutuando no lago, os homens trabalhando para consertar as pequenas cabanas que ainda estavam de pé nos campos. As mulheres estavam trançando acácia o mais rápido que podiam, assim como também colocavam de molho e dobravam aveleira e salgueiro para construírem novas cercas.

Do meio da multidão, a mulher agora conhecida como sua companheira correu para ele, com o rosto sujo e radiante. Fergus tentou não sorrir. Ela se atirou em seus braços, enquanto ele lutava para manter a égua calma. Apesar do cansaço, as pessoas na fila atrás dele riram um pouco.

Era bom vê-la também, mas ele iria demonstrar isso só mais tarde. Por ora, tinha que resolver o assentamento de seu povo entre a população do lago. Ele notou Illa encostada a uma árvore e acenou para ela.

Radha saiu do bosque com o pai. Seu rosto arranhado e machucado estampou desapontamento quando percebeu que Talorcan não estava entre os viajantes.

— O exército de Murdoch foi massacrado. Dunadd foi tomada — contou Fergus. — Talorcan virá quando puder.

O pai de Radha se adiantou.

— Por que trouxe essas pessoas para cá? Não vê que nós próprios já não temos mais casas? Nós não queremos que as tropas do exército de Oengus caiam sobre nós por abrigarmos seus inimigos.

Fergus tinha pensado sobre sua estratégia ao longo do caminho.

— Nós não vamos esgotar seus suprimentos de alimento do inverno. Vamos ficar apenas tempo suficiente para ajudá-los a reconstruir.

Dias ou semanas. Era pedir muito. O ancião caminhou pela margem para ver o que estaria herdando ao aceitar essas pessoas. Os jovens seriam de alguma utilidade para as mulheres no lago que não tinham maridos. Ele gostava da aparência de algumas das mulheres escotas, do ar petulante com que se postavam. Ele os abrigaria e explicaria mais tarde ao povo do lago. Apontou para o seu *curragh* e a rede que secava na margem.

Um punhado de homens e mulheres se aproximou e empurrou o barco na água. Não havia tempo a perder; as crianças estavam com fome.

O pai de Radha segurou Fergus pelo cotovelo.

— Sua mulher disse que a druidesa em Dunadd sabia desse tremor antes de ele acontecer.

— Sim. Ela só não sabia quando iria acontecer.

— E quanto a Dunadd? Ainda está em pé?

Fergus riu.

— Dunadd sempre ficará em pé, não importa quem a governe.

O velho baixou a voz.

— Há alguns aqui que dizem que devemos ir para lá, tomar o que é nosso.

Fergus passou as mãos pelos cabelos.

— Desde que a terra tremeu, o mar deixou Dunadd. Será uma pena os comerciantes não poderem atracar seus barcos no lado ocidental, e ter de seguir rio acima, contra a corrente. Pictos ou não, Dunadd não vai durar como o centro do que quer que seja, a menos que o mar retorne.

O ancião assentiu, perplexo.

— Iona vê algo novo. Estou lhe dizendo isso porque você a trouxe aqui, embora ela seja um dos nossos, não dos seus. — O ancião parou para ver como Fergus reagiria. — Ela diz que grandes barcos com muitos remadores descerão do extremo norte e travarão batalhas sangrentas. Eles são muitos e altos, com cabelos como fios de ouro. É isso o que ela vê desde que a terra tremeu.

Fergus acenou para Illa se aproximar e se juntar a ele. Ele logo notou o manquejar da criança, sem refletir sobre isso; sua mente ainda estava ocupada com os grandes barcos e o povo de cabelos dourados.

— Minha mãe seguiu para o leste, em direção a Scone — revelou ele. — É uma caminhada de mais ou menos dez dias. Você devia trazer sua família e nos acompanhar também, se quiser.

O ancião abanou a cabeça.

— Com a sua ajuda iremos construir nossos *crannógs*. Os remadores do norte não irão nos encontrar aqui. Estamos bem escondidos. Quando chegar a hora, você deve ir para onde está sua mãe, mas deve deixar Iona aqui.

Fergus assentiu. Ele olhou com mais atenção para o rosto pálido de Illa pela primeira vez.

— O que aconteceu com você?

— Minha perna — resmungou Illa. — Foi feio, mas minha nova mãe cuidou de mim e agora está melhorando.

Fergus levantou a túnica da filha o bastante para ver o corte sob o cataplasma seco.

— Sua nova mãe fez um bom trabalho.

Ele se levantou, olhando para Ma-khee agora. Entretanto, sua mente divagou para a longa jornada que teriam pela frente: tantas pessoas e sem um curandeiro, nenhuma ligação com o mundo espiritual. No pouco tempo que ficariam em Glashan, Ma-khee teria de aprender os costumes de Iona. Ele olhou em direção ao lago para os homens e mulheres nos *curraghs* que estavam trazendo peixes. Mesmo cansadas da viagem, as crianças estavam correndo e gritando na margem.

Alguns dos homens surgiram da floresta arrastando um cervo que tinha morrido quando uma árvore caiu sobre ele.

Haveria uma celebração, embora Fergus estivesse cauteloso quanto a já sair comemorando. Duzentas pessoas a mais para alimentar desta terra e desta água. Não teriam grãos, a menos que o povo dos *crannógs* ao longo do trajeto se dignasse a lhes oferecer algum. Se os *crannógs* no caminho para Scone houvessem tombado, seu povo com certeza ficaria relutante em oferecer ajuda.

No Lago Glashan, os *crannógs* afundaram até as paredes na água. No dia seguinte eles iriam iniciar o processo de reerguê-los em suas ilhas de troncos de árvores e rochas. No dia seguinte o povo do lago ficaria feliz com a ajuda. Por enquanto, alguns deles postavam-se à beira da água, carrancudos. Fergus sabia que ele não tinha domínio aqui, que essas pessoas logo ouviriam sobre as vitórias de seu novo rei no norte e não tolerariam Fergus e seu povo por muito tempo.

Ele partiu para encontrar Ma-khee. Havia esperado tanto tempo para estar com ela, e agora a queria perto e quente contra seu peito. Fergus esperava que Ma-khee concordasse em ir para Scone com ele. Enquanto percorria seu caminho através do matagal, pediu à deusa para jamais desamparar seu povo. E orou para que Ma-khee quisesse ficar com ele e nunca deixá-lo partir.

28

Quando ouço a notícia de que Fergus foi avistado ao longe, não tenho outro pensamento a não ser o de chegar até ele, por isso deixo Illa com Iona e corro para encontrá-lo.

Enquanto corro, digo seu nome mais de uma vez. Fergus está sujo, machucado, ferido; ainda assim, não posso evitar e lanço meus braços sobre ele, mesmo que isso assuste seu animal e Fergus tenha um bocado de trabalho para acalmá-lo. As pessoas estão rindo. Mas fiquei tanto tempo sem vê-lo, dias e mais dias, e toda a minha vida. Eu não sabia se teria a oportunidade de voltar a este lugar, com meu rosto contra o arfar de seu peito, meus dedos na trama de seu casaco, nos cabelos quentes da base de seu pescoço. Tudo que eu sei é que nunca mais quero sair daqui novamente.

— Margaret? Você pode me ouvir?

Enterro meu rosto em seu casaco e não o largo até ele se mover. Suas mãos estão ansiosas por mim, mas ele tem uma procissão de pessoas atrás dele. Ele se põe de lado para trocar umas palavras com o pai de Rhada, e eu posso entender por que ele precisa fazer isso. Não sei como pensa que teremos condição de alimentar todas essas pessoas a mais quando a maior parte dos potes de farinha afundou com os *crannógs*. Corro para ver se encontro qualquer coisa deixada nas cabanas dos campos. Apesar do caos, não consigo tirar o sorriso do rosto. Como eu senti falta desse Fergus, filho de Brighde!

Não há pão, é claro, e o pouco de farinha que resta está sendo vigiado. Nenhuma pedra de mó, porque elas foram as primeiras coisas a afundar. Será um resgate bem gelado, mas elas precisam ser recuperadas. De alguma forma, aos poucos, tudo terá que ser trazido de volta à superfície, como um filme passado rapidamente de trás para a frente.

Quando volto para o local onde estão assando peixes, Illa está entre as crianças à espera na fila. Ela é uma cabeça mais alta do que as crianças escotas de sua idade; seu cabelo ruivo a distingue como pertencente a uma outra raça. Meu cabelo castanho avermelhado me marca como alguma coisa entre as duas raças, então, estou autorizada a ficar esperando com Illa entre os viajantes famintos. Fergus está na margem com um bando de homens, fazendo planos, espero, enquanto as mulheres se ocupam com a tarefa mais imediata de alimentar cinco mil pessoas. Fico olhando para ele.

— Margaret?

Não. Eu não ouço você. Quero tanto colocar as mãos em torno de Fergus de novo, sobre ele, nele. Entretanto, estou numa corrida contra o tempo que eu não posso ganhar.

Marcus se aproxima e fica atrás de mim, outro proscrito a quem concedem certos privilégios no banquete.

— Do que os homens estão falando? — pergunto.

— Brighde foi para o leste, rumo a Scone. Fergus diz que devemos segui-la.

— Toda essa gente?

Marcus balança a cabeça, sorrindo.

— Eu, não.

Fergus deve ter-lhe concedido a liberdade.

Eu sei que Scone fica em Perthshire, o que, creio eu, deva estar a umas quatro horas de carro daqui. Se iremos todos a pé, acho que vai levar uma semana ou mais. A "rota cênica" é a antiga rota leste, que contorna o Lago Awe e atravessa o campo em direção ao Lago Earn.

Como a metade de peixe que me é dada, mas separo os olhos arregalados e os dou para Illa. Para essas crianças, olhos de peixe são o mais próximo de guloseimas que elas podem ter. Depois, levo-a de volta para o que resta da cabana de Iona. Alguns homens já estão erguendo seu teto de volta. A palha vai demorar mais tempo. Quando noto Illa mancando, deixo-a apoiar-se em mim. Ela coloca o braço em volta da minha cintura e me abraça apertado.

Olha para mim.

— Você não vai embora, vai?

Eu sou a mãe dela. Como posso deixá-la?

— Você viu Winnie? — pergunto.

Ela balança a cabeça, parecendo triste.

Encontramos Iona sentada dentro do perímetro de suas paredes, com o olhar perdido. Retiro o antigo cataplasma da perna de Illa e procuro a raiz seca que Iona usou para fazer a pomada, da última vez. Tudo está misturado com tudo agora. Iona me empurra com a ponta do sapato em direção a uma pilha mais perto da porta.

O almofariz ainda está aqui, mas o pilão deve ter saltado para longe durante o terremoto. Vou lá fora e trago uma pedra que deve servir para fazer o papel do pilão. Gosto da sensação da raiz em pó no côncavo da minha mão misturando com minha saliva. Gosto do céu acima das paredes da cabana movendo-se rápido com o vento. Parece que eu já conhecia tudo isso, como alguma coisa que estava apenas adormecida em mim até agora.

Illa estremece quando espalho minha pastinha de cuspe e raiz sobre sua ferida.

Quando Fergus chama do lado de fora da porta, sorrio por ouvir sua voz e também porque ele poderia muito bem olhar para dentro, já que não existe um teto. Ele diz meu nome e eu gosto da maneira como soa, não Maggie nem Margaret, mas Ma-khee.

— Margaret, você pode me ouvir?

— Ma-khee?

Illa parece tão feliz quanto eu por ouvir Fergus, no entanto toco seu ombro para que ela continue em repouso até que o cataplasma assente um pouco. Sou eu mesma quem abre a porta.

Coloco as mãos espalmadas contra seu peito. Embora o rosto dele esteja sério, sinto todo o seu ser vivo, o calor e o movimento dele sob os meus dedos. Ele me pega pelo braço e me leva para longe da cabana, parando entre as pedras roladas e a terra desmoronada. Fergus começa a falar tão rápido que não sei como ele espera que eu entenda. Capto um pouco do que ele diz, sobre Murdoch, e devem ser más notícias, pela forma como sua mandíbula fica tensa e as veias se dilatam sob sua pele.

Quando coloco os braços em torno dele, ele balança a cabeça, embora não consiga disfarçar um sorriso.

Fergus me afasta, segurando-me pelos braços.

— Quando formos para Scone, Iona vai ficar aqui. Até lá, você deve aprender com ela.

Eu o cutuco e ele se contorce sob as cócegas:

— Quando escurecer, você vai vir para mim?

Ele balança a cabeça afirmativamente, mas depois se afasta, com sua expressão séria de novo. Volto para Illa.

Ela me pergunta:

— O que ele disse?

Sento-me ao lado dela e deito sua mão espalmada contra a minha. É uma mãozinha infantil encardida, mas é difícil dizer onde o calor de sua palma termina e começa o meu.

— Seu tio Murdoch foi derrotado. Vamos para Scone. Uma longa distância. Mas não de imediato. — Toco a perna dela machucada. — Não até que você possa correr rápido.

Estou tão feliz que Illa possa voltar a correr de novo, que, desta vez, ela continuará a viver, que passo meu braço em torno dela e a puxo para mim, estreitando-a num abraço. Ela não resiste, nem ao menos por um instante.

— Estou feliz que você tenha vindo para ser minha mãe.

Solto um suspiro, porém minha inspiração é trêmula e eu não consigo responder coisa alguma. Illa, se você soubesse que doce tortura tem sido ser sua mãe...

Consigo acender um fogo vivo, relativamente sem fumaça. Não vi Iona mais cedo perto do lago, na fila do peixe, então, não sei o que ela comeu, nem mesmo se ela come, mas ela se estende no chão da cabana perto do fogo em frente a Illa e adormece. Sento-me, à espera de Fergus, só que dessa vez espero que ele não chame da porta.

E ele não chama. Fergus bate na porta bem de leve, de modo que apenas quem esteja acordado possa ouvir. Não há outro lugar para ir, a não ser para dentro, por isso ele me segue e não há outro lugar para nos deitarmos, exceto ao lado das outras pessoas, então, é o que fazemos, e eu só posso esperar que o sono delas seja tão pesado que não possam ver o que está acontecendo à luz trêmula do fogo sob um teto muito frio, com os cordões sendo soltos e minha túnica sendo tirada pela cabeça, seguida de mãos que querem me tombar no solo, minha pele, ossos e músculos todos ao encontro de sua pele, até os dois se tornarem uma só coisa em movimento entre as sombras.

— Não me deixe — digo em inglês dessa vez, porque não quero que ele saiba da minha necessidade. Fergus quer que eu seja forte, mas aqui estou eu agarrada a ele, para que fique, fique, fique. E eu também não vá embora.

— Margaret.

Não. Eu decididamente não quero me afastar. Agora não.

Na manhã seguinte, Fergus junta-se aos homens, que tiram a roupa e mergulham seus corpos na água congelada para recuperar o que puder ser encontrado no *crannóg* submerso. As crianças são enviadas para procurar ervas, nozes e grãos de qualquer tipo, em preparação para as pedras de mó que estão secando e aguardando para iniciar sua labuta de moagem mais uma vez.

Sento-me perto da água, esforçando-me para me segurar aqui. Uma sacudida em meu ombro traz Iona em foco. Ela se senta ao meu lado e pega minha mão.

— A lua é uma mulher — diz ela. — A lua é Gealach. Seus filhos são as estrelas.

Iona vira minhas mãos com as palmas para cima.

— As mãos recebem força do céu.

Eu mantenho as mãos viradas para cima e sinto primeiro a brisa fria sobre as palmas. Mas, então, elas ficam quentes. Eu as esfrego e, em seguida, viro-as para cima de novo. Primeiro o frio, então, o calor. Sorrio para mostrar que sei o que ela está dizendo. Ela toma minha mão direita e circunda o dedo ao redor da minha palma. Iona começa a bater nela, cantando para Gealach, mãe de todos. Isso me dá uma dor de cabeça, o tipo de barulho rítmico que, na maior parte das vezes, me causa uma crise epiléptica. Eu luto para ficar. Ela alisa minha palma várias vezes e, em seguida, olha para o centro da minha mão. A expressão em seu rosto é concentrada, enquanto ela puxa meus dedos para trás para que o sangue escoe, deixando na minha palma somente pele branca.

Sua testa franze sob o cabelo estranhamente louro. Seus olhos azul-claros estão cravados em mim.

— Você vem do que ainda não foi vivido.

Sim. A época sem lobos, nem ursos ou castores, sem *crannógs* nos lagos e de apenas alguns poucos círculos de pedra remanescentes. Eu venho do tempo de bruxas apenas no Halloween; do Deus zeloso, que não terá nada a ver com a deusa Lua.

Respiro fundo, mas ela está olhando para mim agora, como se não soubesse se deve correr ou ficar.

De repente, ela agarra meu joelho.

— Eu vi as mulheres nas fogueiras, Ma-khee.

Coloco minha mão sobre a dela.

— Isso só será daqui a centenas de anos.

Seus olhos de repente se fixam em mim, tão claros dentro da borda mais escura.

— Mas isso vai acontecer. Eu vi isso.

Concordo com a cabeça.

— Sim, isso vai acontecer.

Meu olhar se desvia dessa bruxa, dessa menina de 16 anos com seus *dreadlocks* louros e ar distante. É a única que sabe toda a história, e talvez seja melhor para ela guardá-la para si mesma.

Aperto suas mãos, e, então, vou embora, porque me parece que ela precisa de espaço agora.

Fergus está na margem do lago com alguns homens, todos nus debaixo de cobertores. Sua nudez não ofende ninguém, muito menos a mim. Sento-me na praia observando-os, chamando a atenção de Fergus e fazendo-o sorrir. Do outro lado do lago, vejo outros na mesma tarefa. Os homens se revezam, saindo da água gelada para se aquecerem perto do fogo, debaixo de cobertores de lã. Aos poucos, a ponta do *crannóg* surge, erguido em suas pernas de pau ao seu nível anterior, alavancado por troncos e assentado novamente em sua ilha de pedra. A água escorre da palha do telhado em catadupa, com grande avidez para retornar ao lago. O barro das paredes de acácia cai em bolhas. Eu ajudo as mulheres a içarem a passarela para fora da água, pesada e rangente, até que a corda corte a minha palma reveladora do futuro. Nós ligamos a passarela à extremidade do *crannóg* que ainda está presa à margem e a reparamos com uma corda fibrosa e furadores feitos de osso.

À noite, o *crannóg* ainda não está habitável, mas está evoluindo aos poucos, como a lua, secando tanto quanto o ar úmido permite. Os meninos mais velhos ficaram durante todo o dia arrastando para fora da floresta animais selvagens mortos, e há uma pilha considerável deles, mas, sem sal, é certo que apodrecerão antes que possamos comer tudo. Está claro que precisaremos partir em breve.

Quando Fergus se esgueira de volta para a cabana de Iona e estende-se ao meu lado, tiro as mãos dele da minha cintura e beijo-lhe os nós dos dedos, vermelhos e doloridos de seu trabalho na água.

— Quando vamos partir?

Ele se levanta e sacode a cabeça. Dá para ver pelo seu rosto que a questão está em sua mente, também.

— Quanto tempo temos de esperar até que Illa esteja andando bem?

— Sete dias.

— Por ora, temos carne.

— Mas não por muito tempo.

Ele começa a falar, mas estou distraída com suas mãos em meu cabelo, seus dedos descendo pelo meu pescoço, sua surpresa ao não encontrar o tecido elástico de minha roupa de baixo, na verdade, nenhuma roupa de baixo.

Ele coloca as mãos frias contra o meu rosto.

— O que é você, Ma-khee?

— Uma mulher. Só isso.

Na penumbra, vejo seu sorriso, um sorriso largo que vai de orelha a orelha. E, então, ele se comporta como se eu fosse uma mulher e sua fome por essa mulher fosse insaciável. Como a minha é por ele.

Fergus sai pela manhã, antes de eu acordar. Quando o sol já vai alto ele está com os outros homens, de volta à água fria em busca do que se perdeu. Imagino toda a manufatura em couro dos *crannógs* afundando no lago, para ser encontrada em fragmentos daqui a mais de mil anos por arqueólogos que farão seus esboços e especularão para que servia tudo isso.

Quando o *crannóg* é reparado, parece mais cinzento devido ao bolor que se instalou nele. Tanto homens como mulheres sentaram-se nas margens do lago tecendo novos tapetes para cobrir os encharcados e mofados. O fogo na área principal é aceso pela primeira vez, levantando aplausos e irradiando um calor úmido para as paredes e o chão. O ar está pesado com o cheiro de grama e caniços fumegantes. O povo de Dunadd teceu suas próprias esteiras para dormir em volta de uma fogueira na margem e no campo, onde eles se sentem seguros perto de Iona, sua *ban-druidhe*, e de sua cabana com o telhado de palha recém-refeito.

Continuo a receber minhas aulas, só que agora Iona não consegue olhar para mim quando fala. Deve lhe parecer estranho me ensinar os truques de suas artes, as mesmas artes que irão incriminar suas irmãs no futuro. Ela me fala sobre o grande festival de *Beltane*, quando graças devem ser dadas à deusa por mantê-los durante os meses frios. Todos devem ser purificados pelo fogo naquela época de semeadura. Muitos bebês serão concebidos então e durante todo o verão.

O curtumeiro vem do *crannóg* da extremidade do lago para nos ensinar como preservar melhor o couro dos animais que devem ser estripados e armazenados para a nossa jornada. Isso requer muitas raspagens com pedras afiadas para retirar a carne, e as pontas dos meus dedos estão sangrando. Às vezes, podemos conseguir uma faca e obter mais rapidamente o couro macio que vai ser bom para a fabricação de roupas. O curtidor nos traz um barril de cérebros, diz ele, cérebros e água para deixar o couro de molho na gordura a fim de mantê-lo macio. Cérebros de quem, quero saber. Cérebros dos animais, diz o curtidor. Demora dias e muitas mulheres puxando e esticando para confeccionar os sacos e odres que vão levar a nossa comida. Iona me ajuda a encher um com amostras das ervas que poderemos precisar ao longo do caminho para doenças comuns, e especialmente para os pés doloridos.

Conseguimos mendigar um pouco de sal dos moradores dos *crannógs*: pequeno, porém, precioso pagamento pela nossa ajuda. O sal que queima nos cortes da palma da minha mão, enquanto eu ajudo a esfregá-lo nas tiras de carne e as coloco para secar em cavaletes sob as árvores. Antes de escurecer, precisamos levar os cavaletes para dentro do *crannóg*. Mesmo assim, um urso que saiu mais cedo da hibernação caminha ao longo da margem; Fergus designa dois homens a cada noite para ficar de guarda com uma tocha. Posso antever que os animais serão um problema, já que estamos levando comida.

Ninguém parece saber, no entanto, quando é que vamos partir. Fergus consulta Iona. Ela me ensina a seguir as estrelas, a lançar suas pedras por sobre rabiscos na terra batida. Ela coloca as pedras na minha mão e parece querer que eu decida. No início, elas parecem cair numa combinação aleatória, mas depois de um tempo, os padrões que eu espero tornam-se diferentes. Pequenos grupos de pedras se enfileiram para formar uma única linha. Iona acena com a cabeça.

— Agora? — pergunto.

— Amanhã — responde ela. — A lua vai entrar em sua plenitude. As pedras dizem que o tempo está próximo. Diga ao seu homem.

Avisto Fergus sentado de pernas cruzadas na margem, perto da fogueira, com Illa ao seu lado, encostada nele. Congelo neste momento, uma espectadora observando um homem e uma menina, seus rostos iluminados pelo fogo, a fumaça subindo para o céu noturno. Por um tempo, ele foi meu. Por um curto espaço de tempo, ela foi minha, outra vez, também.

— Margaret? Hora de acordar agora.

É tudo uma sombra do tempo, apenas reflexos na água. Tudo o que está acontecendo na minha época está acontecendo aqui também, agora, apenas num nível diferente da imagem. Neste momento, estou deitada num leito de hospital e agora por causa de uma mudança de perspectiva estou aqui esperando, à frente de uma jornada que acabará por ser histórica. Dunadd caiu sob os pictos em 736. Não há registro exato do terremoto que inclinou a baía abaixo de Dunadd para Crinan, tornando-a inútil como fortaleza, a não ser nas divagações de um aristocrata maluco que todos ignoraram.

Esta jornada em especial, dos escotos para o leste, rumo a Scone, não será registrada nos anais; a presença de uma estranha mulher de uma época ainda não descoberta será perdida. Noções completamente erradas serão forjadas com o tempo. As mulheres do futuro serão culpadas pela queda do homem, e os últimos vestígios de sua sabedoria serão amarrados a um poste e seu ícone mais sagrado, o fogo, será usado contra elas.

O que vai ser de mim, que já fui um dia Maggie Livingstone, depois Margaret Griggs e agora Ma-khee? Iona pode saber; Sula já deve ter adivinhado a essa altura. Mas eu não sei dizer. Não sou uma bruxa de verdade. Como todo mundo, sou apenas uma viajante no tempo.

A lua, com cerca de sete meses de gravidez, desloca-se lentamente ao longo da filigrana do cume das árvores. Eu saio das sombras para o fogo e ajoelho-me por trás de Fergus, meus braços ao redor de seu pescoço, minha boca contra o seu ouvido.

— Fergus MacBrighde — eu sussurro, de modo que ele não possa me ouvir por causa do crepitar do fogo —, não haverá um dia em que eu não me lembrarei de você.

29

— Margaret?

O dr. Shipshap levantou o braço de Maggie e deu uns tapinhas nas costas da mão dela.

— Margaret, você pode me ouvir?

Graeme soltou a outra mão da mãe e se levantou da cama:

— Ela está dormindo há quatro dias. Isso não pode ser normal.

— Não é normal — reconheceu o médico —, mas já aconteceu antes.

Ele acendeu sua luzinha de sondagem e ergueu a pálpebra de Maggie. Sua cabeça estava envolta em metros de gaze, com um tubo saindo deles como uma calha. Uma máscara de oxigênio tapava parte de seu rosto. Dos monitores ao lado da cama partiam diferentes fios coloridos para baixo de suas cobertas. O cheiro penetrante de álcool etílico se misturava com os restos de comida numa bandeja ao lado da porta.

Jim deu um tapinha no ombro de Graeme.

— O coração dela é forte. Ela vai ficar bem.

— Mas ela não acordou quando deveria — observou Graeme, virando-se para o médico. — Talvez nunca acorde.

O dr. Shipshap balançou a cabeça.

— As pessoas simplesmente respondem à anestesia de maneira diferente.

O rosto de Graeme estava corado.

— Mas se o senhor não conseguiu acordá-la durante a cirurgia, como é que soube que parte do cérebro tirar?

O médico afastou-se da cama.

— Por experiência.

Por hoje, ele estava encerrando a sessão de perguntas e sentia-se pressionado pelo filho adolescente de Margaret. O dr. Shipshap deixou o quarto e se dirigiu ao posto de enfermagem para recomendar que baixassem a dose do analgésico. Ele colocou o prontuário da paciente no balcão e saiu. Seu turno havia terminado.

Duas jovens enfermeiras em mangas curtas e pequenos gorros engomados observaram o homem mais velho consolar o menino.

Uma enfermeira cutucou a outra.

— Será que é o pai dele?

A outra encolheu os ombros.

— Suponho que sim.

— É uma pena. A essa altura, ela já deveria ter acordado, não acha?

As duas enfermeiras ficaram observando o filho andar de um lado para o outro aos pés da cama da mãe. O homem mais velho foi até a janela.

— O dr. Shipshap é um dos melhores neurologistas do país — interrompeu a enfermeira-chefe. — Nada jamais deu errado antes.

Uma hora depois, o marido da paciente confundiu as enfermeiras ao telefonar para saber se o quadro havia mudado. Se ela tinha um marido, quem era aquele homem sentado aos pés da cama?

Perto da meia-noite, uma das enfermeiras levou chá para o homem e o filho da paciente.

— Vocês deveriam ir para casa e dormir — sugeriu ela. — Se algo mudar, telefonamos para vocês.

Graeme sacudiu a cabeça negativamente.

— Pelo menos, deixe-me levá-los até um sofá-cama onde possam descansar por algumas horas. Desse jeito vocês vão acabar ficando doentes.

— Vá você — disse Jim a Graeme. — Vai se sentir melhor depois de uma soneca.

Graeme começou a se levantar, mas seu corpo estava conspirando contra ele, tentando sentá-lo de volta.

Jim levantou-se para ajudá-lo.

— Pode ir. Vou ficar de olho nela.

Graeme caminhou até a porta e se virou.

— Obrigado, Jim. Eu não sei o que teria feito sem você.

Jim sorriu.

— Vá logo, antes que eu mesmo o arraste pelo corredor.

Depois que Graeme deixou o quarto com a enfermeira, Jim postou-se perto da janela olhando para os faróis de um carro parando no estacionamento do hospital, e a escuridão do céu noturno esmaecendo em torno das estrelas. Atrás dele, o elevador soou seu "plin" metálico. O riso de uma mulher ecoou pelo corredor. Uma chamada para um médico crepitou no alto-falante.

Por fim, ele andou de volta para Maggie e se sentou na cama ao lado de seu quadril. Jim se perguntou se ela estaria sonhando. Ainda não sabia o que pensar de tudo isso. Entretanto, fosse Fergus real ou não, ele ainda era real demais.

— Olhe só você — disse ele a Maggie. — Bagunçou as coisas agora. — Ele tocou um de seus tubos e, pelo calor, julgou ser o cateter.

Por um momento, os olhos de Maggie pareceram vibrar. Jim olhou para o posto de enfermagem, para a parede de armários e o cesto de lixo hospitalar.

— Eu conheço um certo filho que não vai sobreviver se você não voltar, Maggie.

Mais uma vez ele percebeu uma vibração. Desta vez, ele teve certeza. E, pelo canto do olho, vislumbrou um movimento do dedo ao qual o monitor de batimentos cardíacos estava ligado.

Jim escorregou o próprio dedo sob o dedo dela que tinha acabado de se mexer.

— É hora de voltar agora, Maggie Livingston. É hora de deixar seus *crannógs* e o Lago Glashan. Você tem que dizer adeus a esse bárbaro Fergus agora.

Uma lágrima correu pelo rosto de Maggie e depois outra. Jim quase se levantou para chamar a enfermeira, mas voltou a se sentar e enxugou as lágrimas dela com a ponta do lençol.

— Maggie, eu sei que você pode me ouvir.

— Não — ela disse, o som abafado dentro da máscara —, eu não posso ouvi-lo.

Ele sorriu e recostou-se na cadeira, tamborilando os dedos na própria coxa.

— Você é terrível. Gosta de provocar a gente.

Ela abriu um olho. Jim levantou a máscara de oxigênio para que ela pudesse falar.

— Estou de volta ao mundo dos vivos?

Seus olhos se fecharam de novo, e por um momento pareceu que ela tinha voltado a dormir.

— Você vai ficar? — perguntou Jim.

Os olhos dela se agitaram e, em seguida, abriram-se um pouco.

— Parece que sim.

Jim suspirou de alívio. Ela fechou os olhos. Uma linha fina de água obrigou-os a abrir uma frestinha. Outra lágrima escorreu pela lateral de seu rosto sobre o travesseiro.

Jim continuou falando para mantê-la com ele.

— O médico disse que a cirurgia correu muito bem.

Ela não respondeu.

Depois de um tempo, ele se levantou e ajeitou o lençol sob o queixo dela.

— Bem, há um garoto que eu sei que não se importaria nem um pouco de ser acordado a esta hora da noite para ouvir uma boa notícia.

Maggie manteve os olhos fechados:

— Sim, vá buscar esse garoto para mim, está bem?

A enfermeira apareceu na porta, sorrindo.

— Eu ouvi vozes. Ela acordou, então?

Jim se afastou da cama e puxou o paletó da cadeira.

— Ela está acordada e tão insolente como sempre. Eu pensei que o médico iria corrigir isso.

Maggie sorriu, tentou levar a mão à cabeça enfaixada.

A enfermeira interceptou sua mão.

— Não, nós não podemos fazer nada quanto à insolência. Você vai ter que lidar com isso sozinho.

— Eu tenho tentado — retrucou Jim. Ele deslizou os braços dentro do paletó. — Ela é um caso perdido.

Jim caminhou até a porta e ficou por um tempo observando a enfermeira verificar os monitores.

— Então, até logo, Maggie.

Maggie levantou a mão um pouco para fora das cobertas e ficou ouvindo o barulho dos sapatos de Jim rangendo pelo corredor vazio.

Maggie virou-se para a enfermeira que verificava o monitor.

— Essa coisa aí lhe diz se eu terei mais convulsões?

A enfermeira bateu na tela delicadamente.

— Não dá para saber, é muito cedo. Agora você só deve se preocupar em se sentir melhor. Às vezes, não há mais convulsões. Às vezes, há um pouco e depois param. Às vezes, elas continuam como antes. Mas tenho certeza de que isso não vai acontecer no seu caso. Tudo o que podemos fazer é esperar o melhor, certo?

— Sim — Maggie respondeu —, tudo que podemos fazer é esperar o melhor. Aí está ele.

Graeme veio em sua direção, sufocando um soluço antes de conseguir alcançar a cama da mãe.

— Você voltou — disse ele.

Ele enterrou o rosto no travesseiro ao lado do dela.

Maggie tentou abraçá-lo, mas foi impedida pelo soro.

— Aqui estou eu, como se nunca tivesse ido.

Maggie ficou deitada com o filho ao seu lado, aspirando o cheiro do seu cabelo, apertando a sua mão quando ele procurou a dela por baixo das cobertas.

A enfermeira se aproximou quando notou uma expressão diferente no rosto dela.

— Você está com dor?

A paciente virou o rosto para o outro lado, então a enfermeira contentou-se em recolher as xícaras na bandeja de chá e saiu de modo eficiente.

Maggie podia ver a luminosidade começando a se insinuar no lado leste do céu em sua janela. Em pouco tempo, os primeiros turistas estariam cruzando as faixas pretas de asfalto para subir o caminho e colocar o pé na marca de pegada na rocha. Eles iriam parar diante da placa de informação e ler sobre as pessoas que viviam em Dunadd.

Entretanto, não leriam coisa alguma sobre Fergus, Illa ou a mulher que foi até eles vindo de muito longe.

Eles iriam descobrir que o povo do rei Murdoch perdeu Dunadd para os pictos, mas não teriam nenhuma noção do que Maggie havia perdido.

No topo de Dunadd, o vento teria parado de soprar agora; a névoa estaria se levantando de Mhoine Mhor, as nuvens varridas do mar. Os muros da fortaleza que um dia a mantiveram segura seriam, nesta manhã, do mesmo jeito que todas as manhãs, restos de pedras frias sobre a grama molhada.

Fergus e Illa não estavam mais lá. Mas um dia eles poderiam voltar. E se voltarem um dia, talvez a mulher Ma-khee possa encontrá-los ali.